dtv

Es hatte ein Triumph werden sollen. Gleich nach ihrem Bewerbungsgespräch beim MI 5 würde Mary mit ihrer großen Liebe, dem Zollfahnder Alan Rosslyn, zum Essen gehen, um den Karrieresprung zu feiern. Aber während er vor dem Century House auf sie wartet, wird Mary vor Alans Augen erschossen. War es ein Racheakt? Die Polizei hat eine irische Terroristin verhaftet, aber ehe sie ihre Hintermänner nennen kann, stirbt sie beim Verhör durch den Geheimdienst. Doch das weiß Anna McKeague, die Schwester der Terroristin, noch nicht. Mit Strumpfmaske, Revolver und Sprengstoff will sie die Gefangene befreien. »Frauen spielen im Leben des Alan Rosslyn nicht gerade die schönen Rollen. Der Mann wird von ihnen benutzt, verraten und gejagt. Und vor allem: Die Frauen bestimmen, wo es langgeht ...« (Martina I. Kischke in der ›Frankfurter Rundschau‹)

Reg Gadney, geboren 1941, studierte in Cambridge und am Massachusetts Institute of Technology. Er unterrichtete an verschiedenen Universitäten (Englisch und Kunstgeschichte) und war Redakteur der Literaturzeitschrift ›Granta‹. Gadney, der mehrere Romane veröffentlicht hat, lebt als freier Schriftsteller in London.

Reg Gadney

Totzeit

Thriller

Deutsch von
Birgit Lamerz-Beckschäfer

Deutscher Taschenbuch Verlag

Für Fay in Liebe

Ungekürzte Ausgabe
Juni 1998
Deutscher Taschenbuch Verlag GmbH & Co. KG,
München

Titel der englischen Originalausgabe:
›Just When We Are Safest‹

Umschlagkonzept: Balk & Brumshagen
Umschlagbild: Ausschnitt des Gemäldes
›Le parlement, effet de soleil‹ (1903) von Claude Monet
Satz: Fotosatz Reinhard Amann, Aichstetten
Gesetzt aus der Stempel Garamond 9,5/11'
Druck und Bindung: Presse-Druck, Augsburg
Gedruckt auf säurefreiem, chlorfrei gebleichtem Papier
Printed in Germany · ISBN 3-423-08462-6

Der MI5 wird heute abend mein Leben verändern.
Inspector Mary R. Walker (Metropolitan Police);
unveröffentlichtes Tagebuch

MI5 und *MI6*, von denen in diesem Buch die Rede sein wird, sind Abteilungen des britischen Geheimdienstes. Der *MI5*, dessen offizieller Name heute *Security Service* lautet, ist zuständig für Spionageabwehr, innere Sicherheit und seit 1992 auch für die Terrorismusbekämpfung, was früher dem *Special Branch*, einem Sonderdezernat der Londoner Metropolitan Police (»Scotland Yard«), vorbehalten war. Der *MI6* oder *Secret Intelligence Service (SIS)* operiert vor allem im Ausland als Spionageorganisation.

Die britische Zollbehörde, *Her Majesty's Customs & Excise*, ist zuständig für Zölle und Verbrauchssteuern einschließlich der Mehrwertsteuer.

Anmerkung der Übersetzerin

Winter

Montag, den 20. Dezember
In London liegen 5 cm Schnee. Sicht praktisch Null, Temperatur 2 Grad unter dem Gefrierpunkt.

Heute ist R +302. Das bedeutet, daß ich 302 Tage mit meiner großen Liebe verbracht habe. Meiner einzigen großen Liebe. Er – mein spöttischer, ganz persönlicher, witziger und liebenswerter Zollfahnder von Customs and Excise Ihrer Majestät, der einzigartige ALAN ROSSLYN. Mein Dank gilt folgenden Personen, die in meinem Leben eine wichtige Rolle spielen: Dir, Kater, weil du katzenhaft, hochgewachsen, gewandt und still bist, weil du all das und auch mein bester Zuhörer bist. Der Mann auf dem heißen Blechdach. Der Mann im Keller. Mein heimlicher Liebhaber. All das bist allein du, Alan Rosslyn.

Du hattest die Idee, ich solle meine Gedanken zu Papier bringen, ganz allein, insgeheim. Schreib die Antworten auf deine eigenen Fragen auf, hast du gesagt.

Also frage ich mich jetzt: Was erzähle ich den Spionen in ihrem neuen Hauptquartier im Thames House, Millbank, London SW1?

Der MI5 wird heute abend mein Leben verändern. Mein zweitstündiges Vorstellungsgespräch beginnt um 18.00 Uhr und wird gegen 20.00 Uhr beendet sein. Dann fällen sie ihr Urteil. Entweder sagen sie: Wir freuen uns, Ihnen eine Stelle anbieten zu können, Sie nehmen zunächst an der Grundausbildung in der Nähe von Portsmouth teil. Sie gehören jetzt zur Familie. Willkommen und alles Gute für Ihre Zukunft beim

Security Service. Vorausgesetzt, die ärztliche Untersuchung ist in Ordnung, sind Sie dabei, würden Sie bitte hier unterschreiben. Zusammen mit der Anstellungsurkunde erhalten Sie den Text des Geheimhaltungsgesetzes. Möchten Sie einen trockenen Sherry oder lieber etwas Hochprozentiges? So wird es sein, wenn sie »ja« sagen.

Vielleicht sagen sie aber auch »nein«, dann wird es ewig dauern, bis sie zum Entscheidenden kommen, zur Absage. Es tut uns leid, Inspector Walker, alles in allem richtet es sich nicht gegen Sie, Sie dürfen das nicht persönlich nehmen. Sie werden mich verurteilen und zugleich ein bißchen loben: Ihre Personalakte ist ausgezeichnet, ganz hervorragend.

Aber Ihre Zukunft liegt bei der Metropolitan Police. Wir meinen, daß wir Ihren Fähigkeiten nicht ganz gerecht werden. Uns geht es dabei nur um Ihre Interessen. Es war sehr nett, Sie kennzulernen. Vielen herzlichen Dank, daß Sie heute abend zu uns gekommen sind, noch dazu bei diesem scheußlichen Wetter. Ihre Akte ist toll, wirklich ...

Sie geben sich die größte Mühe, den Leuten bei einer Absage bloß nicht weh zu tun, denn wir Versager könnten ja herausposaunen: Beim MI5 sitzen lauter Arschlöcher. Sie legen es nicht darauf an, sich noch mehr Feinde zu schaffen, als sie sowieso schon haben.

Heute abend entscheidet sich, welche Richtung mein Leben in Zukunft nehmen wird. Da sitze ich in meinem Büro in New Scotland Yard, eine 29jährige, sehr fähige Polizistin, geachtet, wie sie es verdient. Vielleicht bin ich nicht mehr lange hier. Das hängt vom MI5 ab. Muß mir noch aufschreiben, was ich mitnehmen will.

Von der Wand: am wichtigsten. Notiz machen: Das Zeugnis über meine Fertigkeiten im Umgang mit Feuerwaffen. Es be-

scheinigt, daß ich mit Schußwaffen ebensogut zurechtkomme wie mit bewaffneten Bankräubern, völlig durchgedrehten Crack-Dealern, Vergewaltigern, Kinderschändern, kokainschnupfenden Mitgliedern des House of Lords. Das kann ich. Das habe ich bewiesen. Ich weiß, daß ich eine der besten Polizistinnen im Vereinigten Königreich bin. Das kann keiner leugnen. Außer mir selbst – und ich tue es, weil ich keine Ahnung habe, wohin mein Weg mich führt. Ich bin ein wandelndes Fragezeichen. ? Der einzige Mensch auf dieser Welt, der außer mir von meiner tiefsitzenden Unsicherheit weiß, ist Alan. Also – was soll ich denen erzählen?

Ich höre ihn sagen: »Die Wahrheit, die ganze Wahrheit und nichts als die Wahrheit.«

Warum?

»Weil sie sie längst kennen.«

Eben nicht. Sie wissen nicht, daß mein Leben lotterhaft ist. Und ich bringe es nicht über mich, es ihnen zu sagen – nicht dem MI5, nicht Alan und nicht THUG, der immer noch mit mir schlafen will.

THUG, mein alter Liebhaber, der die Demütigung einer Zurückweisung nicht ertragen kann. THUG, auch er ein Polizist, alt genug, um mein Vater zu sein, ein besitzergreifender Liebhaber, der zu Hause eine Frau hat, die er nicht liebt. THUG, der an seinem Schreibtisch vier Etagen über mir hockt, während ich schreibe. THUG, der mich gerade eben angerufen hat, um mir für heute abend viel Erfolg zu wünschen. Er ist sich sicher, daß der MI5 mich engagiert. Die vom MI5, meint er, bestellen niemanden zu einem Gespräch, wenn sie nicht von vornherein sicher sind, daß es klappt. Deine Personalakte ist hervorragend, sagt er, du bist weder Mitglied bei Greenpeace noch Atomkraftgegnerin, radikale Natur- oder Tierschützerin oder in der revolutionären Arbeiterpartei. Das machst du mit links. Dann sagt er genau wie Alan: »Sag ihnen die Wahrheit, Liebes. Meinst du, wir können uns in den nächsten Tagen treffen? Komm schon, Liebes, bitte.« »Nein«, sage ich. »Das ist vorbei. Laß uns Freunde bleiben.« Er legt auf.

Soll ich denen von MI5 sagen: Ich bin verheiratet, mein Mann heißt X und ist schwul? Ich habe einen Liebhaber, der ist keineswegs schwul, er heißt Alan und ist genauso verrückt nach mir wie ich nach ihm? Soll ich denen sagen, daß mein Leben insgeheim lotterhaft ist?

Ich fürchte, sie wissen es schon. Sie haben meine Mutter und meine Vorgesetzten befragt, sogar THUG, und der ist ein hohes Tier, und den verdammten Bankdirektor, obwohl der nur ein kleines Licht ist. Die Frage aller Fragen lautet: Was wissen sie über meine Vergangenheit? Und das macht mir zu schaffen: meine Angst. Meine Vergangenheit.

Soll ich ihnen sagen, daß ich vor der IRA Angst habe?

Ich weiß einfach nicht, wie ich mit diesen Fragen umgehen soll. Wenn ich dem MI5 die Wahrheit sage, dann wird es heißen: »Verschwinden Sie und kommen Sie bloß nicht wieder, Inspector.« Nach meiner Rückkehr in den Polizeidienst geht dann eine vertrauliche Mitteilung an die Leute in Scotland Yard, dann folgen Disziplinarmaßnahmen und unweigerlich die Suspendierung. Es wird heißen: »Sie haben uns gezwungen, nein zu sagen, weil Sie zu weitaus zu vielen Männern ja gesagt haben. Promiskuität = Unzuverlässigkeit – die Frau kann sich selbst nicht trauen. Verpiß dich.«

Was wird dann aus meiner Zukunft hier in Scotland Yard?

Wir haben weiß Gott oft genug darüber geredet. Die Polizei wird von Männern beherrscht. Je höher wir Frauen die Leiter hinaufklettern, desto leichter haben es die Männer, uns unter den Rock zu schauen. Mary Walker von Scotland Yard? Daß ich nicht lache!

Aber der MI5 – das ist eine andere Geschichte. Im Thames House steht nämlich eine Frau als Generaldirektorin ganz oben auf der Leiter. Von Anfang an habe ich gemerkt, daß ich die Frauen beim MI5, die mich zum Gespräch bestellt haben, beeindruckt habe. Sie wissen, daß ich mich in einen Verbrecher völlig hineinversetzen kann. Verbrecher machen mir keine angst. Ich selbst, Mary, mache mir angst. Obwohl, genaugenommen muß ich zugeben, daß es mit der IRA etwas anderes ist.

Beim ersten Gespräch fragten sie mich, ob ich vor der IRA Angst habe. »Nein. Nicht im mindesten«, log ich.

»Denken Sie mal ein Stück weiter«, meinten sie. »Nehmen Sie an, Sie wären eine Terroristin, völlig versessen auf den ganz großen, spektakulären Coup. Sie wollen ins Mark treffen. Welche Ziele würden Sie wählen?«

Ich sagte: »Den Bankenbezirk in der Londoner City. Oder das Hauptquartier des MI5. Oder das neue Hauptquartier des MI6 an Vauxhall Cross.«

Meine Antwort gab ihnen offenbar zu denken.

»Aber die Zentralen der Geheimdienste sind doch verdammt gut abgeschirmt«, meinten die Frauen.

Was hätten sie auch sagen sollen?

Wenn ich nachher mit ihnen spreche, werde ich bei meiner These bleiben, sie noch etwas ausbauen.

Das würde ich tun, wenn ich Terroristin wäre.

Eine langfristige Infiltration planen. Einen Informanten einschleusen. Den sympathischen Schmeichler. Plan und Organisation des MI5-Gebäudes austüfteln. Dann würde ich jemanden finden, der unzufrieden ist und Geld braucht. Irgendeinen Wis-

senschaftler im Regierungsdienst, der über tödliches Wissen verfügt. Keine Bomben. Die kann man vergessen. Zu altmodisch. Ich würde den Einsatz erhöhen. Mit Chemikalien das Wasser vergiften, die Luft verpesten, die Klimaanlage verseuchen. Die Spione vergasen. Sie allesamt mit einem Schlag ausradieren.

Zu weit hergeholt? Keineswegs. Kapiert?

Genauso wie Alan sagt: »Wir haben telepathische Fähigkeiten. Wir wissen, was die Leute denken, bevor sie sich selbst darüber im klaren sind.«

Ich vermute folgendes: Die Leute beim MI5 wissen, daß ich diese Fähigkeit besitze. Außerdem gibt es Beweise dafür. Niemand geringeres als die IRA hat es bewiesen. Sie haben eine Bombe in Bishopsgate hochgehen lassen. Ein Toter, 46 Verletzte, Schadenshöhe etwa 500 Millionen Pfund. Quod erat demonstrandum.

Kurze Zeit später erschien diese Frau unangemeldet hier in meinem Büro, um mir mitzuteilen, der MI5 sei »sehr interessiert« an mir. Als ich fragte, was genau sie mit mir vorhätten, sagte sie: »Erst mal Überwachung. Wir wollen nichts überstürzen. Wir werden Ihre besonderen Fähigkeiten herausfinden, Sie sollen dann später verdeckt ermitteln. Sie werden bewaffnet. Im Moment prüfen wir erst einmal Ihre Vergangenheit. Man wird Sie zum entscheidenden Gespräch bestellen. Es sieht alles sehr gut aus.«

Ich weiß nicht recht.

Das entscheidende Gespräch findet heute abend statt

Zeit: Beginn 18.00 Uhr, Ende: 20.00 Uhr.

Ort: Thames House, Millbank, London SW1.

Kleidung: Uniform.

Ich versuche, mir vorzustellen, wie sie das Gespräch auf-

bauen werden. Ich fragte die Frau, worauf ich mich einzustellen hätte. Sie sagte etwas wie: »Sie werden keine Probleme haben. Man wird Sie ein paar einfache Dinge fragen. Ob Sie töten können, wenn es sein muß. Die Zukunft des Terrorismus. Sie brauchen nur die Wahrheit über sich selbst zu sagen – Ihre persönlichen Beziehungen, Ihre Hoffnungen, Ihre Ängste. Das Beste ist, wenn Sie uns gegenüber ehrlich sind. Denken Sie daran: Ihre Gesprächspartner wissen mehr über Sie als Sie selbst!«

Großer Gott, das hat mir gerade noch gefehlt!

Oder sollten wir nicht doch unseren Traum wahrmachen? Ein neues Leben irgendwo auf einer kleinen Plantage in der Karibik. England verlassen. Neu anfangen. In der Sonne liegen und Babys zeugen. Alan sagt nein. Tu dein Bestes, sagt er. Der Traum kann warten. Leg dich ins Zeug, Mary, du schaffst es. Und was man so sagt.

Was ich tue, macht mir angst. Aber jetzt ist es zu spät. Ich kann nicht mehr zurück. Diese Worte starren mich vom Papier an. Man kann auf so vielerlei Art ausdrücken, wie man sich fühlt, wenn man in der Falle sitzt, aber ich wüßte nicht, wie man beschreibt und wie es ist, wenn man sich völlig frei fühlt.

Ich werde mir einfach sagen, daß ich es für Alan tue – um ihm zu beweisen, daß ich innerlich stark genug dafür bin.

Heute morgen standen wir zusammen unter der Dusche. Im Radio lief »Jingle Bells«. Ein scheußliches Lied. Genau wie »White Christmas«. Ich kann Schnee nicht ausstehen.

Als ich heute morgen in mein Büro kam, lagen auf meinem Schreibtisch schon zwei Postkarten von Alan. Er hat sie mir geschickt, um mein Selbstvertrauen zu stärken. Die eine ist »Der Kuß« von Rodin, die andere »Der Kuß« von Klimt. Auf die Rodin-Karte hat er geschrieben: »Du schaffst es, Mary«, und auf die Klimt-Karte: »Heute abend wirst du's wissen.«

Ich hatte noch nie einen aufmerksameren Liebhaber.

Er ist der einzige Mann, für den ich immer an erster Stelle komme, der mir wirklich das Gefühl gibt, an erster Stelle zu stehen. Daß ich wichtiger bin als alle anderen Menschen auf dieser Welt. Er ist die Ausnahme.

Während ich mir alles aufschreiben muß, um nichts zu vergessen, speichert er Fakten in seinem Gehirn. Beispielsweise dies: Ich habe ihm genau die gleichen Karten vor 213 Tagen geschickt. Das war 89 Tage, nachdem wir uns kennengelernt hatten.

Heute ist R + 302.

Alan hat versprochen, heute abend an der Lambeth Bridge auf mich zu warten. Wenn alles vorüber ist, wird er dort sein.

Ich will ihn dort stehen sehen, in seinem schwarzen Mantel, im Schnee, seine hochgewachsene, katzenhafte Silhouette, wenn er wie ein Gangster aus einem alten Schwarzweißfilm in sich zusammengekauert unter einer Straßenlaterne steht und einfach nur gut aussieht.

So empfinde ich es. Aber Alan denkt anders. Er unterschätzt sich und meine Liebe zu ihm. Dabei habe ich ihn immer geliebt und werde ihn immer lieben.

Ende der Selbstvernehmung. New Scotland Yard. R + 302.

1

Alan Rosslyn hielt sein Versprechen, an der Lambeth Bridge auf sie zu warten. Jetzt, während des Gezeitenwechsels, wirkte die Themse schwarz. Stromabwärts sah man das Parlamentsgebäude als verschwommenen Lichtfleck. Schnee trieb ihm ins Gesicht und schmolz auf seinem Haar. Vorbeifahrende Autos schleuderten Schneematsch und Streusand auf den Gehweg, so daß er sich eng an das Brückengeländer drücken mußte. Als die gedämpften Schläge von Big Ben zu ihm herüberwehten, warf er einen prüfenden Blick auf seine Armbanduhr.

Marys Vorstellungsgespräch in Thames House, dem neuen Hauptquartier des MI5, dauerte lange. Ein gutes Zeichen, dachte er. Wäre sie vor ihm dagewesen, hätte das nach einer Absage gerochen.

Thames House war durch das Schneetreiben am Millbank zu sehen. Das wuchtige graue Gebäude war ein letzter Widerhall der majestätischen Architektur des britischen Empire. In einem der vielen hundert vergitterten, hell erleuchteten Fenster sah er die Lichter eines einsamen Tannenbaums grellrot, giftgrün und schreiendgelb aufblinken. Sie gingen abwechselnd an und aus, als sendeten sie eine verschlüsselte Botschaft.

Er schlug den Kragen seines Mantels hoch, doch auch das half nicht viel gegen den Schnee. Der Mantel war ein vorzeitiges Weihnachtsgeschenk von Mary. Sie hatte ihn beim Wohltätigkeitsbasar einer Kirche in Pimlico ergattert. Ein Etikett im Futter verriet, daß der Mantel früher einem Baptistenprediger gehört hatte, der auf Antigua und in North Kensington zu Hause gewesen war. Rosslyn fand die Herkunft des Mantels passend, denn sie gab seinem insgeheim gehegten Traum von einem

Leben in der Karibik neue Nahrung: Phantasien von Sonne, Sand und Palmen, die von der Meeresbrise geschüttelt wurden – unendlich weit weg vom Elend des Londoner Winters.

Der einzige Mensch, mit dem er je über diesen Traum gesprochen hatte, war Mary Walker.

Sie hatten sich in Lippitts Hill in Essex bei einem Grundkurs der Schußwaffen-Trainingsabteilung der Londoner Metropolitan Police kennengelernt. Von Anfang an waren sie beide in der etwa zehnköpfigen Gruppe Außenseiter gewesen, Mary als einzige Frau und Zollfahnder Rosslyn als einziger Nicht-Polizist. Zwei Wochen lang lernten sie alles über den Umgang mit Waffen. In dreizehn verschiedenen Kategorien beurteilte ihr Ausbilder Können und Eignung der Teilnehmer und überwachte kontinuierlich ihre Fortschritte hinsichtlich körperlicher Leistungsfähigkeit, Teamgeist und Kooperationsbereitschaft, Entschlußkraft unter Belastung, Befähigung zur effektiven Einsatzführung, Durchsetzungskraft und schließlich Einfühlungsvermögen. Jede Kategorie wurde vom Ausbilder mit einer Note von »Eins« bis »Vier« bewertet und diese in ein Formular eingetragen, das den Ausbildungsgang und die Fortschritte jedes Teilnehmers festhielt. Maximal konnte man zweiundfünfzig Punkte erreichen. Der Ausbildungsleiter hatte sich für den Kurs, an dem Rosslyn und Mary teilnahmen, etwas Neues einfallen lassen. Um den Wettbewerb im Team anzuheizen, bildete er Zweiergruppen. Der selbstsicheren Mary – er nannte sie Mary-Get-Your-Gun – hatte er den Zollfahnder Rosslyn zugeteilt, dem er den Spitznamen Mr. Duty Free gab, und beide entwickelten ein beträchtliches Konkurrenzdenken. Von Anfang an war Mary ihrem Partner überlegen gewesen.

Am ersten Freitag zu Beginn des Kurses lag beider Ruhepuls

bei etwa achtzig Schlägen pro Minute. Um eine Handfeuerwaffe ruhig halten zu können, mußte die Frequenz jedoch auf etwa fünfundfünfzig Schläge reduziert werden. Um das zu erreichen, arbeiteten sie gemeinsam in der Halle mit Gewichten, die sie mit ausgestrecktem Arm wie eine Pistole hielten. Sie trainierten die Muskulatur an Schultern, Armen, Handgelenken und Fingern. Mit einer Stoppuhr kontrollierten sie sich abwechselnd, wie lange sie durchhielten, bis der Schmerz unerträglich wurde. Sie stoppten sich gegenseitig, wenn sie den Atem anhielten, ihre Gesichter immer röter wurden und sie das Gefühl hatten, ihre Lungen müßten bersten. Mit all dem, neben Joggen und Schwimmen, um Herz und Lungen zu stärken, gelang es Mary, ihren Puls auf die geforderten fünfundfünfzig Schläge zu drücken. Und das mehrere Tage, bevor Rosslyn es schaffte.

Auch auf dem Schießstand versuchte jeder der beiden, den anderen zu übertrumpfen. Sie standen Seite an Seite in ihren dunkelblauen Trainingsanzügen, mit Gehörschutz gegen den anhaltenden Lärm der Waffen abgeschirmt. Mr. Duty Free gab seine Schüsse ab, dann war Mary-Get-Your-Gun an der Reihe und übertraf seine Werte. Sie lernten den absolut sicheren Umgang mit Revolvern Modell 10 von Smith & Wesson, mit Glock-Pistolen und MP5-Maschinenpistolen von Heckler & Koch. Die Waffen wurden bei der zur British Aerospace gehörenden deutschen Firma Obendorf gebaut und von Royal Ordinance, dem britischen Zeugamt, zusammengesetzt. Die Kenntnis solcher Details wurde ebenfalls von den Teilnehmern erwartet.

Verbissene Konkurrenten waren sie auch im sogenannten Schießkino. In diesem kleinen Übungsraum verwendet man spezielle, aus den USA importierte Videofilme und Leinwände. Von den Teilnehmern wird erwartet, daß sie in einer extremen Streßsituation sofort reagieren. Sie haben scharf geladene Handfeuerwaffen und sehen sich im Dunkeln ganz plötzlich auf einer Leinwand mit einer lebensgroßen Filmszene konfrontiert, in der bewaffnete Mörder, Terroristen oder Geisteskranke mit irgendeiner Waffe – Messer, Dolch, Schußwaffe, Handgranate oder Bombe – auf sie zustürmen. Man muß schneller sein als die Person im Film. Schießt man als zweiter, ist man erledigt. Manchmal hat der Angreifer allerdings nur die Imitation einer Schußwaffe, vielleicht sogar überhaupt nichts in der Hand, benimmt sich aber so, als sei er bewaffnet. Erkennt man das nicht und erschießt einen unbewaffneten Angreifer, macht man sich möglicherweise des Totschlags schuldig. Im Bruchteil einer Sekunde muß man sich entscheiden, entweder das Richtige oder das Falsche zu tun. Töten oder getötet werden.

Mary zögerte nie lange, wenn sie im Schießkino war. Sie erreichte immer sehr hohe Punktzahlen. Rosslyn jedoch, der zweimal zu langsam reagiert hatte, erreichte wegen seines Zauderns eine schlechtere Wertung. Am Ende der ersten Woche war Mary ihm deshalb punktmäßig voraus.

Im Laufe der zweiten Woche verringerte sich der Abstand zwischen ihren Punktzahlen allmählich, vor allem wegen der hervorragenden Beurteilungen Rosslyns in einem Seminar, das ein Beamter der Kriminalpolizei als Gastreferent abhielt. Dieses Seminar war ebenfalls eine Neuerung, die der Ausbildungsleiter »im Geiste der neuen Zusammenarbeit zwischen den mit der Bekämpfung des organisierten Verbrechens und der Wirtschaftskriminalität befaßten Dienststellen in Großbritannien und Nordirland« eingeführt hatte. Eine der Hauptfragen auf dem Testbogen lautete: »Die Zahl der Vorfälle in London, bei denen es zum Einsatz von Schußwaffen kam, ist in den letzten zehn Jahren zurückgegangen. Wahr oder unwahr? Diskutieren Sie das Problem.« (Überraschenderweise ist diese Aussage nach Angaben des Schußwaffenlabors der Metropolitan Police wahr.)

Rosslyn referierte darüber, daß »man allgemein davon ausgeht, die Mehrzahl der Feuerwaffen gelange über korrupte Waffenhändler und durch Einbrüche bei Waffenscheininhabern in den Besitz von Kriminellen. Durch die Aufhebung der Zollgrenzen zwischen den Mitgliedsländern der Europäischen Union im Jahr 1993 können sich Kriminelle aus Großbritannien und Irland auf dem nahegelegenen Kontinent Waffen beschaffen, ohne groß Gefahr zu laufen, gefaßt zu werden. In Belgien und Frankreich kann ein britischer Staatsbürger gegen Vorlage seines Passes Vorderschaftrepetiergewehre kaufen. Belgien ist, was den Waffenbesitz angeht, weltweit eines der führenden Länder.«

Er erläuterte, daß »jedermann, der in Belgien über die richtigen Verbindungen verfügt, Hochleistungswaffen in fast unbegrenzter Menge besorgen« könne. Er erläuterte weiter, es sei kinderleicht, »in den ehemaligen Ostblockstaaten Waffen, Sprengstoffe und -körper zu bekommen, vor allem in der Tschechischen Republik, die über die größte Waffenindustrie der Welt verfügt, und in deutschen Zentren wie z. B. Dresden«.

Er kannte sich ausgezeichnet aus und erzielte Bestnoten. Gegen Ende der zweiten Woche gelang es ihm zudem, Mary in den Bereichen taktische Einsatzplanung, Selbstkontrolle und Situationsbeherrschung, Denk- und Urteilsvermögen, vorausschauendes Handeln und Verantwortungsbewußtsein zu übertreffen.

Am Schluß des Kurses mußte jeder Teilnehmer die schriftliche Beurteilung des Ausbildungsleiters lesen und das zweiseitige Formular gegenzeichnen, um sein Einverständnis mit dem Inhalt zu dokumentieren. Außerdem sollte jeder eine vertrauliche Notiz über die eigenen Leistungen machen. Mary schrieb: »Meines Wissens stimmt es, daß Polizistinnen als Schützen meist entweder hervorragend oder totale Versager sind. Ich möchte zur ersten Gruppe gehören. Daß Frauen nicht mit Waffen umgehen könnten, ist ein Märchen.« Sie hatte sich klar ausgedrückt. In allen Kategorien des Schießtrainings war sie Rosslyn mit ausgezeichneten 45 Punkten in der Gesamtwertung überlegen. Die Frau an der Spitze. Der Mann eine Stufe tiefer. Ihre Trefferquoten sprachen eine deutliche Sprache. Sie hatte seine 36 Punkte mit Abstand überboten. Selbst bei der Abschlußfeier hatte sie noch das Bedürfnis, ihn spüren zu lassen, daß sie besser war als er: Sie versuchte, ihn unter den Tisch zu trinken. Das war in The Owl, dem Pub am Ortseingang von Lippitts Hill, und auch später, als die erfolgreichen Kursabsolventen ins indische Restaurant von Loughton umgezogen waren.

Mit einem Seitenblick auf ihre schlanke, knabenhafte Figur wunderte er sich laut darüber, wie die sogenannten Fachleute nur auf die Idee gekommen waren, das niedrigere Körpergewicht der Frauen habe zur Folge, daß sie schneller betrunken würden als Männer.

»Sagst du immer das, was dir gerade so einfällt?« fragte sie. »Nennst du das Selbstbeherrschung und Kontrolle?«

»Wenn ich finde, daß es stimmt«, gab er zurück. »Ja, ich sage, was ich denke.«

»Mit dieser Einstellung wirst du es nicht weit bringen. Im Fach Einfühlungsvermögen warst du auch nicht gerade blendend, nicht wahr?«

»Deine Taktik ist wohl eher Unaufrichtigkeit?« fragte er.

Irgend etwas in Rosslyns Gesichtsausdruck ließ sie innehalten. Er wirkte angespannt. Die dunklen Augen, die gebrochene Nase, das dichte, streng nach hinten gekämmte Haar ließen ein kontrolliertes Gewaltpotential erkennen. »Welche Laus ist dir denn über die Leber gelaufen ?« fragte sie. »Bist du es nicht gewöhnt, Zweiter zu werden – oder liegt es daran, daß ich eine Frau bin?«

Die anderen gingen allmählich, die Party war vorüber »Ich erzähle dir, was mich beschäftigt«, sagte er »Wenn du es unbedingt wissen willst ...«

Wie die meisten Leute, die geschickt im Ausfragen anderer sind, war auch er ein guter Erzähler. Bei einem weiteren billigen Brandy erfuhr sie, was ihn bewegte:

Ein Zollfahndungsteam von Customs & Excise hatte Wind von einer IRA-Gruppe bekommen, die Waffen und Sprengstoff nach Großbritannien und Nordirland schmuggelte. Er selbst hatte als verdeckter Ermittler eine Irin aufgetan, eine gewisse Deirdre Patricia McKeague, kurz Dee genannt. Ihre Beschatter hielten sie für eine wichtige Waffenschieberin, die in West-London Garagen anmietete und als Depots benutzte. Rosslyn hatte sie schnell verhaften wollen, doch auf Anordnung eines Dienste übergreifenden Komitees, das aus namentlich nicht genannten Beamten der Londoner Metropolitan Police und des MI5 bestand, hatten ihn seine Vorgesetzten zurückgepfiffen. Sie wollten McKeague als Köder einsetzen, um noch dickere Fische an Land zu ziehen. Um ihn los zu sein, hatten sie ihn nach Lippitts Hill zu diesem Kurs geschickt, wo er mit den Bobbys Trapper und Indianer spielen durfte. Details über den Einsatz wollte er nicht preisgeben.

Um das Thema zu wechseln, fragte sie ihn nach seiner Familie.

»Mein Vater war in der Armee. Pionierregiment in Deutschland, sechziger Jahre. Kein Offiziersrang, dafür war er viel zu schlau, sondern Feldwebel. Wenn es um Brückenbau und dergleichen ging, war er unschlagbar. Ein genialer Mann. Einfach genial.« Sie mußte über den Anflug von Stolz in seiner Stimme lächeln. »Mich haben sie bei meinen Tanten in Bournemouth abgegeben. Da war es nicht besonders lustig. Bloß Haustiere zur Gesellschaft. Mäuse und einen Hamster. Irgendwann flippte die Katze aus, da war's mit den Mäusen vorbei. Und den Hamster hat das Postauto überfahren. Ich hab's gesehen.«

»Geht's in Bournemouth immer so gewalttätig zu?«

Er lächelte. »Meistens.«

»Wo war denn deine Mutter?«

»Sie brannte mit einem Deutschen durch. Ich habe sie nie wiedergesehen. Vielleicht lebt sie gar nicht mehr. Mein Vater starb in Dortmund. Als die Armee mir seine persönlichen Sachen schickte, war dabei auch ein Packen Briefe, die meine Mutter ihm geschrieben hatte. Ich hatte bis dahin nie gewußt, wie sehr die beiden sich gehaßt hatten. Ansonsten ... was meinst du? Ich finde, man soll die Vergangenheit ruhen lassen. Vielleicht hätte ich die Briefe meiner Mutter an Dad nicht lesen sollen. Manchmal frage ich mich, warum er sie überhaupt aufgehoben hat.«

Mary wandte sich für einen Moment ab. Dann sah sie ihn mitfühlend an. »Wir können das Thema fallenlassen, wenn es dir weh tut.«

»Es hätte schlimmer kommen können. Immerhin hat es mich nicht davon abgehalten, auf die Uni zu gehen.«

»Was hast du studiert?«

»Zoologie.«

»Wie bist du dann zur Zollfahndung gekommen?«

»Ich habe mich einfach auf eine Annonce beworben.«

Der Besitzer des indischen Restaurants lungerte schon an der Außentür herum, sichtlich ungeduldig, endlich schließen zu können. Damit endete ihr Gespräch.

Als sie sich das nächste Mal in London wiedersahen, war Dee McKeague, die IRA-Waffenschieberin, inzwischen als Terroristin verhaftet worden. Rosslyn lud Mary ein, seinen Erfolg mit ihm zu feiern, irgendwo in einem Nachtclub im Londoner West End. Er erzählte ihr, er sei jetzt bei Scotland Yard stets willkommen und man habe ihm sogar einen Beobachterstatus in genau dem Dienste übergreifenden Komitee angeboten, das ihn vor kurzem noch hatte loswerden wollen. Er duzte sich mit den unteren Rängen der Anti-Terror-Einheit, und die schneidigen Kerls von MI5 hatten ihm sogar ab und zu in einem ihrer Stamm-Pubs rund um Westminster ein kleines Glas *Real Ale* spendiert.

An der Victoria Station hatte ihm Mary an jenem Abend gestanden, daß sie verheiratet war, auch wenn sie keinen Ehering trug. Über ihren Mann wollte sie nicht sprechen. Alan brachte sie zum letzten Zug. Sie wirkte seltsam angespannt, als gehe sie nur sehr ungern. Die Abfahrt verzögerte sich. Ihre Weigerung, über ihren Mann zu sprechen, weckte seine Neugier. Er war drauf und dran, nachzuhaken, beschloß dann aber doch, es nicht zu tun. Statt dessen erinnerte er sie daran, was ihr Ausbilder in Lippies Hill gesagt hatte: »Gedanken dürft ihr euch erst machen, wenn ihr den letzten Schuß abgefeuert habt. Schaltet ab. Laßt euch Zeit. Entspannt euch!« Er erinnerte sie an die Entspannungstechnik, die der Ausbilder ihnen beigebracht hatte: »Stell dir eine Zuflucht vor. Meine liegt in der Karibik. Sand. Palmen im Wind. Das Meer. Die Sonne.«

Als der Zug anfuhr, küßte sie ihn.

Hätte ihn später jemand gefragt, wann er zum ersten Mal gemerkt hatte, daß er drauf und dran war, sich in sie zu verlieben, hätte er wohl diesen Moment genannt.

Auf der Lambeth Bridge stampfte er mit den Füßen. Es war schneidend kalt. Über den Kreisverkehr hinweg sah er in der Horseferry Road drei Polizisten, die einen Berg Decken inspizierten. Einer von ihnen bohrte seinen Stiefel in die formlose Masse. Ein anderer zerrte eine dampfende Gestalt auf die Füße: ein Obdachloser im Nikolauskostüm, eine Fuselflasche in der Hand. *Man sollte doch meinen, sie hätten was Besseres zu tun*, dachte Rosslyn: *Nicht einmal der Nikolaus darf sich zu Weihnachten besaufen.* Die Polizisten lachten, während die Scheinwerferkegel eines Lieferwagens der Royal Mail über sie hinwegglitten. Sie winkten einer anderen Gestalt zu, die an der Ecke von Thames House stand.

Es war Mary, und sie winkte ihm zu. Sie ist drin, dachte er, sie haben sie genommen. Sie ist dabei. Er ging unbeholfen über die Straße, während allmählich wieder Gefühl in seine erstarrten Füße kam.

Sie umarmten sich unter einer Straßenlaterne.

»Ich hab's geschafft«, sagte sie. »Die wollen mich haben, Alan.«

»Ich wußte es ja.«

»Ohne dich hätte ich das nicht geschafft.«

»Hat nichts mit mir zu tun.« Er küßte sie auf den Mund.

»Es ist verboten, eine Polizistin in Uniform vor aller Welt zu knutschen«, sagte sie. »Um Gottes willen nicht hier!«

»Wen stört's? Laß uns nach Hause gehen.« Er sah sich auf der Uferstraße nach einem Taxi um. »Ich bin halb erfroren.«

Sie sah hinauf zu den Fenstern von Thames House. »Mist,

ich habe meine verdammte Schultertasche vergessen. Wartest du hier auf mich? Fünf Minuten. Tut mir leid. Geh nicht weg.«

Sie hielt ihren Polizistinnenhut mit einer Hand fest und rannte durch den Schnee. Einmal blieb sie stehen, um sich den Rock geradezuziehen. Dann, als ahne sie etwas, drehte sie sich zu ihm um und rief: »Ich liebe dich!«

Er winkte ihr zu. Dann war sie fort.

Er ging über die Straße zu einem Hauseingang und dachte, er hätte sich auch vorher schon dort unterstellen können. Er würde sie zum Essen einladen, um ihren heimlichen Triumph zu feiern. Er überlegte, welches Restaurant sie am liebsten mochte, als er sie plötzlich wieder sah. Er schaute verwirrt zu ihr hinüber: Sie stand ganz allein wenige Meter von einem Hochsicherheitstor entfernt in einem Flutlichtkegel.

Sie wirkte wie geblendet, festgefroren, ihr Blick war starr wie der eines erschrockenen Kindes.

Plötzlich rief sie: »Zurück, Alan!«

Dann bemerkte er, daß sie in eine andere Richtung sah, zu einem dunkelblauen Polizeitransporter, der in ihrer Nähe am Straßenrand geparkt war. Ganz langsam, als werde sie unwiderstehlich von einer Gefahr angezogen, bewegte sie sich Schritt für Schritt darauf zu.

Hinter ihr, jenseits des Polizeitransporters, sah er die drei uniformierten Polizeibeamten die Horseferry Road hinunterrennen. Der Nikolaus war verschwunden.

Unvermittelt erklangen schrille, hektische Warnschreie über ihm, die dann jedoch von Alarmsirenen übertönt wurden.

Von den Dachfirsten hinter dem Parkplatz an der Rückseite des Gebäudes strahlten Flutlichtlampen den Schnee breitflächig an.

Mary sah zu den Fenstern über ihr hinauf, zu den Gesichtern, die in das gleißende Licht starrten. Sie schrie: »Geht von den Fenstern weg!« Dann, noch langsamer als vorher, bewegte sie sich weiter auf den Polizeitransporter zu.

Eine Männerstimme bellte durch ein Megaphon: »Sie da! Machen Sie, daß Sie da wegkommen. Hier entlang!«

Rosslyn glaubte, der Mann brülle Mary an, bis die Stimme hinzufügte: »Sie da in dem schwarzen Mantel!« Er begriff, daß er selbst gemeint war. »Heben Sie die Hände über den Kopf.«

Er gehorchte und drehte sich herum, um zu sehen, wer ihn da anschnauzte, doch gegen das gleißende Licht konnte er nichts erkennen. Schritte kamen schnell von hinten auf ihn zu.

»KEINE BEWEGUNG!«

Eine Hand griff so heftig nach seinem Mantel, daß er stolperte. Jemand stieß ihn in einen Hauseingang und zwang ihn auf die Knie. »Was soll das?« Jemand drehte ihm brutal den Arm auf den Rücken. Das erdrückende Gewicht der Polizisten zwang ihn nach unten.

Er starrte Mary an. Er dachte: *Sie scheint zu wissen, was hier läuft. Sie hat alles im Griff.* Dann hörte er die Schüsse.

Die erste Kugel traf sie in den Oberbauch. Sie schien Mary nach hinten wegzustoßen, als würde ihr Körper von unsichtbaren Drähten ruckweise fortgerissen.

Die übrigen trafen ihren Kopf. Für einen Moment sah man nur einen roten, wäßrigen Schwall wie aus einem riesigen Schlauch spritzen; dann war da nichts mehr, nur noch ein unordentlicher Haufen Kleider, der genauso dampfte wie der verwahrloste Nikolaus, den die Polizisten kaum eine Viertelstunde zuvor aufgeschreckt hatten, und ein Strom von Blut, der sich im Schnee ausbreitete.

2

Etwa dreißig Minuten nach Marys Tod wurde er im Thames House von einer Ärztin flüchtig untersucht und bekam einen Becher heißen, süßen Tee. Dann vernahmen ihn drei Beamte des Sonderdezernats in einem fensterlosen Raum. In der Ecke stand ein Tannenbaum. Seine Lichter blinkten erst rot, dann grün, dann gelb. Jemand sagte, daß der Baum einer von mehreren war, die dem Thames House von Downing Street Nummer 10 gespendet worden waren. Die Farben riefen seltsame Muster an der Wand hervor.

Sofort nach dem Schußwechsel hatte er sich mit ungeheurer Anstrengung aus dem Griff der Polizisten befreien können, die ihn mit vereinten Kräften in dem Hauseingang auf die Knie gezwungen hatten. Einen der Polizisten hatte er in den Unterleib getreten und den zweiten so mit dem Kopf gestoßen, daß der rückwärts gegen den dritten fiel. Dann rannte er zu der Stelle, wo Mary zusammengebrochen war. Kopf und Gesicht waren zerfetzt. Er war durch den Schneematsch gekrochen, seine Hände mit ihrem Blut beschmiert. Polizeibeamte hatten ihn von dort weggeführt und ins Thames House gebracht, in den Raum, wo er jetzt den Leuten vom Sonderdezernat gegenübersaß.

Marys Blut trocknete auf seinem Mantel, der bei der Rangelei an der Schulter aufgerissen war. Er antwortete monoton, gefühllos, beschrieb mechanisch Marys Tod, wie er ihn gesehen hatte. Manchmal schien es ihm, als gehöre seine Stimme irgendeinem anderen. Er hörte sich selbst wie aus weiter Entfernung sprechen, »ja« und »nein« und »ich weiß es nicht mehr« sagen.

Daß es sich um eine grauenhafte Sache handelte, war unstreitig, eindeutig waren auch seine Personalien: »Mein Name ist

Alan Hutton Rosslyn, ich bin dreißig Jahre alt und Fahndungsleiter bei Customs & Excise.« Er gab die Adresse seiner Wohnung in Pimlico an. Ihre Fragen schienen ihm so bedeutungslos wie die irgendeiner Meinungsumfrage.

Alle hatten gesehen, wie sie erschossen wurde. Was für einen Sinn hatte es, wenn er ebenfalls etwas dazu sagte? Was er wollte, wußte er: Er wollte Mary wiederhaben.

Ein Techniker hatte ein Videogerät aufgestellt. Sie sahen sich Marys Tod auf den Filmen der Überwachungskameras an. Jeder Augenblick des Mordes war aufgezeichnet worden. Die Hauptperson, die das Gewehr abgefeuert hatte, konnte man allerdings nicht erkennen. Marys Mörder hatte von einer erhöhten Position auf einem Baugerüst geschossen, das hinter Planen versteckt war. Daß die Überwachungskameras nicht in der Lage waren, die Identität des Mörders preiszugeben, faßten die Leute vom Sonderdezernat quasi als persönliche Beleidigung auf. Der Mord war direkt vor der Nase des MI5 passiert, praktisch auf der Schwelle seines neuen Hauptquartiers.

Die Beamten des Sonderdezernats dankten Rosslyn für seine Mitarbeit. Sie sagten, der MI5 wolle noch kurz mit ihm sprechen, und ließen ihn allein in dem kahlen, weißgetünchten Raum mit dem blinkenden Tannenbaum.

Zunächst fühlte er keine Trauer. Seine unmittelbare Reaktion war körperlich. Es gelang ihm nicht, das Zittern der Muskeln an Armen und Beinen abzustellen. Seine Kleidung war mit Marys Blut bedeckt. Seine Hände auch. Er erinnerte sich, daß eine Menge Leute am Gerüst hinaufkletterten; dann die panikerfüllten Stimmen, als sie schrien, die anderen sollten in Deckung gehen.

Jemand hatte eine Decke über Mary gelegt. Jemand anders

nahm sie wieder weg. Die ganze Szene schien vor Wut zu beben. Männer und Frauen rannten herum wie hyperaktive Kinder. Es war unfaßlich.

Sein Atem ging ungleichmäßig, vor seinen Augen verschwamm alles. Er fühlte sich fast körperlos, als wäre das Ganze ein entsetzliches *Déjà vu* und er selbst in einem grausamen, wirren Alptraum gefangen. Als zwei Frauen hinter ihm den Raum betraten, war er so weit fort, daß er sie sekundenlang nicht bemerkte. Dann sagte eine Stimme: »Ich bin Frances Monro. Das ist Serena Watson.«

Er drehte sich um und sah eine rothaarige Frau in einem dunkelblauen Kostüm vor sich. »Meine Assistentin«, fügte sie selbstgefällig hinzu. Rosslyn fragte sich, ob die Namen echt waren. »Ich weiß, es ist nicht der richtige Moment, aber ich muß ihnen einige Fragen stellen.«

»Bitte sehr«, sagte Rosslyn abweisend.

»Da gibt es ein paar Dinge, die nicht zusammenpassen«, begann sie. »Was genau haben etwa Sie heute abend vor dem Gebäude gemacht?«

Rosslyn bemerkte, daß sie am linken Ohr einen goldenen Ohrring trug. Er sagte: »Ich dachte, Sie wüßten, daß Mary meine Verlobte war.«

Ihr Gesicht nahm einen Ausdruck unendlicher Überlegenheit an. »Wir wissen alles über Inspector Walker. Meine Frage war an Sie gerichtet, Mr. Rosslyn.«

»Das ist mir klar, Miss Monro. Hätte Mary Sie und Ihresgleichen nie kennengelernt, wäre sie noch am Leben.«

»Wenn ich einen Fauxpas begangen habe, verzeihen Sie bitte, Mr. Rosslyn. Trotzdem: Woher wußten Sie, daß sie einen Termin bei mir hatte?«

Rosslyn fühlte Unwillen in sich aufsteigen. »Ich wußte nicht, bei wem sie den Termin hatte«, sagte er. »Sie hat mir nie gesagt, wer die Gespräche führte.«

»Sie hat also meinen Namen nie erwähnt?«

»Nein.«

»Oder meinen Dienstgrad im MI5?«

»Nein. Und ich kenne ihn auch nicht«, erwiderte Rosslyn. »Und ich muß sagen, er interessiert mich auch nicht.«

Noch immer dieses wissende Lächeln. Diese fürchterlich strahlenden Augen, die ihm unverwandt ins Gesicht sahen. Ihre Selbstgefälligkeit war unerträglich.

»Wir hatten vor, Inspector Walker einzustellen«, fuhr Miss Monro fort.

»Das weiß ich. War im nachhinein ein gottverdammter Fehler, nicht wahr?«

»Sie sind wütend.«

»Genau.«

»Und gewaltbereit?«

»Nur, wenn ich muß.«

Sie sah ihn mit einem strengen Lehrerinnenblick an. »Nach unserer Personalakte war sie offenbar verheiratet. Wie kommt es dann, daß sie Ihre Verlobte war?«

»Weil sie dabei war, sich scheiden zu lassen. Es gibt doch verdammt noch mal kein Gesetz, das einem verbietet, sich mit einer Frau zu verloben, selbst wenn sie schon verheiratet ist.«

»Wahrscheinlich nicht. Verzeihen Sie, aber ich habe keinen Verlobungsring gesehen.«

»Weil ich ihr keinen geschenkt habe.«

»Das klingt logisch.«

»Finde ich auch.«

»Aus welchem Grund wollte Inspector Walker sich scheiden lassen?«

»Unvereinbare Interessen«, sagte Rosslyn. »Ihr Mann ist schwul.«

»Auch das verbietet kein Gesetz«, erwiderte Miss Monro und lächelte dabei ihre Assistentin an, die den Teppichboden anstarrte.

Rosslyn sah, daß Miss Watson rote Flecken am Hals bekam. Die Frau hatte kurzgeschnittenes blondes Haar und wirkte wie eine Turnlehrerin. Sie mußte bemerkt haben, daß Rosslyn sah, wie sie errötete. Mit einstudierter Lässigkeit schloß sie den Knopf am Kragen ihrer weißen Bluse.

Monro mußte es ebenfalls bemerkt haben, denn sie wechselte unvermittelt das Thema. »Sie sind Fahndungsleiter bei Customs & Excise.«

»Genau.«

»Wer ist Ihr unmittelbarer Vorgesetzter?«

»Richard Gaynor. Zollamt A, Gruppe D, Zentrale von Abteilung sechs.«

»Haben Sie nicht Deirdre McKeague verhaftet, die IRA-Waffenschieberin?«

Warum fragst du, wenn du's doch schon weißt? dachte er. Er hatte weiß Gott keine Veranlassung, seinen größten beruflichen Erfolg zu leugnen. Dee McKeague saß in diesem Moment im Hochsicherheitstrakt in Untersuchungshaft. Die beiden Frauen mußten davon wissen. Nach einer langen Pause sagte er: »Ja.«

»Sie stehen in direktem Kontakt mit Terroristen?«

»Mit Informanten. Im Fall von Dee McKeague hatten wir einen Tip bekommen.« Auch das wußten sie unter Garantie.

»Dann dürfte Ihnen klar sein, wie wichtig Sicherheit ist. Sie wissen ja, daß es strafbar ist, sich im Umkreis eines nach dem Official Secrets Act als Sperrgebiet ausgewiesenen Ortes unberechtigt aufzuhalten.«

»Das weiß ich«, versetzte Rosslyn. »Weder Inspector Walker noch ich haben uns strafbar gemacht. Worauf zum Teufel wollen Sie hinaus?«

Monro zuckte zusammen, und ihre Assistentin fiel ein: »Ich weiß, daß es ein schlimmer Zeitpunkt für Sie ist. Aber wir müssen sichergehen, daß Sie nach dem Geheimhaltungsgesetz zur Verschwiegenheit verpflichtet sind.«

»Natürlich bin ich das.«

»Dann geben Sie bitte an, was Sie in den letzten sagen wir zwölf Stunden vor Inspector Walkers Tod gemacht haben«, sagte Monro.

»Ich habe in meinem Büro gearbeitet.«

»Sie haben vermutlich Zeugen, die das bestätigen können?«

»Natürlich.«

»Wann haben Sie ihr Büro verlassen?«

»Etwa um sieben.«

»Und Sie kamen vermutlich direkt hierher.«

»Ja.«

»Möchten Sie uns sonst noch etwas sagen?«

Er lehnte sich vor. Er schwitzte unter der grellen Lampe, sein Mund war sehr trocken. »Hören Sie, ich habe genug von alldem.« Seine Wut mußte auf Monro Eindruck gemacht haben, denn sie fuhr zurück. »Ich habe zusehen müssen, wie Mary kaltblütig ermordet wurde. Ich habe gesehen, wie sie starb. Sie nicht. Ich habe schon mit dem Sonderdezernat gesprochen. Und wenn mir noch etwas einfallen sollte, werde ich es denen zuerst sagen.«

»Ich finde Sie sehr abweisend, Mr. Rosslyn. Wir dürfen uns von unseren Gefühlen nicht überwältigen lassen. Erinnern Sie sich sonst an irgend etwas, was in dem Moment geschah, als Inspector Walker von den Schüssen getroffen wurde?«

»Ich erinnere mich an das Geräusch. Und hier im Gebäude dudelte irgendein Radio ›Jingle Bells‹.« Er fühlte, wie ihm die Tränen kamen. »Wenn Sie es genau wissen wollen: Mary und ich haben es heute morgen zusammen unter der Dusche gesungen. Sie meinte, es sei sentimentaler Scheiß.«

Monro schloß ihr Notizbuch. »Man wird Sie von hier aus direkt in ein Krankenhaus bringen.« Es klang wie ein Todesurteil. »Sie werden dort vorläufig bleiben. Zu Ihrer eigenen Sicherheit. Wir möchten nicht, daß Sie in Gefahr geraten.«

Die Frauen standen auf. »Vielen Dank. Sie haben uns sehr geholfen, Mr. Rosslyn. Wir schicken Ihnen jemanden zur Begleitung. Wir werden uns sicher wiedersehen.«

Nicht, wenn ich es vermeiden kann, dachte Rosslyn. Er fühlte sich plötzlich unendlich müde und wünschte sich nur noch, allein gelassen zu werden.

Die Klinik war das King Edward VII Polizeikrankenhaus in der Beaumont Street. Im Flur vor seinem Einzelzimmer standen bewaffnete Polizisten von der Personenschutzeinheit des Sonderdezernats Wache. Alle acht Stunden war Ablösung. Nach ein oder zwei Tagen lockerten sich die Sicherheitsvorkehrungen etwas. Die Tür zu seinem Zimmer stand einen Spalt offen, damit die Polizisten die idiotischen Fernsehsendungen des BBC-Weihnachtsprogramms mitbekamen. Wenn Rosslyn zur Toilette ging, erinnerten seine Bewacher ihn daran, die Tür offenzulassen. Sie entschuldigten sich für diesen Eingriff in seine Privatsphäre. »Das ist nun einmal Vorschrift«, sagten sie. Seine Wächter bemühten sich um eine freundschaftliche Atmosphäre. »Wir sitzen alle im selben Boot«, meinten sie, »wenn es zu einer Schießerei kommt.«

Während der Weihnachtsansprache der Queen saß ein jovialer schwarzer Beamter des Sonderdezernats bei Rosslyn. »Jeder Mensch lebt in Ketten«, sagte der Polizist, offenbar unempfänglich für die Anliegen Ihrer Majestät. Er erzählte Rosslyn, er habe »aus Interesse« einen Fernkurs über »Die Religionen der Welt« belegt. »Im Hinblick auf meine zukünftige Karriere als aktiver Lokalpolitiker in der Karibik.« Rosslyn dachte an seinen Traum von einem sonnendurchfluteten Paradies und stellte fest, daß der Zauber verflogen war.

Die Krankenschwestern behandelten ihn mit eher praktischer Sympathie. Sie wußten offenbar, warum er dort bewacht wurde, abgeschirmt von den Blicken aller, die ihn lieber tot als lebendig gesehen hätten.

Erst einige Tage später suchte ihn Commander Thomas Harding auf. Harding war der Öffentlichkeit seit sechs Jahren als das offizielle Gesicht von Scotland Yard im Kampf gegen den Terrorismus bekannt. Nach jedem Anschlag erschien er auf den Fernsehschirmen des Landes wie ein Todesbote, nahm feierlich Stellung und sprach den Familien der Opfer sein Mitgefühl aus. Mittlerweile war er geradezu eine Berühmtheit, ein routinierter, regelmäßiger Besucher im Wohnzimmer von Millionen Fernsehzuschauern, denen er so vertraut war wie Michael Fish, der exzentrische Sprecher der Wettervorhersage. Man sah Harding gewöhnlich, wie er sich vom neuesten Bild des Grauens abwandte, darum bemüht, den Blick auf das ganze Ausmaß der Zerstörung nicht zu verstellen. Dann ging er entschlossen auf die Kamera zu. Mit einem Stirnrunzeln, das dem Zuschauer Wut, Trauer und Mißbilligung vermittelte, nagte er an der Lippe und richtete wieder einmal einen Appell an die Öffentlichkeit, stets wachsam zu sein. Es gab nur eine begrenzte Anzahl von Möglichkeiten, immer wieder dasselbe zu sagen. Doch die Zuschauer waren es mittlerweile leid, daß er nicht vermochte, der Gewalt ein Ende zu setzen. Die Nation hatte lange genug angesichts von Elend und Frustration stillgehalten.

Man munkelte, Commander Harding werde von den Politikern schlecht behandelt. Kein Wunder, wenn jeder neue Bombenanschlag ein weiteres Mal das Versagen der Regierung deutlich machte. Dieses Versagen, das durch Hardings Erscheinen im Fernsehen nur noch mehr an die Öffentlichkeit kam, wurde zu Hardings Versagen. Gewollt oder nicht, es wirkte wie seine persönliche Schuld. Die untätigen Politiker machten ihn zum Sündenbock. Er schien schlechte Nachrichten anzuziehen, Kritik an ihm wirkte gerechtfertigt. Der Speerträger im Kampf gegen den Terrorismus schwang eine ebenso stumpfe Waffe wie der Held einer billigen Pantomime. Es liegt an ihm und seinesgleichen, sagten die Leute, wenn das Vereinigte Königreich heute alles andere als vereinigt ist; das Königreich wirke ohnehin von Tag zu Tag mehr wie eine Seifenoper, mit der königlichen Familie in den Hauptrollen. Andere wiederum meinten, man könne Harding nicht die Schuld geben. Er war schließlich für die Bomben nicht verantwortlich. Bedauerlicherweise wirkte es mittlerweile fast so. Den Leuten war sein Gesicht vertraut, sie erkannten ihn auf der Straße wieder. Einen Terroristen würden sie dagegen selbst dann nicht erkennen, wenn er vor ihren Augen eine Bombe zündete.

Als Harding schließlich aufkreuzte, wirkte er in seinem grauen Anzug eher wie ein Arzt als ein in Ehren ergrauter Polizist. Er sprach Rosslyn sein Beileid aus. »Wir sind ziemlich sicher, daß Mary ein Opfer der IRA ist«, sagte er.

»Haben sie die Verantwortung übernommen?«

»Nein. Aber ich kann Ihnen das erklären.«

»Das heißt also«, unterbrach ihn Rosslyn, »Sie haben einen Tip bekommen?«

»Nein.«

»Wieso sind Sie dann so sicher, daß es die IRA war? Haben Sie die Mordwaffe gefunden?«

»Noch nicht. Aber das Labor für Feuerwaffen in Huntingdon hat die Kugeln überprüft, die man am Tatort gefunden hat, und auch die zwei, die in Marys Körper steckten. Die Ballistiker sagen, daß sie aus einer Kalaschnikow stammen. Die Zahl der Rillen auf den Kugeln paßt. Der Drall auch.« Er spreizte seine kräftigen Hände auf der Stange am Fußende des Bettes. »Die gerichtsmedizinische Untersuchung war sehr gründlich. Ich bin dabeigewesen.«

»Sie haben bei der Leichenbeschau zugesehen?«

»Allerdings, obwohl es mir schwerfiel. Ich kann mir gut vorstellen, was in Ihnen vorgeht, Alan.«

»Ich will alles wissen.«

»Aber Sie wollen sicher keine Einzelheiten hören. Ich kann Ihnen lediglich sagen, daß Mary geradewegs in die Anfangsphase eines spektakulären Anschlags auf das Zentrum des MI5 hineingeraten ist.«

»Kein Tip.«

»Nein.«

»Keine Verdächtigen?«

»Noch nicht.«

»Kein einziger?«

»Nein. Wir müssen Geduld haben. Nichts erschüttert die Metropolitan Police so sehr wie der Mord an einer ihrer Beamtinnen. Der Killer kann sich verstecken, aber nicht für immer, Die Zahl der Fluchtwege ist begrenzt. Die Spurensicherung hat die ganze Gegend zwei- oder dreimal durchkämmt. Glauben

Sie mir, unsere Leute halten in allen Bars und Clubs zwischen Camden und Liverpool, zwischen Glasgow und Southhampton die Ohren offen.«

»Und was tun Sie sonst noch?«

»Es sind umfassende Ermittlungen im Gang.«

»Ich möchte wissen, was Sie tun.«

»Ich kann Ihnen lediglich das sagen, was meine Kollegen mir berichten. Nur das, was absolut nötig ist.«

»Das richtet einen nicht gerade auf, oder?«

»Ich weiß. Aber wir können uns vielleicht etwas damit trösten, daß sie nicht umsonst gestorben ist.«

»Meinen Sie?« fragte Rosslyn bitter. Er dachte an das Chaos überall im Umkreis vom Thames House. Das Gebrüll. Daß man ihn zu seinem eigenen Schutz niedergeworfen und mit Gewalt festgehalten hatte.

»Sie waren dabei, Alan«, sagte Harding. »Mary hat einen Polizeitransporter gesehen. Ihr sechster Sinn hat sich sofort geregt, ihre Intuition, Erfahrung, egal, wie Sie das nennen wollen. Irgend etwas sagte ihr, daß an dem Wagen etwas faul war. Und so war es auch. Er steckte voller Sprengstoff. Er sollte dem MI5 massiven Schaden zufügen, den Leuten wie dem Gebäude. Was für eine Propaganda – Thames House in die Luft gesprengt. Schäden in Milliardenhöhe im Zentrum der britischen Spionageabwehr. Großbritannien vor der ganzen Welt lächerlich gemacht.«

Es gab eine lange Pause.

»Dazu ist es aber nicht gekommen«, sagte Rosslyn, seine Gefühle mühsam unterdrückend. *Sie haben Mary erwischt.* »Und ich verstehe nicht, warum Mary sich so völlig ohne jede Deckung da draußen hingestellt hat.«

»Wer weiß, was sie sich dabei gedacht hat.« Harding holte tief Luft und wandte den Kopf ab. »Wir werden es nie erfahren.«

»Ich habe mir immer wieder darüber Gedanken gemacht«, sagte Rosslyn. »Abgesehen von allem anderen begreife ich zunächst einmal gar nicht, warum der Bombenleger noch da war, anstatt schnellstens die Kurve zu kratzen.«

»Ich weiß es auch nicht«, sagte Harding. »Uns hat man gesagt, der Lieferwagen sei dort von einem einzelnen Fahrer geparkt worden. Denken Sie daran, es war schließlich ein Polizeifahrzeug. Deshalb wurde es auch nicht überprüft.«

»Nicht sehr lange.«

»Aber gerade lange genug, daß der Fahrer durch die Baustelle gegenüber türmen konnte.«

»Wohin?«

»Wahrscheinlich in eine Nachbarstraße, die man zu Fuß erreichen konnte.«

»Und dann?«

Harding machte eine Pause. »Dann war er verschwunden.« Er wählte seine Worte mit Bedacht. Entweder hatte er tatsächlich die Bewegungen des Killers nicht rekonstruiert, oder er wollte, aus welchem Grund auch immer, nicht alle Einzelheiten preisgeben. Er fuhr fort: »Wenn Sie sich die örtlichen Gegebenheiten vorstellen, dürfte der Mörder gesehen haben, wie Mary in Uniform auf den Transporter zuging. Da ist ihm der Gedanke gekommen: ›Verdammt, die Polizistin da will sich den Wagen ansehen. Bis zur Explosion sind es nur noch Minuten. Wenn sie nun hineinschaut und den Sprengstoff findet? Dann kommt ruck, zuck das Bombenräumkommando und entschärft meinen Sprengsatz. Das Thames House wird evakuiert, und alles war umsonst.‹ Wie Sie sehen, versuche ich, mich in den Terroristen hineinzuversetzen. Der Mörder hat nämlich auch den sechsten Sinn und einen Adrenalinspiegel in Rekordhöhe. Das ist auf beiden Seiten dasselbe, auch bei Mary. Man denkt nicht immer klar. Der Mörder stellt sich den schlimmsten Fall vor. Nach der ganzen mühsamen Planung, denkt er, habe ich jetzt so ein Pech. Er kann auch einfach weggehen und hoffen, daß die Polizistin nichts Verdächtiges bemerkt hat.«

»Oder für Ablenkung sorgen«, sagte Rosslyn.

»Meinen Sie, das ist passiert?« fragte Harding.

»Sie etwa nicht? Man erschießt die Polizistin. Man hofft, daß der Lieferwagen in dem anschließenden Chaos übersehen wird. Verdammt, ich habe es ja gesehen, und Sie müssen zugeben, daß sich alles auf Mary konzentriert hat. Es war doch offensichtlich, daß ihr der Lieferwagen verdächtig vorkam.«

»Genau«, sagte Harding. »Deshalb sind wir ja noch rechtzeitig gekommen, um die Bombe im Wagen zu entschärfen. Sie kennen sich doch mit Sprengstoffen aus, nehme ich an?«

Rosslyn nickte. Er hatte Dee McKeague im Besitz einer tödlichen Menge erwischt.

»In dem Lieferwagen waren fünfundzwanzig Kilo Gelamex, Cordtex, ein Wecker, ein Zünder und eine Batterie. Das Ganze war mit Nitrobenzen und Natriumchlorat zusammengepackt. Eine Masse. Von einer tödlichen Menge zu sprechen wäre eine glatte Untertreibung. Die Wirkung der Sprengkraft wäre grauenhaft gewesen. Wir haben das Ding entschärft.«

»Warum hat man das Thames House nicht evakuiert?«

»Weil es bombensicher ist. Die Anweisung lautete, den Sprengsatz geradewegs zu entschärfen, ohne Alarm, ohne öffentliches Aufsehen. Aber bombensicher oder nicht, erinnern Sie sich, daß Mary den Leuten an den Fenstern etwas zugerufen hat?«

Rosslyn dachte an Mary und ihren Warnschrei.

»Diese Menschen wären von Glassplittern zerfetzt worden«, sagte Harding. »Sobald sie von den Fenstern weg waren, konnte ihnen nichts mehr passieren. Sie haben Mary mehr zu verdanken, als ihnen wahrscheinlich klar ist.«

»Aber Mary haben sie nicht gerettet«, sagte Rosslyn.

»Es tut mir leid. Ich weiß das. Ich kann Ihnen nur sagen, wenn Mary nicht so couragiert gewesen wäre, hätte es Tote und Verletzte gegeben, grauenvolle Verluste.«

Sie schwiegen. Die Erklärungen erschienen Rosslyn so unbefriedigend. Schließlich sagte er: »Für mich ist es auch so ein grauenvoller Verlust. Schließlich ist Mary tot.«

»Es tut mir leid, daß ich Ihnen nichts anderes sagen kann. Ich verstehe Ihren Schmerz sehr gut. Ich weiß, daß Marys Tod für Sie ein schwerer Verlust ist, ebenso wie für mich und ihre Familie. Deshalb nehme ich persönlich an der Trauerfeier teil. Wir müssen weitermachen, Alan. Wir dürfen die Hoffnung nicht aufgeben. Humor, Optimismus, Geduld, Energie – all das zählt jetzt.« Er hielt inne. »Sie haben sich gut gehalten. Vor allem, soweit ich weiß, beim MI5.« Er lächelte. »Sie haben Mumm. Ich habe mir das Band mit Ihrer Vernehmung dort angehört. Es hat mir das Weihnachtsfest versüßt.« Er richtete seine Krawatte und streckte sich.

»Ich wußte nicht, daß sie es aufgezeichnet haben.«

»Sie zeichnen alles auf«, sagte Harding. »Das ist ihr Job.«

Alles, hätte Rosslyn am liebsten gesagt, nur nicht die Identität von Marys Mörder, der nun schon einen großen Vorsprung vor der Polizei haben mußte. Es schien jedoch wenig Sinn zu haben, das zufriedene Lächeln von Hardings Gesicht zu wischen, indem er das sagte. Statt dessen dankte er ihm für seinen Besuch und wünschte ihm frohe Weihnachten.

»Frohe Weihnachten«, entgegnete Harding.

3

Sie verstreuten Marys Asche auf dem Januarschnee im Hochmoor von Yorkshire. Die Landschaft war schwarzweiß, der niedrige Himmel eisengrau. Marys Mutter hatte die Trauerfeier so ausgerichtet, erzählte sie Rosslyn, »wie meine Tochter es sich gewünscht hätte«.

Er vermutete, daß die Zeremonie eher die Idee von Marys Ehemann gewesen war. Der hinfällig wirkende Mann mit kurzgeschorenem Haar bestand darauf, »Mr. Walker« genannt zu werden. Ein Geistlicher in wallendem Talar bat die Trauernden, sich in einem Halbkreis im Schnee aufzustellen.

Sie traten frierend von einem Fuß auf den anderen, unter ihren Schuhsohlen knirschte das gefrorene Heidekraut. Ein Schaf trabte an einer hohen Steinmauer vorbei wie der Geist eines aufgescheuchten Felsens. Es starrte die Fremden in diesem kargen Moor ungläubig an.

Jenseits eines breiten, aus den Angeln gebrochenen Tores sah er am Ende einer in den Schnee gestanzten Fußspur die Zivilwagen der Polizisten. Polizeibeamte stampften mit den Füßen und warteten ebenso ungeduldig wie Rosslyn auf das Ende der Trauerfeier.

»Wenn Sie nun so freundlich sein wollen«, sagte der Geistliche zu Marys Mutter. Es gab einiges Hin und Her. Der Beerdigungsunternehmer reichte einen kleinen Pappkarton zunächst Marys Mutter, dann Walker, dann dem Geistlichen: keiner von ihnen schien den Karton nehmen zu wollen. Rosslyn schloß die Augen, er konnte es nicht mehr ertragen.

Der Geistliche sagte: »Wir übergeben die sterblichen Überreste von Mary Walker dem Schnee und der Erde ihrer geliebten Heimat Yorkshire. Möge Gott der Allmächtige, der Vater, der Sohn und der Heilige Geist, ihre Seele bei sich aufnehmen, jetzt und immerdar. Amen.«

Als Rosslyn die Augen wieder öffnete, sah er die Knochenasche als graue Staubschicht auf dem Schnee liegen. Ein bißchen Asche mußte dem Geistlichen auf den Saum des Talars gefallen sein, denn er klopfte sich zwischen den Beinen Staub ab; es war ihm sichtlich peinlich, als sei ihm ein ganz anderes Mißgeschick passiert. *Mary*, dachte Rosslyn, *hätte bestimmt darüber lachen können*. Aber der Anflug von Humor verging ihm sofort wieder. Seine Augen waren heiß, und er konnte die Tränen nicht mehr zurückhalten.

Es gab Glühwein und klebriges Käsefondue im Gesellschaftszimmer im ersten Stock des Pubs von Skipton. Im Kamin brannten Holzscheite. Daneben stand ein Tannenbaum, umgeben von grinsenden Plastik-Nikolausfiguren, die sich mit Bierkrügen zuprosteten – ein Reklamegag für ein australisches Lagerbier. Der Raum war voller fremder Menschen. Marys Verwandte, ein paar Journalisten der Lokalzeitung und Polizisten. Marys Mutter und Ehemann, der jetzt seinen griesgrämigen Lebensgefährten bei sich hatte, standen dicht neben dem Geistlichen und seinem finster dreinblickenden Küster. Auf dem Kaminsims befand sich über dem qualmenden Feuer ein Farbfoto von Mary in Uniform; eine Karte war daran befestigt, auf der in roten Neonbuchstaben »In Memoriam« stand.

Er sah, wie Harding den Angehörigen sein Beileid aussprach. Dann bat Harding mit routinierter Würde um Ruhe. »Ich möchte einige Worte über das letzte Kapitel eines jungen Lebens sagen, das von Verbrechern aus niederen Beweggründen ausgelöscht wurde. Über einen völlig grundlosen Tod.

Mary Walker. Ein weiterer Name auf der immer länger werdenden Liste von Staatsdienern und Polizisten, die von einem unsichtbaren Gegner ermordet wurden.«

Er trank einen Schluck Wasser. »Mary opferte die schönsten Jahre ihres jungen Lebens dem Polizeidienst. Die Betonung liegt auf ›Dienst‹, denn sie verstand ihre Arbeit als Dienst am anderen, sie tat es für uns alle. Und sie starb für uns alle. Sie arbeitete eine Weile in meiner Abteilung, der Spezialeinheit SO 13. Sie war mir als äußerst vielversprechende Polizistin empfohlen worden. Sie zeichnete sich durch ihr lebhaftes, humorvolles Naturell ebenso aus wie durch ihre körperliche Fitneß und ihre außergewöhnliche Intelligenz. Jeder mochte sie gern. Und das nicht nur bei der Londoner Polizei, denn sogar Vertreter der Zollbehörde können ihre Qualitäten voll und ganz bestätigen.«

Laß meinen Namen aus dem Spiel, bat Rosslyn im stillen. Sein Blick traf den Hardings, dann schaute er auf die Reihe der Plastik-Nikoläuse.

Harding fuhr fort: »Ein enger Kollege, ein Mann vom Zoll und ein geborener Scharfschütze, war bei einem unserer Schießübungskurse in Lippitts Hill im Epping Forest dabei. Es handelt sich um einen jungen Mann, dessen Arbeit direkt zur Entdeckung eines großen Waffenlagers und zur Verhaftung einer Terroristin geführt hat.«

Einige derAnwesenden blickten sich suchend um, doch niemand schien Rosslyn direkt anzusehen.

»Ich selbst habe sie zum letzten Mal im Rahmen eines vertraulichen Dienstgesprächs gesehen.«

Was redest du da? Sie hat mir nie erzählt, daß du auch mit ihr gesprochen hast.

»Sie erzählte mir von ihren Hoffnungen, ihren Ängsten. Sie

machte mir ein ungewöhnliches Geständnis. Sie hoffte nämlich, eines Tages einen Terroristen oder eine Terroristin dingfest zu machen, ohne Rücksicht darauf, ob ihre persönliche Sicherheit dabei auf dem Spiel stehen und sie womöglich selbst zur Zielscheibe werden würde. Als ich sie nach dem Grund fragte, sagte sie mir, es gehe ihr darum, weitere Morde an Kindern zu verhindern. Vor allem an Kindern.«

Jemand, der hinter Rosslyn auf der Türschwelle stand, begann zu schluchzen.

»Mary war eine junge Frau, für die andere an erster Stelle standen. Und genauso war es auch an jenem Abend am Millbank. Intuitiv wußte sie, daß an dem bewußten Polizeifahrzeug etwas nicht in Ordnung war. Und sie versuchte mit all ihrer Kraft als letzte Handlung ihres jungen Lebens, das Leben anderer zu retten. Wenn wir an Mary denken, dürfen wir sie deshalb niemals im Zusammenhang mit dem sehen, was einige Historiker vielleicht einmal als fehlgeschlagene Operation ansehen werden. Sie opferte ihr Leben, denken Sie daran. Lassen Sie uns in einer Schweigeminute dieser jungen Frau gedenken. Uns an ihr Lachen erinnern. Ihr verschmitztes Lächeln. Und an das Licht, das sie mit ihrem vorbildlichen Leben in die Welt trug. Und ich versichere Ihnen: Das Licht von Mary Walker wird niemals erlöschen.«

Rosslyn sah, wie Harding schweigend den Kopf senkte. Von unten schallte aus der Jukebox der Kneipe die elende Melodie herauf: »Jingle bells, jingle bells, jingle all the way«.

Ihm war nie klargewesen, daß man Weihnachten so sehr hassen konnte. Dabei war jetzt schon Neujahr, Weihnachten hatte längst das Verfallsdatum überschritten. Die miese Melodie war selbst durch das Schluchzen zu hören.

»Ich danke Ihnen«, sagte Harding.

Die Schweigeminute war vorüber. Die Trauernden dankten dem Commander wortlos. Die meisten weinten.

Es war Zeit zu gehen und den Taxifahrer wiederzufinden, der versprochen hatte, ihn nach Leeds zum Bahnhof zu bringen.

»Alan?« Es war Commander Hardings Stimme hinter ihm. »Wie kommen Sie nach London zurück?«

»Mit dem Zug von Leeds aus.«

»Unsinn. Wir nehmen Sie im Hubschrauber mit.« Harding wandte sich mit einem »kein Kommentar« zu einem Journalisten um.

Eine Hand legte sich von hinten auf Rosslyns Schulter. »Alan.«

Marys Mutter hielt ihm mit verweinten Augen und sichtlich aufgewühlt zwei in braunes Packpapier eingewickelte, mit Weihnachtsband zusammengehaltene Päckchen hin. Sie sah sich rasch nach Walker um, der sich auf der gegenüberliegenden Seite des Raumes mit seinem Freund und dem Geistlichen unterhielt. »Mary hat mir dies zur Aufbewahrung gegeben«, sagte sie schnell. »Diese Sachen gehören jetzt Ihnen. Öffnen Sie sie nicht hier. In dem größeren Päckchen sind Ihre Briefe an Mary. Das andere enthält ihr Tagebuch. Sie bewahrte beides in ihrem Büro bei Scotland Yard auf, mit der Anweisung, daß man mir die Sachen schicken sollte, wenn ihr etwas zustieße. Ich möchte, daß Sie sie bekommen.« Sie begann zu weinen. »Ich wußte, daß sie Sie geliebt hat, aber mir war nicht klar, wie sehr. Egal, was Ihnen die Zukunft bringen wird, Alan, bitte vergessen Sie sie niemals.« Sie ergriff für einen Augenblick seine Hand. Dann wandte sie sich ab und ließ Rosslyn mit den Päckchen stehen.

Harding wartete an der Tür auf ihn.

Die weißen Moore glitten unter ihnen hinweg und verschwanden. Im Südwesten war die Nachmittagssonne als trüber Schimmer zu erkennen.

Rosslyn blickte hinab auf die kilometerweite Schneelandschaft mit ihren Mustern aus schwarzen Steinwällen, Waldstücken und den verlassenen Walkmühlen in den toten Industriestädten der Flußtäler.

Irgendwo dort unten lag Marys Asche. Er fragte sich, wie es sich wohl anfühlen mochte, mit ihr dort unten zu sein, allein in der gefrorenen, öden Landschaft, wo nur das Dröhnen des in die untergehende Sonne fliegenden Polizeihubschraubers die Stille durchbrach.

»Es muß Ihnen Spaß gemacht haben, diese hochkarätige IRA-Waffenschieberin zu schnappen«, sagte Harding, der neben Rosslyn saß. »Es täte uns gut, noch ein paar von Dee McKeagues Kaliber einzubuchten.« Harding wandte sich zu einem Polizisten um, der auf dem Sitz hinter ihm saß, und sagte etwas zu ihm. Der Mann reichte ihm eine Thermoskanne. Harding füllte zwei Pappbecher mit Kaffee.

»Mary war bei Scotland Yard sehr beliebt«, sagte er. »Eine Art Maskottchen. Ich wünschte, ich hätte sie besser gekannt. Sie hat mir viel von Ihnen erzählt. Von Lippitts Hill. Ich habe gehört, Sie beide waren befreundet. Sie hat mir erzählt, daß man Sie den Mann im Keller nennt: Sie leben in einer Kellerwohnung, führen in einem Kellerraum von Paddington Green Verhöre durch. Sie sind etwas Besonderes. Das hat Mary über Sie gesagt. Über den Mann im Keller.«

»Sie beide haben offenbar viel über mich geredet.«

»Sie waren ihr sehr wichtig«, sagte Harding. »Wann sind Sie beide sich eigentlich nähergekommen?«

»Sie hat mich um Rat gebeten. Sie sagte: ›Der Mann einer

Kollegin ist mit einem Kerl durchgebrannt. Er ist schwul. Was würdest du ihr als Mann raten, was sie mit einem schwulen Ehemann machen soll?‹ Oder so ähnlich, soweit ich mich erinnere. Ich sagte, in Ehen passieren komische Sachen. Ich bin kein Fachmann. Auf einmal fing sie an zu weinen. Sie hat natürlich die ganze Zeit von sich selbst gesprochen. Dann zog sie bei mir ein. Das war alles.«

»Hat Ihnen Lippitts Hill gefallen?«

»Ja, das war eine tolle Zeit. Wußten Sie, daß wir mannshohe Ziele aus ein paar hundert Meter Entfernung getroffen haben? Wir schossen auf Filmszenen im Schießkino. Auf Männer, die uns mit Äxten angriffen. Bewaffnete, maskierte Männer. Ich habe Mary nie wieder so glücklich erlebt. Wir beide haben uns in Lippitts Hill sehr wohl gefühlt. Das war die beste Zeit. Was jetzt werden soll, weiß ich nicht. Ich frage mich manchmal, ob ich überhaupt noch mit dem Herzen dabei bin.«

Harding sah aus dem Fenster. »Wenn Sie den Job hinschmeißen wollen, kann ich das gut verstehen.«

»Sie zu verlieren ist grauenhaft, einfach grauenhaft. Ich würde gern ihrem Mörder direkt gegenüberstehen, von Angesicht zu Angesicht.«

Harding wandte sich wieder zu ihm um. »Ich glaube, Sie würden einen Moment zu lange zögern«, sagte er, »bevor Sie abdrücken.«

Vielleicht hat er meine Leistungsbeurteilung gesehen.

Harding schwieg einen Moment. »Sie sagen, Sie würden ihnen gern gegenübertreten. Was würden Sie tun, wenn Sie den Mörder tatsächlich vor sich haben?«

»Wenn ich sicher bin, daß es tatsächlich Marys Mörder ist, würde ich nicht zögern.«

»Selbst wenn der vermutlich genauso alt ist wie Sie? Intelligenter, als viele glauben. Einige sind aus gutem Hause, genau wie Sie, Mittelschicht, aus anständigen, fleißigen Familien, sind erfahren im Umgang mit Schußwaffen. Die fragen sich nicht so wie Sie, ob sie mit dem Herzen dabei sind. Das sind Leute mit unvorstellbarer Hingabe, die jetzt im Untergrund leben. Eiskalte Schweinehunde. Wirklich eiskalt.«

Rosslyn blickte auf die kilometerweite weißgraue Landschaft hinunter, die sich mit einbrechender Nacht allmählich blauschwarz verdunkelte.

Der Pilot gab Harding Zeichen, seinen Kopfhörer aufzusetzen.

»Noch fünfzehn Minuten bis zur Landung«, sagte er. »Lassen Sie sich von Ihrem Groll nicht unterkriegen.« Harding sah die Unterlagen in seiner Aktentasche durch, blätterte in einem Heft. Auf dem Deckblatt erkannte Rosslyn den Titel des Berichtes, den der innenpolitische Ausschuß des Unterhauses vorgelegt hatte: *Rechenschaftsbericht des MI5*.

Der Hubschrauber ging über einigen Baracken in Sichtweite eines hohen Fernmeldemastes hinunter. Es war eine bösartige Ironie des Schicksals, daß der Hubschrauberlandeplatz der Metropolitan Police in Lippitts Hill lag. Rosslyn erinnerte sich, daß hier ursprünglich ein Lager für deutsche Kriegsgefangene gewesen war. Jetzt wirkte der Ort düster und erinnerte eher an seine ursprüngliche Bestimmung als an ein Trainingszentrum. *Hier haben wir uns also kennengelernt?* Ein seltsamer Kreis schien sich um ihn zu schließen, heraufbeschworen vom Schicksal, von Harding, der Erinnerung an Mary? Er vermochte es nicht zu sagen.

Er hatte die beiden braunen Päckchen unter dem Mantel, als er den Hubschrauber verließ. Die Rotorblätter peitschten Schneematsch hoch, so daß er nichts erkennen konnte als die roten Leuchtbuchstaben: GEFAHR! HUBSCHRAUBER-START- UND -LANDEPLATZ. ZUTRITT NUR FÜR BEFUGTE! Ihm wurde bewußt, daß es hier, mitten im Epping Forest in der Nähe von London, zu tauen begann. Die Vorstellung, allein nach Hause zu kommen, widerte ihn an.

4

Seine Kellerwohnung in Pimlico war auch bei Tage düster.

Ein feuchter Treppenschacht trennte sie von der Straße. Das Fenster im vorderen Raum lag hoch oben in der Wand hinter schweren Eisenstäben, die fest in die Mauern eingelassen waren. Man konnte es allenfalls einen Spalt öffnen, und immer wurden Staub und Schmutz von der Straße in den Treppenschacht gewirbelt. Rosslyns Vermieter hatten einen halbherzigen Versuch unternommen, die Wohnung in dem High-Tech-Stil zu renovieren, der Anfang der achtziger Jahre modern gewesen war. Die graugestrichenen Heizungsrohre und die Linoleumplatten sahen nach Fabrik aus, und die Regale hätten eher in ein Großhandelsgeschäft gepaßt. Irgend jemand hatte sie blau, rot und schwarz gestrichen.

Die grelle Modernität war mittlerweile schäbig geworden: Die Farbe blätterte ab, die Fliesen hatten Risse, und die aufdringlichen Farben erinnerten an Gemeindezentren in den Londoner Armenvierteln. Rosslyn hatte die häßlichen Regale mit Tüchern bedeckt und den scheußlichen Boden unter Berberteppichen verborgen. Gegen die aufsteigende Feuchtigkeit war allerdings nichts zu machen. Die Briefe an seine Vermieter, ein vielgepriesenes postmodernes Architekturbüro, blieben unbeantwortet, abgesehen von einem mit Orthographiefehlern gespickten Rundschreiben, das eine Mieterhöhung ankündigte und ihn aufforderte, per Bankeinzug zu zahlen, um so den Vermietern ›unzumutbare‹ Kosten zu ersparen. Mary hatte ihn gedrängt, diesen Leuten zu sagen, sie könnten ihn gernhaben. Genau das hätte er wahrscheinlich auch getan, wenn Mary noch am Leben gewesen wäre. Ohne sie empfand er seine Wohnung nur noch als das, was sie wirklich war: ein mieses Loch.

Nachts träumte er oft von Mary. Einmal sah er sie auf der Lambeth Bridge stehen. Sie lächelte ihn an, wandte sich dann ganz langsam um und ging durch den Schneematsch auf Thames House zu. Er rief sie, aber sie drehte sich nicht um. Big Ben schlug die volle Stunde, aber die Glocke ertönte über zwölf Schläge hinaus immer weiter, bis neunundzwanzig. Ihr Alter. Er erwachte mit dem sicheren Gefühl, im Schlaf geschrien zu haben.

Als er nach diesem Traum in den frühen Morgenstunden wach lag, beschloß er, sich dem Inhalt der Päckchen zu stellen, die Marys Muter ihm gegeben hatte. Er öffnete sie behutsam in der Küche.

Sie hatte jeden Brief, jede Postkarte und jeden Papierschnipsel aufbewahrt, den er ihr geschrieben hatte. Er sah erstaunt, daß er ihr praktisch jeden Tag geschrieben hatte, manchmal zweimal, sogar dreimal täglich. Sie hatte seine Briefe chronologisch geordnet und in Zellophan eingewickelt. Als er all diese Briefe durchsah, die an ihren Namen unter der Anschrift eines Pubs in der Nähe der Victoria Station adressiert waren, hatte er das Gefühl, er krame in den Geheimnissen eines Toten – seines eigenen Lebens, nicht Marys. Der Gedanke war unerträglich.

Ihr Tagebuch war noch schlimmer.

Ihm fiel auf, daß sie praktisch nie ein Datum eingetragen

hatte. Statt dessen hatte sie einen einfachen Code benutzt: R war der Tag, an dem sie sich kennengelernt hatten. Es folgten R+1, R+2 und so weiter, bis zu ihrem Todestag: R+302 – fast zehn Monate, die ganze Dauer ihres gemeinsamen Lebens. Ein Polizeibericht mit Zeiten, Orten, Beobachtungen.

Er las, was sie an R+14 geschrieben hatte, dem Tag, als sie zum erstenmal miteinander geschlafen hatten. Marys Eintrag lautete:

Ich konnte den Anblick von X heute morgen nicht ertragen, denn ich wußte, er war die ganze Nacht mit Y im Bett gewesen. Wenn ich daran denke, was die beiden da miteinander treiben, wird mir schlecht. X kommt ganz fröhlich und nach Whisky riechend gegen zwei Uhr morgens nach Hause. »Ich hab mich mit meinen Freunden getroffen«, sagt er. »Ich hasse es, eingesperrt zu sein.« Ich sage: »Warum hast du mich dann geheiratet?« Er lacht wie ein verzogenes Kind, das ein Geheimnis hat. »Keine Ahnung«, sagt er. »Wahrscheinlich, weil mich sonst keiner darum gebeten hat. Außerdem wußte ich ja nicht, daß ich schwul bin, nicht wahr? Du kannst mir nichts vorwerfen, Mary. Wir haben alle unser Kreuz zu tragen. Wenn du ein bißchen großzügiger wärst, würdest du mir helfen, meins zu tragen.« Er beugt sich über mich, will mich auf die Wange küssen. Ich kann das teure Aftershave riechen, das Y benutzt. Ich rufe: »Rühr mich nicht an!«, und er lächelt mich mit diesem widerlich verständnisvollen Gesichtsausdruck an, schleicht weg und zieht eine alberne Show ab, als er ganz langsam die Tür hinter sich zumacht, ganz sacht, bis das Schloß einschnappt. Ich liege lange wach und denke an R. Ich habe noch nie einen Mann so sehr begehrt wie ihn. Ich möchte nicht in meinem Bett liegen, ich will in seinem schlafen.

Neben seinem Körper, der schlank und fest aussieht wie der eines Marathonläufers. Sein Gesicht wirkt abgespannt, manchmal traurig, der Blick seiner grauen Augen ist weit weg, doch dann ist R. wieder ganz anwesend, wenn er lächelt und sich bewegt, mit seinen langen, schlanken Händen gestikuliert. Manchmal lächelt er mit geschlossenen Lippen, eine Augenbraue hochgezogen, dann wirkt er wie ein Skeptiker, der Spaß an seiner eigenen Skepsis hat. Bestimmt wird er immer besser aussehen, je älter er wird, ganz im Einklang mit sich selbst, denn er pfeift auf alle anderen und vertraut nur seinem Gefühl.

Am nächsten Morgen, ein paar Stunden später, gehe ich in mein Büro bei Scotland Yard. Dort angekommen, fällt mir ein, daß ich die Kleider zum Wechseln vergessen habe. Ich werde also in Uniform zu R. nach Hause gehen müssen. Vielleicht rufe ich ihn an und frage, ob es ihm etwas ausmacht. Ich sehne mich so danach, seine Stimme zu hören.

Um die Mittagszeit ruft er dann selbst an. Ich entschuldige mich für meine Vergeßlichkeit. Macht es ihm etwas aus, wenn ich in Uniform komme? Er ist so nett, seine Stimme so lieb, so bezaubernd, so glücklich, daß ich in Tränen ausbreche wie ein kleines Kind. »Hör mal, warum sagst du nicht einfach, dir geht's nicht gut, und kommst jetzt gleich zu mir? Dann erzählst du mir, was wirklich los ist.« Ich bin völlig durcheinander. Ich hatte gedacht, er sei im Büro, das stimmt aber nicht. Er hat sich den Tag frei genommen, um seine Wohnung aufzuräumen und das Abendessen für mich zu kochen. »Ich kann hier nicht weg«, sage ich. Er meint, ich solle einfach tun, was mir Spaß macht. Da sage ich: »Gut, ich komme.« Ich sage dem Chef, ich habe Probleme mit meiner Regel. Einfach so.

Er wirkt nervös, als ich ankomme. Er hat Räucherlachs und Erdbeeren zum Mittagessen besorgt, eine Flasche Champagner und sogar Calvados, den ich so gern trinke.

Seine Wohnung liegt im Keller.

Das Allerletzte.

Ich biete ihm an sauberzumachen, die gräßlichen Muster zu übertünchen, die Rohre zu verkleiden. Es sieht aus wie ein Heizungskeller. Er fragt: Würdest du gern dieses Wochenende wegfahren – irgendwohin, wo du noch nie warst? Ich sage, ich war noch nie in Italien, Spanien und Deutschland. Bloß einmal für eine Nacht in Dieppe, mit X.

»Ja oder nein?«

»Ja.«

Während wir die Erdbeeren essen, erzähle ich ihm von X, und er hört schweigend zu. Ich sage ihm, daß ich mich überhaupt nicht begehrt fühle.

Das stimmt nicht, sagt er. »Ich begehre dich.«

Ich sage: »Und ich dich.« Dann habe ich noch irgendeinen Unsinn gesagt, etwa: »Hast du schon mal einer Polizistin die Uniform ausgezogen?«

»Du denn?« fragt er.

»Nein«, sage ich. »Probier es doch mal.«

Er führt mich in sein Schlafzimmer. Mir fällt auf, daß er das Bett frisch bezogen hat. Also hat er es darauf angelegt. Eindeutig.

Er zieht mir die Uniform aus, ich entkleide ihn. Seine Hände sind unglaublich geschickt. Ich fühle seine Finger überall und genau so, wie ich es brauche.

Ich möchte, daß es ihm Spaß macht. Ich halte sein großes, steifes Glied in der einen Hand und streichle seinen Hoden mit der anderen.

Er dringt in mich ein. Seine Hände streichen an meinem Rückgrat hinunter. So feucht bin ich noch nie gewesen.

Er stöhnt laut, wenn er kommt. Sein Gesichtsausdruck ist

ganz ernst, fast schmerzlich, aber seine Augen lächeln. Der Schweiß läuft ihm über das Gesicht. Ich lecke ihn ab und drücke R. ganz fest an mich.

Später frage ich ihn, wo wir übers Wochenende hinfahren.

»Das ist ein Geheimnis«, sagt er. »Irgendwohin, wo du noch nie warst.«

Er schläft eine Weile.

Da liege ich hier im Keller und mache blau, zusammen mit dem Mann im Keller. Wenn er schläft, sieht er überhaupt nicht bedrohlich aus – eher wie ein kleiner Junge. Zufrieden und sehr glücklich. Ich möchte ihm sagen, daß ich ihn sehr gern habe. Aber wenn ich das tue, verschrecke ich ihn vielleicht. Irgend etwas in ihm ist zerrissen, und ich möchte es so gern wieder heil machen.

Danach geht es so weiter:

1. Wir duschen

2. Er geht los und kauft mir Kleidung für den Abend. Kommt wieder.

3. Wir gehen im Hyde Park spazieren.

4. Wir trinken Champagner im Dorchester.

5. Wir essen im Bibendum zu Abend – sündhaft teuer. Ich muß abklären, wo sein Geld herkommt.

6. Champagner im Le Suquet. Seine Finanzen werden immer mysteriöser

7. Wir kehren zurück in seinen Keller.

8. Wir schlafen miteinander.

9. Ich sage ihm, daß ich ihn liebe.

Zu meiner Überraschung – oder fast – sagt er mir dasselbe.

Marys Tagebuch übte eine paradoxe Faszination auf ihn aus. Als Gegenstand konnte er es zärtlich hegen und pflegen, es liebkosen; manchmal drückte er es an sein Gesicht in dem Verlangen, einen Hauch von ihrem Geruch daran zu entdecken. Weiterlesen konnte er jedoch unter der unerwarteten Wucht seiner Trauer nicht. Der Gedanke war ihm unerträglich, daß er irgendwann an den Schluß gelangen würde. Er mußte den Zeitpunkt hinauszögern.

Seine Arbeitskollegen schienen von ihm abzurücken. Seine früheren Erfolge boten ihm keinen Trost. Er fühlte sich von Trauer ergriffen. Er befürchtete, genau zu der Art Mensch zu werden, die Harding beschrieben hatte. War es nicht auch Marys Ansicht gewesen? *Der Mann im Keller.*

Jetzt war der Mann im Keller dabei, den Kontakt zur Welt zu verlieren.

»Gehen Sie mal zum Arzt«, riet ihm Richard Gaynor, sein unmittelbarer Vorgesetzer. »Ich kenne da einen Seelenklempner.«

Gaynor, ein Zollbeamter alter Schule mit einem Bart wie ein Schiffskapitän auf einer Tabaksdose, war ein launischer Mann, dessen Stimmung innerhalb einer Stunde von Windstille auf Sturm umschlagen konnte. Verdächtigen wie Untergebenen flößte er gleichermaßen höllischen Respekt ein.

Rosslyn beobachtete, wie Gaynor gravitätisch um seinen Schreibtisch herumschritt. Der Kapitän auf seiner Brücke. Er ging gebeugt und bewegte sich wegen seiner Korpulenz bedächtig. Seine Ausdrucksweise paßte oft nicht zu seiner Vorliebe für die Romane Joseph Conrads, deren Erstausgaben er sich von einer Versandbuchhandlung in Bristol für seine Sammlung schicken ließ. Seine polnische Großmutter, eine geborene Korzeniowska, war angeblich eine Cousine des Schriftstellers gewesen. Außerdem stand er in dem Ruf, auf dem Tanzparkett eine gute Figur zu machen, ein Ausgleich dafür, daß er ansonsten nicht in der Lage war, eine richtige Beziehung zu einer Frau einzugehen. Gaynor: der Mann, auf den man sich verlassen konnte, der sich an die Spielregeln hielt und dessen nervöse Energie sich in seiner Arbeit entlud. Er stand neben seinem Schreibtisch, die Beine gespreizt, blickte auf seine polierten Schuhe und wiegte sich wie ein Golfspieler, der sich auf den nächsten Schlag konzentriert. Neben dem Papierkorb stand sein eleganter Diplomatenkoffer aus schwarzem Leder, wie ihn die Freimaurer bevorzugen. Es fiel Rosslyn schwer, sich Gaynor im zeremoniellen Schurz mit entblößtem linken Knie vorzustellen.

Als Rosslyn auf seinen Vorschlag, er solle einen Psychiater aufsuchen, ausweichend reagierte, entschloß sich Gaynor zu einem Frontalangriff. »Ich will offen mit Ihnen sprechen, als guter Freund.«

Rosslyn dachte: *Wir vom Zoll haben keine Freunde.*

»Ich mache mir Sorgen um Ihren Geisteszustand, Alan. Deshalb haben wir Ihnen im letzten Vierteljahr auch nicht allzuviel zu tun gegeben. Einfuhr und Besitz von Warengruppe B, weiche Drogen, Kinkerlitzchen, nichts Weltbewegendes. Nicht gerade aufregend, der Routinekram, was? Drogen an der Farringdon Station, Teekisten aus Nigeria. Wir haben Sie nicht gerade überlastet, Alan, oder? Wir müssen schließlich auch an unsere Kollegen denken, oder? Ich finde, wir können doch nicht ewig so weitermachen, oder?« Sein Tonfall wurde schärfer. »Sie müssen zusehen, daß Sie wieder in den Ring steigen und in Ihrer Klasse weiterkämpfen, oder?«

»Gegen welchen Gegner denn?«

»Mein Gott, Alan, hören Sie zu. Dee McKeague. Jeder will

sie doch dazu bringen, ihre feinen Freunde zu verpfeifen. Aber bislang hat sie dichtgehalten, Alan, oder?«

»Was wollen Sie von mir?«

»Das wissen Sie ganz genau. Hören Sie zu. Ich möchte, daß Sie sie knacken. Damit Sie wieder in die Gänge kommen. Spielen Sie den harten Mann. Oder wollen Sie wirklich, daß andere ihr die rauhen Seiten der Justiz zeigen? Bestimmt nicht, oder? Natürlich, selbst wenn die Ziege keinen Ton sagt, steht immer noch in den Akten, daß Sie als erster die Waffen und den Sprengstoff in ihrem beschissenen Haus und in der Garage in West-London aufgespürt haben.«

Es ist mir aus den Händen geglitten, dachte Rosslyn. *Womöglich werfen sie McKeague sogar einer Miss Monro und einer Miss Watson in den Rachen.*

»Denken Sie darüber nach, Alan. Der Zollfahndungschef hat eine Geheimbesprechung für den 25. März einberufen. Auf höchster Ebene, Alan. Dann sind Sie hier.« Seine Stimme troff vor Sarkasmus. »Im zweiten Stock, Alan, hier im Hauptamt der Zollbehörde, Lower Thames Street. Und warum nehmen Sie daran teil? Weil Sie an McKeagues Festnahme maßgeblich mitgewirkt haben. Sie sind hier. Und Sie reißen sich verdammt noch mal zusammen, oder wollen Sie Passivität zu Ihrer Lebensphilosophie machen?«

Was hätte er Gaynor darauf antworten können? Der dicke Mann informierte ihn über ein weiteres Geheimtreffen, das mit Sicherheit genauso nutzlos sein würde wie die vorigen auch, bei dem lediglich Papier hin und her geschoben werden würde, anstatt etwas Sinnvolles zu tun, etwa, jemanden zu schnappen – zum Beispiel Marys Mörder.

Er beschloß jedoch, diese Ansicht für sich zu behalten.

Am 25. März wartete Rosslyn im Flur darauf, zur Geheimbesprechung ins Büro des Chefs der Zollfahndung gerufen zu werden.

Der Kaffee aus dem Getränkeautomaten war schwarz, aber dünn und lauwarm. Auf einem Stuhl neben dem Automaten lag ein zerfleddertes Exemplar von *Portcullis*, der Zeitschrift der Zollbeamten. Rosslyn schlug die Seite mit den Leserbriefen auf. Die Zuschriften stammten zu etwa gleichen Teilen von Unzufriedenen und Ehrgeizigen. Ein junger Kollege, der zum Zollamt von Shoreham in Sussex versetzt worden war, machte sich über die Vorliebe der Zollbehörde und der Geheimdienste für Abkürzungen lustig, wobei er die Kürzel des Secret Intelligence Service, SIS, als seine Adresse – *»Somewhere in the South«* angab. Bei den Briefen an den Herausgeber machte jemand Vorschläge, wie Beförderungsausschüsse effektiver arbeiten könnten. In einer Kleinanzeige gab ein gewisser Tom William Putt bekannt, er sei bereit, »Ihre ungenutzte Scalextric-Rennbahn samt ›Zubehör‹« zu kaufen, mit Anschrift in Tunbridge Wells. Die Sekretärin des Fahndungschefs unterbrach Rosslyn bei der Lektüre. »Bitte kommen Sie jetzt herein, Mr. Rosslyn.« Er folgte ihr ins Büro des Zollfahndungschefs.

Der Fahndungschef, ein dicker, kahlköpfiger Mann mit rotem Gesicht, blickte von einem Stapel Akten an der Stirnseite des langen, polierten Tisches auf. »Ich hoffe, wir haben Sie nicht zu lange warten lassen, Alan«, sagte er rasch. Normalerweise blieb er bei Besprechungen hinter seinem mächtigen Schreibtisch sitzen. Er schuf gern etwas Distanz zwischen sich und seinen Untergebenen. Meist begann er mit einer verbindlichen Bemerkung über den Blick auf die Themse und die *HMS Belfast* und erzählte etwas über die Geschichte des Kriegsschiffs. Er war stolz darauf, sich in der Geschichte der Seefahrt auszukennen, und die *Belfast* war sein Steckenpferd. Heute war alles anders. Rosslyn bemerkte einen ungewohnten Anflug von Schärfe und Ungeduld in seiner Stimme.

»Wir sind spät dran«, sagte der Fahndungschef. »Ich denke, Sie kennen alle.« Er machte eine vage Handbewegung zu den übrigen Personen am Tisch.

Rosslyn sah Gaynor, die fünf stellvertretenden Fahndungschefs, und andere, unvertraute Gesichter.

»Mit Ausnahme natürlich«, fuhr der Fahndungschef fort, »der Beobachter vom Intelligence Committee, vom National Criminal Intelligence Service ... unsere neuen Freunde von der Metropolitan Police. Nehmen Sie Platz, Alan.« Er sprach weit schroffer als sonst. Es schien Rosslyn, als sei dem Fahndungschef daran gelegen, die Sitzung rasch hinter sich zu bringen.

Rosslyn saß in einem grünen Ledersessel an einer der Schmalseiten des Tisches in einigem Abstand von den anderen, als solle er verhört werden. In der auf Hochglanz polierten Tischplatte spiegelte sich das Sonnenlicht, das durch die zur Themse gelegenen großen Fenster in den Raum fiel.

»Wir arbeiten gerade einige Vorschläge aus, Alan«, erläuterte der Fahndungschef. »Es geht darum, einen Geheimbericht für eine Arbeitsgruppe des Koordinationskomitees zu erstellen, das aus leitenden Mitarbeitern des Militärischen Abwehrdienstes, des MI5 und des Sonderdezernats zusammengesetzt ist. Wir sollen Empfehlungen geben, wie – ich zitiere – ›das von der Zollbehörde durch verdeckte Ermittler beschaffte hochwertige Erkenntnismaterial möglichst effektiv zur Terroristenbekämpfung eingesetzt werden kann‹. Zitat Ende. Als Vorsitzender dieser Arbeitsgruppe, dieses Komitees, dieses Ausschusses, wie auch immer wir uns nennen wollen, wurde ich aufgefordert, zu diesem Thema auch die generelle Meinung von mindestens einem Fahnder in leitender Position einzuholen, der diesbezüglich über frische Eindrücke aus erster Hand verfügt. Und das sind Sie, Alan.« Der Fahndungschef lockerte seine Krawatte. »Ich möchte, daß Sie das hier lesen ...« Er reichte seiner Sekretärin ein loses Blatt Papier. Sie stand auf und ging um den Tisch herum, um es Rosslyn zu geben. »Nach der Kaffeepause würden wir gern Ihre Meinung hören. Eine Tasse Kaffee?«

»Gern.«

Das Blatt enthielt ein Diagramm von beeindruckender Komplexität.

»Was halten Sie davon, Alan?«

»Wollen Sie meine ehrliche Meinung hören?« fragte Rosslyn. »Oder eine höfliche Antwort?«

»Sagen Sie dem Ausschuß einfach, was Sie denken.«

Rosslyn überlegte blitzschnell. Was wollte der Fahndungschef hören? Sollte er die Drecksarbeit für ihn erledigen? *Fordert er mich auf zu sagen, was ein Blinder mit dem Krückstock sieht, daß dies nämlich doch bloß wieder bürokratische Schaumschlägerei ist? Warum gerade ich? Haben die anderen das etwa geschluckt?* In den ausdruckslosen Gesichtern konnte er nicht lesen, was wirklich los war. Diese Männer hatten schon zahllose ähnliche Besprechungen hinter sich, sie konnten warten. Sie waren froh, wenn andere sich abstrampelten. Sie waren die Überlebenden, die ihren Arsch in Sicherheit gebracht hatten und nun ihre Zeit absaßen, bis ihnen irgendeine Ehrung zuteil wurde, die ihrem Rang entsprach. Er verachtete diese Männer zutiefst. *Das Diagramm ist völliger Quatsch. Kopflastig. Und wo steht Customs & Excise?* Er sah nach. *Natürlich, ganz unten als Schlußlicht des gräßlichen Haufens. Und was zum Henker hat der Kanzler des Herzogtums Lancaster damit*

STRENG GEHEIM

Der Premierminister
Der Kabinettssekretär
Kabinettsausschuß für Verteidigung und Außenpolitik
(Geheimdienste, Staatssicherheit, Verteidigung und Terrorismusbekämpfung)

Premier-minister	Außen-minister	Finanz-minister	Handels-minister	Erster Kronanwalt	Verteidigungs-minister

Kabinettsausschuß für die Geheimdienste
(Geheim- und Staatssicherheitsdienste, Berichtswesen)

Premier-minister	Außen-minister	Verteidigungs-minister	Innen-minister	Kanzler des Herzog-tums Lancaster

Kabinettsunterausschuß für Terrorismusbekämpfung
(Rechenschaftsberichte über Vorhaben zur Terrorismusabwehr, Terroranschläge, Berichterstattung an den Kabinettsausschuß für Verteidigung und Außenpolitik)

Innenminister — Außenminister — Verteidigungsminister
Handelsminister — Transportminister — Minister für Nordirlandfragen
Erster Kronanwalt — Minister für Schottlandfragen

Innenministerium — Außenministerium — Verteidigungsministerium — Polizei

MI5: *Koordination der gegen die IRA gerichteten Geheimdiensttätigkeit in Großbritannien und Nordirland.*
COBRA: *Aktivierung bei schwerwiegenden Terrorakten. Operationen des Sondereinsatzkommandos SAS.*
MI6: *Geheimdienst-Koordination im Ausland. Aktionen gegen die IRA in der Republik Irland.*
GCHQ: *Government Communications Headquarters, Cheltenham. Beschaffung von nachrichtendienstlichem Erkenntnismaterial per Satellit und Funk.*
DIS: *Defence Intelligence Staff. Beschaffung von nachrichtendienstlichem Erkenntnismaterial über IRA-Anschläge auf militärische Ziele.*
AIC: *Army Intelligence Corps. Verdecktes Vorgehen gegen die IRA in Nordirland.*

Gemeinsamer Geheimdienstausschuß
Leitende Mitarbeiter von
MI5, MI6, DIS und GCHQ

Royal Ulster Constabulary
Spezialeinheit der Met. Police (SO 13)
Sonderdezernat der Met. Police (SO 12)
Alle übrigen Polizeieinheiten

Her Majesty's Customs & Excise, Zollfahndungsabteilung

zu schaffen, wenn er zu Hause sitzt? Rosslyn hatte nicht übel Lust, sie anzuschreien: *Macht doch die Augen auf! Da sind dreißig oder vierzig Terroristen im Vereinigten Königreich aktiv, in diesem Augenblick. Wenn die Iren euch jetzt sehen könnten, würden sie Luftsprünge machen. Und ihr sitzt hier rum und fragt mich, was ich von einem Diagramm halte. In elf Jahren mehr als zwanzig Anschläge, über drei Dutzend Ermordete, fast 600 verwundete und verstümmelte Menschen, Sachschäden in Milliardenhöhe. Und wie viele IRA-Terroristen wurden verurteilt? Drei! Ganze drei beschissene Paddys, an deren Namen sich keiner von euch erinnert!*

Er war überrascht, als er sich selbst nun mit scheinbar gelassener Stimme sagen hörte: »Bei allem Respekt, ich bin mir nicht sicher, ob ich dazu irgend etwas Brauchbares sagen kann.« Er hatte sich aus der Affäre gezogen und wartete nun darauf, daß die anderen ihre nächste Karte ausspielten. Sie sahen ihn schweigend an. »Ich verstehe nicht recht, was uns das einbringen soll.«

»Was genau verstehen Sie nicht, Alan?« fragte der Fahndungschef.

»Ich verstehe nicht, wie das hier« – Rosslyn deutete auf das Diagramm vor sich auf dem Tisch – »überhaupt jemandem nützen soll. Was sagt es schon aus? ›Wie man am wirkungsvollsten gegen Terroristen vorgeht.‹«

»Es zeigt, wer das Erkenntnismaterial nutzt und wie es genutzt wird, Alan. Betrachten Sie das Diagramm als eine Art Filter, ein Rohrleitungssystem, eine Hierarchie der Verantwortlichkeiten.«

»Meinen Sie nicht – bei allem Respekt –«, sagte Rosslyn, »daß die Leitungen verstopft sind?«

»Alan, das fragen wir *Sie*. Ist das Ihre Meinung?«

»Ich kann mir lediglich eine Meinung über das bilden, was Sie mir gezeigt haben. Ich glaube, jeder, der das sieht, fragt sich: ›Wer sind all diese Leute? Was tun sie eigentlich tagaus, tagein?‹«

An diesem Punkt schaltete sich einer der ihm unbekannten Beobachter ein: »Sie sind ein sehr erfahrener Fahndungsleiter. Sie müssen doch mit der Befehlshierarchie vertraut sein.«

»Das kann ich nicht behaupten«, sagte Rosslyn.

»Sie scheinen ihr trotzdem recht kritisch gegenüberzustehen«, sagte der namenlose Beobachter.

»Sie etwa nicht?«

»Ja und nein«, sagte der Mann. »Wir sind schließlich in einen sehr komplexen Krieg verwickelt. Deshalb ist es natürlich auch äußerst schwierig, die Befehlsstrukturen richtig zu organisieren. Herr Vorsitzender, wenn ich einen Vorschlag machen darf: Warum nennt uns Mr. Rosslyn nicht Roß und Reiter? Er sagt dauernd ›bei allem Respekt‹, aber ich finde nicht, daß Mr. Rosslyn allzuviel *Respekt* aufbringt.«

Rosslyn sah auf das Diagramm. »Das mag Ihnen so vorkommen«, sagte er. »Aber ich habe mehr Respekt als die meisten Leute – vor den Terroristen. Vor ihren Erfolgen. Wie sie sich geschickt Verhaftungen und Verurteilungen entziehen. Ihre Anschläge zeitlich organisieren. Vor ihrer Effizienz. Ihrer Loyalität den eigenen Leuten gegenüber, selbst in den Vereinigten Staaten, wo ihre Propagandisten unbehelligt die Werbetrommel rühren dürfen. Wie viele von unseren Leuten, die in dem Diagramm hier auftauchen, sind in die Staaten gefahren, um unseren Standpunkt zu vertreten? Nicht allzu viele. Und wenn sie hingefahren sind, dann haben sie offenbar nicht viel erreicht. Ich meine allerdings, daß die Zollbehörde sehr wohl etwas erreicht hat. Wir beschaffen mehr und besseres Erkenntnismaterial als alle anderen. Ich versuche doch nur, folgendes zu sagen: Wenn unser hochbrisantes Material in dieses Sieb oder Rohrleitungssystem oder wie immer Sie das nennen wollen eingespeist wird, wenn es in den Vernichtungskrieg gerät, der zwischen unseren eigenen Behörden und Dienststellen tobt, dann wird es sich sang- und klanglos im System verlieren.«

Auf einmal wurden mehrere Stimmen zugleich laut, meist in abwehrendem Ton. Rosslyn hob die Hände und heuchelte Erstaunen über den Widerspruch, den er geweckt hatte. »Darf ich noch etwas hinzufügen?« fragte er gelassen und sagte dann lauter: »Ein letztes Wort über Mißverständnisse?«

»Fahren Sie fort, Alan«, sagte der Fahndungschef.

»Dieses Diagramm trägt den Vermerk STRENG GEHEIM. Es mag ja sein, daß in Whitehall daran geglaubt wird. Das Problem ist nur, daß ein sehr ähnliches Diagramm bereits in der *Sunday Times* abgedruckt wurde.«

Peinliche Stille.

Der Fahndungschef ergriff als erster wieder das Wort. »Trotz allem vielen Dank, daß Sie gekommen sind, Alan.«

Er wurde von seiner Sekretärin unterbrochen, die unbemerkt zu ihm an die Stirnseite des Tisches getreten war. Sie hielt ihm einen gelben Zettel hin. Der Fahndungschef nahm ihn, ohne sich umzudrehen. Nachdem er einen kurzen Blick darauf geworfen hatte, wandte er sich an Rosslyn. »Kommen Sie bitte einen Augenblick mit nach draußen, Alan.«

Auf dem Flur kam der Fahndungschef ganz dicht an Rosslyn heran. »Danke, daß Sie das gesagt haben. Ich hätte es nicht besser ausdrücken können. Ich hätte allerdings nicht die *Sunday Times* ins Spiel gebracht, sie steht bei Scotland Yard zur Zeit nicht besonders hoch im Kurs.«

Er drückte Rosslyn den gelben Zettel in die Hand. Die Nachricht darauf war kurz: Die Gefangene Dee McKeague bestand darauf, Rosslyn zu sehen, und zwar so bald wie möglich, allein und unter strenger Geheimhaltung. Der Leiter des Polizeireviers von Paddington Green würde dafür Sorge tragen, daß das Gespräch in jedweder von Rosslyn gewünschten Form aufgezeichnet wurde. Es könne erforderlich werden, das Gespräch in den offiziellen Unterlagen nicht zu erwähnen. Anschließend könne Mr. Rosslyn das Band an sich nehmen. »Es scheint angemessen«, schloß der Revierleiter mit überraschendem Weitblick, »daß es gerade Mr. Rosslyn ist, der die in Aussicht gestellten Informationen erhalten soll.«

Der Revierleiter war offenbar davon überzeugt, daß Dee McKeague vorhatte, die Identität von Marys Mörder preiszugeben.

5

Rosslyn zeigte dem Wachbeamten des Polizeireviers von Paddington Green seinen Dienstausweis und wurde zu den Zellen im Kellergeschoß geführt.

Die Veränderung, die mit Dee McKeagues Äußerem seit ihrer Verhaftung als Terroristin vorgegangen war, überraschte ihn. Bei der letzten Haftprüfung hatte der Untersuchungsrichter ihre Unterbringung im Polizeirevier von Paddington Green verfügt, da kein Platz in einem Hochsicherheitsgefängnis frei war. Der britische Strafvollzug befand sich wegen Überfüllung am Rande des Zusammenbruchs.

McKeague saß an einem Tisch in dem stickigen Vernehmungsraum. Ihre geschwollenen Hände zitterten. Rosslyn fragte sich, wessen Stiefel daraufgetreten sein mochten. Auf dem Einwegkittel aus weißem Zellstoff, den man ihr bei der Polizei gegeben hatte, waren Blutflecken. Nicht nur der Kittel, auch die Gefängnisschuhe waren ihr zu klein. Rosslyn sah, daß sie die Hacken heruntergetreten hatte.

Er schob eine Kassette in einen an der Wand angebrachten Recorder.

»Paddington Green Polizeirevier. Vernehmungsraum. Anwesend Rosslyn, leitender Zollfahnder. Deirdre McKeague. Kein Anwalt zugegen. Die Vernehmung beginnt am Freitag, dem 25. März, um elf Uhr fünfzehn morgens.«

Er reichte ihr eine Zigarette und gab ihr Feuer. Dann begann er: »Um es gleich klarzustellen: Ich bin Beamter der Zollbehörde. Wir lassen uns nicht auf Abkommen ein, McKeague. Sie haben mindestens vierzig Jahre zu erwarten. Wenn Sie wieder rauskommen, sind Sie eine alte Frau.«

»Sie sind ein harter Mann, Mr. Rosslyn.« Sie hatte einen rauhen West-Belfast-Akzent. Aus zugeschwollenen Augen sah sie ihn an. »Ich möchte ein Abkommen mit Ihnen schließen.«

»Ich habe Ihnen doch schon gesagt: keine Abkommen.«

»Warum sind Sie dann hier?« fragte sie.

»Weil Sie mich sehen wollten. Es ist Ihnen offenbar nicht klar: Mein Job ist, die illegale Einfuhr von Waffen und Sprengstoff zu verhindern. Ich bin befugt, Durchsuchungen und Verhaftungen durchzuführen. Ihr Anwalt wird Ihnen jedoch gesagt haben, daß ich nicht befugt bin, Abkommen zu schließen.«

»Ich habe mit ihm nicht darüber gesprochen.«

»Warum nicht?«

Mit einem Ausdruck der Hoffnungslosigkeit sank sie auf ihrem Stuhl in sich zusammen. »Ich kann sie schlecht hören.«

»Ich sagte: Ich kann kein Abkommen treffen. Sie sollten mit der Polizei oder mit dem MI5 sprechen, nicht mit mir.«

»Sie machen Witze. Von denen traue ich keinem.«

»Die trauen Ihnen ebensowenig. Ich übrigens auch nicht.«

»Aber mit Ihnen kann ich ein Abkommen schließen.«

»Sie hören mir nicht zu, McKeague. Sie wurden wochenlang rund um die Uhr überwacht. Sie haben vierzig Kilo Semtex ins Land gebracht. Genug, um Hunderte zu töten. Sie besaßen zehn Kalaschnikows und Munition. Verflucht noch mal, Sie hatten sogar bei Ihrer Verhaftung eine Smith & Wesson unter den Gürtel geklemmt. Ich kann kein Abkommen schließen. Sie haben vierzig Jahre zu erwarten. Vierzig!«

»Ich bin verladen worden.«

Sie versuchte es mit der alten Masche. Immer waren andere schuld. Es wurde Zeit, sie zur Vernunft zu bringen. »Warum haben Sie das dann nicht schon eher gesagt?« fragte er sachlich. »Die Spezialeinheit SO13 war bei Ihrer Festnahme dabei. Die hätten Ihnen zugehört. Sie hätten jederzeit mit ihnen sprechen können, wenn Sie gewollt hätten. Sie werden noch genug Gelegenheit haben, sich bei Gericht zu beschweren. Geben Sie zu: Sie haben aus gutem Grund Prügel bezogen.« Er deutete auf den Pappbecher mit Kaffee, der auf dem Tisch stand. »Hier, trinken Sie.«

Sie brachte den Becher mühsam an ihre übel zugerichteten Lippen.

»Wer hat Sie denn nun zusammengeschlagen, McKeague?«

Was glauben Sie?«

»Ich frage Sie.«

»Die Polizei. Ihre sadistischen Freunde vom MI5, die Scheißer. Die Öffentlichkeit sollte über diese Schweine informiert werden, die das mit mir gemacht haben.«

»Sie können Beschwerde einreichen, wenn Sie wollen.«
»Glauben Sie etwa, das hätte irgendeinen Sinn? Ich nicht.«
Eine ihrer Hände zuckte wie eine gebrochene Klaue. Er hatte schon Dutzende wie Dee McKeague gesehen: Mörder und geschickte Lügner aus Irland und dem Nahen Osten, geborene Terroristen und Meister in der Kunst des Verschweigens. McKeague war kein bißchen anders. Er hatte nur noch nie eine Gefangene gesehen, die so brutal verprügelt worden war. Trotzdem glaubte er nicht daran, daß sie ihm die Namen irgendeines ihrer Genossen verraten würde, von Marys Mörder ganz zu schweigen. Nur wenige von ihnen verpfiffen ihre Kameraden. Und wer dennoch sang, fiel ziemlich bald häßlichen Racheakten seitens der Mithäftlinge im Hochsicherheitstrakt zum Opfer. Unsichtbare Hände stachen mit scharf geschliffenen Schraubenziehern oder zerbrochenen Rasierklingen zu, zogen ein Stück Draht um die Kehle zusammen. Echte »Singvögel« ließ man, hatte man sie erst einmal entlarvt, in ihrem Blut verrecken, anderen zur Warnung. Einige von ihnen verübten Selbstmord, weil sie den ständigen Alptraum solch einer Exekution durch ihre früheren Freunde nicht ertragen konnten. Sehr wenige von ihnen machten schlapp und gaben den Geheimdienstbeamten, die ohnehin auf erste Anzeichen von Schwäche lauerten, Namen preis.

McKeagues Hände zitterten. »Ich will über den MI5 reden.«
»Ich werde kein Wort über die Vorgehensweise sagen«, warnte Rosslyn sie.
»Darum bitte ich Sie ja auch gar nicht. Ich erzähle Ihnen etwas. Der MI5 hat mir einen hochexplosiven Sprengsatz untergeschoben.«
»Reden Sie keinen Mist, McKeague.«

»Hören Sie mir zu. Sie haben sie mitgebracht, als sie mich verhafteten.«

»Was haben sie mitgebracht, McKeague?« fragte er ungläubig.

»Einen Sprengsatz aus Dresden oder Brüssel oder sonstwo. Ein hochexplosives Ding mit ganz neuer Technik.«

»Und den haben sie Ihnen untergeschoben? Zu dem Semtex und den Kalaschnikows? Die hatten es gar nicht *nötig*, Ihnen zusätzlich noch was unterzuschieben. Die Beweise sprangen uns ja geradezu ins Auge.«

»Dann haben sie ihn wieder weggenommen.«

Er schüttelte den Kopf. »Wenn ich Sie richtig verstehe, wollen Sie mir im Ernst weismachen, sie hätten diesen Sprengsatz mitgebracht, als man Sie verhaftete?«

»Genau.«

»Und dann haben sie ihn irgendwo deponiert?«

»Genau. Zu dem übrigen.«

»Und dann haben sie ihn wieder weggenommen?«

Einen Moment lang herrschte Schweigen.

»Ich sage Ihnen die Wahrheit«, sagte sie.

»Warum sollten sie den Sprengsatz wieder wegnehmen?«

»Überlegen Sie doch mal«, sagte sie.

»Das tue ich, McKeague. Und ich weiß keine Antwort. Haben Sie eine?«

»Ja.«

»Und wie lautet die?« fragte er.

»Sie wollen einen legitimen Grund, um einen hochexplosiven Sprengsatz zu beschlagnahmen. Passen Sie auf, was ich sage. Überlegen Sie doch mal, Mr. Rosslyn. Die lassen ihre eigene Arbeit gut aussehen. Besser als die der Spezialeinheit. Sogar besser als Ihr Verein. Sie schieben Beweismittel unter. Sie lassen ein paar kleine Dinger explodieren, klar? Eine Räuberpistole. Viel Qualm, aber keine Opfer. Dann hängen sie es Leuten wie mir an. Ist ja kinderleicht. Und jeder sagt: ›Das machen die toll.‹« Wenn sie atmete, war ein pfeifendes Geräusch zu hören. »Wenn ich die Höchststrafe für illegale Einfuhr kriege, dann sind das wieviel Jahre? Sieben? Ein verdammt großer Unterschied zwischen sieben und vierzig Jahren ohne Straferlaß. Dreiunddreißig beschissene Jahre.« Sie hob mühsam die Hände. »Was für ein Spiel spielen die? Sagen Sie selbst. Die sind am Ende. Die Polizei auch, und Sie und die britische Öffentlichkeit, und wie. Die sind verdammt am Arsch, deshalb. Ihr führt gegeneinander Krieg. Ihr glaubt, wir wären Abschaum. Deshalb wendet ihr im Kampf gegen uns schmierige Methoden an. Aber ihr schafft es nicht. Und auch in Zukunft nicht. Ihr führt einen Privatkrieg, den ihr nicht gewinnen könnt. Wenn das so weitergeht, verliert ihr. Der Unterschied zwischen Ihnen und mir ist, daß ich hier festsitze und Sie nicht. Sie können jederzeit hier raus, wenn Sie wollen. Sie brauchen nicht einmal hier zu sitzen und mir zuzuhören. Aber ich, verdammt noch mal, muß Ihnen zuhören. Und ich muß mich von Scheißern verprügeln lassen, denen sogar Sie nicht über den Weg trauen. Sie wollen das gar nicht wissen. Weil Sie nicht wissen wollen, daß Ihre Freunde widerliche Arschlöcher sind. Bestien. Habe ich recht?«

Rosslyn sah, wie sie das getrocknete Blut an ihrem verletzten Ohr betastete. Sie schien von dämonischem Mut erfüllt zu sein. Sicher lag ein Körnchen Wahrheit in ihrem fanatischen Gerede. Das absurde Diagramm bewies es.

»Wenn ich Ihnen glauben soll«, beharrte er, »dann nennen Sie mir Namen.«

Sie überlegte sich sein Angebot. Dann sagte sie wie jemand,

der einen Eid leistet: »Das werde ich tun.« Eine Pause trat ein. »In ein oder zwei Tagen«, fuhr sie fort. »wird es einen schweren Bombenanschlag geben, ein großes Ding. In Nord-London, wenn Sie es genau wissen wollen. Und der MI5 wird dafür verantwortlich sein. Lassen Sie uns noch eine rauchen.«

Er zündete eine Zigarette an und gab sie ihr.

»Vor ein paar Wochen«, fuhr sie fort, »wollte mich jemand für einen Job anheuern. Diese Person bot mir etwa eine Viertelmillion Pfund, wenn ich zwei Leute vom MI5 erledige.«

»Wer war diese Person? Wer hat Sie angesprochen?«

»Kein Kommentar«, sagte sie scharf.

»Für wen hat diese Person dann gearbeitet? Nennen Sie uns einen Namen.«

»Ich schätze, diese Leute arbeiten auf eigene Rechnung. Die betreffende Person sagt mir also, da ist eine Viertelmillion für mich drin. Bietet mir an, den Sprengsatz zu besorgen. Ich frage nach. Man nennt mir den Typ, der mir später bei meiner Verhaftung untergeschoben worden ist. Ich sage: ›Ich will nichts davon hören. Viel Glück und auf Wiedersehen.‹ Wissen Sie, warum ich nein gesagt habe? Ich habe nein gesagt, weil mir völlig klar war, daß das Ganze ein abgekartetes Spiel war. Die dachten wahrscheinlich, diese Irin ist so saublöd und so geldgierig, daß sie sich selbst in die Scheiße reitet. Aber da haben sie sich geirrt. Die Sache stinkt. Ich kenne das Geschäft in- und auswendig. Wissen Sie, wann der Groschen gefallen ist?« Sie hob ihre geschwollenen Hände an ihr geschundenes Gesicht. »Als sie mich so zugerichtet haben. Da wußte ich, daß mich jemand vom MI5 selbst angesprochen hatte, jemand, der genau Bescheid wußte, daß ich überwacht werden würde. Sie wollten mich die Drecksarbeit für sie erledigen lassen. Ich hätte dann den Kopf hinhalten müssen. Ich sagte mir: ›Nein danke, Dee McKeague.‹«

Rosslyn sah sie mit einem ermunternden Lächeln an: *Weiter, McKeague. Ich warte.*

Sie erwiderte sein Lächeln, als wollte sie sagen: *Da hast du's. Jetzt kriegst du's auf einem silbernen Tablett serviert. Schließ ein Abkommen mit mir. Dann werde ich dir später noch viel mehr erzählen.*

Rosslyn dachte: *Was bietest du denn überhaupt an? Bloß eine Lügengeschichte über Verschwörungen und Mord und Totschlag innerhalb des MI5? Oder das, was ich wirklich haben möchte: die Identität von Marys Mörder?*

Sie saßen sich am Tisch gegenüber, in Schweigen versunken, mit starrem Lächeln, wie Schachspieler. Rosslyn wartete. Lange zu schweigen war ein alter Trick, eine wirkungsvolle Taktik bei Verhören, wenn man es mit einem Verlierer zu tun hatte. *Glaub mir, dachte er, deine Fassade fängt schon an zu bröckeln.*

Sie runzelte die Brauen und starrte ihre Fingernägel an. Sie holte tief Luft. »Ich kann Ihnen einen Namen nennen.«

Du bist reif.

»Das reicht nicht«, beharrte Rosslyn.

Sie wartete einen Moment. »Die Anschrift auch.«

»Sie wollen mir doch nicht weismachen, die hätten Ihnen eine Anschrift hinterlassen?«

»Nein, natürlich nicht. Ich bin ihnen gefolgt. Ich habe die Adresse selbst herausgefunden.«

»Ein Name, eine Adresse«, sagte er. »Das wird nicht reichen, McKeague.«

»Dann sagen Sie mir doch um Himmels willen, Mr. Rosslyn, was Sie noch wollen!«

»Den Namen der Person, die Mary Walker getötet hat.«

»Natürlich. Den kann ich Ihnen nennen.«

»WER WAR ES?«

»Es ist dieselbe Person, die den Sprengsatz bei dem Anschlag in Nord-London legen wird, von dem ich Ihnen erzählt habe. Überlegen Sie mal, Mr. Rosslyn, bin ich nicht ein Glücksfall für Sie? Sie wollen den Namen von Mary Walkers Mörder haben. Das ist ein Profi. Jemand, der seine Arbeit liebt und den sie auf eine Art befriedigt, wie Sie es sich niemals vorstellen können.«

Sie sprach jetzt schneller, ihr Adrenalinspiegel stieg. Sie achtete sichtlich nicht mehr auf die Schmerzen, die ihre Verletzungen ihr bereiten mußten. »Es ist eine Person, die sich auf Objekte der Spitzenklasse spezialisiert hat. Die Liste kennen Sie doch: Das Grandhotel in Brighton, 1984. Der Carlton Club im Juni 1990. Der Mord an Ex-Minister Ian Gow im Monat darauf. Die fünfundzwanzig Schuß aus einem AK-47 Sturmgewehr, die im September 1990 in den früheren Gouverneur von Gibraltar gepumpt wurden. Hat Gow nicht gesagt: »Leuten dieses Schlages werden wir niemals, niemals nachgeben«? Als er den Mund aufmachte, war er bereits so gut wie tot. Lassen wir Manchester, Warrington und die Londoner City mal beiseite. Die fünf selbstgebastelten Mörserbomben am Flughafen von Heathrow. Das war besser als der Raketenangriff auf die Downing Street. Denken Sie nur an das Chaos in Terminal eins. Und das war genau an dem Tag, als euer beschissenes Parlament dafür gestimmt hat, daß die Anti-Terror-Gesetze weiter in Kraft bleiben, nicht wahr? Am Vorabend der anglo-irischen Konferenz in London.«

»Hören Sie, McKeague, das ist Zeitvergeudung. Kommen wir zum Anschlag auf das Thames House zurück.«

»Sie meinen das ganz große Ding? Die Polizeibeamtin?«

»Ich warte, McKeague.«

»Die Lieferanten sind weg. Aber da sind noch der Zeitpunkt

für das große Ding, der planmäßige Ablauf, die Technik. Das war schon ein Hammer, nicht wahr? Eben. Mehr als tausend MI5-Leute hätten in Stücke gerissen werden können. Um so einen Coup zu landen, muß man verdammt gut sein. Der übliche IRA-Veteran kann das nicht. Das ist eine ganz neue Rasse. Da steckt viel Geld hinter. Der beste Sprengstoff. Spektakuläre Sache. Der Tod in einer neuen Dimension. Mein Gott, so was haben Sie noch nicht gesehen, Mr. Rosslyn.« Sie hielt inne. »Überzeuge ich Sie? Überlegen Sie, wie hoch unsere Verluste in zehn Jahren oder mehr waren. Drei Verurteilungen. Wer also sind die Gewinner? Ich brauche Ihnen die Antwort nicht vorzusagen. Wenn ich Sie wäre, würde ich ernsthaft über ein Abkommen mit mir nachdenken.«

»Ich schließe keine Abkommen.«

»Was? Selbst wenn Ihnen jemand ehrliche, uneingeschränkte Zusammenarbeit anbietet? Brauchen wir uns nicht gegenseitig? Wissen Sie, als ich über diese Schlampe Walker sprach, habe ich gedacht, Sie hätten es begriffen. Sie sind irgendwie zusammengezuckt. Ich sage Ihnen was, Mr. Rosslyn. Wenn ich recht behalte, dann verschwinde ich nicht für vierzig Jahre. Sie haben es hier mit den Schweinen vom MI5 zu tun. Die verschwinden verdammt viel länger als die vierzig Jahre, die ich mir einfange.«

Rosslyn sah sie ungerührt an. »Ich sage Ihnen, was ich tun kann, McKeague. Ich kann mir ein paar Tage lang Gedanken über das machen, was Sie mir erzählt haben. Vielleicht bespreche ich das Ganze mit jemandem. Mal sehen, was wir für Sie tun können.«

»Sie wissen, was für ein Risiko ich eingehe. Die Höchststrafe ohne Straferlaß.«

»Das ist Ihr Problem.« Ganz allein in einem Hochsicherheitstrakt hoffte er. Die ganze Haftstrafe.

»Und wenn ich rauskomme?«

»Sollten wir ein Abkommen schließen, erhalten Sie ein neues Leben. In Kanada, sogar Neuseeland. Eine neue Identität. Plastische Chirurgie. Das Übliche. Je mehr Sie uns geben, desto mehr bekommen Sie auch von uns.« Er dachte: *Der MI5 würde in dem, was du mir erzählt hast, kein Körnchen Wahrheit sehen.* »Es sei denn, Sie lügen, was die Bombe in Nord-London angeht.«

»Glauben Sie, ich lüge?«

»Ja«, sagte er. »Das glaube ich.«

»Warum sollte ich Ihre Zeit verschwenden?«

»Diese Frage müssen Sie sich schon selbst beantworten.«

»Und wenn sie hochgeht, Mr. Rosslyn, gibt es viel mehr Tote und Verletzte, darunter auch zwei Schweine vom MI5. Sie sind selbst schuld, wenn Sie zwei Tage mit Nachdenken vergeuden.«

»Warum sagen Sie mir dann nicht jetzt gleich, wer dahintersteckt?«

»So dumm bin ich nicht.«

»Sie glauben also nicht, daß ich wiederkomme, um ein Abkommen mit Ihnen zu schließen?«

»Nein, das glaube ich nicht. Dann brauchen Sie mich nämlich nicht mehr.«

»Hören Sie, McKeague, ich habe Sie niemals gebraucht.«

»Aber trotzdem haben Sie die Pflicht, mich anzuhören.«

Rosslyn stand auf. »Wenn ich Belehrungen über meine Pflichten brauche, werde ich todsicher nicht hierherkommen, um sie mir von einer beschissenen Terroristin erteilen zu lassen.«

»Mr. Rosslyn, bei allem Respekt...«

»Ihren Respekt können Sie sich ebenfalls sparen.« Er gab

dem Wachmann durch den Beobachtungsschlitz ein Zeichen, die Gefangene in ihre Zelle zurückzubringen. Er sprach dicht am Mikrophon: »Ende des Verhörs um elf Uhr fünfundfünfzig.«

Er nahm die Kassette heraus und steckte sie ein.

6

Das Verkehrschaos zwang ihn, auf dem Rückweg zu seinem Büro, das in der Lower Thames Street lag, einen Umweg zu fahren.

Die Westway-Überführung in der Nähe des Polizeireviers von Paddington Green war wieder einmal wegen einer Bombendrohung gesperrt. Ein Stück weiter, in Marylebone, war eine Seite eines Wohnblocks aus der Zeit Edwards VII. durch eine Gasexplosion komplett eingestürzt.

Im Garten des Kensington-Palastes hatte man einen Eindringling gefaßt. Der fast nackte Mann gab seinen Namen mit Moses-Moses an und erklärte, Gott der Allmächtige habe ihn geschickt, um den Sittenverfall des Königshauses zu bestrafen. Die Polizisten sperrten den Tobenden in einen ihrer blauen Transporter und brachten ihn mit einer Motorradeskorte in eine psychiatrische Klinik im Norden Londons. Dadurch gelang es Moses, die meisten Hauptstraßen nördlich von Hyde Park lahmzulegen.

Weiter östlich hatte man vor den Bahnhöfen von Charing Cross und Liverpool Street verdächtige Pakete gefunden. Die Bahnhöfe wurden evakuiert, und die Reisenden strömten mißmutig und schimpfend auf die Straße.

Rosslyn hörte diese Kurzfassung der aktuellen Ereignisse im Polizeifunk.

Während er auf dem Embankment im Stau stand, sagte ihm sein Instinkt, daß McKeague reine Zeitverschwendung war. Sie erfand Schauergeschichten. Es stimmte zwar, daß einige ihrer Vermutungen zutrafen, etwa was die Uneinigkeit zwischen den Stellen betraf, die für die Terrorismusbekämpfung zuständig waren. Deren Versagen und Frustrationen äußerten sich in der Brutalität, mit der die Vernehmungsbeamten die Gefangene zusammengeschlagen hatten, und ließen sich ebensogut an dem hochkomplizierten Verantwortlichkeiten-Diagramm des Zollfahndungschefs ablesen.

Und was war mit McKeagues Ankündigung eines bevorstehenden Bombenattentats? Ihrer Darstellung, hinter Marys Tod stecke eine ganz neue Rasse von Terroristen? Nun, ein Anschlag war immer wahrscheinlich, aber das schon seit Jahren. Wenn man irgendeinem Polizisten auf irgendeiner Londoner Straße in die Augen schaute, sah man Mißtrauen und Angst. Es war überflüssig, davor zu warnen, daß London in der Hand der Bombenleger war. Man mußte das philosophisch sehen. Rosslyn hatte keine Veranlassung, Scotland Yard anzurufen und zu sagen: »Paßt auf. Haltet euch bereit.« Die Vorstellung von dieser neuen Rasse beruhte mehr auf Phantasie als auf der Realität dieses Krieges. Nein. McKeague bluffte.

Nachdem Gaynor das aufgezeichnete Gespräch zu Ende angehört hatte, fragte Rosslyn: »Was meinen Sie, ist sie echt?«

»Ich glaube, sie ist genauso abgebrüht, wie sie klingt«, sagte Gaynor. »Es wäre gefährlich, Mitgefühl mit ihr zu haben. Dieser Sprengsatz aus Dresden beispielsweise, oder aus Brüssel, aus der Tschechischen Republik oder sonstwo, der da in ihrer

Garage oder in ihrem Garten war. Sie haben den doch nicht übersehen, Alan, oder? Das wird dem Fahndungschef gar nicht gefallen. Es könnte als schwerwiegende Nachlässigkeit gewertet werden.«

Mein Gott, er stellt mich als unfähig hin. »Ich bin ganz sicher, das Ding nie gesehen zu haben. Und was ist mit dieser neuen Rasse von Terroristen? Ist das ernst zu nehmen?«

»Sie ist nicht der Typ, der uns ernsthaft einen Namen preisgeben würde, ganz zu schweigen von einer ernstzunehmenden Meinung. Es gibt keine neue Rasse. Wer sollte ihr Beweise liefern? Dafür liegen keine Anhaltspunkte vor. Terroristen sind und bleiben Terroristen. Sie ist verrückt, wenn sie glaubt, der MI5 hätte sie verladen. Wirklich, sie klingt genauso durchgedreht wie dieser bescheuerte Moses.« Er lachte. »Haben Sie von Moses gehört?«

»Ich habe davon gehört. Aber zurück zu McKeague. Ich wüßte zu gern, warum sie ausdrücklich mich sehen wollte, persönlich, allein.«

»Weil sie die Zeitung gelesen hat. Man braucht keine korrupte irische Terroristin zu sein, um zu wissen, daß jeder Punkte machen will, wenn es um die Verurteilung geht. Wenn man ihr schon die Wahl läßt, hofft McKeague vermutlich, daß sie bei uns leichteres Spiel hat. Ich an ihrer Stelle würde das jedenfalls hoffen.«

Er reichte die Kassette über den Tisch. »Meiner Meinung nach ist das kein erstklassiges Erkenntnismaterial. Es beweist lediglich, daß sie an einem erstklassigen Verfolgungswahn leidet. Genauso wie alle anderen. Das hört man an der Stimme. Sie hält sich für enorm wichtig und glaubt, eine Heldin zu sein.« Er stemmte seinen massigen Körper aus dem Sessel. Der dunkle Anzug war zerknittert und paßte nicht zu seinem neuen Hemd und der schwarzen Krawatte. »Wir werden das an die Spezialeinheit weiterleiten«, sagte er. »Sollen die sich doch mit McKeagues Verfolgungswahn herumschlagen. Glauben Sie mir: Die hat Wahnvorstellungen.«

»Dann soll ich nicht noch einmal zu ihr?«

Gaynor spielte mit dem dunkelblau eingebundenen *Jahresbericht* der Fahndungsabteilung. »Der SO13 wird schon mit ihr fertig. Kein Problem. Beim MI5 würde sie schlechter wegkommen.«

»Das weiß ich. Irgend jemand hat sie schon übel zugerichtet.«

»Damit haben wir nichts zu tun. Sie ist genauso wie die anderen. Sie verdient alles, was sie bekommt. Sie haben das sehr gut gemacht, Alan. Darin sind sich alle einig.« Er gab Rosslyn den Entwurf für den Bericht des Koordinierungskomitees. »Lesen Sie das. Ich möchte Ihre Meinung hören. Und bitte, keine weiteren Ausbrüche wie der heute morgen. Und überlegen Sie sich endlich, ob Sie nicht ein paar Tage wohlverdienten Urlaub machen.« Er zupfte an seinem Bart.

Nach einer Pause fügte er trübsinnig hinzu: »Wir müssen die Dinge positiv sehen.«

Die Dinge positiv zu sehen erschien Alan, als würde er Marys Andenken beschmutzen. Mehr als je zuvor wünschte er sich, ihrem Mörder direkt gegenüberzustehen. Doch alles in allem fragte er sich, ob das Geheimnis, das diesen unbekannten Feind umgab, sich nicht letztlich als undurchdringlich erweisen würde.

In seinem Büro machte er sich flüchtig ein paar Notizen zu dem Entwurf. Die Bürokraten würden sich weiter zanken, wirkungslos und an der Sache vorbei. Was er ihnen auch sagen mochte, es würde keinen von ihnen überzeugen, daß dieses Durcheinander endlich durch eine Reform beendet werden mußte. Seine Ernüchterung wurde zu Widerwillen.

Er überprüfte die von McKeague in Aussicht gestellten wertvollen Informationen. Er verwarf die Idee, sie könnte vom MI5 verladen worden sein. Natürlich hätten sie ohne weiteres Gelegenheit gehabt, bei der Verhaftung irgendeinen Sprengsatz in ihrem Haus zu deponieren. Aber was hätte das Motiv dafür sein sollen?

Verständnis, sogar eine gewisse Sympathie, brachte er für McKeagues logische Bemühungen auf, sich durch ein Abkommen mildere Behandlung zu erkaufen. Sie wußte offenbar, daß die Leute der Zollbehörde ihre Verhöre durchweg sauber und gewaltlos durchführten. Die Idee eines Abkommens war an und für sich völlig plausibel. Ihre panische Angst, für vierzig Jahre hinter Gitter zu müssen, war nur allzu berechtigt. Daß sie alles Mögliche versuchte, konnte man ihr nicht zum Vorwurf machen.

Als nächstes sammelte er die Unstimmigkeiten im Zusammenhang mit dem angekündigten Bombenanschlag.

Leute von McKeagues Kaliber setzten diesen Trick häufig ein, um sich bei denen, die sie gefangenhielten, anzubiedern, Zeit zu schinden und die Polizei auf hektische Verfolgungsjagden quer durch London und die britischen Großstädte zu schicken.

Die Geschichte, daß sie von einem anonymen Unterhändler angeheuert werden sollte, für eine Viertelmillion Pfund zwei MI5 Leute zu ermorden, klang wie die typische Ausgeburt krimineller Phantasie. Und was war mit der Bombe, die man bei ihrer Verhaftung angeblich bei ihr eingeschmuggelt hatte?

Während der Mittagspause in der Kantine dachte er über die

Geschichte nach und starrte beim Essen auf seine stenographierten Notizen, während die Kollegen neben ihm schweigend über den Kreuzworträtseln in der *Times* und im *Daily Telegraph* brüteten. Er versuchte, sich in McKeague hineinzuversetzen. Er kam zu dem Schluß, daß er den Auftrag ebenfalls abgelehnt hätte, egal, wie verlockend das angebotene Honorar war. Natürlich war das eine Falle gewesen.

Er wandte sich einem weiteren Punkt auf der Liste von McKeagues angeblichen Enthüllungen zu. Sie hatte den Namen von Marys Mörder angeboten, ihn allerdings nicht genannt. Das Ausmaß der Verletzungen, die man ihr bei den Verhören zugefügt hatte, deutete darauf hin, daß man sich von ihr wertvolle Informationen erhoffte, sonst hätte man sie nicht so brutal behandelt. Dennoch vermochte er nicht zu sagen, ob sie letztlich nachgeben würde; aller Wahrscheinlichkeit nach würde sie dichthalten, glaubte er. Er vermutete, daß ihre Verfassung zu dem Zeitpunkt gerade an einem Tiefpunkt war; die Gelegenheit, daß sie den Namen von Marys Mörder nennen würde, war verpaßt.

Den ganzen Nachmittag verbrachte er mit vertraulichen Unterlagen, die von den einzelnen Diensten zusammengetragen worden waren. Die Berichte enthielten für ihn wenig Neues; die Seiten mit seinen eigenen Notizen machten ihm klar, daß er nur abwarten konnte, ob im Norden Londons die Bombe explodierte oder nicht. Sie war das einzige Bindeglied zwischen den verschiedenen Beweisketten, das, wenn überhaupt, den Wert von McKeagues Angebot schlüssig belegen konnte.

Er ging davon aus, daß auch den Leuten der Spezialeinheit nichts anderes übrigbleiben würde als abzuwarten, bis die Bombe hochging.

Frühling

Es sind die Erfolge der IRA, die die Briten demoralisieren und ihre Sache untergraben.

IRA Code of Conduct, The Green Book

Das Stahlgerüst des Thames House ist oberhalb des Fundamentes aus poliertem grauen Granit mit Portland-Klinkern verblendet. Die Dächer sind steil und mit Fayenceplatten gedeckt. Der große überwölbte Torweg über die Page Street bildet auf Höhe des dritten und vierten Stockwerks eine Verbindung zwischen dem nördlichen und dem südlichen Bauteil; der Fries ist mit Reliefplatten verziert, auf denen die Wappen von Westminster, London und des Londoner Hafens dargestellt sind. In den Grundstein ist eine allegorische Darstellung der Justiz eingemeißelt.

Architectural Revue, November 1931

Verbreitung

Seit dem Golfkrieg sind die Regierungen der westlichen Länder zunehmend besorgt über die Verbreitung von Waffen, die auf atomarer und chemischer bzw. biologischer Grundlage zur Massenvernichtung geeignet sind. Die technischen Voraussetzungen und Kenntnisse wurden vielfach im Westen erworben, häufig mittels gesetzeswidriger Methoden durch ausländische Agenten. Der Security Service unterstützt nun Bemühungen, das Durchsickern von Informationen über spezielle Technologien aus dem Vereinigten Königreich auf ein Minimum zu reduzieren; traditionelle Verfahren der Gegenspionage werden derzeit aktualisiert, um diesem neuen Problem gerecht werden zu können.

The Security Service HMSO, London, Juli 1993

7

Am Samstag, den 26. März erschien um 7.45 Uhr morgens eine als Postangestellte verkleidete Frau vor einem gepflegten alten Wohnblock am Kensington Court. Am Eingang blieb sie einen Augenblick stehen, um dünne, durchsichtige Gummihandschuhe anzuziehen, wie sie Zahnärzte tragen.

Beide Doppeltüren zur Eingangshalle waren nur angelehnt. Sie wußte, daß der Hausmeister morgens um diese Zeit einen Cockerspaniel und einen Pudel von zwei älteren Damen ausführte, die in Kensington Gardens wohnten. Sie wußte auch, daß der echte Postbote samstags erst gegen zehn kam und daß mit Lieferanten nur sporadisch zu rechnen war.

Unbemerkt durchquerte sie die Marmorhalle und ging zum Aufzug neben der Treppe. Sie war schlank und wirkte jünger als ihre dreißig Jahre.

Während der Fahrstuhl mit ihr allein langsam nach oben fuhr, nahm sie die Posttasche von der Schulter. Sie enthielt ihr Handwerkszeug: mehrere Rollen Industrie-Klebeband, einen geladenen Smith & Wesson-Revolver Modell 10 und einen schwarzen Nylonstrumpf.

Der Fahrstuhl erreichte das oberste Stockwerk und kam abrupt zum Stehen. Genau wie man ihr gesagt hatte, sah sie am anderen Ende des düsteren Flurs eine Nische und einen hohen, unverschlossenen Besenschrank. Darin war zwischen Schrubbern, Besen, Plastikflaschen mit Putzmitteln und dem Staubsauger genug Platz für sie. Hier würde sie im Dunkeln die nächsten zehn Minuten verbringen, bis die philippinische Putzfrau eintraf, um ihrer Arbeit in der Wohnung nachzugehen, die Bryan Terence Wesley, Commander of the British

Empire und stellvertretender Personalchef des MI5, bewohnte.

Anna McKeague, die Schwester jener Dee McKeague, die im Revier von Paddington Green einsaß, war dabei, ihren zweiten Schlag direkt ins Herz des MI5 zu führen. Es sollte die Ouvertüre für einen spektakulären Coup am selben Abend sein.

Sie war für diese Aufgabe prädestiniert. Geboren war sie in Andersonstown, West Belfast, in einer der häßlichen Straßen im Schatten des Schwarzen Berges, und man konnte sagen, daß Zwielichtigkeit ihrer Familie schon seit Generationen im Blut lag. Ein Großonkel väterlicherseits war ein prominenter IRA-Kämpfer der ersten Stunde gewesen. Ein Onkel mütterlicherseits war Labour-Stadtrat. Der Vater von Dee und Anna hatte sich zeit seines mühseligen Arbeitslebens in den Werften von Belfast aus der Politik herausgehalten. Seine Ansichten waren zwar extremistisch, entbehrten jedoch jeder Glaubwürdigkeit, da sie durch Alkoholschwaden hindurch mit verbaler Brutalität geäußert wurden, die der physischen Brutalität, mit der er gegen Frau und Töchter vorging, in nichts nachstand.

Den beiden Schwestern war Gewalt zeit ihres Lebens vertraut, sei es zu Hause oder in der Politik. Sie waren mit einem ungeheuren Haß aufgewachsen, als hätte die Anlage zum politischen Aktivismus eine Generation übersprungen. Wie für andere Menschen die Liebe, war für sie nun Haß der Antrieb.

Anna, die größere der beiden Schwestern, war zugleich die klügere und nachdenklichere und bekam entgegen allen Erwartungen einen Platz an der Belfaster Queen's University. Bei Studentendemonstrationen blieb sie am Rande und machte dennoch gelegentlich Bekanntschaft mit den Fäusten und Knüppeln der Royal Ulster Constabulary. Während Dee ihre Zeit als Büroangestellte im Lager der Werft verbrachte, wo auch ihr Vater arbeitete und trank, studierte Anna Jura. Nachts beteiligten die Schwestern sich sporadisch an den Gewaltakten und verfolgten mit Stolz die Statistik der Toten, deren Zahl mittlerweile zweitausend Männer, Frauen und Kinder erreicht hatte. Töten gehörte zu ihrem Leben, ohne kam man nicht aus. Anna, die aufgepaßt hatte, daß ihr Gesicht nicht erkannt wurde, trat der Irischen Nationalen Befreiungsarmee INLA bei, dem extremistischen Seitenzweig der Republikanischen Gruppierungen. Dann schließlich kam die große Wende in Gestalt ihres Anschlages auf Sir Peter Terry, den früheren Gouverneur von Gibraltar.

Die Waffe, eine Kalaschnikow AK-47, ein Sturmgewehr der sowjetischen Landstreitkräfte, wurde von einem verdeckten Ermittlungsteam des Sondereinsatzkommandos SAS bis zu ihr zurückverfolgt. Ihr Name wurde an einen Agenten der Royal Ulster Constabulary weitergeleitet. Anstatt sie zu verhaften, schloß der RUC-Mann, in Begleitung einer Frau vom MI5, in einer Bar in Glasgow ein Abkommen mit ihr. »Bleiben Sie, wo Sie sind«, hatte er ihr gesagt. »Langfristig und jederzeit einsatzbereit. Versuchen Sie nicht, Kontakt mit uns aufzunehmen. Wir werden uns bei Ihnen melden.«

Einige Wochen später begann für die junge Frau mit abgeschlossenem Jurastudium unter dem Namen van der Werff ein neues Leben als Killerin. Sie bekam einen neuen Paß, je ein Bankkonto in Basel und Mailand. Für die erfahrensten Veteranen der INLA blieb sie nach wie vor eine Heldin: die Frau, die beim Töten keine Angst kannte. Für ihren britischen Kontaktmann war sie eine hochwertige, langfristige Investition. Und wenn man sie dazu aufforderte, tötete sie kaltblütig, methodisch, effizient, ohne Spuren zu hinterlassen. Sie tat ihre Arbeit und verdiente gutes Geld, wenn auch bisher noch nie so viel, wie ihr an diesem Freitagmorgen winkte. Das Geld lag in Wesleys Safe an der anderen Seite der Wand mit dem Besenschrank, in dessen Dunkel sie wartete.

Kurz bevor die Putzfrau eintraf, zog Anna die schwarze Strumpfmaske über ihren kurzgeschorenen Kopf. Dann löste sie die Sicherung an der Smith & Wesson.

Um 7.55 Uhr hörte sie die Fahrstuhltür und Schritte im Flur. Die Tür zum Besenschrank wurde aufgerissen, Augen und Mund der Putzfrau ebenfalls.

Anna McKeagues Gummihandschuhe quietschten. Sie stieß der Filipina die Mündung der Smith & Wesson in den offenen Mund und drehte ihr den linken Arm auf den Rücken.

»Gib mir die Schlüssel!«

Anna McKeague schloß beide Zylinderschlösser in der weißgestrichenen Stahltür auf.

Im Innern der Wohnung ging alles seinen gewohnten Gang, wie man ihr gesagt hatte. Aus dem Korridor, dem Wohnzimmer und Wesleys Schlafzimmer schallte die Stimme des Nachrichtensprechers von BBC Radio 4.

Sie zwang die Filipina auf die Knie. Sie nahm ihr den Revolver aus dem Mund, drückte die Frau dann mit der Stirn auf den Teppich und begann, ein Knie in ihren Nacken gestemmt, sie rundherum mit Klebeband zu umwickeln. An der Unterseite der Nase ließ sie gerade genug Platz frei, daß die Frau Luft bekam. Sobald die Filipina gefesselt war, ging Anna McKeague durch die Wohnung ins Bad, wo Wesley in der Wanne saß.

Ein paar Sekunden lang starrte Wesley ihre Erscheinung in dumpfer Panik an. Sein Blick zuckte von der viel zu weiten Allwetteruniform der Royal Mail zur Posttasche, von dem durch den Strumpf flachgedrückten, entstellten Gesicht zu der auf seinen Kopf gerichteten Smith & Wesson. Er lächelte matt, als hielte er das Ganze für einen Scherz.

»Stehen Sie auf«, sagte sie. Der irische Akzent ließ das Lächeln von seinem Gesicht verschwinden.

In seiner Kehle stieg Schleim auf, er schnappte nach Luft. »Was zum Teufel wollen Sie?«

Speichel schäumte von ihren plattgedrückten Lippen durch die Maske. »Stehen Sie auf«, wiederholte sie lauter.

Wesley zog sich am Wannenrand hoch. Wasser schwappte auf den Fußboden. Er stand mühsam auf und versuchte, das Gleichgewicht zu halten.

»Heben Sie die Hände über den Kopf.«

Er tat, was sie verlangte, als klammere er sich haltsuchend an eine unsichtbare Stange.

»Raus aus der Wanne.«

Es gelang ihm, einen Fuß auf den Boden zu setzen, ohne hinzufallen.

»Den anderen Fuß auch. Lassen Sie die Hände oben.«

Er rutschte aus und stieß mit der Kniescheibe gegen den Rand der emaillierten Wanne.

»Was wollen Sie von mir?«

Sie überhörte seine Frage.

Er starrte auf ihre Waffe und streckte die Hand nach dem Handtuchhalter unter dem Spiegel aus.

»Nicht anfassen.«

Er nahm die Hände herunter und bedeckte damit seine Geschlechtsteile.

»Tun Sie, was ich Ihnen sage, sonst blase ich Ihnen den Kopf weg.« Ihre Stimme war außerordentlich ruhig. »Gehen Sie langsam geradeaus ins Schlafzimmer.«

Aus dem Radio auf dem Nachttisch plärrte gerade der letzte

Teil der Nachrichten. Er versuchte, das Zittern der Muskeln an den Armen zu unterdrücken.

»Weiter«, wies sie ihn an. »In die Diele.«

»Wer sind Sie?« frage er. »Was wollen Sie von mir?«

»Halt. Nicht bewegen, außer wenn ich es sage.«

»Geld. Wollen Sie Geld?«

Anstatt zu antworten, drückte sie ihm den Revolver in den Rücken. Seine Muskeln verkrampften sich.

»Sie gehen jetzt ins Wohnzimmer. Nehmen Sie die Hände über den Kopf, höher!« Ihre Stimme hätte genausogut einer Stewardeß gehören können, die Sicherheitsvorkehrungen erklärte. »Berühren Sie keine Möbel. Ganz langsam. Sie gehen zu Ihrem Wandsafe im Wohnzimmer. Wenn ich halt sage, bleiben Sie stehen. Tun Sie nur, was ich Ihnen sage. Verstanden?«

»Ich habe verstanden.«

»Wenn wir an Ihrem Wandsafe angekommen sind, wäre es Ihnen möglich, den Alarmknopf zu drücken. Aber das werden Sie nicht tun. Sie könnten auch den Auslöser berühren, der die Leute vom Sonderdezernat, vom Personenschutz des MI5 oder das Sondereinsatzkommando in der Duke-of-York-Kaserne alarmiert. Auch das werden Sie nicht tun. Wenn Sie nur daran denken, irgend etwas anzurühren, mache ich Sie kalt. Spüren Sie den Revolver?«

Er gab keine Antwort.

»Ich sagte: ›Spüren Sie den Revolver?‹«

»Ja«, antwortete er.

»Dann machen Sie keinen Fehler.«

»Aber Sie machen einen großen Fehler. Ich habe nicht das Geringste mit dem Geheimdienst zu tun.«

Sie machte eine abrupte Bewegung hinter seinem Rücken

und hielt ihm ein Heft mit blauem Deckblatt vor die Nase: *Rechenschaftsbericht des MI5.*

»Jetzt langsam vorwärts. Los.«

»Meine Frau kommt bald zurück.«

»Ihre Frau interessiert mich nicht.«

Er sah seinen nassen, nackten Körper im Spiegel neben einem Art-deco-Schirmständer. Das abstoßende Gesicht des Eindringlings starrte über seine Schulter aus dem Spiegel zurück.

»Ich habe einen Krampf im Arm«, jammerte er. »Mein Gott!«

»Dann lehnen Sie sich an die Wand«, sagte sie. »Nur mit den Fingerspitzen.«

»Wir könnten ein Abkommen schließen«, schlug er vor. »Ich habe hier überhaupt keinen Safe oder so was.«

»Ach nein?« frage sie. »Ich sage Ihnen, was sich in Ihrem Safe befindet. Zweihunderttausend Pfund in bar, in großen Scheinen, um genau zu sein. D-Mark und Schweizer Franken.

Im Wohnzimmer sah er seine philippinische Putzfrau mit Klebeband gefesselt auf dem Boden liegen, das Gesicht nach unten.

»Wissen Sie, was für eine Strafe darauf steht?« sagte Wesley.

»Das weiß ich. Wissen Sie denn, welche Strafe Sie für den Diebstahl von Regierungsgeldern erwartet? Sehen Sie den Tatsachen ins Auge, Wesley. Wenn das herauskommt, gehen Sie lebenslänglich hinter Gitter. Deshalb werden wir beiden zusammenarbeiten. Als Team, Sie und ich zusammen.«

Er ging rasch um die am Boden liegende Filipina herum und um ein grünes Sofa mit verschlissenen viktorianischen Steppdecken. Er stieß mit dem Knie an die Ecke eines Regency-Tisches, auf dem stapelweise alte Hefte des ehrwürdigen *Wisden Cricketers'Almanach* lagen.

»Bleiben Sie da stehen. Jetzt zur Wand. Los. Zum Foto. Stellen Sie sich genau davor. Bleiben Sie ruhig stehen.«

Er stand genau vor dem gerahmten Foto, das ihn selbst als jungen Mann zeigte: der frischgebackene Bakkalaureus Wesley mit seiner Mutter vor dem Sheldonian Theatre in Oxford. Er selbst in nagelneuer akademischer Tracht. Seine Mutter trug einen Strohhut mit einem Bündel künstlicher Kirschen darauf. Der vor Stolz über das ganze Gesicht strahlende junge Wesley blickte den Wesley in mittleren Jahren an, nackt, einen Revolver im Rücken.

»Füße zur Wand. Berühren Sie das Foto mit den Fingerspitzen. Jetzt kippen Sie das Foto etwas zu sich hin. Etwas zur Seite.«

Seine Finger kippten das gerahmte Foto von der Wand weg. Wie eine raffinierte kleine Tür an zwei winzigen Scharnieren öffnete sich das Foto. Dahinter war ein kleines Tastenfeld fachgerecht in den Putz eingelassen. Die Zahlen von 1 bis 10 waren wie auf einem Taschenrechner angeordnet. Solche ausgeklügelten Sicherheitsvorkehrungen waren Wesleys Spezialität. Er überließ nichts dem Zufall. Vorausschauendes Denken gehörte zu seinem Beruf. Er glaubte daran ebenso fest wie an Königin und Vaterland, an Recht und Ordnung und an den Ehrentitel des Commander of the British Empire, den ihm Ihre Majestät zu verleihen geruht hatte. Wie alle Träger dieses Titels war auch er überzeugt, ein Ehrenmann zu sein; daß sich das Britische Empire schon in seiner Kindheit aufgelöst hatte, störte ihn nicht weiter. Wesley war ein Spießer alter Schule: Schwäche war ihm ein Greuel. Geheimnisse waren im dumpfen Gehirn des Brian Wesley CBE bestens aufgehoben.

»Jetzt geben Sie den Geburtstag Ihrer Frau ein. Sechs Zahlen.

Und wenn Sie mit dem Finger auch nur einen Millimeter daneben tippen ... Spreizen Sie die Beine.«

Die metallene Mündung des Revolvers fühlte sich kalt und hart an seiner Haut an.

»Weiter. Los jetzt. Auch wenn die Fingerchen irgendwie in die Nähe des Sekundärauslösers kommen sollten ...«

»Ich weiß nicht, wovon Sie reden. Ich habe von technischen Dingen keine Ahnung. Des Sekundär-Was?«

»Schluß.« Sie stieß ihm die Waffe noch härter zwischen die Beine. »Den Geburtstag Ihrer Frau. Los jetzt.«

Er tippte die Zahlen ein. Der Mechanismus des Safes summte und piepste.

»Lehnen Sie sich vor. Beide Hände in den Safe. Nicht weiter. An der vorderen Kante. Beide Hände.«

»Es tut mir leid, ich kann das nicht. Es tut weh.«

»Was meinen Sie?«

»Mir geht es nicht gut. Warum machen Sie das nicht selbst?«

»Weil Sie Ihren Safe selbst ausrauben, nicht ich. Sie helfen mir nur. Verstanden?«

»Sie sagen dauernd ›Verstanden‹. Ich möchte, daß Sie von hier verschwinden.«

»Halten Sie den Mund, und schauen Sie nach unten.«

Die Posttasche lag offen neben seinen Füßen.

»Nehmen Sie die Geldbündel, und lassen Sie sie vorsichtig in die Tasche fallen.«

Er warf die Geldbündel eines nach dem anderen in die offene Tasche. In seinem Gehirn schrie eine Stimme: *Drück auf den Alarmknopf!*

Doch die Einbrecherin hatte den Winkel seines nackten Körpers zur Wand exakt berechnet. Seine Finger konnten weder den Alarmknopf noch die Auslöser erreichen.

Fünfzehn Sekunden später war der Safe leer.

»Schließen Sie die Tür. Verriegeln Sie sie wieder. Rücken Sie das Foto gerade.«

Ein Aufschrei, eine Bitte um Gnade bildete sich in seinem Kopf und in seiner Kehle. Sein Atem ging stoßweise, sein Mund war trocken. Dann wurde er ohnmächtig.

Er mußte wohl nach hinten gefallen sein. Das Gewicht seines Körpers war jedenfalls aufgefangen worden, bevor er zu Boden ging.

»Stehen Sie auf.«

Von panischer Angst ergriffen, stützte er sich auf Knien und Ellbogen auf.

»In zehn Minuten kommt die Schwester Ihrer Putzfrau zum Bügeln. Sie wird reinkommen, aufräumen, Ihnen eine Tasse Kaffee kochen. Sollte Ihre Frau auftauchen, so ist auch das kein Problem. Sie sieht dann, was Sie hier mit Ihren philippinischen Nutten treiben. Wenn die beiden den Mund aufmachen und mit der Polizei sprechen wollen ... aber das werden sie nicht, als illegale Einwanderer. Und was passiert, wenn Ihre Frau alles verrät und Sie eingebuchtet werden? Wissen Sie was? Dann kriegt sie keine Rente. Und stellen Sie sich vor, die Geschichte wird beim MI5 bekannt. Dann möchte ich verdammt nicht in Ihrer Haut stecken.« Sie stieß die Filipina mit der Spitze ihres Laufschuhs an. »Du sagst nichts, oder? Wärst besser in Manila geblieben, was?« Dann fiel Annas Blick auf die Pfütze, die sich unter dem nackten Wesley bildete.

»Sie haben sich nicht einmal selbst unter Kontrolle«, sagte sie. Sie zog die Postuniformjacke aus, schlüpfte aus der viel zu weiten Hose, rollte beides zusammen und stopfte es in die Tasche mit den Geldbündeln.

Zeit zu gehen.

Minuten später überquerte sie den Kensington Square und bog in die Derry Street ein. Dort kam sie an einem Bettler vorbei, der ein schmutziges Federbett um sich geschlungen hatte. Er bat sie um ein paar Münzen. Anstatt Geld gab sie ihm die Posttasche mit den Kleidern und dem Nylonstrumpf, der ihr als Maske gedient hatte. Das ausländische Geld – ihr Honorar für den Coup heute abend – steckte sicher in einer flachen Geldkatze unter ihrem Hemd.

Der flotte Fußmarsch durch den Park, die Frühlingsblumen und der Duft des frischgemähten Grases machten ihr den Kopf frei. *Mach, daß Dee nicht weich wird,* betete sie. *Lieber Gott, laß sie bei den Verhören dichthalten.*

Wenn sie gut drauf war, konnte ihnen Dee genauso viel geben, wie sie von ihnen bekam, nämlich nichts.

8

Im Taxi auf dem Weg zum Thames House machte Bryan Wesley Bestandsaufnahme.

Ich habe meine eigenen Geheimnisse bewahrt. Und auch die der Nation.

Bis zu dem Moment natürlich, als man ihm das Geld, das illegal in seinem Besitz gewesen war, weggenommen hatte. Ihm wurde jetzt klar, daß man ihn jederzeit als Lügner und Dieb entlarven konnte. Die Frage war nur, wann. Er würde mit dem Alptraum, den er sich selbst zuzuschreiben hatte, leben müssen.

Ich weiß, ich weiß. Es stimmt ja. Ich hätte dieses Geld keinesfalls im Safe haben dürfen.

Nicht klar war ihm, wie zum Teufel die Einbrecherin davon erfahren hatte.

Falls seine Vorgesetzten herausbekamen, was passiert war, würde das katastrophale Folgen für ihn haben. Er wußte, daß er kein Pardon zu erwarten hatte, nicht einmal Mitgefühl, und daß er letzten Endes unweigerlich einem häßlichen Gerichtsverfahren und einer unsagbar langen Zeit im Gefängnis entgegensah, wahrscheinlich sogar in Einzelhaft. Was konnte er noch tun?

Meine einzige Chance ist: Die Sache durchstehen. Alles verschweigen. Alles leugnen. Zeit schinden.

Das Glück war jedenfalls auf seiner Seite. Seine Entlarvung stand noch lange nicht bevor.

Nicht zehn Minuten, wie von der Einbrecherin vorausgesagt, sondern fünfzehn Minuten später war die Schwester der Putzfrau in Wesleys Wohnung aufgetaucht und natürlich schockiert gewesen von dem, was sie dort vorfand. Die Not ihrer Schwester hatte ihr am meisten zu schaffen gemacht, sie hatte haltlos geschluchzt.

Der gedemütigte Wesley mußte sich waschen und anziehen. Er brauchte nicht lange zu erklären, daß sie »alle in einem Boot« saßen. Es war offensichtlich. Die Filipinas baten ihn inständig, nicht die Polizei zu rufen. Als ob er das vorgehabt hätte. Aus irgendwelchen Gründen schienen sie zu glauben, Wesley sei selbst eine Art Geheimpolizist. Was er ja auch war.

Er hatte überraschend schnell die Fassung wiedergewonnen und konnte die Filipinas davon überzeugen, daß sie keinen Ärger zu befürchten hatten. Sie hatten sich sehr gut verhalten. »Ich bin euch beiden wirklich sehr dankbar«, sagte er und drückte jeder fünfzig Pfund aus seiner Brieftasche in die

Hand. »Betrachten wir die Angelegenheit als erledigt. Vorbei. *Finito.*«

Die Filipinas hatten ihn freundlich angelächelt und begonnen, den Teppich zu reinigen und die Wohnung zu putzen. Wesley hatte gewartet, bis sie fertig waren. Schließlich hatten dann die Filipinas beim Weggehen überschwenglich ihm gedankt, nicht er ihnen. Vielleicht gingen sie aufgrund ihrer Lektüre der Regenbogenpresse davon aus, daß allein lebende englische Gentlemen wie Wesley seltsame Vorlieben hatten und ihnen gelegentlich sogar zum Opfer fielen. Sie waren froh, das Mäntelchen des Schweigens über alles breiten zu können. Wesley ging es genauso.

Daß er verspätet im Thames House eintraf, kam gelegentlich vor, und er war nie um eine plausible Erklärung für alles, was er tat, verlegen, auch wenn er zu spät zum Dienst erschien. Das war eine seiner Stärken. Plausibilität.

Er hatte den Ruf, absolut vertrauenswürdig zu sein, und das befriedigte ihn sehr.

Seine Zuverlässigkeit wurde anerkannt. Schließlich war er Commander of the British Empire. Die Briten neigen noch immer dazu, einem Mann wie Bryan Wesley und allen, denen die gleiche Ehrung durch Ihre Majestät die Königin zuteil geworden war, ihr Vertrauen zu schenken.

Ich flöße anderen Vertrauen ein. Ich bin in der Personalabteilung des MI5.

Er hielt es für geschmacklos, solche Ehrungen in Frage zu stellen. Andere, denen sie verliehen worden waren, mochten im privaten Kreis einräumen, daß sie sich ihr »Blech« keineswegs aus eigenem Antrieb an die Brust hatten stecken lassen, sondern »für die Interessen des Unternehmens«, »damit der

Brauch nicht einschläft« oder »für die Moral der Truppe«. »Es wäre doch unklug gewesen, es abzulehnen, finden Sie nicht auch?«

Das war niemals Wesleys Einstellung gewesen. Er sonnte sich in der Ehre, die ihm zuteil geworden war. Und er war sehr stolz darauf, für seine Loyalität gegenüber seinem Vaterland geehrt worden zu sein.

Wohlgemerkt: Es wäre unritterlich gewesen, damit zu prahlen.

Mit Ehre, fand er, mußte natürlich umgegangen werden. Das war durchweg Bryan Wesleys Einstellung. Er unterschied sich darin von den übrigen Würdenträgern, die sich manchmal allzu ostentativ dafür entschuldigen zu müssen glaubten, Mitglied dieser herausragenden Klasse zu sein. Die Klasse derer, die etwas bewegten und bewirkten, die in der britischen Gesellschaft unter sich blieben; die Weisen und die Guten, die sehr dankbar waren für das öffentliche Vertrauen in ihre Überlegenheit, das ihre Majestät ihnen mit dieser Ehrung aussprach. Wenn man sich nichts zuschulden kommen ließ, mochte eines Tages sogar ein Adelstitel winken. Ritter Sir Bryan und sogar Lady Wesley. Insgeheim war der Ritterschlag Mr. Bryan Wesleys Herzenswunsch. Damit konnte man im Büro Eindruck machen, die Speichellecker würden sich überschlagen, um einem die Türen aufzuhalten. Nun wurde ihm jedoch klar, daß die Chance, den Titel je zu bekommen, stark gefährdet war. Trotz allem war er mehr denn je entschlossen, den Schein aufrechtzuerhalten.

Ich muß hohe Erwartungen erfüllen.

Was ich im Privatleben tue, ist meine Angelegenheit.

Auch wenn dieses Privatleben allmählich übel zu riechen begann.

Und dieser Geruch hing noch an ihm, als er den Wachleuten im Thames House seinen Dienstausweis hinhielt. Wenigstens die schienen erfreut, ihn zu sehen.

9

Zur selben Stunde bediente die Verkäuferin in der Sportabteilung des Kaufhauses Selfridges ihre erste Kundin an diesem Tag; sie kaufte einen Jogginganzug und bezahlte bar. Der Anzug war aus Nylon, wasserabstoßend und windundurchlässig. Die Verkäuferin zeigte der Kundin, wie man den Anzug wendete. »Das sind zwei komplette Outfits, sehen Sie? Schick. Königsblau und karminrot.«

Anna McKeague verriet mit keiner Miene ihren Haß auf alles Königliche, sei es im Zusammenhang mit der aktuellen Modefarbe oder sonst irgend etwas. Sie legte ein paar schwarze Laufschuhe dazu.

Hinter der Bastelabteilung und den Spielen für Erwachsene lag die Damentoilette. Hier zog sie ihre neuen Sachen an. Die anderen Kleidungsstücke steckte sie in die Plastiktüte von Selfridges. Bevor sie die Toilette verließ, stülpte sie sich eine schwarze Kurzhaarperücke über die geschorenen Haare. Sie schminkte sich Lippen und Augen. Nichts, was auffiel. Ihr Aussehen sollte möglichst durchschnittlich sein. Wenn sie jemand beim Verlassen der Damentoilette gesehen hätte, wäre sie vielleicht für eine Telefonistin gehalten worden, die stets ein fröhliches »Kann ich Ihnen behilflich sein?« auf den Lippen hatte.

Sie stieg die Treppe bis in den dritten Stock hinauf und kaufte in der Lederwarenabteilung ein paar heruntergesetzte schwarze Handschuhe. Bei der Damenoberbekleidung erstand sie einen grauen Mantel. Dann fuhr sie mit dem Aufzug ins Erdgeschoß und verließ das Gebäude durch eine Tür mit der Aufschrift »Personalausgang«.

Draußen wurden einige Männer in Overalls, die gerade Plastiksäcke in Müllwagen luden, unfreiwillig zu ihren Helfershelfern. Sie warf die Selfridges-Tüte in das offene Maul des am nächsten stehenden Müllfahrzeugs. Dann verschwand sie unbemerkt in der Orchard Street in Richtung Bond Street.

Wegen des leichten Sprühregens schlug sie die Kapuze ihres Jogginganzugs hoch. Wieder ein gutes Omen. Londoner Regen bedeutete Anonymität.

Am Eingang von Tower Records drängten sich Touristenschwärme. Das »Eros«-Denkmal war verhüllt, nicht zu sehen. Sie lief weiter zum Leicester Square, die Kapuze eng ums Gesicht gezogen, und atmete mit der Leichtigkeit der Marathonläuferin.

Sie kam zwei Minuten zu früh zu ihrer Verabredung mit der Geldwäscherin Vicki Leung in der Gerrard Street.

Vicki Leung führte sie in einen kleinen Raum mit Blick auf die Bank von Hong Kong. Die Aussicht war getrübt durch dicke Schmierschichten auf den Scheiben. Die Wände hatten vom Nikotin eine widerlich gelbe Farbe angenommen.

Vicki Leungs Büro war spärlich eingerichtet. Vor ihr auf dem Tisch stand eine kleine Batterie von Telefonen und Faxgeräten, daneben zwei Koffer voller Styroporstücke unterschiedlicher Form. Sie wechselte mehrmals in der Woche das Büro, immer auf dem Sprung. Mit wäßrigen Augen starrte sie die Geldbündel an, die aus der Selfridges-Tüte auftauchten.

Durch ihre Goldzähne sagte sie etwas wie »Mawarl un Barrel« (Mailand und Basel) und »Sleisser Fwanken un Doitschmark. Okay. Kontoinhaber?«

»L. D. van der Werff.«

»Pfund Sterling?«

»US-Dollar.«

»Okay.« Sie tippte mit ihrem fleckigen Zeigefinger auf einem Taschenrechner herum. »Dollars. Fünfzehn Prozent für US-Dollar.«

»Nein. Zehn Prozent.«

»Zwei Währungen, fünfzehn Prozent.«

»Zehn. Oder das Geschäft platzt.«

Geldwäscher waren überall in Europa gleich. Alle versuchten, eine höhere Provision herauszuschlagen, das war Ehrensache. Selbstverständlich würde es die Chinesin auch für zehn Prozent machen. Es war leichtverdientes Geld, denn schließlich überwies sie die Devisen lediglich auf ein geheimes Konto. Die Sache war absolut sicher. Die Chinesen waren in diesem Metier die Besten, wenn es darum ging, größere Summen verschwinden zu lassen. Vor allem die Frauen.

»Okay«, sagte Vicki Leung und zündete sich eine ihrer faulig riechenden belgischen Zigaretten an. Sie kritzelte etwas auf ein Formular. Geldsummen in die Rubrik »Fremdwährung zur telegraphischen Auszahlung«. In anderen stand »Name des Empfängers«, »Kontonummer«, »Auftraggeber«, mit einer vagen Adresse in Harrow Weald.

»Warten Sie auf die Empfangsbestätigung?«

»Dachten Sie, das täte ich nicht?«

»Es gibt Leute«, sinnierte Vicki Leung, während sie das Formular in ihr Faxgerät legte, »es gibt Leute, die glauben mir nicht.«

Ein paar Minuten später kamen die Bestätigungen aus Basel und Mailand.

»Nehmen Sie die Hintertreppe. Gehen Sie durch das Restaurant. Es steht Essen zum Mitnehmen für Sie bereit.«

»Nein, danke.«

»Wie Sie wollen. Als Grund, warum Sie hier waren. Die Polizei ist überall. Man sieht sie nicht immer. Selbst Sie nicht.«

»Mag sein«, sagte sie. »Hier, lassen Sie das verschwinden.« Sie ließ die Geldkatze auf Vicki Leungs Schreibtisch fallen.

Sie ging über die Hintertreppe nach unten, zufrieden, daß ihr gesamtes Honorar für die Morde, die noch am selben Tag ausgeführt werden sollten, auf ausländischen Bankkonten unter ihrem Decknamen van der Werff sicher aufgehoben waren. Sie war immer vorsichtig mit Geld gewesen. Geschickt in Geschäften, sogar besser als ihre Schwester Dee.

In einer Seitenstraße des Cambridge Circus erledigte sie zwei Telefonate. Zunächst rief sie eine Frau irischer Abstammung an, die bei einer auf Büroräume spezialisierten Maklerfirma in Bloomsbury arbeitete. Sie bestätigten die zuvor getroffene Vereinbarung, daß sie die Schlüssel zu einer leeren Büroetage in der Nähe des Britischen Museums bekommen sollte.

Erst am Vortag hatte sie mit der Maklerin gesprochen und erfahren, daß sie die Büroetage allein besichtigen könne. Die Schlüssel würden in einem neutralen Umschlag im Hauseingang in der Museum Street liegen. Die Maklerin nannte vorsichtshalber keine Adresse und auch nicht die genaue Stelle, wo die Schlüssel hinterlegt werden sollten. Man konnte nie wissen, wer die Telefongespräche mithörte. Als Zeitpunkt für die Besichtigung in der Museum Street war schon zuvor zwölf Uhr mittags vereinbart worden. Auch das wurde jetzt nicht erwähnt.

Der zweite Anruf galt ihrem anomyen Auftraggeber. Am anderen Ende der Leitung hörte sie die wesenlose Computerstimme antworten.

»Alles klar«, sagte sie.

»Sie haben Ihr Honorar?« sagte die geschlechtslose mechanische Stimme.

»Ja«, antwortete sie. »Ich bin bereit.«

Später würde sie in einem letzten Anruf endgültig sicherstellen, daß ihre Opfer dort waren, wo sie sein sollten, und daß nichts Unvorhergesehenes ihre Ermordung vereitelte.

So lief alles ganz nach ihrem Geschmack. Die Kunden wurden die ganze Zeit über auf dem laufenden gehalten. Man bezog sie aus der Ferne ein, bis der Job erledigt war. Es war eine Aufgabe, an die man mit der gleichen Sorgfalt herangehen mußte wie ein Arzt, der Leben retten will. Mit dem Unterschied, daß sie Leben nahm. Die Sorgfaltsregeln waren jedoch dieselben, nur mit umgekehrten Vorzeichen. Sie war stolz auf ihre klinische Vorgehensweise.

Das Büro im ersten Stock eines Hauses in der Museum Street war verlassen. Es stand leer, seit die früheren Mieter, die Mitglieder des Museum Mutual Benefit & Pensions Trust, in den letzten Tagen der Thatcher-Regierung Pleite gemacht hatten. Der Umschlag lag auf einer Fensterbank neben einer faulenden Milchpackung und enthielt zwei Sicherheitsschlüssel und eine entwertete U-Bahn-Fahrkarte, auf die mit Bleistift gekritzelt eine Nummer stand: der Code für das Kombinationsschloß am Firmensafe des dahingeschiedenen Museum Mutual Benefit & Pension Trust.

Der Safe stand einsam in einer Ecke des Büros, das der glücklose Vorsitzende der MMB & PT innegehabt hatte. Neben dem Safe lag, mit Rattengift gefüllt, der Deckel einer Margarineschachtel. Sie schob ihn weg. Über den Fußboden zogen sich

Spuren frischer Exkremente. Die Ratten waren offenbar schon gegen das Gift immun.

Sie drehte das Kombinationsschloß und öffnete den Safe. Darin lag, wie von ihrem Auftraggeber versprochen, der Sprengsatz, in Luftpolsterfolie und Alu verpackt.

Ihre Armbanduhr zeigte ein Uhr mittags an. Zeit zu gehen. Noch fünf Stunden bis zur Explosion der Bombe.

Totzeit. Die letzten Stunden ziehen sich; die zermürbende Zeit, wenn einem etwa alltägliche Ereignisse auf den Straßen unerwartet einen Streich spielen.

1990 beispielsweise hatte es am Regent's Park den Taxiunfall gegeben, der sie zwang, in den Park zu rennen, um ihre Waffe zu verstecken. Das war einen Tag, nachdem sie den früheren Gouverneur von Gibraltar in Staffordshire niedergeschossen hatte. In einem Hotelzimmer in Kilburn hatte sie im Fernsehen die Fahndung nach dem Schützen – sich selbst – verfolgt. Natürlich war das Gesicht von Commander Harding aufgetaucht, des Leiters der Spezialeinheit. Seine Beamten hielten nun das AK-47-Sturmgewehr in Händen, das man im Regent's Park im Gebüsch gefunden hatte. Sie haßte die Selbstgefälligkeit und Zuversicht des Commanders. Sie war den ganzen langweiligen Sommer über in Brighton untergetaucht. Warum war es schiefgegangen? Warum war es ihr nicht gelungen, Sir Peter Terry zu töten? Weil sie es nicht gut genug geplant hatte. Außerdem durfte man sich einfach nicht darauf verlassen, daß diese idiotischen Londoner Taxifahrer keine Unfälle bauten. Commander Harding hatte öffentlich versprochen, er werde den »Verantwortlichen für diese grauenhafte Tat« höchstpersönlich schnappen. Aber das war ihm nicht gelungen. Sie spielte jetzt ein doppeltes Spiel.

Jemand sprach sie mürrisch an: »Wo ist das Britische Museum?«

Sie wandte den Blick ab. Überquerte die Straße. Hinter einen Umzugswagen. Sie lief weiter, weder höflich noch grob, nur still, ein Gesicht in der Masse.

In der Totzeit muß man seine Nerven unter Kontrolle haben. Man läßt sich aufs Geratewohl durch Straßen und öffentliche Gebäude treiben: Bahnhöfe, Geschäfte, die U-Bahn, Orte, an denen die Menschen andere Dinge im Kopf haben oder an gar nichts denken.

Martinshörner, Alarmsirenen oder sonstige Signale erlebt man ganz bewußt. Man ist wie ein Raubtier: Jäger und Gejagter zugleich. Man läßt sich fallen, paßt sich der Stimmung der Menge an. Inzwischen hat man keinerlei Angst mehr, keine Sorge um das Honorar sie hatte natürlich ihr Geld längst bekommen, es lag jetzt bereits sicher unter einem Decknamen auf ihren Bankkonten. Für den bezahlten Killer ist es wichtig, das Geld vorher zu bekommen, die ganze Summe. Man hält sich an den Plan wie ein Pilot an seine Flugroute; man wirft allen gedanklichen Ballast über Bord. Doch das Unerwartete holt einen ein.

Wie die Schlagzeile des *Evening Standard* auf dem Zeitungsständer am Eingang zur U-Bahnstation Tottenham Court Road: POLIZEI WÜTEND ÜBER ROLLE DES MI5 IN DER TERRORISMUSBEKÄMPFUNG. Sie kaufte die Zeitung, um den Artikel später zu lesen, nach ihrem letzten Einkauf in einem Geschäft, wo man Schwesterntrachten bekam. Sie las gern über die Feinde des Terrorismus. Sie waren auch ihre Feinde, und sie mußte alles über sie wissen. Noch lieber war ihr die Gewißheit, daß sie mehr über sie wußte als die über sie.

In der U-Bahn-Linie Edgware sahen die Fahrgäste im Zug nach Norden zum Belsize Park eine Krankenschwester. Wer regelmäßig mit dieser Linie fuhr, hielt sie vermutlich für eine der vielen Schwestern, die auf dem Weg zu ihrem Dienst im Royal Free Hospital von Hampstead waren.

Ihre Nachforschungen hatten ergeben, daß es in der Umgebung von England's Lane, einer Seitenstraße des Haverstock Hill, zwei leicht erkennbare Gruppen von Leuten gab: Japaner, die Wohnungen in den moderneren Apartmenthäusern anmieteten, und Krankenschwestern in Tracht, die in dem Schwesternwohnheim an der Ecke England's Lane/Antrim Road wohnten. Sie hatte sich deshalb einen blaßblauen Nylonkittel besorgt, dazu eine schwarze Strumpfhose und schwarze Schuhe mit flachen Absätzen. Ihre kleine Reisetasche enthielt ihren gefälschten Paß, Tickets für die Fähre ab Stranrear und das in Luftpolsterfolie gewickelte Päckchen aus dem Safe in der Museum Street. Sie trug einen leichten grauen Mantel. In einer neutralen braunen Plastiktüte befand sich die Kleidung, die sie bei Selfridges gekauft hatte und die sie tragen würde, wenn sie schließlich mit dem Schiff in Irland angekommen war.

Sie hatte das zuvor aufgetragene Make-up entfernt, als sie in der Personaltoilette bei Foyle's in der Charing Cross Road unbemerkt die Schwesterntracht angezogen hatte. Ihr ungeschminktes Gesicht paßte zu ihrem Aussehen als Krankenschwester: ein schmales Mädchen mit großen Augen in dem unterbezahlten, idealistischen Beruf, den die Briten so bewundernswert finden.

Seltsame Vorkommnisse fordern einen in der Totzeit heraus.

Zur zweiten Herausforderung kam es, als hinter der Barriere am Ausgang der U-Bahnstation Belsize Park ein Schwarzer auf sie zutrat. Er fragte, ob er ihre Tasche tragen dürfe. Sie ging rasch an ihm vorbei. *Du willst mich ausrauben, du schwarzer Affe, aber ich ramme dir mein Knie so in die Eier, daß du nie wieder pissen wirst, ohne zu schreien.* Gewalt an sich stieß sie natürlich nicht ab, sondern Gewalt, die nicht absolut notwendig war.

Am Haverstock Hill gibt es eine Telefonzelle auf der gegenüberliegenden Seite der befahrenen Straße vor der U-Bahnstation. Hier machte sie den letzten Anruf, bevor die Bombe hochging.

Sie hörte die körperlose Stimme: »Hallo.«

»Können wir anfangen?«

Die Stimme sagte: »Alles ist bereit.«

Das bedeutete, daß der Weg zum Töten frei war, und danach würde auch das Fluchtauto, ein weißer zweitüriger Wagen, auf dessen Dach mit großen Buchstaben für Hubschrauber sichtbar die Aufschrift POLICE angebracht war, zum ausgemachten Zeitpunkt in der England's Lane bereitstehen, etwas abseits des Schauplatzes der Katastrophe. Sie legte den Hörer auf.

Es gab nun keine Möglichkeit mehr, die Bombenexplosion zu stoppen.

Den letzten Rest der Totzeit verbrachte sie im Kino auf dem Haverstock Hill. Sie schloß die Augen, ließ sich tief in ihren Sessel rutschen, atmete gleichmäßig, lauschte nur dem Ton und warf alle paar Minuten einen prüfenden Blick auf ihre Armbanduhr. Sie dachte an die riesige Menge hochpotenten Sprengstoffs, den sie am Vorabend fachmännisch untergebracht hatte. Im Geist ging sie dic technischen Einzelheiten durch: die Überprüfung der Elektronik, die Zeit, die sie brauchen würde, um den weißen Wagen mit der Aufschrift POLICE zu erreichen, die Flucht unmittelbar nach der Explosion durch Feuer, Rauch und Chaos. Im dunklen Kinosaal übte sie die Fingerbewegungen, die sie später im Dunkel des verlassenen Wohnzimmers ausführen würde.

Sie dachte wieder an Dee im Gefängnis in West-London: Ihre starke Schwester hatte nichts mehr zu erwarten, als den Rest ihres Lebens im Gefängnis zu verbringen. Nun, eines Tages, schon bald, würde sie sie herausholen. Das würde ihr Triumph sein. Der große Coup: SCHWESTER BEFREIT SCHWESTER.

Sie würden in Rio oder Kolumbien leben. Die Idee, nach Südamerika zu gehen, gefiel ihr.

Doch zunächst mußte sie die beiden Frauen umbringen. Sie freute sich darauf, einen weiteren Sieg zu erringen. Noch zwei Tote. Wie Vater immer gesagt hatte: Das Leben war schön. Noch zwei tote Briten. Es war inzwischen kinderleicht.

10

Der letzte Samstag des Monats: Rosslyn nahm sich den Tag frei.

Der Samstag war wie geschaffen, die Muße in den Londoner Parks zu genießen. Kaffee im Holland Park, zwei Dosen Bier und ein Salat von Marks & Spencer in den Kensington Gardens, dann ein langer Spaziergang durch den Hyde Park. Dabei hatte er die Kopfhörer aufgesetzt und hörte die Nachrichten im Radio.

Noch immer keine Bombe.

Jetzt in den letzten Märztagen lag Frühling in der Luft. Krokusse, kleine Narzissen und Osterglocken schmückten den Park mit bunten Farbklecksen. Die Forsythien blühten mit überwältigender Pracht. Wo die Sträucher vor rosa blühenden Bäumen standen, leuchteten sie knallgelb im Sonnenschein. Ganz London genoß die Frühlingswärme. Am Teich in den Kensington Gardens hatten sich wieder die Liebhaber von Modellbooten eingefunden, wie auch die gemessen einherschreitenden Araber und die Kindermädchen mit ihren Zöglingen in altmodischen Kinderwagen, und die Penner lagen unbehelligt im Gras auf dem Rücken und schliefen mit offener Hose.

Die Passivität machte ihn unruhig, später besorgt und schließlich ungeduldig. Er kaufte sich einen Becher Tee und einen Doughnut an der Royal Academy. Früher hätte ihn Mary in die neueste Ausstellung geschleppt. Jetzt hatte er keine Lust mehr auf Gemälde, Musik oder Romane. Also tat er, was ihm am sinnvollsten schien – *Scheiß auf Gaynor, scheiß auf den freien Tag* – und kehrte in sein Büro bei der Zollbehörde in der Lower Thames Street zurück.

Doch das war auch nicht viel interessanter.

Bis um kurz vor 19 Uhr das Telefon klingelte. Es war Harding. »Haben Sie noch das Band von dem Verhör mit McKeague?«

Kein »Guten Abend. Gut, daß ich Sie erreiche«. Gar nichts. Harding klang kühl und distanziert.

»Es ist in Gaynors Safe«, antwortete Rosslyn.

»Bringen Sie es mir.«

»Er ist schon weg.«

»Kennen Sie nicht die Kombination von seinem verdammten Safe?«

»Die kann ich herausfinden.«

»Dann tun Sie das gefälligst«, blaffte Harding. »Schaffen Sie die Kassette her.«

»Haben Sie meine Abschrift nicht bekommen?«

»Die ist beim MI5. Ich will das Original. Oder haben Sie es kopiert?«

»Nein. Das einzige Exemplar ist in Gaynors Safe.«

»Bringen Sie es mir her. Ich bin in der England's Lane, NW3. Seitenstraße von Haverstock Hill.«

»Was ist denn los?«

»Es hat einen Bombenanschlag gegeben.«

Harding legte auf.

11

Noch bevor Rosslyn die England's Lane erreicht hatte, konnte er den Qualm riechen, der den Abendhimmel über dem Norden Londons wie ein Trauerschleier verhüllte.

Feuerwehrfahrzeuge rasten auf der Gegenfahrbahn mit kreischenden Sirenen an ihm vorbei den Haverstock Hill hinauf, eine schier endlose Kette von Polizei- und Krankenwagen überholte ihn und drängte die übrigen Autos auf die Gehwege. Ein Verkehrspolizist trat auf die Straße und gab Rosslyn Handzeichen, anzuhalten. Als er das Wagenfenster herunterkurbelte, wurde der Gestank noch schlimmer. Die Luft war erfüllt vom Qualm brennenden Kunststoffs und blaßgrauem Staub. Er bekam etwas davon in die Augen. Über sich hörte er einen Hubschrauber.

Der Verkehrspolizist wies ihn an, seinen Wagen auf dem für die Bewohner eines Miethauses in der Nähe des Unglücksortes reservierten Parkplatz abzustellen.

Rosslyn ging zu Fuß weiter bis zur Ecke Haverstock Hill und England's Lane, wo die Straßen von Polizeifahrzeugen,

Motorrädern und Krankenwagen blockiert waren. Eine Gasse bildete sich für weitere Feuerwehrwagen. Über das Heulen der Sirenen und Martinshörner hinweg brüllten Polizisten in gelben Jacken die Schaulustigen an, sie sollten verschwinden. Doch sobald einige der Leute, die offenbar Vergnügen an der makabren Szene fanden, weitergingen, schoben sich andere an ihre Stelle. Eine Frau schrie einige Kinder an, die einen jaulenden Hund zu bändigen versuchten.

Ein Polizist ließ Rosslyn unter dem Plastikstreifen am Beginn der England's Lane durchschlüpfen und sagte ihm, wo Commander Harding zu finden war.

Feuerwehrwagen und schweres Gerät verstopften die Straße. Feuerwehrleute standen herum und warteten auf Anweisungen. Rosslyn konnte Harding nicht entdecken; er sah ohnehin nur wenig durch die Rauchschwaden und Staubwolken, die sich dann und wann etwas lichteten.

Er sah die zersplitterten Fenster der Häuser in Chalcot Gardens, die teilweise an die England's Lane grenzten. Eine Frau drängte sich an ihm vorbei, ein Kind gegen die Brust gepreßt. »Mein Mann ist da drin!« schrie sie. »Um Gottes willen, lassen Sie mich doch durch.« Zwei Polizistinnen, aus deren tragbaren Telefonen unverständliche Botschaften plärrten, gelang es, sie zurückzuhalten.

»Wie heißt er?«

»Ich sage Ihnen doch, er ist mein Mann!«

»Aber er muß doch einen Namen haben.«

»Natürlich hat er einen verdammten Namen.«

»Und wie lautet der?«

Rauchschwaden brachten die Frau zum Husten. Rosslyn bedeckte den Mund mit seinem Mantelkragen. Jemand zog ihn am Ärmel. Ein Polizist zerrte ihn fort, unmittelbar bevor ein

Haufen Mauersteine mit einem dumpfen Krachen auf der Straße aufschlug. Der Boden unter ihren Füßen bebte. Durch den Rauch schrie jemand: »Gas!« Er fühlte, wie Funken herabregneten. Er schüttelte sie ab und rannte los. Nach ein paar Metern versperrte ihm ein Feuerwehrwagen den Weg. Rosslyn wandte sich um und blinzelte durch den Rauch. Mehrere Bäume standen in Flammen. Er stieß mit dem Fuß gegen etwas. Er schaute nach unten und sah einen toten Dackel auf dem Rücken neben einer gefüllten Einkaufstasche liegen.

Schwarzer Rauch quoll aus einem Kiosk und drang ihm in die Lunge. Ein Teil der Häuserzeile in der England's Lane war völlig zerstört. Stühle, Tische und Ehebetten standen glimmend mitten im Schutt. Straße und Gehwege waren mit Glassplittern bedeckt.

Auf einer Seite des zerstörten Zeitungsladens pumpten Feuerwehrleute Wasser in das Feuer. Hier brannte es noch am heftigsten. Andere Gestalten in wasserdichten Mänteln schlangen Ketten um das Wrack eines ausgebrannten Taxis.

Er hörte eine vertraute Stimme hinter sich: »Rosslyn?«

Hardings Gesicht war naß, seine Stirn mit fettigem Ruß beschmiert. »Lassen Sie uns woanders reden.« Er legte die Hand auf Rosslyns Arm. »Sehen Sie lieber nicht hin«, sagte er.

Rosslyn schaute trotzdem hin. Durch eine Lücke in der Menschenansammlung von Rettungsmannschaften, Feuerwehrleuten, Polizisten und Sanitätern sah er die Leichen. Verkohlte und versengte Körperteile lagen auf feuchten Plastikbahnen. Ein zertrümmertes Bein, der Fuß abgetrennt, lag verdreht da wie ein bizarres künstliches Glied. In einer durchsichtigen Tüte waren zwei abgetrennte Hände. Daneben lagen die Köpfe. Der Schock des Wiedererkennens kam langsam. Mann oder Frau: Er hätte es nicht ohne weiteres sagen können. Der eine Kopf war teilweise noch mit einem gebrochenen Schlüsselbein verbunden, das aussah, als hätte es jemand mit einem Hammer nach oben durch den Schädel getrieben. Das Fleisch war von den Knochen gelöst, verbrannt und zerfetzt. Die Gesichter kannte er.

»Zwei Frauen«, sagte Harding.

Die eine war etwa dreißig. Ein paar blonde, versengte Haarsträhnen klebten noch an der Kopfhaut.

Die zweite Frau wirkte älter, vielleicht vierzig. Ihr rotes Haar war mit geronnenem Blut verschmiert. Eine dunkle Glasscherbe steckte in der Kehle. An ihrem linken Ohr bemerkte Rosslyn einen goldenen Ohrring. An einem abgetrennten Kopf erwartete man eigentlich keinen Schmuck. Der Mund war zu einem stummen Schrei aufgerissen. Die weißen Augen standen offen, ein Augapfel hatte sich in der Höhle verdreht wie ein falsch eingesetztes Glasauge. Die Zähne der Frau waren dick mit Blut, Schleim und Speichel bedeckt.

»Man gewöhnt sich nie daran«, sagte Harding. »Jeder stirbt anders. Die Leute machen sich darüber keine Gedanken.«

Sie verließen den Ort des Grauens über einen Teppich aus Glassplittern und glimmenden Papierfetzen. Das Knirschen von Glas auf Glas unter ihren Sohlen ließ Rosslyn zusammenzucken. Es tat an den Zähnen weh, als hätte er versehentlich auf ein Stück Alufolie gebissen.

Vielleicht war sein Gehirn ganz einfach überfordert, begreifen zu können, daß er in die toten Gesichter von Monro und Watson geschaut hatte, der beiden Frauen, die ihn am Abend von Marys Tod vernommen hatten.

An der Kreuzung England's Lane und Belsize Park Gardens, dort, wo zwei weitere Straßen einmünden, nämlich die Eton Avenue und die Primrose Hill Road, liegt der Pub Washington. Die Kreuzung war abgeriegelt. Polizisten hielten immer wieder Schaulustige von den Absperrungen aus Plastikstreifen fern.

Rosslyn und Harding standen im Eingang des geräumten Pubs. Harding gab Rosslyn einen Streifen zuckerfreies Kaugummi. »Gegen den Geschmack im Mund. Ich möchte, daß Sie mir von McKeague erzählen, mit Ihren eigenen Worten«, sagte Harding. »Ich will Ihre Meinung hören.«

»Hat Gaynor es Ihnen nicht gesagt?« fragte Rosslyn.

»Er hat mir erzählt, was er auf dem Band von McKeague gehört hat, aber er hat mir nicht gesagt, was Sie von ihr halten. Zunächst einmal: Glauben Sie, daß sie die Wahrheit sagt?«

»Nur insofern, als sie tatsächlich zusammengeschlagen worden ist. Sie sah aus, als wäre sie unter einen Lastwagen geraten. Ansonsten klingt alles, was sie gesagt hat, wie reine Phantasterei. Diese Geschichte mit der Bombe, die man ihr bei ihrer Verhaftung untergeschoben haben soll. Nehmen wir einmal an, es wäre wahr. Dann müßte man sich doch fragen, warum der MI5 so ungeschickt gewesen sein sollte, Beweismaterial gegen sie zu vermasseln.«

Harding überlegte schweigend einen Moment.

»Glauben Sie, daß sie die Sache absichtlich sabotieren wollten?« fragte Rosslyn.

»Nein. Sie denn?«

»Nur, wenn sie sie als Spitzel benutzt haben, ohne uns anderen davon zu erzählen. Die Möglichkeit besteht immerhin.«

»Meinen Sie?« sagte Harding. »Oder könnte die Bombe, die sie beschrieben hat, von der gleichen Machart sein wie das Ding, das hier hochgegangen ist? Wie auch immer, es muß praktisch genauso schlagkräftig gewesen sein wie die, von der sie Ihnen erzählt hat. Wenn wir genug Bruchstücke finden, können wir bald feststellen, ob es wirklich dieselbe Bombe gewesen ist, oder zumindest eine gleiche. Sie hat Ihnen doch erzählt, daß sie jemand für so einen Job anheuern wollte?«

»Davon hat sie gesprochen, ja«, sagte Rosslyn. »Aber sie hat keinen genauen Ort genannt.«

»Hat sie nicht England's Lane gesagt?«

»Nein. Nur im Norden Londons. Sie sollten sich das Band selbst anhören. Es ist im Wagen.«

»Später. Was ist mit den beiden MI5-Leuten, die als Zielscheibe dienen sollten?«

»Sie hat nur gesagt, jemand habe sie aufgefordert, einen Auftrag auszuführen. Sagen Sie – die Opfer, diese Frauen ...«

»Zu denen komme ich noch«, unterbrach ihn Harding. »Ich will wissen, warum sie den Auftrag nicht selbst erledigt hat. Warum hat sie abgelehnt?«

Rosslyn schüttelte den Kopf. »Weil sie davon ausgegangen ist, daß man ihr eine Falle stellte. Sie wäre wirklich blöd gewesen, wenn sie sich darauf eingelassen hätte, Leute vom MI5 umzubringen. Mein Gott, das war doch eine ganz plumpe Falle. Sie wäre glatt reingerasselt. Die Sache stank zum Himmel.«

Harding starrte dorthin, wo der Rauch am dicksten über der Straße stand. Er wirkte niedergeschlagen.

»Ich kenne die toten Frauen«, sagte Rosslyn. »Sie haben mich nach Marys Tod vernommen. Eine von ihnen hat mir gesagt, daß sie vorhatten, Mary einzustellen, als ob ich das nicht gewußt hätte. Haben Sie sie auch gekannt?«

»Ja«, sagte Harding. »Monro habe ich 1986 kennengelernt, als sie syrische Studenten hier in Großbritannien überwachte, zu der Zeit, als Hindawi wegen des versuchten El-Al-Anschlags der Prozeß gemacht wurde. Watson bin ich ungefähr zur gleichen Zeit begegnet, als sie noch beim Sonderdezernat war. Sie ging dann vor einiger Zeit zum MI5. Außerdem habe ich Monro noch vor ein paar Wochen im Thames House gesehen. Sie war stellvertretende Direktorin.«

»Waren die beiden heute nachmittag im Dienst?«

»Als die Bombe hochging? Nein. Sie hatten dienstfrei und hielten sich in Monros Wohnung auf.«

»Woher wissen Sie, daß es ihre Wohnung war?« fragte Rosslyn.

»Weil die Alarmanlage direkt mit der nächsten Polizeiwache verbunden ist, eine bevorrechtigte Sonderleitung. Der Alarm ging um vier Minuten nach sechs los. Damit haben wir den exakten Zeitpunkt der Detonation. Der MI5 auch. Die Alarmanlage ist auch mit dem Thames House verbunden. Von dort sind ebenfalls Leute hier.«

»Haben Sie denen von McKeague erzählt?« fragte Rosslyn.

Harding dachte über die Frage nach. Er spuckte sein Kaugummi in das Einwickelpapier. Rosslyn sah, daß er es in die Tasche steckte.

Harding sagte: »Ich habe Gaynor gebeten, den Mund zu halten. Dasselbe erwarte ich auch von Ihnen.«

»Ist das nicht riskant?«

»Wenn ja, dann ist das meine Sache«, sagte Harding. »Ich kann damit leben. Und Sie auch. Ich will diesmal gewinnen. Wir haben McKeague. Daß wir sie haben, ist Ihnen zu verdanken. Ein Teil von dem, was sie sagt, ergibt irgendwie Sinn, meine ich. Der Rest ist Quatsch. Bei den Samaritern von King's Cross ist eine fingierte Bombendrohung eingegangen. Fünfzehn Minuten *nach* der Detonation. Wir haben

Kontakt mit Dublin aufgenommen. Die IRA schwört bei Gott dem Allmächtigen, daß sie nicht dafür verantwortlich ist.«

»Wer zum Teufel ist denn dann verantwortlich?« fragte Rosslyn.

Das Dröhnen des Polizeihubschraubers über ihren Köpfen übertönte Hardings Antwort. Der Hubschrauber schwebte gefährlich tief über ihnen in der Luft. Seine Flutlichter, zwei blendend weiße Strahlenbündel, zerschnitten die unnatürliche Dunkelheit.

Harding schaute zu ihnen hoch. Er sah sich um, ob jemand sie beobachtete, und schrie dann, um den Krach zu übertönen: »Gehen Sie noch mal zu McKeague, und nehmen Sie sie auseinander. Ich will wissen, wer versucht hat, sie einzuspannen. Machen Sie ihr ein Angebot. Treffen Sie ein Abkommen mit ihr, damit sie uns den Namen des Verantwortlichen nennt.«

Der Hubschrauber flog jetzt etwas höher, so daß sie sich leichter verständigen konnten.

»Was soll ich ihr anbieten?«

»Straffreiheit. Sagen Sie ihr, wir überprüfen die Anklagepunkte noch einmal. Freies Geleit. Wir bringen sie mit einer neuen Identität außer Landes. Wenn sie lieber hierbleiben will, lassen wir sie rund um die Uhr vom Sonderdezernat bewachen. An einem sicheren Ort.«

»So weit würden Sie wirklich gehen?«

»Wahrscheinlich nicht«, sagte Harding. »Vermutlich ist das gar nicht nötig. Aber fahren Sie sofort hin, und versprechen Sie ihr alles, was sie verlangt. Sagen Sie, daß Sie ihr glauben. Freunden Sie sich mit ihr an. Aber quetschen Sie alles aus ihr heraus, was sie weiß. Reden Sie notfalls die ganze Nacht mit ihr. Aber sagen Sie ihr nicht, was hier passiert ist.«

»Und wenn sie das schon weiß?«

»Das kann sie nicht. Ich habe den Revierleiter angewiesen, daß sie in Einzelhaft kommt. Sie haben Befehl, nicht mit ihr zu sprechen.«

Sie verließen den Eingang des Pubs. Rosslyn sah, daß man die zerfetzten Leichen von Monro und Watson fortgeschafft hatte. Ein Polizeiinspektor kam auf Harding zu und wollte ihn unter vier Augen sprechen.

Rosslyn sah, daß die beiden Männer sich im Lärm der Martinshörner und Sirenen nur mühsam verständigen konnten. Ein Polizeihundeführer forderte ihn auf, Platz zu machen. Der Hund zog an der Leine und beschnupperte ihn am Schritt, als Rosslyn Harding zurückkommen sah. Ein Mann in wasserdichtem Mantel und Bombenschutzkleidung begann, Harding Fragen zu stellen. Harding schickte ihn ärgerlich zu einem jüngeren Polizisten.

»Sie können jetzt nach Hause gehen«, sagte Harding. »Mit McKeague können wir vorläufig nicht sprechen. Man hat sie ins Krankenhaus gebracht. Sie hat ein Blutgerinnsel im Gehirn und muß operiert werden.«

»Was ist passiert?« fragte Rosslyn.

»Es muß schon jemand bei ihr gewesen sein«, sagte Harding. »Wie schlecht ging es ihr, als Sie sie zuletzt gesehen haben?«

»Sie war ziemlich übel zusammengeschlagen. Das wissen Sie ja. Aber sie war bei Verstand. Ihr Kopf war verdammt klar.«

»Tja, jetzt ist er es nicht mehr.«

»Ich kann ja nach der Operation zu ihr gehen«, sagte Rosslyn.

Der Hubschrauber flog wieder tiefer, die Rotorblätter dröhnten. Harding war wütend und enttäuscht. »Das kann verdammt lange dauern.« Er lächelte resigniert und machte eine Geste, als wolle er sagen: aus, vorbei. Das war's. Wie jemand, der beim Rennen sein letztes Geld auf einen Außenseiter gesetzt und verloren hat.

»Unter uns: Der MI5 behauptet, Sie hätten ihr gegenüber unnötige Gewalt angewendet.«

Rosslyn war verblüfft. »Ich hätte was?«

»Das behaupten sie.«

»Das ist nicht wahr.«

»Ich glaube Ihnen«, sagte Harding.

»Dafür gibt es keine Anhaltspunkte. Das Band beweist es.«

»Deshalb glaube ich Ihnen ja«, sagte Harding. Er klopfte ihm auf die Schulter. »Ich melde mich bei Ihnen.«

Rosslyn ging in Richtung Haverstock Hill durch die noch immer anschwellende Flut von Polizisten, Rettungsmannschaften, Ärzten und Sanitätern. Innerhalb der Polizeiabsperrung sah er, wie ein Spurensicherungsteam seine Ausrüstung aus einem Range Rover auslud. Hinter der Absperrung, den Haverstock Hill weiter hinunter, lichtete sich der Qualm. Es war ungewöhnlich finster. Noch war die Stromversorgung nicht wiederhergestellt worden. In den angrenzenden Häusern gab es kein Licht, die Straßenlaternen waren dunkel.

Er bahnte sich einen Weg durch die Menge der Schaulustigen bis zu dem Vorplatz des Miethauses, wo sein Wagen stand. Als er ihn sah, erstarrte er.

Eine Frau hockte mit dem Rücken zu ihm neben der Fahrertür; ihr Gesicht war im Dunkeln. In der Hand hielt sie ein stumpfes Werkzeug, einen Schraubenschlüssel oder einen dicken Schraubenzieher.

Rosslyn schrie sie an: »Gehen Sie da weg.«

Hinter sich hörte Rosslyn Bremsen kreischen. Der Fahrer

brüllte: »Gehen Sie aus dem Weg!« Rosslyn wandte sich halb um und wurde von den Scheinwerfern geblendet. Der Wagen raste an ihm vorbei.

Die Frau war verschwunden. Rosslyn blickte sich suchend um. Dann sah er sie zwischen Autos die Straße überqueren. Sie verschwand hinter einem abgestellten Bus, ohne sich umzudrehen. Jemand, der das Chaos zum Plündern ausnutzte. Eine miese kleine Diebin, wie es Tausende gab.

Er hatte sie gerade rechtzeitig verjagt. Als er jedoch den Schlüssel ins Schloß steckte, merkte er, daß die Tür nicht verschlossen war.

Ich werde allmählich nachlässig.

Seine Aktentasche lag auf dem Boden vor dem Beifahrersitz.

Glück gehabt. Nichts geklaut.

Er war erleichtert, als er seine Wohnungsschlüssel und die Kassette mit dem McKeague-Verhör noch in seiner Aktentasche fand.

12

Zu Hause in seiner Wohnung in Pimlico stellt Rosslyn am Samstagabend Frischkäse her, und zwar nach Marys Rezept: Er bringt einen Viertelliter Vollmilch zum Kochen. Sobald die Milch sprudelt, rührt er zweieinhalb Teelöffel Zitronensaft hinein und nimmt den Topf vom Feuer. Er läßt die Milch dick werden, bis sich die Molke vom Quark absetzt. Das dauert etwa fünfzehn Minuten. Während dieser Zeit sieht er sich im Fernsehen die Spätnachrichten mit Berichten über die Ereignisse in der England's Lane an.

Der Reporter sagt, zwei Frauen seien die jüngsten Opfer der IRA.

»Das Büro der Samariter an King's Cross hat am Abend eine verschlüsselte Warnung erhalten«, fährt der Reporter fort. Er berichtet weiter, über zwanzig Verletzte seien ins Royal Free Hospital in Hampstead gebracht worden, acht von ihnen schwerverletzt. Viele der Opfer seien noch am Unglücksort von Motorrad-Sanitätern des Nord-Londoner Ambulanzdienstes versorgt worden.

Ein junger Schwarzer berichtet, wie er eine Schwangere mit Mund-zu-Mund-Beatmung wiederbelebt hat. »Alle haben geschrien«, sagt der Mann. »Aber ich habe nicht hingehört. Die Feuerwehrleute haben mir Verbandzeug gegeben, um ihre Beine zu verbinden.«

Eine andere Überlebende, eine Frau mit starkem ausländischen Akzent, erzählt: »Es hat einen furchtbaren Knall gegeben. Ich sah Menschen auf der Straße liegen und hielt ein kleines Mädchen auf dem Arm. Ihr war ein Fuß abgerissen worden. Die Straße war voller Leute, die Muttertagsgeschenke kaufen wollten.«

Der Reporter berichtet, die Polizei habe mehrere verdächtige Einkaufstüten gezielt gesprengt. »Der Bombenanschlag trägt alle Merkmale eines IRA-Attentats.« Er fügt hinzu, daß Sicherheitsexperten den Anschlag als Racheakt einstuften.

Der Premierminister wird mit den Worten zitiert: »Ich war schockiert, als ich von der Explosion in Nord-London hörte. Eine Tat, die in ihrer Abscheulichkeit jedes Vorstellungsvermögen übersteigt. Sie zielte darauf ab, Menschen zu töten und zu verstümmeln. Tragischerweise ist genau das den Attentätern auch gelungen. Die Nachricht von diesem jüngsten Bombenanschlag auf Männer, Frauen und Kinder, die an diesem Frühlingstag völlig unschuldig ihre Einkäufe erledigten, wird überall mit Trauer und Entsetzen aufgenommen.«

Der Reporter schließt mit der Mitteilung, die Identität der beiden Frauen sei noch nicht bekanntgegeben worden. »Der Anschlag erfolgte nach der Verhaftung von Terroristen und der Entdeckung von Waffendepots in London und dem Nordwesten.« Ein Professor für Militärgeschichte von der Londoner Universität sagt, man sei dabei, den Krieg gegen die IRA-Terroristen zu verlieren. Die Anti-Terror-Einheiten seien orientierungslos, demoralisiert und völlig unzulänglich. Die Verantwortung für das Chaos liege allein beim Premierminister. Der Nachrichtensprecher sagt, kein Politiker sei bereit, den Vorfall öffentlich zu kommentieren.

Rosslyn wartet darauf, daß Harding seinen üblichen Appell an die Öffentlichkeit richtet, wachsam zu bleiben. Doch Harding erscheint nicht.

Inzwischen haben sich Quark und Molke getrennt. Er läßt die Flüssigkeit durch mehrere Lagen Gaze ablaufen. Die Molke, die er aus dem Quarkklumpen herausgedrückt hat, stellt er in den Kühlschrank. Er wickelt den Quark in eine Art Beutel aus Baumwolltuch, hängt ihn verknotet an einen Haken seines Küchenbords und läßt ihn über Nacht weiter abtropfen. Morgen früh wird er den Klumpen flachdrücken. Damit ist der Käse dann fertig, und er wird ihn abends zusammen mit Spinat, Erbsen und Tomaten als Abendessen für sich zubereiten. Mary Walker hatte an den Wert von Proteinen geglaubt. Für ihn ist es vor allem tröstlich, den Käse so zuzubereiten, wie sie es tat.

Er kann sich nicht erinnern, seit wann sie Käse für ihn gemacht hatte, und versucht, in ihrem Tagebuch Anhaltspunkte zu finden. Es ist erst das zweite Mal, daß er sich stark genug fühlt, die Seiten aufzuschlagen und ihre Schrift zu lesen, ihre Stimme zu hören. Er öffnet das Tagebuch an irgendeiner Stelle. Er liest:

HERBST – DIE ERSTEN SEPTEMBERFRÖSTE

Sie spricht mit sich selbst, mit ihm. Die beiden sind ganz unter sich.

R + 194
Die Blätter färben sich bunt, das Gras wird braun. Morgens liegt meistens Tau. Heute ist es schwül. Der Himmel über London ist in letzter Zeit phantastisch. Breite weiße Streifen liegen darüber wie zarte, durchsichtige Seide. Die Sonnenuntergänge sind wie Aquarelle – alle Nuancen von Purpur, Karminrot über Koralle zu Lachsrosa. R. hat mir etwas über Künstlerfarben beigebracht

Es gibt da etwas, was ich R. nicht sagen kann.

Dies: All meine früheren Affären waren spätestens nach sechs Monaten vorüber. Oft war es kürzer. Ich möchte ihm das sagen. Wir sitzen in seiner Wohnung am Küchentisch. Ich mit einem Calvados. R. mit einer Flasche gut gekühltem Morgon. Dieses Tagebuch steckt in meiner Schultertasche. Ich habe R. gegenüber nie erwähnt, daß ich bei allen anderen Liebhabern auch Tagebuch geführt habe. Bei zu vielen. Viel zu vielen. Ich möchte, daß R. weiß, daß ich einen Schlußstrich gezogen habe. Ich habe reinen Tisch gemacht.

Also sage ich erst mal: »Bist du nicht neugierig auf meine Vergangenheit? Auf die anderen Männer?«

Er sagt, er haßt die Vorstellung, daß ich mit einem anderen zusammen sein könnte, daß ein anderer mich küßt.

Ich sage ihm, daß er sich das alles einbildet.

»Nein«, sagt er, echte Leidenschaft in den Augen.

Die Sache droht mir zu entgleiten. Also versuche ich es anders. »Es ist mein Körper – nicht deiner, Alan.«

(Gerade habe ich zum ersten Mal den wirklichen Namen eines Mannes in mein Tagebuch geschrieben – mit Ausnahme von THUG. Und das sind bloß Initialen.)

»Die Vergangenheit ist bedeutungslos«, sage ich.

Er ist anderer Meinung. Er sagt so etwas wie: »Du kannst dich selbst nur verstehen, wenn du deine Vergangenheit akzeptierst.«

»Ich kann sie nicht wegschließen, Alan. Meine Vergangenheit existiert, ich kann sie nicht leugnen. Aber ich kann sagen, daß sie bedeutungslos ist.«

Das Problem ist, daß das, was ich sage, nicht ganz stimmt. Ich kann nicht umhin, THUG am Arbeitsplatz zu treffen. Der alte, unglücklich verheiratete Mann sagt, ich hätte ihn im Bett wieder beflügelt, sein Versagen in Erfolg verwandelt. Ich habe ihm beigebracht, mich in den Arsch zu ficken.

Dann sagt Alan: »Ich möchte die anderen nie kennenlernen.«

»Das wirst du auch nicht«, sage ich zu ihm. »Dafür sorge ich schon.«

Dann spricht R. weiter.

Er sagt, er sei gezwungen, in der Vergangenheit zu leben – es sei Teil seiner Arbeit. Er setzt die Vergangenheit anderer Leute zusammen, dann nimmt er sie wieder auseinander. Er spricht über Leute, die mit Waffen und Sprengstoff handeln. Er muß entscheiden, wann er ihnen trauen kann und wann nicht oder wann er sie in dem Glauben wiegen muß, er würde ihnen glauben. Du mußt dich in sie hineinversetzen, sagt er, in ihre Haut kriechen, in ihr Herz. Vor allem mußt du deine Phantasie einsetzen. Er sieht sich selbst als Nummer, als wäre er nichtssagend.

Er hat das starke Bedürfnis, sich intensiv mit anderen zu beschäftigen, sie neu zu schaffen und dann in die Falle zu locken. Das macht ihn so gut in seinem Beruf. Deshalb fragen ihn seine Vorgesetzten nach seiner Meinung, auch wenn er viel jünger ist als sie.

Er sagt, es sei wie die Arbeit eines Kunsthistorikers. Letzten Endes muß er entscheiden, was echt ist und was eine Fälschung, eine Kopie oder die Kopie einer Fälschung und so weiter. Hat der Künstler das Bild wirklich gemalt, das ganze Bild oder einen Teil davon? Man versetzt sich in das innerste Herz des Künstlers, in seinen Geist, und versteht erst dann, was seine Hand tatsächlich geschaffen hat. Es ist ein Akt intellektueller Ermittlung.

»Aber warum schaust du dann nicht mehr in dich selbst hinein?« frage ich ihn.

»Weil mir oft nicht gefällt, was ich da sehe«, sagt er.

»Hat dich das eine der anderen Frauen schon mal gefragt?«

Da sagt er, er will nicht über sie sprechen, um mir nicht weh zu tun.

»Eifersucht im nachhinein ist lächerlich«, sage ich. »Mir sind deine anderen Frauen egal. Ich habe dich. Hier und jetzt. Bei mir. Und du brauchst dir auch keine Gedanken über mein bisheriges Leben zu machen. Im großen und ganzen war ich immer nur mit Scheißkerlen zusammen.«

(Ich spreche nicht von THUG. Ich erzähle nicht, daß THUG mich noch immer im Yard anruft, genauso wie ein halbes Dutzend andere. Ich sage Alan auch nicht, daß ich allen von ihm erzählt habe, daß ich ihn heiraten will. Daß ich Kinder von dir haben will, Alan. Ich möchte, daß wir beide Kinder haben.)

Aber das werde ich ihm jetzt noch nicht sagen. Auch nicht, daß ich

1. ihn wahnsinnig liebe.

2. gern Kinder von ihm hätte, denn sollte ihm etwas zustoßen, könnte er für immer in ihnen weiterleben, und sie würden mich immer an ihn erinnern.

3. insgeheim, ganz im Innern, die Schnauze voll habe von der Polizei, weil es da für Frauen keine Zukunft gibt.

Alan sagt noch mehr – er hat seinen Anflug von Eifersucht vergessen. (Genau wie alle eifersüchtigen Männer muß er auf dem herumreiten, was ihm weh tut. Im Gegensatz zu anderen eifersüchtigen Liebhabern liebe ich ihn.)

Er sagt, er und ich hetzten von Fall zu Fall, erstickten in einer Flut von Papierkram, da seien die Ausschüsse der grauen Männer, die Gremien, Untersuchungsausschüsse, Arbeitsgruppen. Wir reagierten immer erst auf Dinge, die schon passiert sind; wir hinterließen nichts von bleibendem Wert, kein Buch, kein Kunstwerk, keine Entdeckungen. Wir sorgten nur dafür, daß ein paar Leute verurteilt würden. Aber dadurch würde die Gesellschaft keineswegs sicherer. Wir seien wandelnde Beweise dafür, daß wir anderen Leuten ihr Versagen, ihr zerrüttetes Leben und ihren verdrehten Geist unter die Nase rieben und sie ins Gefängnis würfen wie verdorbenes Essen in den Mülleimer.

Dann gehen wir miteinander ins Bett. Er bittet mich, die Augen weit offen zu lassen. Er sieht so ernsthaft auf mich herunter. So verzweifelt. Dann stöhnt er wie ein großes, gepeinigtes Tier. Ich wünsche mir, daß er ewig lebt.

Er kann nicht schlafen. Er beschließt, das Tagebuch zu vernichten. Er legt eine zusätzliche Decke auf sein Bett. Die Wärme tröstet ihn nur wenig. Mary lächelt ihm von dem silbergerahmten Foto auf dem Nachttisch an, und er weiß, daß er es nicht über das Herz bringen wird, irgend etwas zu vernichten, das ihr gehört hat. Er knipst das Licht aus. Im Dunkeln sind die Gesichter der toten Frauen noch immer da. Dann McKeagues geschwollene, blutunterlaufene Augen. Dann Marys Augen.

Im Traum hört er Sirenen und das Läuten einer Schelle. Marys Läuten: einmal lang, zweimal kurz. Er erwacht schweißgebadet, mit einem Lächeln. Natürlich kommt Mary heute nacht nicht, sie wird nie mehr kommen.

Es ist Sonntagmorgen halb vier, und es klingelt an der Tür.

13

Rosslyn öffnete die Tür und sah Harding im Regen stehen. Er schaute von der Kellertreppe nach oben zur Straße.

Er folgte Rosslyn in die Diele und schloß die Tür hinter sich, ohne sich dafür zu entschuldigen, daß er ihn mitten in der Nacht aus dem Bett geholt hatte.

»Sind Sie zu Fuß hergekommen?« fragte Rosslyn.

»Ich habe in Ranelagh Grove geparkt. Ich möchte nicht, daß irgend jemand erfährt, daß ich hier bin.« Er hängte seinen triefenden Mantel an den Kleiderständer. »Wir sind zu spät gekommen, McKeague ist tot. Vor zwei Stunden. Sie hat die Operation nicht überlebt.«

»Verdammt, das hat uns gerade noch gefehlt«, sagte Rosslyn. Sie gingen in die Küche. »Hat Sie Ihnen noch etwas gesagt, bevor sie starb?«

»Ich habe es versucht«, sagte Harding, »aber es hat verdammt noch mal keinen Zweck mehr gehabt. Ich fragte sie nach der Bombe, nach Namen. Sie lag einfach da und hing an Gott weiß was für Schläuchen und Drähten und dem ganzen Kram.

Die Schwester meinte: ›Möglicherweise hört sie Sie.‹ Wenn es so war, dann hat sie sich taub gestellt. Dann taucht auch noch dieser Priester auf und tönt: ›Habt Ihr denn Euren Teil nicht wahrlich schon bekommen?‹ Irisch. Offenbar katholisch. Es gab ein fürchterliches Getöse, bis der Priester ihr die letzte Ölung gab. Als sie tot war, habe ich den Revierleiter von Paddington Green aus dem Bett geholt. Er sagt, die Leute vom MI5 seien regelmäßig weiter bei ihr aufgetaucht. Ihr Zustand habe sich so schnell verschlechtert, daß sie davon ausgegangen seien, Sie hätten sie so übel zugerichtet.«

»Das ist doch Quatsch.«

»Das habe ich auch gesagt.«

»Hat sie dem MI5 irgend etwas erzählt?«

»Kein Wort, meint der Revierleiter. Sie war ein zähes Luder, das muß man ihr schon lassen.«

Rosslyn stellte eine Flasche Calvados und zwei Gläser auf den Tisch. »Woher wollen Sie wissen, daß der MI5 ihr kein Abkommen angeboten hat?«

»Weil der diensthabende Wachbeamte jeweils über die Sprechanlage mitgehört hat. McKeague hat stur dagesessen und keinen Ton gesagt. Nicht verwunderlich, bei der Hirnverletzung. Aber der Wachbeamte hat nicht *gesehen*, was in dem Verhörraum vor sich ging. Möglicherweise haben sie üble Sachen mit ihr gemacht. Es gibt tausend Wege, ihr weh zu tun, ohne daß die Ärzte dahinterkommen. Aber ich glaube nicht, daß sie in McKeagues Fall so weit gegangen wären, was meinen Sie? Sie müssen doch genau wie wir daran interessiert gewesen sein, daß sie singt. Bloß hat sie kein Wort gesagt. Schließlich hat man sie zur Notoperation gebracht, als der MI5 von Paddington Green abgezogen war. Allerdings wissen sie nicht, daß die Spurensicherung schon eine ganze Menge interessanter Details ermittelt hat. Die Fragmente passen recht gut zusammen. Die Bombe, die McKeague Ihnen beschrieben hat, ist von genau der gleichen Machart wie die in der England's Lane.«

»Es muß aber nicht dieselbe gewesen sein, die sie bei ihrer Verhaftung gesehen hat.«

»Wenn sie sie überhaupt gesehen hat.« Harding setzte sich auf die Kante des Küchentisches und schenkte sich Calvados ein. »Nehmen wir einmal an, es war dieselbe. Wenn jemand den Auftrag übernommen hat, von dem sie erzählt und den sie selbst abgelehnt hat, dann wird jemand dafür kassiert haben.«

»Glauben Sie immer noch, sie hat die Wahrheit gesagt?« fragte Rosslyn.

»Und wenn es so wäre? Das ist das beste Ergebnis, das wir seit Jahren hatten.« Harding füllte das zweite Glas für Rosslyn. »Und Sie haben sie gefunden.«

»Nicht ich habe sie gefunden, sondern sie mich.« Rosslyn sah ihn einen Augenblick verwirrt an und sagte dann: »Ich wüßte gern, warum der MI5 meint, ich hätte sie zusammengeschlagen.«

»Ich auch.«

»Weil es diese Idioten selbst waren.«

»Vermutlich.«

»Dann erhebe ich Dienstaufsichtsbeschwerde.«

»Verschwenden Sie nicht Ihre Zeit«, sagte Harding. »Sie wären nicht der erste, der das tut, und der letzte sicher auch nicht. Es bringt Sie nicht weiter. Und mir wäre es auch lieber, wenn Sie es bleiben ließen.«

»Warum?«

»Weil ich mit dem MI5 im Moment keinen Ärger haben will. Ich sage Ihnen, warum, Alan. Die haben mich daran gehindert, ein normales Ermittlungsteam wie sonst auch zusammenzustellen. Warum ? Weil die Toten zwei ihrer eigenen Leute sind. Wer in dem Team in leitender Funktion sitzt, muß über kurz oder lang Einblick in ihre Operationen erhalten. Das kann ihnen nicht recht sein. Sie bestehen darauf, den Kreis möglichst klein zu halten. Wir können wie üblich auf die Spurensicherung zurückgreifen, aber die wesentlichen Entscheidungen liegen bei mir und neuerdings bei einem MI5-Beamten. Ich habe gesagt, daß ich nichts dagegen habe, wenn ich einen eigenen persönlichen Assistenten berufen kann. Sie werden es sicher nicht akzeptieren, wenn ich einen Polizisten nehme, und glauben bestimmt, ich bekäme sonst niemanden. Also habe ich Sie vorgeschlagen. Mit Gaynor ist das abgestimmt. Er stellt Sie auf unbestimmte Zeit ab. Das ist also geklärt, Alan. Jetzt will ich nur noch wissen, was Sie davon halten.«

»Was ich davon halte? Zuerst einmal: Wenn die sagen, ich könnte schuld an McKeagues Tod sein, dann sind die doch im Moment bestimmt nicht gerade gut auf mich zu sprechen.«

»Das habe ich berücksichtigt«, sagte Harding. »Wissen Sie, was ich glaube? Daß es sogar ein Vorteil ist, wenn die meinen, sie hätten etwas gegen Sie in der Hand. Sie werden sich über die Gelegenheit freuen, *mir* damit eins auszuwischen. Ein Zollbeamter, der aus der Reihe tanzt. Dann können sie es so drehen, daß sie die Ermittlungen komplett selbst übernehmen.«

»Wenn sie beweisen, daß ich McKeague gegenüber Gewalt angewendet habe.«

»Wenn, ja. Und wir wissen, daß sie das nicht können. Bis dahin sind wir ihnen einen Schritt voraus. Nehmen wir an, McKeague hat tatsächlich die Wahrheit gesagt. Wir wissen es, sie wissen es nicht.«

Er begann, in der Küche auf und ab zu gehen. »Was meinen

Sie, Alan? Sie haben hier die Chance, Mary zu rächen. Die Chance, in der ersten Reihe zu stehen. Sie haben mir einmal gesagt, daß Sie ihrem Mörder ins Auge sehen möchten. Daraus wäre nichts geworden, wenn der MI5 Sie abgelehnt hätte. Aber sie haben ihren Mann ins Spiel gebracht, also schicke ich jetzt meinen ins Rennen. Und das sind Sie. Ich erwarte, daß Sie mir das nicht abschlagen, Alan.«

»Geben Sie mir etwas Zeit, darüber nachzudenken?«

»Nein. Ich will es jetzt sofort wissen.«

»Ich meine: Habe ich überhaupt die Wahl?«

»Sie können nein sagen, Alan. Aber ich gehe davon aus, daß Sie das nicht tun werden.«

Beide schwiegen einen Augenblick lang.

»Sie haben recht«, sagte Rosslyn. »Ich nehme an.«

Harding lächelte und hob sein Glas. »Ich möchte, daß Sie ein ebenbürtiger Gegenspieler für Ihren neuen Kollegen vom MI5 sind.«

»Wer ist es?«

»Der stellvertretende Personalchef. Bryan Wesley, die Wahl der Generaldirektorin. Mit jedem alten Bürokraten würde ich fertig, selbst mit einer von diesen neuen Frauen. Aber Wesley ist agil. Kontakte zum MI6. Ein gerissenes Schwein. Nach außen hin tut er ganz freundlich und offen, aber innen drin ist er knüppelhart. Aber machen Sie sich seinetwegen keine Gedanken. Versuchen Sie einfach, ihm nicht allzuoft in die Quere zu kommen.«

»Was soll ich tun?«

»Die Zeugen vernehmen. Die erste Zeugin gleich morgen früh.« Er schrieb etwas mit Kugelschreiber in sein Notizbuch. »Sie ist Krankenschwester und hat ungeheures Glück gehabt. Sie wurde bei dem Anschlag nur leicht verletzt. Ein paar

Schnittwunden und ein Schock. Sie liegt in einem Einzelzimmer im Royal Free Hospital von Hampstead.«

»Ich soll sie also vernehmen?«

»Ja. Gegen acht. Ich möchte ihre Version hören, bevor sie sich der MI5 vorknöpft.« Er riß die Seite aus seinem Notizbuch. »Und ich möchte auch nicht, daß unser neuer Freund Wesley davon erfährt. Ich will die Oberhand behalten. Und das kann ich nur, wenn ich alle Beweismittel horte.« Er gab Rosslyn das herausgerissene Blatt. »Die Zeugin heißt Hazel Cartaret. Sie gehört Ihnen.«

»Wäre es nicht besser, wenn einer von Ihren eigenen Leuten sie vernehmen würde? Ich meine, ist es schon soweit, daß der MI5 selbst der Metropolitan Police nicht mehr traut?«

Harding lehnte sich über den Tisch, eine Hand lag flach auf dem Holz, mit der anderen stellte er die Calvadosflasche und sein Glas wie zwei gegnerische Schachfiguren auf. Er schaute an Rosslyn vorbei auf die Fotos von Mary auf dem Küchenregal. »Ich möchte jemanden haben, dem ich vertrauen kann und der sich selbst traut. Ich möchte jemanden, der ein persönliches Interesse an der Sache hat. Und der auch bereit ist zu handeln, wenn es hart auf hart geht.« Er trank sein Glas aus. »Ich habe das Gefühl, wenn es soweit ist, zögern Sie nicht zuzupacken. Sie müssen darauf gefaßt sein, daß Sie von jetzt an Schwierigkeiten haben werden, Freund und Feind zu unterscheiden. Ich weiß zwar nicht viel, aber eines schon: Am besten traut man niemandem außer sich selbst. Bilden Sie sich bloß nicht ein, diese Schreibtischhengste im Kampf gegen den Terrorismus wären allesamt ehrenwert. Hinter den Absperrungen der beiden Gebäude da unten am Themse-Ufer gibt es alle Spielarten von Schwuchteln, Leuten, die in die eigene Tasche wirtschaften oder ein doppeltes Spiel spielen. Wenn die Öffentlichkeit davon erführe, würde es zu einer Massenauswanderung kommen. Vielleicht ist es ganz gut, daß nicht allzuviel über die Typen bekannt ist.« Er schenkte sein Glas noch einmal voll. »Können Sie sich vorstellen, daß ich jede Woche ein halbes Dutzend Kündigungen von meinen besten Leuten bekomme? Wissen Sie, was dahintersteckt?«

Rosslyn antwortete nicht.

»Ich sage es Ihnen«, sagte Harding. »Ihre Frauen und Kinder, und sie haben recht. Es sind die Frauen zu Hause, die an ihren Männern Veränderungen bemerken. Polizeiarbeit hat immer mit Versagen zu tun. Man liefert dem Staatsanwalt einen bombensicheren Fall. Und dann macht der nur Scheiße. Oder der Angeklagte hat einen gewieften Anwalt. Oder die Geschworenen haben Schiß. Man weiß nie, was man findet, wenn man einen Stein umdreht und im Dreck darunter wühlt. Deshalb nenne ich diese Ermittlung *Operation Insekt*. Ihr erster Auftrag ist, Schwester Hazels Gedächtnis auf die Sprünge zu helfen.«

14

Hazel Elisabeth Cartaret, eine stämmige zweiundzwanzigjährige Neuseeländerin, lag auf Kissen gestützt in ihrem Krankenhausbett. Sie hatte nichts dagegen, daß Rosslyn ihre Aussage aufnahm.

»Mein Zimmer, oder was davon übrig ist, liegt neben dem Raum, wo die Bombe explodiert ist. Irgendwann vor sechs Uhr muß ich mich vom Fenster, das zur England's Lane rausgeht, abgewandt haben. Ich war dabei, einen Rock zu bügeln, den ich ausgebessert hatte. Das Radio lief, der Klassiksender. Ich hatte auf die Straße hinuntergesehen und ging gerade vom Fenster weg, als die Bombe hochging. Ich hatte den Rücken zum Fenster, sonst wäre ich durch die Glassplitter vielleicht blind geworden. Es hätte viel schlimmer kommen können. Plötzlich war da ein unheimlich lautes Krachen, ein Rumms. Dann blaue und weiße Stichflammen. Ich weiß noch, daß ich zu schreien anfing, weil ich dachte, also, weil ich begriff, daß das eine Bombe war. Ich dachte: Es weiß keiner, daß du hier bist. Also schrie ich weiter. Es roch nach Gas. Ich hatte ganz schön Angst. Die ganze Zeit dachte ich: Hazel, du darfst nicht ohnmächtig werden. Egal, was passiert, laß das bleiben. Der Putz flog von den Wänden und von der Decke. Alles regnete auf mich herunter. Dann wurde es dunkel. Wahrscheinlich fiel der Strom aus. Im Luftzug flogen Staub und Glassplitter herein. Es war sehr heiß und stickig. Ich dachte, du meine Güte, ich kann gar nichts sehen, ich bin bestimmt blind. Und dann der Rauch. Ich weiß noch, daß ich dachte: Warum hier in der England's Lane? Das ist hier schließlich nicht Harrods, die Oxford Street oder ein Bahnhof, wo sie sonst Bomben legen. Warum ich? Was habe ich getan? Dann dachte ich: Himmel noch mal, du bist Krankenschwester, Hazel. Du mußt hier raus und helfen. Also habe ich mich aufgerappelt und bin auf dem Boden bis zur Tür gerobbt. Sie war aufgeflogen. Ich schaffte es, durch den Rauch zu kommen. Dann bin ich auf Händen und Füßen die Treppe runtergekrochen und irgendwie auf die Straße gelangt. Und raus aus alledem.« Es gab eine lange Pause.

»Sagen Sie, Hazel«, fragte Rosslyn schließlich, »warum sind Sie zum Fenster gegangen, bevor die Bombe explodierte?«

»Weil ich nebenan diesen Streit hörte. Ich hörte zwei Frauen schreien.«

»Trotz der Musik aus dem Radio?«

»Ja«, sagte sie und biß sich auf die Lippe.

»Worum ging es bei dem Streit?« fragte er ruhig.

»Das weiß ich nicht. Ich dachte, vielleicht spielen die ein bescheuertes Spiel. Oder ich höre vielleicht Dinge, die gar nicht da sind. Ich hörte gedämpfte Schreie durch die Wand. Dann rummste es, und eine Frauenstimme schrie immer wieder: ›Das ist doch Mist, das ist doch Mist!‹ Dann: ›Ich gehöre dir nicht. Ich habe dir nie gehört!‹ Und dann knallte etwas Schweres an die Wand. Danach hörte ich: ›Du Sau, du Sau.‹ Dann kam ein echter Schmerzensschrei. Egal, welche es war, die hat nicht nur so getan. Das waren echte Schreie. Ich dachte: Vielleicht sollte ich ja die Polizei rufen.«

»Warum haben Sie das nicht getan?«

»Weil ich dachte, das hätte schon jemand anders getan. Als ich aus dem Fenster sah, stand da bereits ein Polizeiauto. Es parkte gegenüber, neben der Bushaltestelle.«

»Wie sah der Wagen aus?« fragte Rosslyn.

»Halt ein weißer Streifenwagen, mit großen schwarzen Buchstaben auf dem Dach. Was da genau stand, weiß nicht mehr.«

»Haben Sie im Wagen einen Polizisten gesehen?«

»Nein. Die Scheiben waren beschlagen, deshalb habe ich nichts gesehen. Jedenfalls zuerst nicht. Dann merkte ich, daß wohl jemand drin sitzen mußte, denn der Wagen fuhr weg.«

»In welche Richtung?« fragte Rosslyn.

»Richtung Haverstock Hill, am Schwesternwohnheim vorbei.«

»Würden Sie den Streifenwagen wiedererkennen?«

»Es war bloß ein Streifenwagen«, sagte sie. »Genau wie alle anderen auch.«

»Und das alles passierte unmittelbar vor der Explosion?« beharrte Rosslyn. »Sind Sie sicher, daß Sie den Streifenwagen gesehen haben?«

»Ja.«

»Lassen Sie uns noch einmal auf den Streit zwischen den beiden Frauen zurückkommen. Haben Sie noch mehr davon gesehen oder gehört?«

»Ich hörte, daß die Stereoanlage ganz laut aufgedreht war. Es lief ›Constant Craving‹ von k d lang. Ich dachte, die Leute sind vielleicht blau oder so. Ich hörte, wie das Fenster heftig aufgerissen wurde. Und noch mehr Lärm. Dann zerbrach Glas, und eine Frauenstimme schrie ›Hör auf, verdammt, hör doch auf!‹ Ich dachte: Ich will gar nichts davon wissen. Das ist verrückt. Dann sah ich diese Frau da draußen. Eine Weiße. Um die Dreißig. Blonde Haare.«

»Was hatte sie an?«

»Jeans und Turnschuhe. Ein weißes Hemd. Ich glaube, mit Blutflecken, bis oben an den Nacken. Sie wirkte ein bißchen wie eine Turnlehrerin. Ganz beweglich. Ich dachte: Wenn die mich hier sieht, hält sie mich bestimmt für neugierig. Also bin ich ins Zimmer zurückgetreten. Dann ging die Bombe hoch. Es war furchtbar, ganz furchtbar, du lieber Himmel.«

»Versuchen Sie, sich zu erinnern«, bat Rosslyn. »Wieviel Zeit ist zwischen dem Moment vergangen, als der Streifenwagen wegfuhr, und dem Moment, als Sie die Frau sahen?«

»Ein paar Sekunden«, sagte sie nachdenklich. »Es passierte sozusagen alles gleichzeitig. Alles zusammen. Da war ja diese Schreierei.«

»Haben Sie eine Idee, was der Anlaß für den Streit zwischen den beiden gewesen sein könnte?«

»Keine Ahnung.«

»Haben Sie früher schon einmal solche Streitereien zwischen den beiden gehört?«

»Nein.«

»Wissen Sie, wer diese Frauen waren?«

»Nein. Aber ich gehe davon aus, daß es die beiden sind, die ...?«

»... bei der Explosion getötet wurden«, sagte Rosslyn. »Ja. Es tut mir leid. Das sind sie. Ihre Identität wird noch geheimgehalten.«

»Aber es waren die beiden Frauen von nebenan, nicht wahr? Meine Nachbarinnen. Direkt nebenan.«

»Wußten Sie etwas über die beiden, oder haben Sie mal mit einer von ihnen gesprochen?«

»Nein.« Hazel Cartaret lehnte sich tiefer in die Kissen zurück. »Ich weiß es nicht so genau. Wir sagten ›hallo‹, ›guten Morgen‹, wissen Sie, was man eben so sagt. An mehr kann ich mich nicht erinnern. Es ist furchtbar. Haben Sie schon Anhaltspunkte, wer dafür verantwortlich ist?«

»Noch nicht.«

Sie wirkte ängstlich. »Das ist doch Mord, nicht wahr?«

»Ja, das ist es wohl. Sie haben uns sehr geholfen«, sagte Rosslyn. Er legte seine Visitenkarte auf ihren Nachttisch. »Rufen Sie mich an, egal, zu welcher Tages- oder Nachtzeit, wenn Ihnen noch etwas einfällt.«

Die Karte schien sie zu verwirren. »Waren die irgendwie in Schmuggeleien verwickelt oder so? Sie sind doch Zollbeamter. Was haben Sie dann damit zu tun?«

»Wir arbeiten eng mit der Polizei zusammen«, sagte Rosslyn. »Das gehört zu unserem Job.«

Das schien ihre Neugier zu befriedigen.

»Hoffentlich kommen Sie bald hier raus«, sagte Rosslyn.

»Das hoffe ich auch. Ich habe wirklich Glück gehabt. Es tut mir leid für diese Frauen, ihre Familien, für all die Verletzten, mein Gott. Es hätte ebensogut mich treffen können, nicht wahr?«

»Es hätte jeden von uns treffen können«, sagte Rosslyn. Er blieb an der Tür stehen. »Man kann nie wissen, wer der nächste ist.«

Hazel Cartaret lächelte verzagt. »Ich rufe Sie an, wenn ich Ihnen weiterhelfen kann, das verspreche ich.«

Bevor er das Krankenhaus verließ, rief Rosslyn Harding bei Scotland Yard an, um ihm Hazel Cartarets Version des Bombenanschlags zu berichten. Manche Leute sind ständig in irgendwelchen Besprechungen. Das galt auch für Harding. Es dauerte ewig, bis er ans Telefon kam, und als er sich meldete, klang er vorsichtig. Rosslyn ging davon aus, daß weitere Personen im Raum waren. Er hörte sich Rosslyns Bericht an und unterbrach ihn nur mit knappen Einwürfen wie »Und? ... Und dann? ... Was noch?«

Rosslyn sagte: »Der Fahrer des Streifenwagens muß etwas gesehen haben. Sie sollten herausfinden, wer das war.«

»Ich kümmere mich darum.«

»Was ist mit diesem Streit zwischen den beiden Frauen?« fragte Rosslyn. »Es klang für mich, als hätte es eine Art Ehekrach zwischen zwei Lesben gegeben. K d lang ist bei Lesben sehr beliebt.«

»Keine Ahnung«, sagte Harding giftig. »Was manche Frauen in ihrem Privatleben machen, interessiert mich nicht. Es gibt kein Gesetz, das das verbieten würde. Ich kann jetzt nicht sprechen.«

Er legte auf, doch seine letzten Worte klangen in Rosslyns Kopf nach. Zuletzt hatte er diesen Satz von Frances Monro gehört. Er dachte an ihre Assistentin, Serena Watson, die wie eine Turnlehrerin aussah. Sie war rot geworden, und Monro hatte das Thema gewechselt.

Das Lokal im Erdgeschoß der Zollbehörde heißt Waxers. An den Wänden hängen Darstellungen des Gebäudes aus dem frühen neunzehnten Jahrhundert. Es gibt eine Ansicht der *HMS Belfast* und der Themse. Hier spendierte Gaynor Rosslyn in der Mittagspause ein, zwei Glas Weißwein. Der Schiffskapitän orakelte düster über bevorstehende Stürme. »Ich warne Sie. Sie werden es da mit einigen knallharten Typen zu tun kriegen«, sagte er. Seine Unkerei machte ihm offenbar Spaß. Als alter Zollschnüffler und Schmugglerjäger schien ihm nichts mehr Freude zu bereiten, als Verdächtigen die Beweise ihrer Schuld mit einem »Da sitzen Sie aber ganz schön in der Tinte!« unter die Nase zu reiben.

»Für private Dinge werden Sie keine Zeit mehr haben«, sagte er. »Keine Mary Walkers mehr. Haben Sie schon eine neue Freundin?«

Das war ein ekelhafter Einbruch in seine Privatsphäre. Rosslyn schüttelte den Kopf.

»Sie müssen immer noch ganz schön wütend sein«, fuhr Gaynor fort. »Sie hassen die Schweinehunde, nicht wahr? Tue ich auch. Ich hasse sie. Wenn es nach mir ginge, würde die Todesstrafe wieder eingeführt: Galgen, Erschießungskommando oder Giftspritze – sollen sie sich doch eins davon aussuchen. Laßt sie ihr eigenes Grab schaufeln – vor allem die Frauen. Glauben Sie mir, die Frauen sind am schlimmsten. Wenn sie weg wären, würden die Männer auch bald in den Sack hauen. Die Iren sind anders als wir. Bei denen haben die Frauen das Sagen. Die heiligen Mütter. Zum Kotzen.«

Bisher hatte Gaynor Rosslyn nie so offen seinen Haß gezeigt. Jetzt schien es ihm sogar gleichgültig zu sein, daß die jungen Mitarbeiter aus der Drogenfahndung – müde, hohläugige Männer und Frauen in T-Shirts und Jeans – seinen Ausbruch mitbekamen.

»Meinen Sie nicht auch, daß das ein Krieg der Frauen ist?« fragte er.

Rosslyn nickte unverbindlich. Gaynor tat so, als vertrete er genauso extreme Ansichten wie er selbst. Zu Rosslyns Erleichterung wurde Gaynors schmissige Rede durch einen Polizeikurier unterbrochen, der Anweisung hatte, die Abschrift von Rosslyns Vernehmung mit Hazel Cartaret abzuholen und Commander Harding »persönlich und vertraulich« zu überbringen. Rosslyn wies den Sonderkurier an, die Unterlagen beim Empfang abzuholen. Die Abschrift steckte in einem an Harding adressierten, versiegelten Umschlag.

Gaynor bezahlte die Getränke und ließ noch mehr vom Stapel. »Sie müssen sich über eines im klaren sein«, sagte er. »Die vom Sonderdezernat sind neurotisch, die vom SO 13 ebenfalls. Die vom MI6 sind hochnäsige, gebildete Schwuchteln. Jetzt ist der MI5 am Ruder. Harding mag zwar ein harter Bursche sein, aber Sie werden schon sehen, was passiert, wenn erst der MI5 die Befehle gibt. Das ist eine ganz besondere Spezies. Vielleicht glauben Sie, Sie seien sicher, wenn Sie mit dem Rudel laufen, aber Ihnen ist nicht bewußt, daß deren Hunde schon Blut geleckt haben.«

»Besten Dank für den Tip«, sagte Rosslyn, ohne genau zu wissen, was Gaynor eigentlich meinte.

»Gern geschehen«, sagte Gaynor. »Sie sind ein Skeptiker, genau wie ich. Ich mag das, Alan. Außerdem kann ein Mann nur dann überleben, wenn er haßt. Bisher hatte ich den Eindruck, daß Sie nicht genug hassen. Ich habe meine Meinung geändert. Genauso wie in bezug auf dieses Miststück McKeague. Letzten Endes haben diese Weiber alle doch noch recht. Die Wahrheit holt sie ein, was meinen Sie?« Gaynor lächelte, bevor Rosslyn etwas sagen konnte. Dann schob er nach: »Es tat mir leid um Ihr Mädchen. Sie müssen sie sehr gern gehabt haben. Aber die gute Seite daran ist, daß ihre Ermordung die brutale Ader in Ihnen geweckt hat. Das ist gut. Als Sie dem Fahndungschef die Meinung gegeigt haben, habe ich gemerkt, daß Sie Ihren Mann stehen können.«

In der Zwischenzeit brachte der Bote die Abschrift von Rosslyns Gespräch mit Hazel Cartaret quer durch London zu Scotland Yard. Der Bericht enthielt Details über die Anwesenheit des Streifenwagens in der England's Lane am Samstag, 25. März, abends um 18.00 Uhr. Innerhalb kürzester Zeit wurde nun auf Hardings Anordnung der Aufenthaltsort jedes einzelnen Streifenwagens zu diesem Zeitpunkt überprüft und notfalls nochmals nachgeprüft. Leider reichten die Einzelheiten von Hazel Cartarets Aussage nicht aus.

Sonst hätten sich die Polizisten in Stranraer in Westschottland nämlich möglicherweise die Person in der Telefonzelle am Pier genauer angesehen.

15

»So wahr mir Gott helfe, ich werde die Mörderbande umbringen.« Es war lange her, daß Anna McKeague zuletzt geweint hatte. »Und wenn es das Letzte ist, was ich im Leben tue. Die Arschlöcher kriege ich.«

Sie stand in einer demolierten Telefonzelle am Pier von Stranraer, tief über den Apparat gebeugt. Windstöße rissen die zerbrochene Tür auf und ließen sie mit einem Knall wieder zufallen. Durch die zersplitterten Scheiben schlug ihr der Regen ins Gesicht. Den ganzen Tag lang war der Sturm über die Irische See hinweg gegen die Westküste Schottlands getobt.

Stundenlang hatte sie versucht, eine Telefonverbindung nach London zu bekommen. Schließlich hatte sie die Wahrheit erfahren. Sie wußte es bereits aus der Boulevardpresse. Es war ihre Schwester, die sie in Farbe oder in Schwarzweiß anstarrte, und darüber die Schlagzeilen: VERDÄCHTIGE GESTORBEN. TOD EINER TERRORISTIN.

Der einzige Mensch, den sie auf dieser Welt liebte, war tot.

Sie versuchte, ihre Trauer und Wut zu beherrschen. »Für die Briten ist sie lebendig mehr wert als tot. Sie wollten, daß sie verurteilt wird. Ich glaube das nicht. Sie lügen.«

Die Computerstimme am anderen Ende der Leitung zeigte kein Interesse für ihre Überlegungen. Die geschlechtslose Stimme sagte monoton: »Wir raten Ihnen, bis auf weiteres in der irischen Republik unterzutauchen. Belfast ist zu gefährlich. Sie müssen äußerst vorsichtig sein. Können Sie mich verstehen? Die Verbindung ist sehr schlecht.«

Sie sah über den leeren Pier zur Stena-Sealink-Fähre hinüber, die neben dem Landungssteg auf und nieder schaukelte. Die Abfahrt von Stranraer nach Larne war um viele Stunden verschoben worden.

Als die geschlechtslose Stimme sagte: »Sie werden den Rat annehmen«, klang es teils wie eine Anweisung, teils wie eine Frage. Die Gelassenheit der Stimme stand in völligem Gegensatz zu Anna McKeagues Wut.

Ruhelos wie ein Preisboxer vor dem Gong zur ersten Runde

wippte sie in der Telefonzelle auf und ab. Die Tränen schluckte sie mühsam hinunter. Draußen heulte noch immer der Sturm.

»Jetzt gebe ich Ihnen mal einen Rat«, sagte sie. »Ich will Beweise dafür, daß sie tot ist. Und wer es getan hat. Geben Sie mir den Namen, und ich bin still. Tun Sie das nicht, werden Sie das den Rest Ihres Lebens bereuen.«

»Es wäre bedauerlich, wenn es zwischen uns zu Unstimmigkeiten käme«, sagte die monotone Stimme.

»Wer was bedauert, entscheide ich.« Sie zündete sich mühsam eine Zigarette an. »Ich will Beweise.«

»Es ist zu spät, um noch irgend etwas Sinnvolles zu tun.«

»Nicht für mich, mein Schatz.«

Aus der Ferne dröhnte eine Schiffssirene.

»Sie haben Ihr bisher höchstes Honorar erhalten«, sagte die Stimme. »Sie sind mehr wert als alle anderen.«

»Sie brauchen mir nicht zu sagen, was ich wert bin, Sie Arschloch. Ich weiß, was es gekostet hätte, sie aus dem Gefängnis zu holen.«

»Was Sie mit Ihrem Geld machen, ist Ihre Sache.«

»Genau, verdammt noch mal.«

»Halten Sie sich eine Weile aus allem heraus. Wir werden dann erneut mit Ihnen Kontakt aufnehmen.«

»Und wenn ich singe?«

»Vergessen Sie nicht, daß wir im selben Boot sitzen.«

»Vergessen Sie aber auch nicht, daß ich auf beiden Seiten mitmische. Wir sind Kumpel, wir arbeiten zusammen. Wenn ich nun Ihre Tarnung auffliegen lasse, Ihren richtigen Namen rauskriege? Sie können nicht entkommen. Aber ich. Wir haben ein Abkommen. Und Dees Tod« – als sie den Namen ihrer Schwester aussprach, wurde sie wieder von Schluchzen geschüttelt – »war weiß Gott nicht Teil irgendeines Abkommens.«

»Wir können so nicht weitermachen.«

»Nur, wenn Sie mir Beweise liefern, wer sie umgebracht hat.«

»Ich kann Ihnen nicht weiterhelfen.«

»Das können Sie verdammt noch mal sehr gut.«

»Bei einem Racheakt würde die Spur direkt zu Ihnen führen.«

Es gab eine längere Pause. Schließlich sagte sie: »Ich will eine Kopie der Verhöre. Unterlagen.«

»Ginge ein Tonband?«

»Natürlich.«

»Vielleicht kann ich dafür sorgen, daß Sie eine Kopie davon bekommen. Sonst nichts.«

»Lecken Sie mich am Arsch, ich will mehr. Das Doppelte der Sprengladung, die Sie letztes Mal bereitgestellt haben. Sie liefern genauso wie bisher. Drücke ich mich deutlich genug aus?«

»Was haben Sie vor?«

»Ich will wissen, wie sie gestorben ist. Beweise. Ich will das Arschloch selbst haben. Ich will dabeisein, wenn er stirbt. Ich werde Dee ein Denkmal setzen.«

»Was wäre die Alternative?«

»Sie hören nie wieder von mir.«

»Das fände ich schade.«

»Damit werden Sie leben müssen. Wenn Sie versagen, töte ich Sie.« »Mal sehen, was da zu machen ist. Wir werden unser Bestes tun.«

Sie haßte die körperlose Stimme. Ihr Krieg war ein Kampf zwischen Menschen. Die Technik der Zerstörung war ihr vertraut, nicht jedoch diese Spracherzeugungsmaschine, die grauenhaft körperlose Stimme aus dem Computer. Die brachte eine ganz neue, gräßliche Dimension hinein. »Das will ich Ihnen auch geraten haben«, sagte Anna McKeague wütend.

Sie trat in den Wind hinaus, mußte einem vorbeirumpelnden Lieferwagen ausweichen und eilte im strömenden Regen weiter durch die leeren Straßen von Stranraer zu ihrem Wagen. Am Abend ließ der Sturm soweit nach, daß die Fähre ablegen konnte. Als sie sich durch die wogende See in den fahlen Sonnenuntergang hineinschob, war Anna McKeague nicht mit an Bord. Sie fuhr in südlicher Richtung nach London, in die Totzeit hinein.

Im Radio kündigte ein Kabinettsminister seinen Rücktritt an, »aus privaten Gründen«, wie er sagte, »um mehr Zeit für meine Familie und persönliche Dinge zu haben. Ich stehe zu meinen Überzeugungen und Idealen. Ich unterstütze Gerechtigkeit, Freiheit und vor allem Privatinitiative, wo immer sie in den Herzen und Köpfen der Menschen verankert sein mag.«

»Genau das tue ich auch«, sagte Anna McKeague und suchte weiter, bis sie eine Sendung über Joan Armatrading fand.

16

Rosslyn blieb es erspart, die genaue Stelle wiederzusehen, wo Mary gestorben war.

Er betrat das Thames House durch den Haupteingang am Millbank, als er auf Hardings Anweisung zu der auf neun Uhr angesetzten Besprechung mit der Generaldirektorin des MI5 kam. Die Halle aus Glas und Marmor hätte vom Design her eher in ein postmodernes Luxushotel gepaßt. Durch die Panzerglasdecke sah man die mit Portland-Klinkern verblendeten Innenhofwände des Thames House. Rechts war ein langes, rechteckiges Beobachtungsfenster angebracht. Dahinter entdeckte er ein halbes Dutzend Wachleute in weißen Hemden; sie starrten auf eine Reihe flimmernder Fernsehschirme, die endlose Korridore zeigten, Fahrstuhl-Innenräume, das im Untergeschoß gelegene Parkhaus, den Antennenwald und die Satellitenschüsseln auf dem Dach sowie zwei blanke Metallschornsteine.

Ein Wachmann forderte ihn auf, sich auszuweisen, und ließ ihn in einer kleinen Empfangsecke neben dem Beobachtungsfenster Platz nehmen. Für Besucher gab es teure dunkelrote Polsterstühle mit schmalen Rückenlehnen. Für diese edle Ausstattung hatte man keine Kosten und Mühen gescheut. An Rosslyn waren die Wachleute weniger interessiert als an der Tatsache, daß für den MI5 Alarmstufe rot herrschte. Sie wirkten lustlos, doch als Harding erschien, hellten sich ihre Gesichter auf: Ihn erkannten sie. Einer der Wachmänner stand auf und beugte sich über den Ausweislaminator. Er überreichte Harding seinen Sicherheitsausweis mit einem zuvorkommenden Lächeln. »Wenn Sie sich bitte in den achten Stock bemühen wollen, Commander Harding, Sir«, sagte er. Harding sagte, sie würden den Weg allein finden. Als das Gerät Rosslyns Ausweis ausspuckte, ließ der Wachmann ihn einfach auf die Theke fallen und sah Rosslyn unwirsch an, als hätte er am liebsten gesagt: Nimm ihn dir gefälligst selbst. Rosslyn klemmte den Ausweis an sein Revers. Er bemerkte, daß der Wachmann sein Interesse bereits der Sportseite der *Sun* zugewandt hatte.

Sie wurden durch eine der sechs Eingangstüren eingelassen, die wie Kabinen aus Stahl und Glas wirkten. Im Aufzug verriet ihm Harding: »Sie können uns nicht hören, aber sehen.« Er deutete auf die Videokamera. »Sie sollten wissen«, fügte er hinzu, »daß wir den Streifenwagen, den Hazel Cartaret gesehen hat, nicht gefunden haben. Wir haben jedes in Frage kommende Fahrzeug in London und Umgebung überprüft.«

»Vielleicht weiß niemand etwas von dem Wagen«, meinte Rosslyn.

»Ein Streifenwagen kann doch nicht einfach verschwinden«, sagte Harding, als sie im achten Stock ausstiegen. »Ich werde jedenfalls nicht über verschwundene Scheiß-Streifenwagen diskutieren.«

Sie kamen an Türen vorüber, an denen STELLVERTRETENDER GENERALDIREKTOR oder RECHTSBERATER stand. *Wie Schilder an Zookäfigen,* dachte Rosslyn, *damit die vergeßlichen Wärter auch wissen, welche bedrohte Art in welchem Käfig sitzt.*

»Am besten achten Sie einfach darauf, was ich sage«, murmelte Harding, als sie zusammen den Flur entlanggingen.

Ein kleiner Mann öffnete die nicht gekennzeichnete Tür. »Ich bin der Untersekretär der Generaldirektorin«, sagte er stolz. Rosslyn schaute auf das sich lichtende Haar des Mannes und seinen Anzug von Marks & Spencer. »Wir haben Sie schon erwartet. Es ist spät.« Er klopfte auf seine Rolex-Armbanduhr. Rosslyn bemerkte, daß es eine Imitation war.

Sie betraten einen frisch renovierten Raum mit hoher Decke. Er wirkte wie der Speisesaal eines Hotels. Die dicken Stahljalousien vor den Fenstern waren durch die weißen Nylongardinen zu erkennen. An den hellbeige gestrichenen Wänden hingen mehrere verblassende Reproduktionen melancholischer Aquarelle. Ein Mann war dabei, sie sich aufmerksam eins nach dem anderen anzuschauen, sein kahles Haupt in respektvoller Bewunderung geneigt, bis er von einem gerahmten Foto der Königin abgelenkt wurde, das an der Wand gegenüber den Fenstern mit den heruntergelassenen Jalousien lehnte. Es stand etwas verloren neben einem in durchsichtige Folie gehüllten welken Gummibaum.

»Commander Harding«, sagte die Generaldirektorin, »ich denke, Sie kennen alle Anwesenden.« Sie war eine Frau unbestimmbaren mittleren Alters. In den Augenwinkeln zeigten sich Krähenfüße. Das förmliche graue Kostüm, das sie trug, hätte Rosslyns Mutter als vernünftig bezeichnet. Im Gegensatz dazu schien ihre goldene Halskette die Nachbildung eines römischen Schmucks zu sein. Es gab ihm einen Stich, als ihm einfiel, daß Mary ihm einmal genau so eine Kette im Geschenkartikelladen des Britischen Museums gezeigt hatte. Die kräftigen Finger der Generaldirektorin spielten mit der Lesebrille und einem kleinen quadratischen Brillenputztuch. Ihm fiel auf, daß ihre Fingernägel sehr kurz geschnitten waren. Sie trug keinen Trauring. Dort, wo er hätte sitzen sollen, war eine Einkerbung zu sehen, die auf Trennung oder Scheidung hindeutete. Rosslyn fand ihre Züge freundlich und angenehm. Ihr Kinn war eckig, der Mund breit. Ihre Zähne waren sichtlich das Ergebnis kostspieliger zahnärztlicher Bemühungen, vielleicht ein wenig zu weiß und ein wenig zu ebenmäßig.

»Das ist Alan Rosslyn«, sagte Harding. »Customs & Excise.«

»Ich weiß«, sagte die Generaldirektorin. »Bitte nehmen Sie doch Platz.«

Es waren noch sechs Männer anwesend. Rosslyn hielt sie für leitende MI5-Mitarbeiter aus dem Anti-Terror-Bereich. Er setzte sich neben Harding an den Tisch. Ihm gegenüber saß ein rotgesichtiger Mann.

»Der Premierminister hat sein Treffen mit mir verschoben«, teilte die Generaldirektorin mit. »Er erwartet einen umfassenden Bericht über die beste Vorgehensweise. Sie wissen schon:

Organisation, Prioritäten, Berichtswesen, Befehlswege. Ich informiere den Premierminister. Und Sie, meine Herren, informieren mich, wie die Dinge liegen. Ist das für Sie akzeptabel, Commander?«

»Habe ich das richtig verstanden?« sagte Harding. »Sie erstatten persönlich Bericht an Downing Street?«

»Das habe ich bereits getan.«

»Das haben Sie bereits getan?« sagte Harding. »Mein Bericht liegt dort aber noch nicht vor.«

»Unserer dagegen schon«, sagte die Generaldirektorin. »Wir wollen uns doch nicht mit den alten Formalitäten aufhalten, Commander. Vergessen Sie nicht, daß wir zwei unserer Leute verloren haben, Monro und Watson. Sie waren meine Mitarbeiterinnen. Sie hatten sehr wichtige Funktionen inne.«

Rosslyn spürte einen Anflug von Triumph in ihrer Stimme.

»Und meine Aufgabe, so unmaßgeblich sie auch sein mag«, sagte Harding, »ist es, ihren Tod zu untersuchen, egal, wie wichtig die Funktionen dieser Mitarbeiterinnen für Sie waren.«

»Es besteht kein Anlaß, Commander, ihre Funktionen zu diskutieren. Deshalb sind wir nicht zusammengekommen. Sie sind hier, um bei der Koordinierung der Ermittlungen in diesen Todesfällen mitzuwirken. Als Polizeibeamter.«

Hier hob der dicke, rotgesichtige Mann Rosslyn gegenüber die Hand. »Monros und Watsons Funktionen unterlagen der Geheimhaltung.«

Harding schloß die Augen. »Ich muß ihren Lebenslauf schon darstellen«, sagte er.

»Lassen Sie uns damit aufhören, Commander«, sagte der rotgesichtige Mann. »Monro: Dienstgrad ›A‹. Stellvertretende Direktorin, nachrichtendienstliche Quellen und Operationen.

Watson dagegen war noch im einfachen Dienst. Einsatzüberwachung. London und Umgebung.«

»Die beiden waren befreundet?« fragte Harding.

»Kolleginnen.«

»Waren die beiden etwa«, fragte die Generaldirektorin ruhig »irgendeinem der Zeugen bekannt?«

»Nicht mit Namen.«

»Sie scheinen die Frage nicht zu verstehen«, sagte die Generaldirektorin. »Wußte einer der Zeugen, die Sie vernommen haben, daß die beiden unsere Mitarbeiterinnen waren?« Sie starrte Rosslyn an, als wäre er ein dummer Schuljunge. »Mr. Rosslyn, wir gehen davon aus, daß Sie mindestens eine Zeugin vernommen haben, stimmt das?«

»Das ist richtig«, sagte Rosslyn. »Die Zeugin kannte die Opfer nur vom Sehen, nicht mit Namen. Sie waren ihre Nachbarinnen, mehr nicht. Beantwortet das Ihre Frage?«

Rosslyns unverfrorener Tonfall schien Harding zu gefallen. Auch der Generaldirektorin war er offenbar nicht entgangen, denn ihre Augen verengten sich.

»Schön«, sagte sie. »Das begrenzt den Schaden gewissermaßen. Monros Tod ist ein tragischer Verlust. Nicht nur persönlich, sondern auch einsatztechnisch, denn dadurch ist eine ganze Reihe hochsensibler Informanten-Netzwerke überall in Großbritannien, Nordirland und in der Republik Irland in Gefahr geraten. Ihre Netzwerke erstreckten sich sogar bis nach Europa, in den Nahen Osten und die Vereinigten Staaten. Deshalb möchte der Premierminister täglich über die Fahndung nach dem Mörder beziehungsweise den Mördern der beiden Beamtinnen informiert werden. Wir müssen soviel wie möglich von den Beweismitteln auswerten, die Ihre Spurensicherung gesammelt hat. Ach, und bevor wir fortfahren: Es gibt einen weiteren wichtigen Punkt, über den wir sprechen müssen: Öffentlichkeitsarbeit.«

»Sie wollen mir doch nicht erzählen, daß es so etwas in diesem Fall gibt«, sagte Harding.

»Ich sage Ihnen, daß es absolut nichts Derartiges in diesem Fall gibt«, antwortete sie. »Die Namen meiner Mitarbeiterinnen werden unter gar keinen Umständen an die Presse, das Fernsehen oder an Nachrichtenagenturen weitergegeben. Auch an niemanden sonst, um genau zu sein, Commander, selbst an den Polizeipräsidenten nicht. Wir müssen ganz korrekt vorgehen. Das sind doch Ihre eigenen Worte, nicht wahr, Commander?«

»Und das sind wir auch«, sagte Harding.

Die Generaldirektorin neigte den Kopf und sah ihn mit dem gleichen Lächeln an, mit dem sie zuvor Rosslyn bedacht hatte. »Wie Sie sicher wissen, ist mir bekannt, daß die Identität von Monro und Watson bereits dem Polizeipräsidenten mitgeteilt wurde.«

Mein Gott, dachte Rosslyn, *sie traut wirklich keiner Menschenseele.*

»Habe ich recht oder nicht?« fragte die Generaldirektorin.

»Sie haben recht«, sagte Harding. »Ich habe dem Polizeipräsidenten die Namen gegeben, weil wir es hier mit einem Mord zu tun haben und es sich zuerst und vor allem um die Ermittlungen in einem Mordfall handelt.«

»Sie brauchen mich nicht daran zu erinnern, was passiert ist. Monro war zweifellos die beste aktive Nachrichtendienstagentin ihrer Generation. Sie war darüber hinaus eine enge Freundin von mir und die Patin meines Sohnes. Bilden Sie sich nicht ein, Sie müßten mich daran erinnern, daß sie ermordet worden ist. Oder es würde mich nicht persönlich treffen. Das tut es. So wie uns alle. Und Sie sollte es auch berühren. Denn alle Erfolge, die Ihre Spezialeinheit in den letzten Monaten vorzuweisen hatte, sind unzweifelhaft auf Erkenntnisse zurückzuführen, die von uns beschafft wurden. Hier in diesem Hause. Vor allem durch Frances Monros Netzwerke. Was Sie vielleicht nicht recht überblicken, Commander, ist, in welchem Maße der Premierminister unsere Leistungen würdigt.«

Scheiß auf den Premierminister, dachte Rosslyn. Von meinen Leistungen hat der jedenfalls keinen Schimmer. Von McKeague. Einen Scheißdreck weiß der. Von Mary? Diese Person rafft alles an sich, für sich selbst und ihre Brut. »Kein Beamter hat in der gesamten Geschichte des MI5 jemals effizientere Netzwerke aufgebaut. Wir sind der Meinung, daß das für sich spricht, finden Sie nicht? Bei allem Respekt, Commander, frage ich mich wirklich mitunter, ob Ihnen eigentlich klar ist, welch ungeheuren Schaden der Verlust von Frances Monro im Kampf gegen den Terrorismus darstellt.«

Warum wiederholt sie sich dauernd? Hält sie Harding für begriffsstutzig? »Ich kann Ihnen nur versichern«, sagte Harding langsam, seinen Ärger unterdrückend, »daß wir den Tod Ihrer beiden Beamtinnen sehr bedauern.«

»Wir bedauern ihn nicht nur«, sagte die Generaldirektorin ruhig. »Wir sind empört.«

»Das sind wir auch.« Rosslyn bemerkte einen Anflug von Resignation in Hardings Stimme. »Wir haben jedes einzelne Teilstückchen durch die Spurensicherung einsammeln lassen. Wie Sie bereits wissen, haben wir Zeugen befragt. Wir haben eine sehr brauchbare Augenzeugin. Cartaret. Wir haben die Medien bei Laune gehalten. Und nun werden wir so weitermachen wie bisher, einfach weiterarbeiten. Rund um die Uhr, so effizient wie möglich. Wir müssen alles berücksichtigen, egal, wie lange es dauert. Und alles steht dann in meinem Bericht. Sobald er fertig ist, erhalten Sie unmittelbar durch mein Büro ein Exemplar.«

Die Generaldirektorin hob mit weitgespreizten Fingern die Hände, die Handflächen zeigten nach unten. Dann begann sie, die Fäuste zu ballen und zu öffnen. »Das wird nicht nötig sein«, sagte sie.

»Warum nicht?«

»Ich wünsche, daß Sie Ihre Spurensicherung anweisen, uns alles zu übergeben, was sie gesammelt haben. Das Beweismaterial. Alles. An uns. Hier in dieses Haus. Bis heute mittag. Punkt.«

Rosslyn sah einen Ausdruck des Schmerzes über Hardings ernste Züge huschen.

»Kann ich das schriftlich haben?« fragte Harding.

»Selbstverständlich.«

Rosslyn sah, wie Harding seine Mappe zuklappte und sich auf seinem Stuhl zurücklehnte. »Ich möchte zu Protokoll geben, daß der Bombenanschlag noch nicht einmal zwei Tage her ist. Diese ersten Stunden sind für die Ermittlungen entscheidend. Es spielt keine Rolle, ob wir sie durchführen oder ob Sie mit dem Gedanken spielen, es selbst zu tun, vielleicht sogar allein. Aber ich muß eines klarstellen, und zwar unmißverständlich: Jede einzelne Minute ist entscheidend. Es geht buchstäblich um Minuten. Solange die Eindrücke noch frisch und die Beweise neu sind. Ich muß Sie darauf aufmerksam machen, daß das, was Sie fordern, eine Verzögerung bedingen wird. Und einen Aufschub kann ich nicht dulden. Wenn Sie aber, wie ich befürchte, auf einer Verzögerung bestehen, dann müssen Sie sich auch darüber im klaren sein, welches Risiko Sie damit eingehen.«

Die Generaldirektorin sah ihn an. »Ich nehme zur Kenntnis, was Sie sagen. Es wird ins Protokoll aufgenommen.«

Harding machte einen letzten Versuch. »Meine Beamten sind erfahren und professionell. Warum lassen Sie sie nicht einfach ihre Arbeit weitermachen?«

»Sie scheinen sagen zu wollen, daß ich die Ermittlungen behindere.«

»Keineswegs«, entgegnete Harding scharf.

»Ich verstehe Sie aber so.«

»Und ich verstehe *Sie* so, daß Sie die Ermittlungen vollständig selbst in die Hand nehmen wollen.«

»Wenn Sie das meinen, dann soll es so sein.«

Harding verschränkte die Arme. »Nachdem zwei Ihrer Mitarbeiterinnen getötet wurden, können wir hier doch nicht einen Arbeitsablauf für unsere Ermittlungen festlegen, der den Terroristen direkt in die Hände spielen würde. So sieht es aus meiner Perspektive nämlich aus.«

»Es interessiert mich nicht, wie es aussieht.«

»Mich aber.«

»Sie scheinen immer noch nicht zu verstehen, was ich von Ihnen erwarte, Commander«, sagte sie ungeduldig.

»Dann erklären Sie es mir doch.«

»Ich erwarte, daß Sie das tun,was Sie als Polizist schon immer getan haben. Machen Sie alles nach Vorschrift. Ordentlich und in Ruhe. Ohne Gefühl und ohne Groll. Um es ganz deutlich zu sagen: ohne die versteckte Feindseligkeit, die Ihre Vorgehensweise leider neuerdings zu prägen scheint. Ich wünsche, daß Sie den stellvertretenden Polizeichef des Sonderdezernats aufsuchen und ihm mit Ihren eigenen Worten mitteilen, daß ich die Anweisung bereits gegeben habe. Persönlich, sowohl mündlich als auch schriftlich, an den Polizeipräsidenten. Ich wiederhole noch einmal: Die Beweisstücke werden dem MI5 übergeben. Hier in diesem Gebäude, bis heute mittag. Noch klarer kann ich mich beim besten Willen nicht ausdrücken.«

»Ich werde genau Ihre Worte benutzen. Und ich werde Dienstaufsichtsbeschwerde erheben.«

»Jetzt verschwenden Sie aber kostbare Zeit.«

»Das glauben Sie.«

»Es ist nicht etwa so, daß ich das glaubte. Es steht zufällig in der Königlichen Dienstanweisung für den MI5.«

»Die Dienstanweisung ist Ihr Bier.«

»Ihres auch. Ich zitiere: ›Der Tod irgendeines Mitarbeiters des MI5, ob in Ausübung seines beziehungsweise ihres Dienstes oder nicht, kann nach Anweisung des Generaldirektors vom MI5 selbst oder durch vom Generaldirektor des MI5 benannte Personen untersucht werden.‹ Diese Anweisung setzt alle anderen außer Kraft.«

Harding stand abrupt auf. »Frau Generaldirektorin, jetzt hören Sie mir zu. Jeder, der von dieser Besprechung erführe, wäre entsetzt.« Er deutete auf die Fenster. »Da draußen sind Leute, deren Leben in Gefahr ist. Ich bin seit sechs Jahren an der Front. Ich weiß Bescheid. Im Gegensatz zu Ihnen habe ich stets mit den Hinterbliebenen gesprochen. Den Verstümmelten, den Sterbenden. Ich brauche keine Belehrung über Dienstanweisungen.«

»Bitte setzen Sie sich doch, Commander.«

Harding blieb stehen. »Ich würde verdammt gern sofort den Innenminister anrufen.«

»Bitte. Sie können mein Telefon benutzen. Wenn Sie das wirklich möchten.«

»Ich möchte nicht ungeduldig wirken.«

»Dann lassen Sie mich die Dinge für Sie und mich klar und

deutlich ausdrücken: Wenn irgendein Mitarbeiter, irgendein Polizist, der an den Ermittlungen über den Tod meiner beiden Beamtinnen beteiligt ist, irgendeinen Aspekt dieser Arbeit mit irgend jemandem, ich betone: mit irgend jemandem bespricht, wird er umgehend vom Dienst suspendiert. Verhaftet, angeklagt wegen Verstoßes gegen das Geheimhaltungsgesetz und für unbestimmte Zeit in Untersuchungshaft gesteckt.«

Einen Augenblick lang wirkte Harding besiegt und uralt. Er tat Rosslyn leid.

»Noch eines, Frau Generaldirektorin«, sagte Harding und nahm seine Mappe vom Tisch. »Die Angehörigen sind noch nicht benachrichtigt worden.«

»Ich glaube, das können wir getrost Ihnen überlassen, Commander Harding. Monros Mutter lebt im Pflegeheim The Woodside in Bornemouth. Sie leidet an der Alzheimerschen Krankheit.« Sie blätterte in einer der Akten vor sich auf dem Tisch. »Serena Watson hat eine Schwester, die gerade ein Rehabilitationszentrum für Drogensüchtige irgendwo in West-London verlassen hat. Ich habe persönlich entschieden, daß sie nicht erfahren wird, was mit ihrer Schwester geschehen ist. Unser Amtsarzt ist meiner Meinung. Sie ist ziemlich labil; die beiden haben sich in den letzten Jahren ohnehin nur selten gesehen. Übrigens sollten Sie die Zeugin, diese Krankenschwester Cartaret, davor warnen, irgend jemandem etwas zu sagen. Mr. Wesley wird als Verbindungsmann fungieren.«

Bryan Wesley, der rotgesichtige Mann, der Rosslyn während der ganzen Besprechung gegenübergesessen hatte, nickte zustimmend.

Wo haben sie den denn ausgegraben? fragte sich Rosslyn mit einem Blick auf Wesleys übergewichtige Figur und die Speckrolle, die ihm über den Hosenbund quoll. *Noch so ein Schreibtischhengst.*

»Ich sehe, die Operation läuft unter dem Namen *Insekt,* Commander. Recht gut getroffen, finde ich.«

»Es freut mich, daß das Ihre Zustimmung findet«, sagte Harding, schon auf dem Weg zur Tür. »Wir werden uns sicher in Kürze wiedersehen.«

Draußen, auf dem Gehweg am Fluß, sagte Harding: »Nun haben Sie sie selbst erlebt. Wenn sie auftauchen, darf man ihnen auf keinen Fall den ungeschützten Hintern zuwenden. Vergessen Sie das nie.«

Rosslyn versprach es.

17

Als sie gegen Mittag nach Scotland Yard zurückkehrten, stapelten sich auf Hardings Schreibtisch Berichte und interne Mitteilungen mit dem Vermerk GEHEIM. Der Bericht des leitenden Sprengstoffexperten der Polizei bestätigte, daß die Bombe in der England's Lane Merkmale belgisch-deutscher Produktion aufwies. Sie war in Dresden hergestellt worden. Weitere Details sollten nachgereicht werden.

Sprengkraft und Richtung der Detonation sowie Art und Ausmaß der Zerstörungen ließen darauf schließen, daß mindestens 85 Kilo hochexplosiver Sprengstoff in dem verlassenen Gebäude neben dem Haus, in dem die beiden Frauen starben, deponiert worden waren. Nur ein erfahrener Profi konnte den Sprengstoff so angebracht haben, daß die tödliche Zerstö-

Erfolgreiche Abwehr der letzten Terroranschläge in London geheimgehalten, um Informanten zu schützen

Polizei »vereitelte zahlreiche IRA-Bombenanschläge«
Bruce Hyman – Kriminalreporter

Mindestens zehn unveröffentlichte IRA-Bombenanschläge in London konnten in den letzten 18 Monaten durch Anti-Terror-Maßnahmen vereitelt werden, so ein maßgeblicher Vertreter der Polizeibehörde.

Diese schwer zu überprüfende Behauptung stellte eine hochrangige Persönlichkeit auf, nachdem Kritik laut geworden war, daß Polizei und MI5 nicht in der Lage gewesen seien, den Bombenanschlag in der England's Lane im Norden Londons abzuwenden; die Aussage erfolgte trotz der Unstimmigkeiten zwischen MI5 und Polizei hinsichtlich der Offenlegung weiterer Einzelheiten über die Maßnahmen zur Terrorismusbekämpfung.

Inzwischen teilte ein maßgeblicher Vertreter der Metropolitan Police mit, die Verstärkung des Streifendienstes nach dem IRA-Bombenanschlag auf Scotland Yard im vergangenen Jahr habe einen Rückgang der Kriminalität um insgesamt 10 Prozent zur Folge gehabt. Der stellvertretende Polizeidirektor Ian Hanson bestätigte in seinem Jahresbericht außerdem, daß ein in Nordirland wegen terroristischer Vergehen inhaftierter Mann im Zusammenhang mit diesem Anschlag vernommen worden sei.

Nach dem Attentat in der England's Lane zeigten sich leitende Polizeibeamte enttäuscht über die Kritik an den Anti-Terror-Maßnahmen, die ihrer Meinung nach unberechtigt ist und zudem die Motivation der Beteiligten schwächt. Sie sind jedoch der Ansicht, daß die Offenlegung weiterer Einzelheiten das Risiko einer Preisgabe wertvoller Angaben über Informanten beinhalten würde.

Dazu die maßgebliche Quelle: »Wir haben in den letzten 18 Monaten viele Bombenanschläge in London verhindert. Die Zahl ist mittlerweile fast zweistellig. Abgesehen von Straßensperren füh-

ren wir in London umfassende Maßnahmen durch, die wir jedoch nicht im einzelnen erläutern können und die für die Öffentlichkeit auch nicht unmittelbar sichtbar sind. Im Moment können wir allerdings nicht näher darauf eingehen, denn bereits ein unbedachtes Wort, ein Mosaiksteinchen an Information könnte einen Informanten zur Zielscheibe machen und den Tod eines Menschen zur Folge haben.
Ein weiterer Grund, warum Informationen über die erfolgreiche Vereitelung von IRA-Anschlägen und über Anti-Terror-Maßnahmen zurückgehalten werden, ist im Widerstand seitens des MI5 zu sehen. Er ist seit Oktober vergangenen Jahres im wesentlichen federführend bei den nachrichtendienstlichen Ermittlungen.
Die Polizeiquelle sagte: »Es dauert seine Zeit, bis alles aufeinander abgestimmt ist, und es funktioniert gut. Es gibt allerdings auch tiefgreifende konzeptuelle Unterschiede, was die Freigabe von Informationen angeht. Wir haben diesbezüglich einfach völlig verschiedene Standpunkte.«
Die versuchten Bombenanschläge konnten offenbar schon im Vorfeld der Sprengsatz-Anbringung vereitelt werden. »Deshalb hat die IRA nun ihre Taktik geändert und wechselt sie auch weiterhin ständig. Wir haben keinerlei Anhaltspunkte für das Muster zu erwartender Bombenanschläge, da sie stets versuchen werden, den Behörden eine Nasenlänge voraus zu sein.«
Leitende Polizeibeamte unterstrichen gestern, daß die Alarmbereitschaft vorerst noch bestehen bleiben wird, da man davon ausgehen müsse, daß die IRA den Versuch unternehmen wird, so bald wie möglich einen Anschlag wie in der England's Lane oder etwas Vergleichbares durchzuführen.
Nach eigenen Angaben zeigt die Metropolitan Police proportional weit größeren Einsatz bei der Terrorismus-Bekämpfung als alle übrigen Dienststellen.

rungskraft der Explosion sich konzentriert gegen ein bestimmtes Ziel richtete. Das Sprengstoffgemisch war ungewöhnlich. Das Team des Bombenexperten hatte Spuren des britischen Militär-Sprengstoffs PE4 und von PETN entdeckt, das sowohl vom Militär als auch von zivilen Abbruchunternehmen eingesetzt wird. Darüber hinaus gab es Reste einer identifizierbaren Zündschnur, Cordtex, und mehrere Bruchstücke eines deutschen Mikroschalters. Ein anderer Spurensicherungsfachmann suchte nach menschlichen Haaren und Blutspuren.

»McKeague hat recht gehabt«, sagte Rosslyn, als er Harding die Kassette mit dem Verhör gab. »Es stimmt alles mit Ausnahme der zusätzlichen Sprengstoffmenge.«

Sie sahen die übrigen Berichte durch: Listen von verdächtigen Fahrzeugen, die in den vorangegangenen zwei Wochen im Umkreis von zehn Meilen rund um die England's Lane aufgefallen waren; Anrufe beim privaten Wachdienst der Gegend; eine Liste der Einbrüche in Nord-London; anonyme Tips; eine komplette Übersicht über die Bewegungen aller Polizeifahrzeuge in London innerhalb von jeweils zwölf Stunden vor und nach der Explosion. »Der Wagen in der England's Lane wird noch immer nicht erwähnt.«

Harding rief einem Assistenten in seinem Vorzimmer zu: »Schicken Sie in einer Stunde einen Streifenwagen in die England's Lane. Die sollen ein Spray für die Scheiben mitbringen.« Er warf Rosslyn ein zusammengefaltetes Exemplar des *Independent* hin. »Lesen Sie das unterwegs.«

»Die maßgebliche Quelle«, fuhr Harding fort, »bin ich. Wesley hält sich für verdammt clever, daß er mir die Ergebnisse der Spurensicherung wegnimmt. Ich habe dafür gesorgt, daß unsere Labors gerade noch genug Zeit haben, sich die Sachen gründlich anzusehen. Ich kann mit der Presse sprechen, der MI5 tut das nicht. Das ist immerhin ein Punkt, den wir ihnen voraus haben.«

18

Rosslyn ging mit Harding an den mit Brettern verbarrikadierten Häusern und Ladenfronten der England's Lane entlang. Wie riesige Spinnennetze zogen sich Gerüste über die beschädigten Häuser. Rosslyn hatte sein Jackett über die Schulter gehängt, nahm aber ansonsten die Sonnenwärme kaum wahr.

»Unser Insekt dürfte die Massen von PE4 und PETN schon beträchtliche Zeit vor dem Anschlag hergebracht haben«, sagte er zu Harding. »Insgeheim, im Dunkeln oder im Regen. Fünfundachtzig Kilo sind eine ganz schöne Ladung. Anschließend muß das Zeug den ganzen Tag hier gelegen haben. Der Sprengsatz ist entweder gleich dabeigewesen, oder das Insekt hat ihn unmittelbar vorher mitgebracht. Irgend jemand muß gesehen haben, wie die Bombe hierherkam. Wenn wir McKeagues Argumentation folgen, vermute ich, daß unser Insekt allein gearbeitet hat.«

Selbst jetzt, drei Tage später, stank der Brandschutt noch immer gräßlich. Das Feuer hatte die Blätter an den Bäumen verbrannt, viele Stämme waren versengt und teilweise verkohlt. Mindestens die Hälfte der Bäume war am Wochenende aus Sicherheitsgründen gefällt worden. Die Straße wirkte totenstill und schien unter dem blauen Himmel irgendwie nicht zu den gestochenen Schatten und dem gesprenkelten Licht zu passen.

Harding schloß die provisorische Tür in der schweren Holzverbretterung vor dem Haus Nummer 139 auf. Im Innern der ausgebrannten Stahlkonstruktion standen weitere Gerüste.

»Stellen Sie sich vor, Sie wären das Insekt«, sagte Harding zu Rosslyn. »Sie tragen die Taschen mit Sprengstoff hier rein.«

»Und ich muß sie von der Straße aus reinbringen. Eine schöne Schlepperei.«

»Aus einem Fahrzeug. Es gab bestimmt einen Lieferwagen.«

Harding hatte Kopien der Aussagen von Ladenbesitzern und weiteren zehn, zwölf Leuten, die von sich aus die Ermittlungsbeamten angesprochen hatten. Keiner erinnerte sich an ein verdächtiges Fahrzeug.

»Das Insekt«, sagte Rosslyn und stellte sich den Mörder bei den Vorbereitungen der Tat vor, »muß deshalb den Sprengstoff nachts hergeschafft haben. Es wird eine halbe Stunde gedauert haben. Irgend jemand muß das gesehen haben.« Seine Überlegungen wurden von zwei Frauen unterbrochen, die im Türrahmen der Verbretterung auftauchten. Eine war eine Polizistin in Uniform. Neben ihr stand Hazel Cartaret.

Harding bahnte sich einen Weg durch die Trümmer. »Danke, daß Sie gekommen sind, Hazel. Wir möchten rekonstruieren, was letzten Samstag passiert sein könnte.«

»Ich tue alles, was Sie wollen«, sagte die Krankenschwester. Sie lächelte Rosslyn an. »Es geht mir viel besser, wie Sie merken«, sagte sie. »Nett, Sie wiederzusehen.«

Sie wirkte stämmiger, als er sie von der Vernehmung im Krankenhaus in Erinnerung hatte. Rosige Wangen, runde Beine in schwarzen Strümpfen, eine saubere hellblaue Schwesterntracht. Flache Schuhe.

»Ich kenne Sie aus dem Fernsehen«, sagte sie zu Harding. »Sie wirken da kleiner als in Wirklichkeit.«

Alle lachten.

»Macht es Ihnen etwas aus, mit uns zusammen auf das Gerüst zu steigen?« fragte Harding. »Von da oben können wir die Straße überblicken.« Er wies die Polizistin an, zum Streifenwagen zurückzugehen.

Oben vom Gerüst aus, etwa auf Höhe von Hazel Cartarets Wohnung, konnte man gut auf die Straße hinunterschauen.

»Hazel, Sie haben doch den Wagen gesehen. Er war dort geparkt, wo jetzt unserer steht, nicht wahr? Sie haben keinen Fahrer bemerkt und auch nicht, ob Leute darin saßen. Wir haben die Fenster besprüht, so daß sie beschlagen wirken. Deshalb konnten Sie ja den Fahrer nicht sehen. Ist das richtig so?«

»Ja.«

»Waren andere Leute auf der Straße?«

»Ich muß Ihnen etwas sagen. Ich habe eine Krankenschwester gesehen. In Tracht. So wie meine. Ich habe sie nie vorher gesehen. Ich kenne so ziemlich alle Mädchen aus dem Wohnheim. Ich weiß, welche Gesichter wohin gehören. Ihres paßte jedenfalls nicht dahin.«

»Erinnern Sie sich an ihr Gesicht?«

»Nein, nicht im einzelnen.«

»Wo war sie, als Sie sie sahen?«

»Neben dem Streifenwagen.«

»Was machte sie?«

»Sie stand einfach daneben.«

»Versuchen Sie, sich zu erinnern, Hazel. Wir würden wirklich gern wissen, was sie neben dem Wagen gemacht hat. Wir müssen das klären.«

»Ich habe gesehen, daß sie eine Zigarette ausmachte. Ich kenne kein Mädchen, das in Schwesterntracht auf der Straße rauchen würde. Wir tun das einfach nicht. Sie rauchte. Ganz bestimmt. Ich weiß das, weil ich selbst aufgehört habe.«

»War sie eine Weiße, eine Schwarze oder eine Asiatin?« fragte Rosslyn.

»Eine Weiße. Dünn. Kräftig. Sie sah müde aus.«

»Dann haben Sie ihr Gesicht *doch* gesehen.«

»Ich habe es gesehen, das stimmt, aber ich kann mich nicht daran erinnern. Ich bin sicher, daß sie eine Zigarette ausgemacht hat. Dann stieg sie in den Wagen.«

»Sie tat *was*?« fragte Harding.

»Sie stieg in den Wagen. An der Fahrerseite. Sie setzte sich auf den Fahrersitz.«

»Meinen Sie, da war noch jemand im Wagen?« fragte Harding.

»Ich glaube, ich habe sonst niemanden gesehen.«

»Wann ist sie denn dann losgefahren?« fragte Harding.

»Gleich nachdem sie eingestiegen war.«

Harding stand vollkommen still. »Haben Sie einen Führerschein, Hazel?«

»Ja.«

»Dann können Sie also fahren. Stellen Sie sich vor, Sie wären an der Beifahrerseite eingestiegen.«

Rosslyn beobachtete Harding scharf. Er sprach ganz ruhig, fast väterlich. Er sah die Krankenschwester konzentriert wie ein Hypnotiseur an und versuchte, ihre flüchtige Erinnerung festzuhalten und aus ihr herauszulocken. »Es wird dunkel. Es regnet, es ist etwas windig. Und jetzt schauen Sie auf die Straße hinunter.«

Sie tat es. Harding sagte etwas in sein Funksprechgerät und sah auf seine Armbanduhr. Dann auf die Polizistin.

Diese Polizistin sah Mary sehr ähnlich. *Hatte Harding sie aus einer gräßlichen perversen Neigung heraus absichtlich wegen dieser Ähnlichkeit ausgewählt?*

»Wir wollen sie beobachten. Ich stoppe die Zeit. Los.«

Sie öffnet die Fahrertür	1 Sekunde
setzt sich auf den Fahrersitz	2 Sekunden
schnallt sich an	1 Sekunde
steckt den Schlüssel in die Zündung	1 Sekunde
startet den Motor	1 Sekunde
sieht in den Rückspiegel	3 Sekunden
setzt den Blinker	1 Sekunde
sieht nochmals in den Rückspiegel	2 Sekunden
fädelt sich in den Verkehr ein	2 Sekunden
	14 Sekunden

»Vierzehn Sekunden«, verkündete Harding. »Eine meßbare Zeit, wenn auch zugegebenermaßen variabel. Trotzdem meßbar. Schließen Sie bitte die Augen. Stellen Sie sich vor, Sie seien diese Krankenschwester, die Sie gesehen haben. Sie tun das gleiche. Sie steigt an der Fahrerseite ein. Denken Sie nach.«

Nach vierzehn Sekunden öffnete sie die Augen. »Länger hat es nicht gedauert«, sagte Hazel Cartaret.

»Bestimmt? Sind Sie sicher, daß sie an der Fahrerseite eingestiegen ist?«

»Ganz sicher. Ich habe sie gesehen. Der Streifenwagen wartete auf sie«, sagte sie eifrig. »Und wissen Sie was? Ich glaube, sie trug so was wie eine Perücke. Eine braune. Ich kann mich jetzt wieder erinnern, daß ich dachte: komisch, sie ist so blaß, ihr Gesicht wirkt, als wäre sie geschlagen worden. Irgendwie brutal. Platte Nase. Jetzt weiß ich auch wieder, daß ich dachte, na ja, wie man eben so denkt: Sie sieht nicht wie eine *normale* Krankenschwester aus.« Sie sprach jetzt schneller. »Die Perücke saß nicht richtig. Und die Tracht war ganz neu.«

»Wie alt war sie ungefähr?«

»Um die Dreißig.«

»Lassen Sie uns noch mal über den Wagen sprechen, den Sie gesehen haben«, sagte Harding. »Ich möchte, daß Sie sich das anschauen.« Er hielt ihr einige Karteikarten im Format 8 x 10 hin, auf denen Streifenwagen-Kennzeichnungen dargestellt waren. »Sagen Sie mir bitte, ob Sie eine der Abbildungen an das Auto erinnert, das Sie gesehen haben.«

Er hielt ihr die Karten jeweils in Vierergruppen hin.

»Können Sie mir die noch einmal zeigen?« sagte sie. »Genau, das ist es.«

Das Muster war einfach.

Ein großes V

dann ein P O

dann, ganz unten, ein großer orangefarbener Kreis:

O

»Außerdem lief da ein rot und orangefarbener Streifen an den Türen entlang«, fügte sie hinzu.

»Gut«, sagte Harding. »Steigen wir wieder runter und setzen uns in den Wagen.«

Er gab ihr eine Abschrift ihrer Vernehmung durch Rosslyn. »Prüfen Sie, ob alles richtig ist. Wir sind gleich wieder da.«

Hazel Cartaret blieb zusammen mit der Polizistin im Wagen sitzen und las die Abschrift.

Von seinem Auto aus telefonierte Harding. Kein Polizeirevier hatte Unterlagen über ein Polizeifahrzeug mit der Dachmarkierung, die Hazel Cartaret zum Zeitpunkt der Explosion gesehen hatte.

»Ich glaube nicht, daß es sich um einen echten Streifenwagen handelt«, sagte Harding. »Das ist eine Fälschung. Genau wie der Polizeilieferwagen vor dem Thames House, wissen Sie noch? Zu Weihnachten?«

Rosslyn erinnerte sich: »Jingle Bells.«

»Nach Hazels Angaben haben wir es mit einer Frau zu tun. Weiß, etwa dreißig, arbeitet im Alleingang. Sie wußte genau, wen sie töten wollte, und auch, wo und wann. Sie wußte, daß die beiden am Samstag um sechs Uhr abends zu Hause sein würden. Wir müssen also herausfinden, wer gewußt haben könnte, daß sie zu Hause waren. Freunde, Kollegen vielleicht.«

»Glauben Sie, Wesley wird uns Namen liefern?«

»Wer weiß? Wir müssen uns ein besseres Bild von den Opfern machen. Ich möchte, daß Sie Wesley um irgend etwas dieser Art bitten: Terminkalender, Kreditkartenabrechnungen, Telefonkonten. Möglicherweise lehnt er ab. In dem Fall versuchen wir es dann eben auf andere Art.«

Die Polizistin kam vom Streifenwagen herüber, um Bescheid zu sagen, daß die Zeugin die Abschrift gelesen und unterschrieben hatte.

»Lassen Sie Wesley die beiden formal identifizieren«, sagte Harding zu Rosslyn. »Gehen Sie mit ihm zum Leichenschauhaus des Royal Free Hospital. Und noch etwas: Stellen Sie bei der Postverteilungsstelle von Hampstead fest, ob Post für Monro und Watson gekommen ist. Wenn man stirbt, heißt das ja noch lange nicht, daß man keine Post mehr erhält, nicht wahr? Nur wenige Eingeweihte wissen, daß sie tot sind. Bisher jedenfalls. Wer weiß, vielleicht hat eine von beiden ja im Lotto gewonnen. Aber sehen Sie sich vor, die Identifikation der Leichen ist nicht angenehm. Die sind nicht so hübsch wie Hazel Cartaret.«

Oder die Polizistin, dachte Rosslyn, immer noch bemüht, das Weihnachtslied aus dem Kopf zu verscheuchen, das ihm immer wieder in den Ohren hämmerte. Ein milder Wind trug Glockenläuten zu ihnen herüber, wahrscheinlich Amateurglöckner beim Proben. Er beneidete sie um ihre Freiheit und um ihre Familien, die zu Hause auf sie warteten.

19

Rosslyn ließ Wesley den Vortritt durch die Türen zum Leichenschauhaus im Royal Free Hospital. Es war 11.30 Uhr am folgenden Tag. Das Licht fiel grell auf die Porzellantische in der Mitte des etwa 70 Quadratmeter großen, fensterlosen Raumes. Die Tischplatten waren geneigt und hatten einen Abfluß. Die Luft war erfüllt von bitterem Chemikaliengeruch.

»Ich wußte nicht, daß unsere Zusammenarbeit so weit gehen würde«, sagte Wesley.

»Irgend jemand muß sie identifizieren.«

»Warum gerade ich?«

»Sie sind aus der Personalabteilung.«

Wesley war verständlicherweise nervös bei dem Gedanken, die sterblichen Überreste seiner Kolleginnen in Augenschein nehmen zu müssen.

»Es ist alles bereit«, sagte der von Kopf bis Fuß weißgekleidete Pathologe. »Nehmen Sie sich ein Pfefferminzbonbon«, bot er über das Rauschen von Wasser hinweg an.

Auf zwei verschiedenen Porzellantischen lagen die Einzelteile von Monro und Watson. Die weißen Gummistiefel des Pathologen quietschten auf dem feuchten Fußboden.

Wesley schaute um sich, in den Besteckkasten mit den Instrumenten und Flaschen des Labor-Verbindungsoffiziers, überallhin, nur nicht in die Gesichter der Köpfe auf den Tischen.

»Das ist alles, was übrig ist, meine Herren«, sagte der Pathologe. »Es ist schon seltsam, wie sich Glassplitter im Schädel verteilen. Sehen wir uns Nummer eins an. Perforation der Schädeldecke. Sie muß den Mund offen gehabt haben, denn die Lungen sind gerissen.«

Ein Schwarzer in einem grünen Gummikittel drehte den Kopf. Der Pathologe wischte mit einem Schwämmchen über das, was von dem Gesicht noch übrig war.

Wesley räusperte sich. Er wurde leichenblaß. »Watson«, verkündete er mit trockenem Mund. »Watson.«

»Und Nummer zwei«, sagte der Pathologe. »Auch hier finden sich ähnliche Verletzungen. Metall- und Steinfragmente.«

»Monro«, sagte Wesley. »Frances.«

»Dann ist ja alles klar«, sagte der Pathologe. »Gott sei Dank habe ich nicht allzuoft mit Bombenopfern zu tun.«

»Kann ich wohl noch ein Pfefferminz haben?« fragte Wesley.

»Tut mir leid, das war mein letztes«, sagte der Pathologe. »Sie sind eigentlich auch schlecht für die Verdauung.«

Doch Wesley eilte bereits aus dem Raum, die Hand vor den Mund gepreßt. Er schaffte es gerade noch bis zu einer Tüte für Krankenhausmüll, die irgend jemand im Flur liegengelassen hatte.

Als sie später in einem einst vornehmen Pub im Bezirk Frognal saßen, sah Rosslyn, daß Wesleys Gesicht wieder Farbe angenommen hatte. »Man kennt mich hier«, sagte Wesley. Der einsame Barkeeper, ein hagerer, gebeugter Mann, hatte seine Bestellung entgegengenommen.

»Diese Runde geht auf Staatskosten«, sagte Wesley. »Ich habe etwas für Sie.« Er reichte ihm einen Umschlag. »Machen Sie ihn auf. Wenn Sie noch etwas wissen möchten, fragen Sie mich ruhig. Da wir in dieser gräßlichen Angelegenheit nun einmal Partner sind, sollten wir uns Mühe geben, uns gegenseitig zu mögen. Bitte haben Sie Verständnis dafür, daß ich Ihnen keine Terminkalender oder Abrechnungen geben kann, um die Sie gebeten hatten. Derartige Dinge unterliegen nach wie vor der Geheimhaltung, tut mir leid. Aber das hier wird Ihnen weiterhelfen.«

Auf Anhieb sah Rosslyn, daß die beiden kurzen maschinegeschriebenen Absätze praktisch wertlos waren: nichtssagende Berichte über nichtssagende Leistungen.

MONRO, Frances Melissa. Geboren 1953 in Godalming, Surrey, UK. Ledig. Schulbildung: St. Mary's, Ascot; Lady Margaret Hall, Oxford. 1979 Eintritt in den Inlands-Staatsdienst. Forschungstätigkeit. Berufung zur Überwachung der Kommunistischen Partei Großbritanniens. Anti-Terror-Bereich B. Spanien. Italien. Naher Osten. Nordirland. Fortbildung in Personalführung. Stellvertretende Assistenzdirektorin, Schulung. Stellvertretende Direktorin, Nachrichtendienstliche Quellen und Operationen.

WATSON, Serena Rita. Geboren 1963 in Stockport, Lancashire. Schulbildung: Mainwaring-Gesamtschule, Stockport. Armeedienst, Fernmeldetruppe. Unteroffizier. Dienst in Aldershot, Catterick, Nordirland. Zivile Anstellung bei Cornell Davie Associates Ltd. (Industrie-Sicherheitsdienst). 1991 Eintritt in den Inlands-Staatsdienst. Überwachung des Stadtbezirks London und der umliegenden Grafschaften.

»Mehr werden Sie nicht brauchen«, sagte Wesley. »Die Generaldirektorin läßt für Sie und Harding alle Dienstvorschriften außer acht. Bitte haben Sie Verständnis: Diese Informationen sind vertraulich.« Er reichte ihm zwei kleine Fotos. »Monro, der Name steht hinten drauf. Und Watson.«

»Wie gut kannten Sie die beiden?«

»Sehr gut. Wie Sie im Leichenschauhaus so richtig sagten, bin ich schließlich in der Personalabteilung tätig. Es ist meine Aufgabe, Kollegen und Kolleginnen zu kennen. Ich schmeichle mir, daß ich über manche Leute mehr weiß als sie selbst.«

»Wirklich?«

»In aller Bescheidenheit, in der Tat, ja. Über Sie, beispielsweise. Seien Sie versichert, daß ich die Sache mit Ihrer Freundin sehr bedauert habe. Eine furchtbare Tragödie. Sie haben mein volles Mitgefühl.«

»Vielen Dank. Haben Sie Familie?«

»Zwei Jungen im Studium. In Manchester. Felix ist angehender Anthropologe. Es liegt uns wohl im Blut, nehme ich an. Jonathan, der jüngere, ist Schauspielschüler. Er schlägt seiner Mutter nach. Ein Einzelgänger, bleibt am liebsten für sich. Wie seine Mutter. Wir leben getrennt, wissen Sie. Aber wir sind gute Freunde geblieben. Haben bloß an unterschiedlichen Orten unsere Zelte aufgeschlagen. Eine Scheidung ist ja so eine scheußliche Angelegenheit.«

»Ist Ihre Frau berufstätig?« fragte Rosslyn.

»O ja, das ist sie. Sie ist auch beim Geheimdienst. Sie fühlt sich da sehr wohl. Hat ein hübsches Anwesen in Amersham. Hunde. Katzen. Einen Garten. Ein richtiger kleiner Tierpark.

Und Sie? So kurz nach Marys Tod haben Sie wahrscheinlich noch keine neue Freundin, oder doch? Ich meine, irgend jemanden, der Ihnen Gesellschaft leistet?«

Rosslyn schüttelte den Kopf. Der Barkeeper brachte die Getränke in angestoßenen Gläsern. Eine Wespe ließ sich auf dem Tisch nieder.

»Vermutlich möchten Sie nicht darüber sprechen«, sagte Wesley.

»Im Moment nicht«, sagte Rosslyn. »Wie gut kannten Sie Frances Monro?«

»Nicht besser als alle anderen. Um genau zu sein: Ich habe damals die Gespräche mit ihr geführt, als sie sich um die Stelle als Schulungsleiterin im Personalbereich beworben hatte. Sie machte eine sehr gute Figur in den Gesprächen. Eine Frau mit vielfältigen Interessen. Hat sich sehr für junge Leute eingesetzt. Davina – meine Frau – kannte sie gut und hatte sie gern. Eine potentielle Generaldirektorin. Ein Erfolgsmensch. Jemand, zu dem man aufblickte. Man darf wohl behaupten, daß sie zur Spitze gehörte.«

»Hatte sie Zugang zu allen Abteilungen?«

»Umfassender als die meisten Mitarbeiter. Bedenken Sie, daß bei uns jeder nur soviel an Information bekommt, wie er unbedingt benötigt. Lediglich die leitenden Mitarbeiter in Spitzenstellungen haben Zugang zu allen Bereichen.«

»Aber Sie sagten doch, sie gehörte zur Spitze.«

»Warum fragen Sie?«

»Um eine Vorstellung davon zu haben, wie bedeutsam ihre Arbeit war. Was es beispielsweise für Ihre Organisation bedeutet, sie zu verlieren, und inwieweit die IRA sie als wichtiges Ziel betrachtet hat.«

»Ich verstehe. Wenn wir einmal die Sache mit dem Generaldirektorenposten außer acht lassen, kann man sagen, daß sie ausgesprochen wichtig war. Ohne ins Detail zu gehen. Sie spielte natürlich eine bedeutsamere Rolle als ihre Freundin, Watson.« Er wandte seine Aufmerksamkeit der Wespe zu. Er versuchte, sie mit dem Plastikaschenbecher zu zerquetschen, was ihm jedoch mißlang. »Sagen Sie, was machen Sie mit den Informationen, die ich für Sie besorgt habe?«

»Sie mit gebührender Sorgfalt berücksichtigen, Mr. Wesley. Wir sind auf Ihre Hilfe angewiesen.«

Die Fotos der beiden Frauen lagen neben der angeschlagen herumkrabbelnden Wespe. »Ich denke, Rosslyn, das sind Sie tatsächlich. Sie müssen sich ein bißchen außerhalb Ihres Fahrwassers fühlen. Im Leben eines Geheimdienstmitarbeiters gibt es Dinge, über die man nicht spricht. Monro war eine hervorragende Kraft, mit komplexen nachrichtendienstlichen Aufgaben. Ich darf Ihnen beispielsweise soviel sagen, daß sie ein riesiges Arbeitspensum hatte. Lockerbie ist ein Beispiel. Sie war am Rande mit den Waffengeschäften Saddam Husseins befaßt. Mit den Irakern konnte sie sehr gut umgehen. Eher Ihr Ressort – Waffen, Sprengstoffe. Gepäckkontrolle, wenn Sie so wollen. Harte Nüsse, Aufträge. Insektenvertilgung, würde Ihr Freund Harding sagen. Monro soll Edith Cresson für die Franzosen abgesägt haben, die verdammten Franzmänner stehen deshalb für immer und ewig in unserer Schuld. Sie hat auch die Clinton-Panne in Oxford vertuscht. Das haben die Amerikaner uns nie verziehen. Glauben Sie ja nicht, die Amis wären freiwillig einem Handelskrieg aus dem Weg gegangen. Wir haben sie so lange geprügelt, bis sie uns um Gnade anflehten. Wir haben das Weiße Haus dahin gebracht, wo wir es hinhaben wollten. All das und viel mehr ist Frances Monros Verdienst.

»Was ist mit Nordirland?«

»Habe ich Ihnen nicht schon genug mitgeteilt? Wir sprechen über wichtige Operationen. Bagdad. Paris. Washington.«

»Ist das nicht eigentlich MI6-Gebiet?«

»Natürlich. Aber die Welt ist kleiner, als Sie sich das beim Zoll wohl vorstellen können, wenn ich das so sagen darf.«

»In ihrem Lebenslauf steht etwas von Nordirland.«

»Auch damit hat sie sich befaßt, wenn auch aus der Entfernung.« Er lächelte Rosslyn verschlagen an. Seine Augen schienen zu sagen: Versuch doch, mir eins auszuwischen, wenn du es wagst. Mit den Schneidezähnen nagte er an der Unterlippe. »Absolut nichts, was in irgendeiner Verbindung zur England's Lane stünde.«

»Sind Sie sicher?«

»Ich weiß es.«

»Und was wissen Sie über Frances Monros Privatleben? Haben Sie und Ihre Frau sich regelmäßig mit ihr getroffen?«

»Eigentlich nicht.«

»Aber Sie sagten doch, daß Ihre Frau, Davina ...?«

»Davina. So heißt meine von mir *getrennt lebende* Frau, um genau zu sein.«

»Sie sagten, sie arbeitet in – wo war es noch – Amersham?«

»Falsch. Sie *arbeitet* in Beaconsfield. In Amersham wohnt sie.«

»Ach ja«, sagte Rosslyn. »Ich hätte es mir gleich aufschreiben sollen. Ich gehe doch davon aus, daß dies kein Geheimmaterial ist.«

»Nicht im geringsten.«

Und ob das Material ist, dachte Rosslyn, *wenn Davina Monro kannte und mochte – er hat es selbst gesagt.* Eine zweite Wespe gesellte sich zu der ersten. »Ich dachte, Ihre Frau könnte mir vielleicht ein etwas aktuelleres Bild von

Monro vermitteln, jedenfalls detaillierter als das, was wir hier vor uns haben.«

»Ich kann Ihre Gedanken lesen, Rosslyn. Sie haben vollkommen recht. Warum auch nicht? Sprechen Sie mit Davina. Denken Sie daran, Beaconsfield ist eine phantastische Anlage. Modernste Technik, Labors, Forschungsarbeit. Davina ist eine hervorragende Wissenschaftlerin, das werden Sie gleich merken.«

»Ich habe Sie nicht gefragt, was sie macht«, unterbrach ihn Rosslyn.

»Und ich hätte es Ihnen auch nicht gesagt, wenn Sie mich hätten ausreden lassen.«

»Monro war also *tatsächlich* für den Posten der Generaldirektorin vorgesehen?« fragte Rosslyn.

»Das habe ich nicht gesagt.«

»Nun, entweder sie war es, oder sie war es nicht.«

»Sie drehen sich im Kreis, Rosslyn. Sie war nicht dafür vorgesehen. Sie vergessen, ich bin in der Personalabteilung tätig.« Das affektierte Lächeln, das kurze höhnische Grinsen. Der blasierte Gesichtsausdruck. Ein typischer Privatschulabsolvent mit Ellbogen. »Nehmen wir einmal an, sie wäre dafür vorgesehen gewesen. Worauf wollen Sie hinaus? Daß die IRA die Kandidatin für den besten Geheimdienstjob der freien Welt als Zielscheibe gewählt hat?«

»Wir alle sind Zielscheiben, Mr. Wesley.«

»Ich versichere Ihnen, daß ich es nicht bin . Wenn Sie es sind, tut es mir leid für Sie.«

»Sie vergessen, daß ich jemanden verloren habe, der mir sehr nahestand. Sie war eine Zielscheibe.«

Wesley lächelte herablassend. »Was ich sagen wollte, ist, offen gestanden, trivial: Beamtinnen wie Davina und Monro trennen Welten. Das heißt, trennten. Davina ist eine schottische Adlige. Geborene Macleod. Da ist die Familie, der Clan. Monro, ohne der Familie gleichen Namens im schottischen Flachland nahetreten zu wollen, ist oder besser gesagt war aus Surrey. Unbedeutende Katholiken. Ein unbedeutender Bridge-Club. Die höhere Mädchenschule besuchte sie mit einem Stipendium. An der Lady Margaret Hall war sie ebenfalls eine unbedeutende Studentin. Untere Mittelschicht. Die Art Frauen, die sich schon durch ihre Wortwahl als Emporkömmlinge verraten. Verstehen Sie, was ich meine? Mit über zweitausend Mitarbeitern sind wir repräsentativ für die britische Klassengesellschaft, teilweise durch unsere Herkunft getrennt, doch immer im gegenseitigen Vertrauen vereint, im Familiensinn, in der gemeinsamen Sache. Deshalb können wir Leute mit ganz unterschiedlichen sozialen Voraussetzungen einstellen. Ich denke, wir sind wirklich Pioniere auf dem Gebiet der Chancengleichheit. Wir brauchen alle Schattierungen: Schwarze, Weiße, Christen, Juden, Perverse, Schwule. Alle in gegenseitigem Vertrauen vereint. Heutzutage ist ja jeder allem gegenüber etwas offener.« Er zerquetschte beide Wespen zugleich mit dem Aschenbecher. Er legte den Zeigefinger auf seine geschlossenen Lippen. »Sie brauchen mir hier und jetzt keine Antwort zu geben. Die Sache ist zu wichtig, als daß man sie übers Knie brechen könnte. Haben Sie schon einmal daran gedacht, zu uns zu kommen?«

Rosslyn lehnte sich in seinem Sessel zurück. Eine Feder quietschte. »Kommt das Angebot von Ihnen? Ich meine, ist das *Ihre* persönliche Initiative?«

»Vielleicht nur so ein Gefühl. Sie könnten in leitender Funktion eingestellt werden. Zu den gleichen Bedingungen, die wir Mary Walker angeboten haben. Frances Monro hielt Mary übrigens für eine der fähigsten Bewerberinnen seit Jahren. Sie sind aus demselben Holz geschnitzt.«

Rosslyn fühlte sich wie betäubt. Das Blut pochte ihm in den Schläfen und in den Adern seiner zu Fäusten geballten Hände.

»Sie war eine außergewöhnliche junge Frau«, quasselte Wesley weiter. »Ich kann gut verstehen, daß Sie sie gern hatten. Denken Sie mal über mein Angebot nach. Hier.« Er gab ihm eine Visitenkarte: Bryan T. Wesley CBE, Kensington Court, London W8 5BH. »Rufen Sie mich dort an.«

Er schrieb eine Telefonnummer unter die Adresse. »Wir könnten doch mal zusammen essen gehen. Nicht hier. Dieses Lokal ist ein bißchen schmuddelig. Nicht mehr so wie früher. Würden Sie gern mit mir im Garrick essen? Oder haben Sie einen Club hier in London ?«

»Das Fitneß-Center der Zollbehörde.«

»Ich bin Mitglied des Garrick«, sagte Wesley und bezahlte. »Für vernünftige Leute gibt es nur eine Möglichkeit, die IRA zu vernichten: auch angesichts von Mord und Zerstörung so normal wie möglich weiterzuleben. Die alten Beschwörungsformeln sind die besten. Was auch immer mit reinen, gerechten Werten und einem guten Ruf zu tun hat, ist alles hier drin.« Er schlug sich unterhalb des Herzens auf die Brust. »Was meinen Sie, Rosslyn, wie Ihre Antwort, vorbehaltlich natürlich weiterer Erkundigungen und der Vertragsverhandlungen, gegebenenfalls aussehen könnte?«

»Wahrscheinlich nein.«

»Denken Sie gut darüber nach. Um Marys willen. Ihnen geht vieles durch den Kopf. Ich denke, ein Besuch bei Davina wäre eine willkommene Abwechslung. Ich sage ihr Bescheid, daß Sie kommen.«

Das Postzustellamt von Hampstead liegt am Ende von Shepherd's Walk, einer schmalen Gasse, die von der Durchgangsstraße abgeht. Rosslyn quittierte den Erhalt der nicht mehr ausgetragenen Post für die toten Frauen. Das meiste waren an Ms. S. Watson adressierte Rundschreiben lokaler Immobilienmakler.

Sie hatte eine Wohnung kaufen oder mieten wollen, mit einem Schlafzimmer, zum Preis von etwa 90 000 Pfund.

Ms. F. Monro hatte ihre Rechnungen bei Marks & Spencer, Selfridges und Peter Jones nicht bezahlt. Sie schuldete insgesamt 457,62 Pfund. Kuratorium und Direktor der National Portrait Gallery luden sie zu einer Vernissage ein. Man erinnerte sie daran, daß ihr Abonnement für den Spectator vor kurzem abgelaufen war.

Ein Postangestellter kam, ein Kirchenlied pfeifend, die wenigen Treppenstufen vom Eingang der Sortierstelle herunter. Er sah auf die Uhr und ging, ohne hinzuschauen, an Rosslyn vorbei, der auf halber Höhe der Treppe an eine Wand gelehnt stand und einen weiteren Brief an Ms. Monro öffnete, ein Rundschreiben. Eine vorgedruckte Absichtserklärung der Abgeordneten Glenda Jackson. Ein weiterer Umschlag enthielt einige Reiseprospekte von der Hogg-Robinson-Filiale in der Gower Street. Der nächste Umschlag trug einen verwischten Poststempel. Er war mit PERSÖNLICH/VERTRAULICH gekennzeichnet und einfach an Frances Monro adressiert.

Allmählich wurde ihm bewußt, daß der Kirchenlieder pfeifende Postangestellte ihn beobachtete. Er war am Ende des Shepherd's Walk stehengeblieben und schaute sich nach ihm um.

Er überflog den Brief rasch.

Liebste Fran,
Ich habe mich nun endlich durchgerungen, Dich schriftlich wissen zu lassen, wie leid es mir tut, daß Du nicht Generaldirektorin geworden bist. Niemand hätte es mehr verdient als Du. Das sollte Dir wenigstens ein kleiner Trost sein. Deine vielen Anhänger beim MI5 werden ebenso enttäuscht, ja desillusioniert sein wie ich. Doch die Zukunft wird Dir andere Sternstunden bringen, da bin ich mir ganz sicher. Könntest Du mir bitte Ingenue zurückgeben, wenn Du einen Augenblick Zeit hast?
Mit aufrichtigem Bedauern, stets die Deine,
Davina

Er wickelte ein Gummiband um den Stapel Briefe und ging den Shepherd's Walk hinunter zur High Street. Ihm gingen immer mehr beunruhigende Gedanken über die toten Frauen durch den Kopf. Und über den Brief von »Davina«, undatiert, mit verwischtem Poststempel, ohne Absender. Bestimmt kam er von Wesleys Frau.

20

»Wesley kann auf sich selbst aufpassen«, sagte Harding in seinem Büro in Scotland Yard. »Er ist genau das, als was er sich ausgibt, Alan: ein Beobachter, und das wird er auch immer bleiben. Wenn er meint, er müßte mit halbherzigen Bemühungen, Sie für den MI5 anzuheuern, die Angelegenheit noch verworrener machen, dann ist das seine Sache. Er versucht nur, Sie auf seine Seite zu ziehen. Er vergißt dabei, daß wir längst mit ihm zusammen in dieser Geschichte stecken. Wir brauchen ihn nicht, um uns das Denken abzunehmen. Eine Frage des Vertrauens – so ein Quatsch. Die unglaubliche Dürftigkeit der Lebensläufe. Ich hätte Ihnen gleich sagen können, was er uns geben würde. *Natürlich* war Monro eine wichtige Zielscheibe. Aber ich muß Sie warnen, Wesley wird uns keine wirklich *wichtigen* Einzelheiten über ihre Tätigkeit liefern.«

»Er erwähnte Lockerbie, die Iraker, die Franzosen, sogar die Amerikaner«, sagte Rosslyn. »Mir schien es, als hätte sie auch für den MI6 gearbeitet.«

»Er steuert von dem weg, was McKeague Ihnen mitgeteilt hat, was sie Ihnen mitgeteilt haben *könnte,* und versucht, Sie mit dem Gerede über Mary abzulenken. Der verfluchte MI5 muß immer alles ins *Persönliche* drehen. Aber deren Küchenpsychologie funktioniert nicht.« Harding sah ihn sehr ernst an. »Sie müssen Wesleys Frau wegen dieses Briefes befragen. Fahren Sie nach Beaconsfield. Bitten Sie sie um eine Beschreibung von Monros Leben. Wir machen es wie Wesley und gehen auf die persönliche Schiene. Die können versuchen, uns weiteren Zugriff auf die Spurensicherung zu verweigern, aber sie können uns nicht daran hindern, in ihrer schmutzigen Wäsche zu wühlen. Der MI5 ist eine Brutstätte für kleine Rivalitäten, belanglose Launen, interne Machtkämpfe und dergleichen. Das setzt sich von innen nach außen fort wie Wellen auf dem Wasser.«

Rosslyn sah aus dem Fenster. Schwarze Wolken hingen über dem Süden Londons. Auf den Fensterbänken gurrten Tauben. »Ich fahre heute nachmitag zu ihr.«

»Bevor Sie gehen, möchte ich Ihnen noch zwei Dinge sagen. Was wollen Sie zuerst hören, die gute oder die schlechte Nachricht?«

»Die schlechte.«

»Unsere Freunde vom MI5 haben Dienstaufsichtsbeschwerde wegen der Art und Weise eingelegt, wie McKeague in Paddington Green behandelt worden ist. Der Amtsarzt vom MI5 behauptet, sie sei an den Folgen von Verletzungen gestorben, die sie bei der Vernehmung erlitten habe. Wenn sie das beweisen können, übernimmt der MI5 selbst die Ermittlungen. Sie behaupten, Sie seien es gewesen, und sie hätten konkrete Beweise.«

»Was denn?«

»Die Kassette mit der Vernehmung der Gefangenen. Sie haben sie ja aufgezeichnet.«

»Aber die hat der MI5 nie erhalten. Wohl eine Abschrift. Die Kassette war in Gaynors Safe. Hören Sie sich das Band an, das langt. Verdammt noch mal, ein Tisch war zwischen uns, der Beobachtungsspalt war offen, jeder hätte es gehört und gesehen, wenn ich sie geschlagen oder auch nur angerührt hätte. Und ich habe nichts dergleichen getan.«

»Ich fürchte, die Beweise des MI5 sprechen gegen Sie.«

Rosslyn zuckte die Achseln. »Ich glaube es einfach nicht. Warum hätte ich ihr etwas tun sollen? Ich hätte gar keine Gelegenheit dazu gehabt, selbst wenn ich gewollt hätte. Was natürlich nicht der Fall war. Das ist nicht mein Stil, und das wissen Sie auch.«

»Ja, das weiß ich«, sagte Harding. »Aber Sie hatten ein Motiv. Sie wollten den Namen von Marys Mörder.«

»Unter anderem.«

»Das haben Sie gesagt, Rosslyn, nicht ich. Und der Beweis befindet sich auf der Kassette.«

»Die haben Sie. Erzählen Sie mir nicht, sie sei ihnen geklaut worden, ausgerechnet hier in Scotland Yard.«

Harding schüttelte den Kopf. »Hier.« Er stieß die Kassette über die Tischplatte. »Das ist die Kassette, die Sie mir gegeben haben. Sie ist vollkommen leer.«

Jetzt begriff Rosslyn: New England's Lane nach dem Bombenanschlag. Die Wagentür gewaltsam geöffnet. Seine Aktentasche auf dem Boden vor dem Beifahrersitz. Die Frau, die durch den Verkehr auf dem Haverstock Hill verschwand. Er erzählte Harding, was passiert war.

»Sie hat bestimmt Ihre Kassette genommen und statt dessen eine leere dagelassen. Und nun haben wir das hier.« Er schaltete den Recorder auf seinem Schreibtisch ein.

Das Machwerk war widerlich. Es gab wieder, wie eine Frau fast zu Tode geschlagen wurde. Ihre Schreie, ihr Flehen. Das dumpfe Geräusch von Fäusten in ihrem Gesicht. Verzerrt. Rosslyns Fragen waren zwischen McKeagues Schreie geschnitten worden. Seine ruhige, vernünftige Sprechweise war nun zu einer düsteren, sadistischen Logik pervertiert, die ihm Übelkeit bereitete.

»Die wollen Sie loswerden, Rosslyn. Sie verlangen Ihre sofortige Beurlaubung, Suspendierung, Disziplinarmaßnahmen. Alles. Ich habe das mit dem Polizeipräsidenten besprochen.«

»Und was hat er gesagt?«

»Er überläßt mir die Entscheidung. Ich habe der Generalstaatsanwältin Bericht erstattet. Das ist schlimmer«, sagte Harding obenhin. »Viel schlimmer. Früher oder später sackt jeder auf das Niveau der IRA ab. Hardings Gesetz. Abschaum sinkt immer nach unten.«

»Und Sie wollen mir weismachen, Sie glauben das?«

»Keineswegs. Aber das binden wir dem MI5 nicht auf die Nase. Wir sagen, daß Sie vorbehaltlich des Einverständnisses der Generalin einen Verweis bekommen. Sie brauchen sich keine Sorgen zu machen. Sie ist eine sehr gute Bekannte von mir. Eine der wenigen Frauen in leitender Position, die ich mag. Sie wird sich mit der Sache Zeit lassen. Selbst der MI5 kann mit ihr nicht umspringen, wie er will.« Er zögerte. »Die wirklich schlechte Nachricht ist die Tatsache, daß sie sich offenbar immer mehr Mühe geben, Dinge zu vertuschen.« Er hielt wieder inne und beobachtete Rosslyn. »Die gute Nachricht ist, daß ich mich in einer Phase vorübergehender Besserung befinde«, fuhr er fort. »Früher oder später hätte ich es Ihnen sowieso gesagt. Sie müssen es wissen. Ich habe Krebs.«

»Sie?«

»Ja.«

Rosslyn atmete tief ein. »Wie lange noch?«

»Das kann man nicht sagen. Vielleicht habe ich noch zwei Jahre, möglicherweise sogar fünf.« Er lachte düster. »Ich kann mir vorstellen, daß bestimmte Leute sich sehr freuen würden, wenn sie das wüßten. Aber das Vergnügen gönnen wir ihnen nicht.« Seine Stimme bekam einen resignierten Tonfall. »Erfolg ist die schönste Rache. Wir machen weiter wie bisher. Was danach passiert, ist egal.« Er lächelte vor sich hin, als wäre er in irgendeine Privatangelegenheit versunken.

Es entstand eine lange Pause. Rosslyn gelang ein kurzes Lächeln. Er merkte, daß er für Harding weit mehr Sympathie empfand, als er für möglich gehalten hatte.

»Sie machen sich jetzt am besten auf den Weg zu Davina Wesley.«

Er gab ihm einen Zettel mit einer Adresse am Tavistock Crescent.

»Hier wohnen Sie ab jetzt. Außer Sichtweite.«

»Es ist schade um ...«, begann Rosslyn.

»Die Kassette?« unterbrach ihn Harding.

»Nein«, sagte Rosslyn. »Um Sie.«

»So etwas kommt vor«, sagte Harding. Er wandte sich abrupt um, so daß Rosslyn sein Gesicht nicht sehen konnte.

21

Im Forschungszentrum des MI5 (kurz STRU für Scientific Technical and Research Unit) drei Meilen außerhalb von Beaconsfield herrschte Alarmstufe rot, als Rosslyn seinen Wagen an der Schranke anhielt. Am Ende eines kurzen Stichweges standen zwei hohe, massive Stahltore. Sie waren in eine durchgehende Ziegelmauer mit wie bei einem Gefängnis unter Spannung stehendem Stacheldraht eingelassen. Die Überwachungskameras waren offenbar neueren Datums als die Drähte. Zwei Wachmänner gingen mit ihren Schäferhunden auf dem Sandweg entlang der Mauer Streife. Rosslyn las das Schild an der Frontseite des Wachhäuschens.

WARNUNG
VERTEIDIGUNGSMINISTERIUM
FORSCHUNGSZENTRUM
(Beaconsfield)
SPERRGEBIET IM SINNE
DES GEHEIMHALTUNGSGESETZES.
UNBEFUGT EINDRINGENDE PERSONEN
KÖNNEN VERHAFTET UND STRAFRECHTLICH
VERFOLGT WERDEN.

Der diensthabende Wachmann, ein Inder in Uniform mit Turban, teilte Rosslyn mit, er werde von der Forschungsleiterin erwartet. »Sie können Ihren Wagen neben Mrs. Wesleys Parkplatz abstellen«, sagte er.

Rosslyn legte seine Aktentasche auf das Durchleuchtungsgerät. »Keine Kameras oder Kassettenrecorder?« fragte der Wachmann.

Ein zweiter Wachmann untersuchte die Unterseite seines Wagens mit einem Weitwinkelspiegel an einer langen Stange.

Als sie sich überzeugt hatten, daß Rosslyn kein Sicherheitsrisiko darstellte, ließen sie ihn durch das Stahltor, das vom Wachhäuschen aus bedient wurde, in den eingezäunten Bereich.

»Mrs. Wesley erwartet Sie im Labor der Spurensicherung«, erklärte ihm der Inder.

Innerhalb des Geländes kamen sie an einigen Männern und Frauen in weißen Overalls vorbei. Am anderen Ende des Grundstücks öffnete der Inder mit Codekarten eine schwarze Stahltür. Keine der Türen war gekennzeichnet, und Rosslyn nahm an, daß die unterschiedlichen Farben die dahinter stattfindenden Tätigkeiten repräsentierten. Schwarz schien angemessen für die Spurensicherung.

Im Innern des Gebäudes kamen sie in einen engen Korridor ohne Tageslicht, der zu einem Lift führte. Der Wachmann machte einen Schritt zur Seite, um Rosslyn eintreten zu lassen. Der Aufzug war nur schwach beleuchtet. »Fahren Sie zum vierten Untergeschoß hinunter. Mrs. Wesley erwartet Sie dort.«

Der Lift fuhr langsam abwärts. Das vierte Untergeschoß schien irgendwo in den Eingeweiden der Erde zu liegen. Rosslyn fühlte sich wie in einem Bergwerk. Allmählich gewöhnten sich seine Augen an das trübe Licht.

Als die Türen aufgingen, war er deshalb geblendet und konnte die Frau, die vor ihm stand, nur mit Mühe sehen.

»Ich bin Mrs. Wesley«, sagte sie. »Davina Wesley.«

»Alan Rosslyn.«

Sie war eine beeindruckende, attraktive Frau und mit ihrem dichten schwarzen Haar und ihren perfekten Zähnen in ihrer Jugend bestimmt eine Schönheit gewesen. Sie trug eine hellgrüne Kaschmir-Strickjacke über ihrem Sommerkleid sowie eine Halskette und ein Armband aus Gold.

Sie lächelte ihn mit mütterlicher Zuneigung an. »Sie sind Bryans junger Freund. Ich mache mir etwas Sorgen, wie er allein zurechtkommt. Wie geht es ihm?«

»Gut, soweit ich weiß«, sagte Rosslyn vage.

»Wir sind alle intensiv mit dieser letzten Bombe beschäftigt.« Sie öffnete die Tür zu einem langgestreckten, hellerleuchteten Laborraum. Reihen von Männern in weißen Kitteln saßen über Mengen von Bruchstücken gebeugt. Bis auf das Summen der Klimaanlage herrschte völlige Stille. Sie schenkten Mrs. Wesley und ihrem Besucher keinerlei Aufmerksamkeit. Sie führte Rosslyn zu einer Glaszelle auf der anderen Seite des Raumes.

»Hier sind wir ungestört«, sagte sie. In die Wand waren mehrere Bildschirme eingelassen, auf denen die Techniker von der Spurensicherung im gleißenden Licht bei ihrer Arbeit an den Labortischen zu sehen waren, ferner verschiedene Korridore und Durchgänge. Außerdem gab es zwei Bildschirme, die Computerräume zeigten. Ein Monitor war mit »Aktuelles Register« gekennzeichnet, der andere mit »Forschungsregister«.

Die unterste Bildschirmreihe war jedoch für Rosslyn weitaus interessanter. Die Bilder schienen nicht hierherzupassen.

In einem Bassin sah er Fische umherschwimmen, in einem anderen Wassermolche und in einem dritten einige Frösche.

»Halten Sie hier unten auch Haustiere?«

»Ja«, sagte sie. »Allerdings nicht zu unserem oder etwa zu deren eigenem Vergnügen. Die Tiere und ihre Jungen sind drei Türen weiter untergebracht.«

»Züchten Sie sie?«

»Allerdings.«

Rosslyn betrachtete die Bildschirme. »Diese kenne ich nur aus Filmen. Das sind doch japanische *Fugu*.«

»Kennen Sie sich mit Kugelfischen aus?«

»Ja, allerdings. Der letzte lag in einer Tüte, die ich einem japanischen Auto-Designer zu Neujahr in Heathrow abgenommen habe. Der Kerl hatte ihn mit einem Mini-Zylinder und Lippenstift aufgeputzt, stellen Sie sich das mal vor. So dekorieren sie ihren *Fugu*, wenn er draußen vor ihren Restaurants hängt. Ich fand das eigentlich gar nicht witzig, denn in der Leber des Fischs war genug Tetrodotoxin, um fast ganz London zu vergiften. Der Japs sagte: ›Ich würde den *Fugu* ja gern essen, aber das Leben ist zu schön.‹ Ich sagte: ›Sie dürfen das Viech nicht mal anfassen.‹ TTX ist das stärkste bekannte Gift. Was tun Sie hier mit *Fugu*? Und mit Salamandern? Bei denen steckt das Gift in der Haut. Bei diesen widerlichen Fröschen aus Costa Rica auch. Haben Sie mal gesehen, was TTX anrichtet?«

»Nur bei Ratten. Wieso wissen Sie so viel über Tetrodotoxin?«

»Weil ich mich mit diesen Fischen im Rahmen meiner Diplomarbeit beschäftigt habe. Und mit Wassermolchen, Fröschen und Kröten ebenfalls. Wie in *Macbeth*. Sie sind teuflisch. Was also fangen Sie hier mit ihnen an?«

»Sie gehören zu einem Forschungsprojekt unserer Abteilung, die Maßnahmen gegen die Weitergabe von vertraulichem Material erarbeitet. Wir stopfen die Löcher, durch die Geheimtechnologien durchsickern. Meist geht es dabei um die illegale Herstellung toxischer Substanzen. Tetrodotoxin läßt sich erschreckend leicht synthetisch herstellen.« Sie sah ihn herausfordernd an. »Aber Sie wollten doch mit mir sicher nicht über die Keimdrüsen der *Fugu* sprechen, Rosslyn-san, oder doch?«

»Keineswegs«, sagte Rosslyn. »Erzählen Sie mir von den Bestandteilen der Bombe.«

»Commander Harding wird erfreut sein zu hören, daß die Bombe sich letztlich aus zwei Teilen zusammensetzte. Der primäre Sprengsatz stammt aus belgisch-deutscher Produktion. Zusätzlich zu dem, was der Sprengstoffexperte der Polizei herausgefunden hat, haben wir noch Hinweise auf französischen Plastiksprengstoff entdeckt. Natürlich keine Indikator-Elemente. Durch Ihre Arbeit sind Sie sicher vertraut mit den Merkmalen des englischen Plastiksprengstoffs PE4. Er bildete die Grundlage für den sekundären Sprengsatz, der im wesentlichen die große Explosivkraft bedingte. Unserer Meinung nach weist die Machart insgesamt auf die Arbeitsweise der IRA hin.«

»Warum sind Sie da so sicher?«

»Weil wir genau solche Bomben mit proportional gleicher Zusammensetzung nachgebaut haben, um die Sprengrichtung zu testen. Wenn man darüber erst einmal etwas weiß, kann man die Bruchstücke zu Beweisen zusammensetzen. Letzten Endes läßt sich die Tätigkeit der Bombenleger bis zum Moment der Detonation rekonstruieren. Was die England's Lane angeht, so haben wir es vermutlich mit zwei oder mehr Leuten zu tun, die den Sprengstoff herbeigeschafft haben.«

»Es sei denn, ein außergewöhnlich kräftiger Mensch hat sie herbeigeschafft«, gab Rosslyn zu bedenken.

»Selbst dann hätte es geraume Zeit gedauert, den Sprengstoff an Ort und Stelle anzubringen. Aber Sie müssen auch berücksichtigen, daß in dem engen Raum die Sprengwirkung massiv war und das Feuer durch die ungeheure Hitzeentwicklung eine starke Zerstörungskraft besaß. Unserer Meinung nach ist es unmöglich, Anhaltspunkte für die Identität der Bombenleger zu finden. Die Beweise sind mit verbrannt.«

»Ist das die Ansicht Ihres wissenschaftlichen Leiters?«

»Ja. Sie können gern eine Kopie seines Berichts bekommen. Wir haben bereits ein Exemplar an Commander Harding gesandt.«

»Halten Sie es für denkbar, daß der Bombenleger bei der Explosion ums Leben gekommen ist?«

»Ausgeschlossen. Wir hätten menschliche Überreste finden müssen. Aber ich glaube, ich weiß, was Sie denken. Wenn der Bombenleger noch einmal zuschlagen sollte, haben wir es beim zweiten Mal wahrscheinlich leichter.«

»Geht man hier davon aus, daß es eine weitere Bombe geben wird?«

»Das kann niemand von uns vorhersagen.«

»Heißt das, Mrs. Wesley, daß wir uns in einer Sackgasse befinden?«

»So pessimistisch würde ich das nicht sehen. Aber aus der Sicht der Spurensicherung sollten wir uns keine großen Hoffnungen mehr machen, daß wir eine konkrete Person identifizieren könnten. Jedenfalls nicht so, daß es zu einer raschen Verurteilung käme. Das ist das Problem bei Bombenattentaten: Die Waffe zerstört sich *per definitionem* selbst. Es ist nicht dasselbe wie ein Messer oder eine Pistole. Die Bombe verwischt alle Spuren. Es tut mir leid, daß ich Ihnen nicht weiterhelfen kann. Es scheint, als hätten wir Pech, nicht wahr, Mr. Rosslyn?«

Er sah auf den Bildschirmen, daß mehrere der Männer ihre Plätze verließen. Die Kugelfische schwammen langsam und teilnahmslos in ihren Bassins umher.

»Es gibt persönlichere Dinge, nach denen ich Sie fragen möchte«, sagte Rosslyn. »Was die beiden Opfer betrifft. Wenn Sie nichts dagegen haben.«

»Natürlich nicht. Warum nehmen Sie nicht Ihren Wagen und fahren hinter mir her zu meinem Haus in Amersham? Wir könnten es uns bei einer Flasche Weißwein gemütlich machen. Oder etwas Stärkerem, wenn Ihnen das lieber ist.«

»Gute Idee«, sagte er. »Von der Spurensicherung erwarten wir ohnehin keine sensationellen Erkenntnisse.«

»Das ist eine vernünftige Politik«, sagte sie. »Die Wissenschaft hat ihre Grenzen. Letzten Endes kommt es darauf an, wessen Hand den Abzug betätigt und wessen Gehirn dahintersteckt. Sie und ich sind da einer Meinung. Schön, daß Ihnen unsere Aquarien gefallen.«

Er folgte ihr, als sie die Glaszelle verließ.

Sie sagte: »Ich freue mich auf frische Luft. Es ist schon fast Sommer. Ist es nicht erstaunlich, wie früh heutzutage der Sommer beginnt? Alle reden vom Treibhauseffekt. Meine Kinder haben früher immer gesungen: *Es plätschert der Regen auf unserem Dach,* zur Melodie von *Es klappert die Mühle am rauschenden Bach,* oder so ähnlich. Offenbar haben sie sich geirrt. Oder war das noch vor dem Treibhauseffekt? Heute scheint das allen egal zu sein. Ist draußen immer noch schönes Wetter?«

»Sehr schönes.«

Sie seufzte. »Sommer. Wir könnten uns in meinen Garten setzen.«

Als sie mit dem Aufzug nach oben fuhren, taten Rosslyn die Ohren weh. Er spürte, daß ihre dunklen Augen, in denen sich das fahle Licht glitzernd spiegelte, auf ihm ruhten. Die Wesleys waren ein seltsames Paar. Es war kein Wunder, daß sie sich auseinandergelebt hatten. Vielleicht waren sie der Beweis für das Klischee, daß Gegensätze sich anziehen. Bei den Wesleys fiel es allerdings schwer, das zu glauben.

Bevor sie das Gelände verließen, mußten sie sich einer Durchsuchung unterziehen. Selbst für Mrs. Wesley wurde keine Ausnahme gemacht. Rosslyn hatte den Eindruck, daß sie bei ihr sogar gründlicher vorgingen als bei ihm. Vielleicht, weil sie eine leitende Funktion hatte; sie hatte Offiziersrang, die übrigen waren einfache Chargen. Sie schienen ziemliche Angst vor ihr zu haben.

»Vielen Dank«, sagte sie automatisch. »Schönen Abend und bis morgen.«

Sie lächelte ihnen betont freundlich zu und wandte sich dann zu Rosslyn um, der ihr die Autotür offenhielt. »Ein Satz, und sie war frei«, sagte sie fast verspielt, wie ein junges Mädchen. »Bryan sagte mir, daß ich Sie sympathisch finden würde. Er kann meinen Geschmack bei Männern nicht immer richtig einschätzen. Aber bei ihnen hatte er recht. Fahren Sie hinter mir her nach Amersham.«

Sie gefiel ihm zunehmend. Die Kugelfische waren bei ihr in guten Händen. Ihm war unverständlich, was sie je an Bryan Wesley gefunden haben mochte.

Ihr Garten war ein typisch englischer Wildwuchs im Frühling. Da gab es ein Gewirr von alten Kletterrosen, Efeu und schon halb verblühten Forsythien; der Rasen bestand vor allem aus Unkraut und glitschigem Moos. Jenseits der Linden stieg blauer Rauch senkrecht in den Himmel.

Rosslyn wischte grünen Schimmelbelag von der Gartenbank.

»Ich vermute, Sie möchten gern etwas über Frances hören«, sagte sie, während sie ein Tablett mit einer Flasche Meursault und Weingläsern auf dem wackligen Holztisch absetzte, ohne sich um die grünen Schleimspuren und die Schnecke zu kümmern, die gefährlich nah am Tischrand klebte. Sie bat Rosslyn, die Flasche zu öffnen, und riß eine widerspenstige Tüte griechischer Paximati-Kekse auf.

Mit einem Mal füllte sich die Veranda mit kläffenden Mischlingshunden. »Bloß nicht füttern«, sagte sie, »sonst lassen die Sie überhaupt nicht mehr in Ruhe.« Ihr angedeutetes Lächeln wirkte starr. Er vermutete, daß sie sich einsam fühlte und unglücklich über ihr Älterwerden war.

»Frances war eine gute Freundin von mir«, sagte sie. »Ich bin sehr gerührt, daß Sie meinen Brief an sie noch gerettet haben. Wirklich schade, daß sie ihn nicht mehr lesen konnte. Man weiß nie, wann der Ernstfall eintritt. Aber man darf nicht selbstsüchtig sein. Ich kann mir keinen schrecklicheren Tod vorstellen. Man kann nur hoffen, daß sie nichts davon mitbekommen hat. Mich wundert allerdings, daß Serena auch dort war. Ein schlimmer Zufall. Sie ausgerechnet in dem Moment zu besuchen. Es hätte auch mich treffen können, oder Sie, Mr. Rosslyn.«

»Ich habe die beiden nicht gekannt.«

»Ach, das dachte ich aber.«

»Sie meinen sicher Commander Harding. Er hat früher einmal mit Frances zusammengearbeitet.«

»Dann haben er und Bryan Ihnen sicher etwas über ihr Leben erzählt?«

»Nur das, was erlaubt ist. Ihr Mann, oder besser, Ihr von Ihnen getrennt lebender Mann, wirkt zwar offen, aber er ist eigentlich nicht sehr mitteilsam.«

»Das ist der Einfluß des MI5. Es liegt am Aufgabengebiet, nehme ich an.«

Zu den Hunden gesellten sich, wenn auch in wachsamer Entfernung, einige Katzen. Ein fettes graues Eichhörnchen beobachtete sie von seinem Baum aus. Allmählich beruhigte sich das Tierpublikum.

»Meine Arbeit ist mehr oder weniger Geheimsache, das wissen Sie. Aber was private Dinge angeht, kann ich Ihnen hoffentlich behilflich sein.«

»Dafür wäre ich Ihnen sehr dankbar«, sagte er. »Ihr Brief an Frances. Haben Sie den hier in der Nähe abgeschickt?«

»Vom Briefkasten unten an der Straße. Bei meinem Abendspaziergang. Durch die frische Luft zu laufen ist ein hervorragender Ausgleich dafür, daß ich den ganzen Tag unter der Erde verbringe. Übrigens, wir haben Ihnen die Spurensicherung absichtlich gezeigt, damit Sie sicher sein können, optimale Ergebnisse zu bekommen. Unter uns gesagt, wir sind den entsprechenden Polizeieinheiten meilenweit voraus. Aber mein Brief – Sie haben sicher gelesen, daß ich verärgert darüber war, daß Frances nicht auf den Posten berufen wurde, den sie verdient hatte. Ich will damit nichts gegen die Generaldirektorin selbst sagen. Nur, daß Frances dem Geheimdienst ihr ganzes Leben treu gedient hat. Man kann wohl sagen, daß sie es am Ende sogar für ihn hingegeben hat. Ein grauenhaftes Opfer.

Daß Frances nicht zur Generaldirektorin ernannt wurde, unterliegt übrigens der Geheimhaltung. Aber man kann das auch anders sehen, wenn man bedenkt, daß die Zeitungen so blöd waren, die Einkaufsgewohnheiten und Privatadresse der Generaldirektorin herauszuposaunen. Die IRA muß sich kaputtgelacht haben. Sie war gezwungen umzuziehen. Hätte man Frances ernannt, wäre so etwas nicht passiert, das können Sie mir glauben. Ich persönlich halte nichts von einem Sicherheitsdienst, der anfällig für Unsicherheiten ist.«

»Gefällt Ihnen das neue Outfit des MI5 nicht?«

»Ich kann nicht behaupten, daß ich es besonders mag. Frances gefiel es jedenfalls überhaupt nicht.«

»Hatte sie denn Feinde beim MI5?«

»Eine Frau mit wachem Geist hat immer Feinde, egal, in welchem Zweig des MI5 sie sitzt, Mr. Rosslyn.«

»Jemand spezielles?«

»Ich meine Feinde im institutionellen Sinn. Insgesamt war sie sehr beliebt. Und sie stand der Generaldirektorin sehr nahe.«

»Patin ihres Sohnes, nicht wahr?« sagte Rosslyn.

Sie wirkte überrascht. »Hat Bryan Ihnen das erzählt?«

»Nein, die Generaldirektorin selbst.«

»Nun ja, ich wußte nicht, daß Sie auf so vertrautem Fuß mit ihr stehen.«

»Nur beruflich, Mrs. Wesley. Kooperation ist angesagt. Deshalb arbeite ich so eng mit Ihrem Mann zusammen.«

»Mein getrennt lebender Ehemann untersucht den Mord an Frances und Serena? Ich muß schon sagen, ich hätte Bryan nicht für qualifiziert gehalten, Ermittlungen in einem Mordfall durchzuführen. Nun ja. Er kann Ihnen sagen, daß Frances sehr nett zu mir war, als unsere Ehe in die Brüche ging. Sie hat mir zugehört, mich getröstet. Wir waren sehr enge Freundinnen.

Wir sind zusammen Essen gegangen, meist in die Glocke von Aston Clinton. Wir waren auch oft bei Konzerten. Ich liebe die Proms. Nicht k d lang. Obwohl ich ihr die CD geliehen habe. Ich habe sie nie zurückbekommen.«

»War das die, die sie zurückhaben wollten?«

»Ja, *Ingenue*. Nicht daß ich die Musik je gemocht hätte, ganz im Gegenteil. Aber mein Sohn Felix schrieb mir aus Manchester, ob ich sie ihm mitbringen könnte. Ich habe die Woche, bevor Frances und Serena starben, dort verbracht, wegen meines anderen Sohnes, Jonathan. Um die Aufführung seines Studententheaters zu sehen. Jonathan ist der Schauspieler in unserer Familie. Dort habe ich auch die schlimme Nachricht erhalten. Aber ich denke, wir sollten uns nicht mit nebensächlichen Familiengeschichten aufhalten, oder?«

»Ihre Söhne kannten Frances?«

»Nur als Freundin von mir.«

»Kamen sie gut mit ihr aus?«

»Ich denke schon«, sagte sie ausweichend.

»Glauben Sie, Ihre Söhne würden mit mir über sie sprechen?«

Seine Frage schien sie zu beunruhigen. »Ich möchte meine Familie da lieber heraushalten«, sagte sie. »Ich habe die Jungen immer ermutigt, ihr eigenes Leben zu führen. Unsere Berufswelt wirkt sich schon schlimm genug auf das Familienleben aus.«

»Wäre es Ihnen lieber, wenn ich nicht mit ihnen spreche?«

Wieder dieser beunruhigte Blick. »Das müssen Sie wissen. Mir wäre es lieber, wenn Sie es nicht täten. Und ich glaube auch ehrlich gesagt nicht, daß die Jungen Ihnen weiterhelfen könnten. Sie sind mit Sicherheit nicht in der Lage, Ihnen zu sagen, wer Frances und Serena umgebracht hat. Sie sind doch noch

Studenten.« Sie lächelte. »Wen halten Sie denn für den Schuldigen?«

»Die IRA«, sagte Rosslyn. »Ich teile Ihre Ansicht. Aber sie haben die Verantwortung bisher nicht übernommen.«

»Natürlich nicht. Die Identität der Toten ist in der Presse nicht bekanntgegeben worden.«

»Das könnte ja die IRA tun«, meinte Rosslyn.

»Und der MI5 würde keinen Kommentar dazu abgeben.«

»Und sich gezwungen sehen, Frances und Serena lebendig und wohlauf vorzuführen?«

»Das ist ein absurder Gedanke«, sagte sie. »Wir bestätigen oder dementieren nicht, was unsere Mitarbeiter tun. Alle Dienstunterlagen sind geheim. Man kann trotzdem die IRA für verantwortlich halten. Das Motiv kann nur politisch sein. Es sei denn, es war persönlicher, privater Natur. Die meisten Mordfälle passieren ja im privaten Umfeld, habe ich mir sagen lassen.«

»Aber die Mordwaffe ist dann meist ein Messer oder irgendein Werkzeug. Nicht kiloweise Sprengstoff. Wir haben es mit einem sorgfältig geplanten Mord zu tun.«

»Das stimmt«, sagte sie. »Das unterstützt meine These: Die IRA war es. Ihre Verbrechen scheinen ihnen keine Mühe zu bereiten. Die Suche im privaten Umfeld ist von vornherein aussichtslos. In diesem Fall gibt es keine Angehörigen, Freunde der Familie und dergleichen.

»Haben Sie je Verwandte von Frances oder Serena kennengelernt? Frances' Mutter oder Serenas Schwester?«

»Nein. Ich wußte gar nicht, daß Serena eine Schwester hatte. Frances' Mutter hat Alzheimer. Sie lebt in einem Pflegeheim an der Südküste. Aber sie sprach manchmal von einem Freund, einem Luftwaffenoffizier. Ein verheirateter Mann. Seine Frau kam dahinter und machte der Sache ein Ende.«

Moment mal. Das paßt doch nicht.

Es war, als könne sie seine Gedanken lesen. »Das ist schon ein paar Jahre her, glaube ich«, fügte sie eilig hinzu.

Ich habe offenbar einen empfindlichen Nerv getroffen.

Sie bemühte sich, rasch das Thema zu wechseln. »Ich glaube, Frances war froh, ihn loszuwerden. Es wäre nichts Vernünftiges dabei herausgekommen. Der Mann war Alkoholiker.«

»Wissen Sie seinen Namen?«

»Nein, aber Bryan kann ihn Ihnen sicher sagen.«

»Wieso wußte er von dem Freund?«

»Weil seine Frau einen Beschwerdebrief an das Thames House geschickt hat. Die Rechtsabteilung hat die Sache sehr geschickt behandelt. Übrigens, wenn Sie vorhaben sollten, Kontakt mit ihm aufzunehmen, vergessen Sie es.«

»Warum?«

»Weil er vor zwei Jahren bei einem Autounfall auf der M25 ums Leben gekommen ist. Seine Frau ist kurz darauf nach Kanada ausgewandert. Frances hat das alles sehr mitgenommen.«

»Und die Angelegenheit war damit erledigt?«

»Die Rechtsabteilung hat die Akte jedenfalls geschlossen.«

»Haben Sie Briefe von Frances, Fotos, persönliche Gegenstände, irgend etwas, wo diese Affäre erwähnt wird?«

»Leider nein. Alles was ich habe, ist ein Foto von ihr. Es wurde vor ein paar Jahren hier bei mir im Garten aufgenommen, zusammen mit den Hunden und Katzen. Ich zeige es Ihnen.«

Sie führte ihn ins Haus. In der Diele hing ein Foto einer ziemlich selbstgefällig lächelnden Frances Monro neben einem kleinen Spiegel mit vergoldetem Rahmen.

Er beobachtete Davina Wesleys dunkle Augen im Spiegel. Sie nahmen einen abwesenden Ausdruck an. »Ein Jammer«, sagte sie und seufzte. »Der Gedanke ist unerträglich, nicht wahr? Unvorstellbar.«

»Es tut mir leid für Sie.«

Sie holte tief Luft. »Für Sie ist die Untersuchung sicher auch schrecklich. Der Druck, der auf Commander Harding lastet, muß ungeheuer sein. Kommen Sie gut mit ihm aus?«

»Ja.«

»Er scheint ein bemerkenswerter Mann zu sein. Jedenfalls wenn man ihn im Fernsehen sieht. Es tut mir leid, daß er krank ist. Sie wissen davon, nehme ich an?«

Rosslyn nickte unverbindlich.

»Unter uns gesagt«, fuhr sie fort, »vermute ich, daß es etwas Ernstes ist. Wir wurden offiziell angesprochen, als es um die generelle Sicherheit in der St.-Paul's-Kathedrale ging. Als er ins Krankenhaus mußte und die Ärzte, wie ich vermute, davon ausgingen, daß er nicht durchkommen würde, fragte man uns, ob es ratsam sei, die Trauerfeier für ihn in St. Paul's abzuhalten. Ich fand das ziemlich voreilig. Wir sollten Baupläne und dergleichen vorlegen, dabei hatten wir natürlich gar nichts da. Und dann auf einmal wurde alles verschoben. Er hat sich gewehrt, das ist gut. Aber schon zu seinen Lebzeiten eine Trauerfeier zu planen... Ich nehme an, die Metropolitan Police organisiert gern sehr frühzeitig. Er ist ein ziemlich bekannter Mann. Auf seine bekümmerte Art wirkt er recht attraktiv, finden Sie nicht?«

»Ich weiß nie, was Frauen an Männern attraktiv finden«, sagte Rosslyn. Er wollte fort. Seine Bemerkung brachte sie zum Lachen, worauf im Garten die Hunde zu bellen begannen. Eine Katze schoß durch die Diele, eine andere, ein dickes rotgetigertes Tier, sprang auf ein Regal neben eine Vase mit verwelkten Rosen. Die Menagerie schien nervös zu sein.

»Wenn ich Ihnen behilflich sein kann, rufen Sie mich bitte

an, Mr. Rosslyn.« Sie reichte ihm die Hand und hielt seine einen Augenblick länger fest, als normalerweise üblich ist. »Ich habe mich sehr über Ihren Besuch gefreut«, sagte sie.

Er ging rasch zu seinem Wagen.

Im Rückspiegel sah er, daß sie ihm von der Haustür aus nachschaute. Er fand sie attraktiv und zugleich etwas beunruhigend. Er wußte nicht recht, was genau ihn an ihr störte.

Die Überwachungsbeamten warteten in seiner Wohnung in Pimlico auf ihn. Der Leiter erklärte ihm die Funktion der Stolperdrähte, der Wanzen und der versteckten Videokameras. Sofern Rosslyn aus irgendeinem Grund in seine Wohnung zurückkehren mußte, sollte er den Wachleuten vorher Bescheid sagen. Drei von ihnen hatten eine Dachgeschoßwohnung auf der gegenüberliegenden Straßenseite mit Beschlag belegt. Ansonsten sollte er alles wie sonst lassen, seinen Wagen fahren, die Zeitung nicht abbestellen. Sie hatten an alles gedacht. Es gab sogar eine schwarze Polizistin, die täglich als Putzfrau verkleidet dort war, um Besucher und Anrufe abzuwimmeln. »Mr. Rosslyn kommt nachher wieder«, sollte sie auf Befragen mitteilen. Der Leiter der Gruppe war sich sicher, daß das Insekt seinen Jungs geradewegs in die Hände laufen würde, sollte es in Pimlico auftauchen.

Rosslyn packte seine Sachen für einen Aufenthalt unbestimmter Dauer in einer sicheren Wohnung am Tavistock Crescent zusammen. Auch Marys Foto, ihr Kimono und ihr Tagebuch fanden in seinem Koffer Platz.

An der Hyde Park Corner war der Verkehr völlig zum Stillstand gekommen. Aus dem Autoradio erfuhr er, warum: Die Autofahrer wurden gebeten, das West End zu meiden, weil in

Chinatown eine Brandbombe explodiert war. Zwei Stockwerke eines Hauses in der Gerrard Street waren völlig ausgebrannt, und eine Frau war aus einem der oberen Fenster in den Tod gesprungen. Nach Angaben der Polizei handelte es sich um eine chinesische Devisenhändlerin. Ihr Name war Vicki Leung, vierzig Jahre alt.

Sie baten jeden, der sich an diesem Nachmittag zwischen vier und fünf Uhr in der Nähe der Gerrard Street aufgehalten hatte, New Scotland Yard unter der Nummer 071-230-1212 anzurufen.

Ein Vertreter der Polizei sagte, man gehe davon aus, daß der Mord in Zusammenhang mit der IRA stehe.

22

Anna McKeague erfuhr von Vicki Leungs Tod aus den Sieben-Uhr-Nachrichten auf *Channel 4* in einem Pub am Covent Garden. Sie erschrak, als sie das Foto ihrer Geldwäscherin auf dem Bildschirm sah.

Zum dritten Mal an diesem Abend versuchte sie, von der Telefonzelle des Pubs aus ihren Auftraggeber zu erreichen.

Eine automatische Ansage teilte mit, daß der Teilnehmer nicht abnahm. »Versuchen Sie es bitte später noch einmal.«

Sie hoffte, daß die Chinesin Vicki Leung wirklich und wahrhaftig tot war. Rumms! Die Gabel wackelte, als sie den Hörer aufknallte. Sie war wütend. »Sie« mußten das Geld zurückverfolgt haben; sie hatten es ihr untergeschoben. Vicki Leung hatte sie verpfiffen. Schritt für Schritt wurde sie ausgetrickst.

Leute mit Gläsern in der Hand quollen aus den Pubs auf die

Straßen. Ein dicker Polizist sprach in sein Mobiltelefon. London roch nach faulendem Müll.

Nun heb schon ab. Diesmal meldete sich die bekannte körperlose Stimme.

Sie würde so tun, als sei ihr Vicki Leungs Tod gleichgültig. Sie hatte das Bedürfnis, darüber zu sprechen, aber ihr Verstand sagte ihr, es lieber nicht zu tun; es gab dringendere Neuigkeiten zu erfahren.

»Ihr Material wird morgen früh um fünf Uhr bereitstehen. Es gibt ein Problem. Sie erhalten den Beweis für die Identifizierung, die Sie fordern, nur unter einer Bedingung.«

»Keine Bedingungen«, sagte sie.

»Sie können es nicht an sich nehmen.«

»Sie haben zugesagt, daß ich es hören kann.«

»Das können Sie. Wir haben sichere Vorkehrungen getroffen, daß Sie es hören können. Aber es wird Sie etwas kosten.«

Sie blieb still.

Die Dinge begannen, sich zu ihren Ungunsten zu entwickeln. Sie sagte: »Ich verhandle nicht mit Erpressern.«

»Wir auch nicht. Unser Bote verlangt ein Honorar von fünftausend Pfund in bar. Er wird Sie das Band erst hören lassen, wenn Sie ihn bezahlt haben.«

»Sie zahlen ihm sein Honorar.«

»Wir können ihn nicht bezahlen.«

Es war ungeheuerlich. Ihre Auftraggeber waren nicht in der Lage, fünftausend Pfund in bar auszuspucken.

»Ich fordere Sie auf, ihm das Honorar zu zahlen.«

»Sie wollen Informationen von uns. Wir wollen nichts von Ihnen. Die Lieferung von Sprengstoff bereitet keine Probleme. Aber bei der Kassette müssen menschliche Faktoren berücksichtigt werden. Ihre Weigerung, dafür zu zahlen, ist unlogisch.«

»Es ist zu gefährlich. Das Geld kann zurückverfolgt werden. Es ist zu spät, um einen toten Briefkasten zu organisieren. Sie sprechen von menschlichen Faktoren, aber ich will keinen Kontakt mit Menschen. Sie haben dieses Kommunikationsverfahren ins Leben gerufen, nicht ich. Sie können nicht dafür garantieren, daß Ihre Leute mich nicht später identifizieren, wenn ich ihnen mein Gesicht zeige.«

»Sie brauchen keine Angst zu haben. Wir können dem Boten Ihre Identität offenlegen. Er ist behindert und könnte Sie gar nicht identifizieren, selbst wenn er es wollte. Er weiß nichts von Ihrer Existenz. Er steht im Dienst einer anderen Abteilung des Innenministeriums. Ein leitender Registraturangestellter bei der für den MI5 zuständigen Ministerialverwaltung. Wir gewähren Ihnen Zutritt zum Nebengebäude des MI5 in Queen Anne's Gate. Sie haben eine Verabredung mit einem Mr. Levy.«

Sie war sich sicher, daß dies eine Falle war. Ihr Schweigen mußte ihr Mißtrauen durch die Telefonleitung übertragen haben, denn die Stimme fuhr rasch fort: »Es besteht kein Anlaß, um Ihre Sicherheit in Queen Anne's Gate zu fürchten. Levy ist unser Verbindungsmann zur Ministerialverwaltung. Er kann Ihr Gesicht nicht sehen, weil er blind ist. Wenn Sie wollen, können Sie ihn unter der Durchwahl 2828 erreichen. Die Nummer des Innenministeriums lautet 071-273-3000. Er erwartet den Anruf einer Mrs. Margiesson. Die Übergabe von fünftausend Pfund in bar, in einhundert Fünfzigpfundnoten, wird ihn von Ihrer Glaubwürdigkeit überzeugen. Sie müssen die Dinge aus seiner Perspektive betrachten. Er muß sichergehen können, daß ihm nichts passiert. Selbstverständlich sollten Sie keine Waffe tragen. Das Risiko ist nicht auf Ihrer Seite, meine Liebe, sondern auf unserer.«

Anna McKeague zündete sich eine Zigarette an. Sie würde

einen Kompromiß erzwingen. »Ich mache mit. Aber wenn ich schon zahlen muß, dann läuft das Geschäft nach meinen Bedingungen. Dieser Levy: Ich will, daß wir uns auf neutralem Boden treffen. Er kriegt sein Honorar. Ihm wird nichts passieren. Sagen Sie ihm, er soll in einer Stunde auf Bahnsteig zwei, südliche Richtung der Northern Line, an der Haltestelle Camden Town sein. Es gibt da einen Holzkasten für Feuerlöschgeräte unter einer zerbrochenen Uhr. Sagen Sie ihm, er soll dort dreißig Minuten lang warten. Wenn ich nicht komme, platzt das Geschäft. Wenn er nicht kommt, dann Gnade Ihnen Gott. Wenn er irgend jemanden mitbringt, dann Gnade denen Gott. Ich werde bewaffnet sein und Ihren Levy und jeden anderen töten, der aus der Reihe tanzt.«

»Wir müssen dieses neue Arrangement mit Levy abstimmen.«

»Sagen Sie ihm einfach, er soll verflucht noch mal dasein.«

»Nun gut. Sie werden uns unter dieser Nummer nicht mehr erreichen. Sie wird stillgelegt.«

»Beim nächsten Mal zahlen Sie gefälligst die Rechnung. Erwarten Sie nicht, daß ich das für Sie tue. Levy ist eine Sache, ihre verdammte Telefonrechnung eine ganz andere.«

Die Verbindung war bereits unterbrochen.

Anna McKeague mischte sich unter die Menschen, die Covent Garden bevölkerten, und suchte sich ein Taxi, um rasch nach Camden Town zu kommen.

Von ihrem Platz am Eingang des Penguin-Buchladens aus sah sie den Blinden, wie er sein Taxi um 20.05 Uhr bezahlte, also zehn Minuten vor der vereinbarten Zeit. Sie schätzte, daß Levy ihr kaum Probleme bereiten würde, wenn es hart auf hart kam. Sein Name klang jüdisch, deshalb sah sie überrascht, daß er schwarz war. Seine Größe schätzte sie auf 1,85 m, sein Gewicht auf zirka 85 Kilo. Er kam mit seinem Blindenhund, einem goldfarbenen Labrador.

Sie überquerte die Straße zum Eingang der U-Bahnstation, wo sich mehrere Penner um eine weggeworfene Pizza stritten. Levy stand in der Fahrkartenschlange. Sie wandte ihm den Rücken zu und kaufte zwei Stangen Zigaretten an einem Kiosk. Der Besitzer packte sie ihr in eine Plastiktüte. Noch einmal sah sie sich prüfend in der Eingangshalle um. Es gab niemanden, mit dem sie im Notfall nicht fertig werden konnte. Die Fahrkartenkontrolleurin wurde von einem Verrückten belästigt, der früher einmal wie Andy Warhol ausgesehen haben mochte. Aus Erfahrung wußte sie, daß MI5-Agenten keine Verkleidungen wählten, die so auffällig waren wie der verstorbene Pop-art-Meister. Sie beschloß, daß Levy ein eher sauberer Bote war. Sobald er die Schranken passiert hatte, kaufte sie am Automaten eine Fahrkarte und folgte ihm in die Gänge der Untergrundbahn, während sie ein Paar Handschuhe überstreifte.

Und da stand er, wie ihm befohlen worden war, unter der Uhr neben dem Feuerlöschkasten.

Seine Augen waren vollkommen weiß.

»Mr. Levy?«

»Mrs. Margiesson.«

Der Labrador beäugte den Neuankömmling. Aus einem nach Süden fahrenden Zug stiegen Passagiere. Sie behielt die Videokamera im Auge und legte ihren Arm um Mr. Levy's Schultern. Die Leute der Londoner Transportdienste hätten eine freundlich lächelnde Person sehen können, die nett zu einem blinden Mann war. Wenn nicht, wie Anna wußte, die Kamera seit Weihnachten außer Betrieb gewesen wäre. Das hatte sich schon einmal als nützlich erwiesen, als sie sich vor der Panne am Thames House mit den Bombenlegern getroffen hatte.

Für einen Staatsbeamten hatte Mr. Levy einen erlesenen Geschmack. Seine Ausdrucksweise paßte zu seinem feinen Anzug: »Vielleicht könnten wir kurz die Frage meines Honorars regeln«, sagte er ruhig.

Sie ließ ihn die Plastiktüte anfassen. »Wie vereinbart, in Zigarettenkartons verpackt.«

Er hielt die Tüte dem Labrador hin, der sie mißtrauisch beschnupperte.

»Ich würde sie hier nicht öffnen«, sagte sie.

Er stellte einen kleinen Kassettenrecorder auf den Brandschutzkasten. Sie war darauf bedacht, die Plastiktüte in der Hand zu behalten. »Wenn Sie bitte zuhören wollen«, sagte er und hielt ihr den dazugehörigen Kopfhörer hin.

Die körperlose Stimme sagte: *»Paddington Green Polizeirevier. Freitag, den 25. März.«*

Es ging weiter: *»Um es gleich klarzustellen: Ich bin Beamter der Zollbehörde. Wir lassen uns nicht auf Abkommen ein, McKeague. Sie haben mindestens vierzig Jahre zu erwarten. Wenn Sie wieder rauskommen, sind Sie eine alte Frau.«*

»Sie sind ein harter Mann, Mr. Rosslyn.«

Sie erkannte die Stimme ihrer Schwester sofort. Sie ließ das Band vorlaufen, stoppte hier und da und hörte sich beliebige Stellen an.

»Ich will über den MI5 reden. ... hat mir einen hochexplosiven Sprengsatz untergeschoben.«

Das war gut. Dee hatte diesen Scheiß-Vernehmungsbeamten an der Nase herumgeführt.

Immer weiter: *»Wer war diese Person? Wer hat Sie angesprochen?«*

»Kein Kommentar.«

Ihre Schwester fing an zu schreien.

»Für wen hat diese Person dann gearbeitet?«

Sie hörte ein Durcheinander von Geräuschen, ein Krachen, das Knirschen einer Faust auf Knochen, dann ein Wimmern.

»Dann sagen Sie mir doch um Himmels willen, Mr. Rosslyn, was Sie noch wollen!«

Sie flehte ihn mit keuchendem Atem an.

»Hören Sie, McKeague, ich habe Sie niemals gebraucht. «

Anna McKeague hörte sich weiter die Schmerzensschreie ihrer Schwester an. Sie hörte sie keuchen, dem Ersticken nahe nach Luft ringen. Sie hörte ihrer Schwester zu, während der Vernehmende sie trat und stieß. Sie stellte sich vor, wie er Dee würgte und dann mehrmals mit einem glatten, in einen Lappen gewickelten Metallstück zuschlug. Die Stimme des Mannes wurde lauter, drängender. Dann hörte man einige Sekunden lang nur Stöhnen.

Es wurde unterbrochen durch den Lärm eines nahenden Zuges. Die Gleise vibrierten und summten. Abgestandene Luft wurde durch die Tunnelöffnung auf den Bahnsteig gedrückt.

Sie riß die Kassette aus dem Gerät und drückte Levy zugleich die Einkaufstüte in den Arm. Sein ausdrucksloses Lächeln erstarb.

Sie packte ihn, umklammerte seinen Nacken und drängte ihn auf den Rand des Bahnsteigs zu.

Die Lichter des Zuges tauchten in der Tunnelöffnung auf.

Sie hielt Levy fest im Arm, drückte ihn zur Seite und noch weiter nach hinten. Die Tüte fiel auf den Bahnsteig und ihr Inhalt – die Zigarettenstangen – rutschte über die Bahnsteigkante, als Levy um sich trat.

Die Kassette war immer noch in Annas Hand. Aber sie hatte

nicht mit dem Labrador gerechnet. Er sprang sie an und riß sie am Ärmel.

Sie bog sich ruckartig zur Seite und stieß Levy rücklings auf die Gleise hinunter. Die Kassette wurde aus Anna McKeagues Hand geschleudert. Der Hund sprang hinter seinem Herrn auf die Gleise. Die volle Wucht des Zuges zerschmetterte Levys Kopf und Brustkorb.

Lange bevor der Zug zum Stillstand gekommen war, rannte Anna McKeague bereits durch die Gänge zu einem anderen Bahnsteig.

Sie nahm die Northern Line nach Norden. Die einzigen Passagiere in ihrem Wagen waren drei Japaner mit identischen schwarzen Aktentaschen; die Männer studierten einen Katalog von Harrods. Sie zog die Handschuhe aus. Abgesehen von den Japanern war sie allein im Abteil. Sie hatte alles über Rosslyn wissen wollen. Jetzt hatte sie etwas, was sie weiterbrachte. Den Beweis für seine Schuld. Sie wußte seinen Namen. Aber sie mußte das Gesicht dazu kennenlernen.

Die Türen öffneten sich an der Haltestelle Chalk Farm. Sie sog die kühle, abgestandene Luft ein. Über Lautsprecher wurden Verspätungen in der Gegenrichtung angekündigt. Sie wandte den Kopf von den Japanern ab, die sie verständnislos ansahen. Wenige Minuten später stieg sie in die frischere Luft der Straßen hinauf und glitt in die Totzeit hinein, die sie von jetzt an mit Rosslyn teilen würde.

Frühling / Sommer

Der perfekte Mord, das heißt eine heimtückische, absichtliche Tötung, bei der der Mörder Vorkehrungen trifft, daß der Tod in jeder Hinsicht wie ein Unfall aussieht, ist nur in der Theorie möglich. Dagegen könnte man einwenden, daß schon viele Morde als Selbsttötungen oder Unfälle aufgefaßt worden und die Mörder straffrei ausgegangen sind. Solche Delikte können jedoch nicht als perfekte Verbrechen eingestuft werden, denn dies ist lediglich darauf zurückzuführen, daß eine Tötungsabsicht nicht nachgewiesen werden konnte.

Arne Svensson und Otto Wendel, *Techniques of Crime Scene Investigation*, American Elsevier Publishing Inc., NYC 1965

Bestimmte Agenten, worunter Mitglieder der Öffentlichkeit ebenso fallen können wie Mitarbeiter gefährdeter Organisationen, gehen bei ihrer Arbeit für den Security Service in der Regel erhebliche Risiken ein. Zur Unterstützung des Agenten sowie des Sachbearbeiters beim Security Service werden beträchtliche Mittel bereitgestellt, insbesondere zur Gewährleistung der Sicherheit einer Operation. Großes Augenmerk gilt zudem dem Wohlergehen der Agenten des Security Service sowohl während ihrer Agentenkarriere als auch danach.

The Security Service
Her Majesty's Stationary Office, London, Juli 1993

23

»Es gibt 58 Millionen Männer, Frauen und Kinder im Vereinigten Königreich«, schrieb Rosslyn einige Wochen später an Marys Mutter.

Eine davon ist Marys Mörderin. Ich werde sie vor Gericht bringen. Ich sage >sie<, weil wir vermuten, daß es sich um eine Frau handelt. Damit kommt nur noch die Hälfte der Bevölkerung für uns in Betracht. Wenn man davon ausgeht, daß schätzungsweise sieben Millionen Frauen im Vereinigten Königreich über 65 Jahre alt sind, verringert sich die Zahl der Verdächtigen weiter. Wir glauben außerdem, daß sie weiß ist, und auch das verringert die Zahl. Und wenn wir davon ausgehen, daß sie Einwohnerin von Nordirland ist, haben wir es mit zirka 300.000 Frauen zu tun. Diese statistischen Überlegungen bieten immerhin einen gewissen Trost.

Weiterhin kann ich Ihnen versichern, daß der Security Service, die Polizei und wir vom Zoll mit vereinten Kräften diese Frau verfolgen. Sie mag sich verstecken und davonlaufen, aber nicht für immer. Alles Menschenmögliche wird getan, um Marys Tod zu sühnen. Ich weiß, daß Sie das genauso möchten wie ich.

Ich würde gern von Ihnen hören. Es gibt noch so vieles, was ich Sie über Mary fragen möchte. Wenn Sie bereit sind, mir zu antworten, geben Sie mir bitte kurz Nachricht über die Zollbehörde, c/o HM

`Customs & Excise, New Kings Beam House, 22 Upper Ground, London SE1 9PJ`

Der Gedanke, Marys Mutter so zu schreiben, kam ihm während des tagelangen Wartens in der sicheren Wohnung am Tavistock Crescent, die von Leuten des Sonderdezernats bewacht wurde. Er hatte das Gefühl, Marys Mutter für das Tagebuch danken zu müssen, ein Geschenk und Vermächtnis, das er ebensosehr liebte wie haßte. Außerdem war ihm der Gedanke gekommen, daß Mary die Wahrheit möglicherweise ausgeschmückt haben könnte. Ihre Mutter konnte ihm das vermutlich bestätigen, zumindest in bezug auf einen schmerzlichen Eintrag, der sie mit einbezog und dessen Inhalt ihn zu diesem Annäherungsversuch bewogen hatte. Offenbar war sie für Marys geheimes Leben die einzige Zeugin, die zwischen Dichtung und Wahrheit unterscheiden konnte; der Eintrag brachte ihn dazu, mit ihrer Mutter im Norden Englands Kontakt aufzunehmen.

Marys hatte geschrieben:

Der Frühling geht in den Sommer über, und ich habe entdeckt, daß ich schwanger bin.

Ob von R. oder von THUG, weiß ich nicht. Ich sollte es wissen, weiß es aber nicht.

In meinem Büro stehen Tulpen.

Zwei Dutzend weiße Tulpen von THUG. Und drei Dutzend rote von R. Rot und weiß – Schmerz und Trauer.

Also sage ich beiden, daß ich ein paar Wochen Resturlaub nehme. Ich muß mal allein wegfahren. Bitte hab Verständnis. Ich fahre zu den Äußeren Hebriden. Weg vom Telefon, weg vom Dienst. Ich komme ja wieder.

Jetzt habe ich mich wieder an meine Mutter gewandt, die

mir helfen will. Ich wüßte gern, ob das Baby von R. ist. Gibt es Tests, die diese Frage vorher beantworten? Wenn ja, will ich es trotzdem nicht erfahren. Ich denke, die Abtreibung wird mir leichter fallen, wenn ich es nicht weiß.

R. ist noch nicht reif genug, um Vater zu werden. Auch wenn er das vielleicht behaupten würde, ist er es nicht.

Er sah so traurig aus, als er mich zum Bahnhof brachte. Wie ein Kind rannte er neben dem Zug her. Seine Abschiedsworte habe ich noch im Ohr: »Ich will ohne dich nicht leben.«

Laß es dir gutgehen, sage ich. Amüsier dich. Es tut dir gut, mal allein zu sein. Du weißt, daß ich dich liebe.

Er wirkte so niedergeschlagen. Es fällt ihm schwer, auf Wiedersehen zu sagen. Ich bin da anders. Im Laufe der Jahre bin ich geschickt darin geworden. Ich atme leichter. Ich verreise gern, am liebsten mit dem Zug.

Bald ist alles vorbei.

Auf Wiedersehen, Baby.

R. wartet in London auf mich. Das Leben geht weiter.

Gott sei Dank wird er es nie erfahren.

»Es ist wie abgeschnitten«, sagte Harding eines Morgens in der Wohnung am Tavistock Crescent. »Sie müssen sich wohl mit der Warterei abfinden.« Er stand am Fenster. »Macht Ihnen das eigentlich etwas aus?« fragte er, das Gitter betastend.

»Ihnen etwa nicht?« fragte Rosslyn.

»Es gehört dazu. Man gewöhnt sich daran. Man wartet, bis sie aus der Deckung kommen und den Kopf rausstecken. Ein einziger Fehler reicht.«

»Und wenn sie aufgegeben hat?«

»Sie hat nicht aufgegeben«, sagte Harding. »Ich weiß das. Ich kenne ihre Gedankengänge. Sie ist wie eine Süchtige. Wie ein trockener Alkoholiker, der literweise Kaffee in sich hineinschüttet. Es sitzt im Kopf. Sucht kann man nicht heilen. Diese Killerin ist genauso. Sie fährt darauf ab wie ein Bestattungsunternehmer auf Leichen. Das ist ein Machtrausch. Oder wie der Weiberheld, der dauernd neue aufreißen muß. Mörder unterscheiden sich gar nicht so sehr vom Rest der Menschheit. Wer glaubt, sie wären anders, irrt sich gewaltig. Und wir sind auch Süchtige, Alan, wir gieren danach, sie bei ihrem eigenen Spiel zu schlagen, diese bösartige Hexe.«

An einem anderen Tag diskutierten sie stundenlang über die Wesleys.

Bryan Wesley war immer verschlossener geworden. Er entzog sich ihren Anrufen. »Ich werde Sie wissen lassen, wenn ich etwas Wichtiges zu berichten habe«, sagte er dann. »Es wird in Kürze eine Strategie-Besprechung im Thames House geben. Wir arbeiten an der Sache. Im Moment ist Geduld vonnöten.« Seine Phrasen waren nervtötend.

Dann war da noch Davina Wesley, der offenbar die Opfer, zumindest Monro, besser bekannt gewesen waren als den meisten anderen, vielleicht mit Ausnahme der Generaldirektorin. Letztere hatte weitere Besprechungen abgelehnt, »bis wir ein klareres Bild haben«. Hatte sie Davina Wesley angewiesen zu schweigen?

»Am besten lassen wir sie schmoren«, sagte Harding, »bis die Generaldirektorin ihre Super-Sitzung einberuft.«

»Ich sollte mal die Wesley-Söhne befragen«, sagte Rosslyn. »Sie studieren oben in Manchester. Sie müssen Monro gekannt haben. Ihre Mutter hat Monros Foto immerhin an einem Ehrenplatz in ihrem Haus hängen. Sie war eine Freundin der Familie. Die Mutter muß mit ihren Söhnen über sie gesprochen haben. Ich sollte mal hinfahren.«

»Später«, sagte Harding. »Wir dürfen keine unnötigen Konflikte heraufbeschwören. Schlimm genug, daß die das Band Ihrer Vernehmung von McKeague gegen uns in der Hand haben. Ich bin gespannt, wie sie uns damit eins auswischen wollen.«

»Mir geht die Warterei ungeheuer auf die Nerven«, sagte Rosslyn. »Paradox, nicht wahr? Ich bin hier praktisch ein Gefangener. Und die Killerin läuft draußen frei herum, weiß der Teufel, wo sie steckt. Bin ich nun Jäger oder Gejagter?«

»Beides.«

»Dann lassen Sie uns weitermachen.«

»Nur Geduld«, sagte Harding. »Wir haben alles im Griff.«

»Du lieber Himmel, Sie klingen ja schon wie Wesley«, sagte Rosslyn.

Von Marys Mutter bekam er keine Antwort. Vielleicht hatte sein Brief sie nicht erreicht, vielleicht hatte sie geantwortet und ihr Schreiben war abgefangen worden. Er hätte sich noch weit mehr Gedanken über ihr Schweigen gemacht, wäre nicht zur Hauptverkehrszeit an der U-Bahnstation Angel in Islington dieser Vorfall passiert.

Es begann mit einem Anruf von Gaynor.

»Alan, wir haben da eine Frau, die uns einen Tip geben will, sie hat nach Ihnen gefragt, mit Namen«, erzählte er. »Woher sie ihn weiß, will sie nicht herausrücken. Sie rief von einer Telefonzelle in Hammersmith aus an.«

»Wer ist sie?«

»Sie wollte ihren Namen nicht nennen.«

»Sie wissen doch, warum ich mich nicht mit ihr treffen kann«, sagte Rosslyn.

»Dann bitten Sie Harding, das zu regeln, Alan. Sie bietet uns den Namen eines Zyprioten an, der eine Ladung halbautomatische Schrotflinten Kaliber 12 von Franchi SpA ins Land bringt.«

»Können Sie nicht jemand anders hinschicken?«

»Sie will nur mit Ihnen sprechen«, sagte Gaynor.

»Ich frage Harding.«

Aber als Rosslyn dem Commander davon erzählte, sagte Harding entschieden, die Sache gefalle ihm nicht. Rosslyn war anderer Meinung. »Das kann nicht unser Insekt sein. Wenn sie es wäre, dann wüßte sie, daß da jede Menge bewaffnete Beamte in Zivil rumlaufen.«

Und so wurde die Verabredung getroffen. Rosslyn sollte die Informantin in der Schalterhalle der U-Bahnstation Angel treffen. Gaynor fungierte als Vermittler. Die Informantin forderte, daß Rosslyn als Erkennungszeichen ein Exemplar der Gelben Seiten bei sich hatte. Sie würde Jeans und ein Bob-Marley-T-Shirt tragen.

Das Treffen sollte um 9.15 Uhr morgens stattfinden.

Rosslyn kam scheinbar allein. Die bewaffneten Beamten in Zivil und die sie unterstützenden Kollegen von der SO 19 Scharfschützeneinheit in der Nähe des Amtsgerichts in der Old Street nahmen ihre Positionen im U-Bahnhof ein, Pistolen und Blendgranaten versteckt und schußbereit.

Harding hatte darauf bestanden, daß sein Mann vollen Schutz erhielt. Rosslyn, ein Exemplar der Gelben Seiten unter den Arm geklemmt, wartete und sah sich auf der Suche nach der Frau im Bob-Marley-T-Shirt die frühmorgendlichen Passagiere an. Sie erschien nicht. Um 10 Uhr wurde die Operation abgeblasen.

Nach seiner Rückkehr zum Tavistock Crescent sagte Rosslyn zu Harding, das Ganze sei Zeitverschwendung.

»Vielleicht ist sie dagewesen«, überlegte Harding.

»Und hat Lunte gerochen?«

»Wahrscheinlich. Und dann ist sie abgehauen.«

Die Aufforderung, im Thames House zu erscheinen, kam ein paar Tage später.

»Sie sehen eine Verbindung zwischen dem Tod der Chinesin und Levys Ermordung«, sagte Harding, als sie in Rosslyns Wagen durch den strömenden Regen zum Millbank fuhren.

»Was für eine Verbindung?« fragte Rosslyn.

»Das sagen sie nicht im einzelnen.«

»Was glauben die eigentlich, auf welcher Seite wir stehen?«

»Wir müssen gelassen bleiben, Alan. Es gibt neue Gesichter am Tisch.«

»Wen?«

»Das Innenministerium«, sagte Harding grimmig. »Und den MI6. Ich habe allmählich das Gefühl, uns wird der Boden unter den Füßen weggezogen.«

Das war Harding, der Meister der Andeutung, offenbar, wie es Rosslyn schien, in Gedanken verloren. Es wirkte, als führte er Selbstgespräche. Kurz zuvor erst hatte er Rosslyn gesagt, er solle sich darauf einstellen, aus der Wohnung am Tavis Crescent auszuziehen. Er solle seine Sachen packen, mehr hatte er nicht gesagt.

Als sie sich dem Themse-Ufer näherten, sagte Harding: »Die Generaldirektorin war am Telefon verdammt guter Dinge.« Er gab eine recht gute Imitation ihrer Stimme zum besten: »›Es ist mir ein Vergnügen, Sie und Mr. Rosslyn zu uns einzuladen‹.«

»Wieso einladen?«

»Das werden wir sehen«, sagte Harding. Seine Geduld schien erschöpft zu sein. »Ich habe es noch nie gern gehabt, keine Kontrolle über die Dinge zu haben«, fügte er hinzu. »Jedesmal, wenn ich das Thames House nur von außen sehe, kriege ich ein flaues Gefühl im Magen.«

»Mir geht's genauso«, sagte Rosslyn.

»Es ist so destruktiv«, sagte Harding, »wenn wir uns gegenseitig an die Gurgel gehen.«

»Das habe ich ja gesagt.«

»Und ich meine, daß Sie recht haben.«

Sie fuhren aus dem Regen ins Thames-House-Parkhaus in der Thorney Street. Wenn sie nicht so mit ihren Gedanken beschäftigt gewesen wären, hätten sie möglicherweise das Taxi bemerkt, das ihnen gefolgt war.

Das Taxi, auf dessen Rücksitz Anna McKeague saß, parkte unauffällig in der John Islip Street. *Fütterung der Raubtiere, dachte sie. Die Bestien kommen in den Käfig zurück. Andererseits: Mit Ablauf der Totzeit sind sie selbst tot. Wenn ich kühlen Kopf bewahre. Heute abend kriege ich diesen verfluchten Zollbeamten dahin, wo ich ihn haben will.*

24

»Die führenden Köpfe in unserem Kampf gegen den Terrorismus sind ausgelöscht worden«, sagt Wesley im hinteren Teil des Konferenzraums im Thames House zu Rosslyn. Er spricht, als wäre die Sache vertraulich, obwohl schon die ganze Welt weiß, daß der Absturz des Chinook-Hubschraubers auf dem Mull of Kintyre neunundzwanzig Menschenleben gefordert hat. Die Opfer waren Mitglieder der Armee, der Luftwaffe, der Nordirland-Spezialeinheit und des MI5. »Ich kannte John seit zwanzig Jahren«, fährt Wesley fort. »Ein großartiger stellvertretender Generaldirektor. Das ist ein schrecklicher Verlust. Außerdem weitere sechs Freunde – das ist eine Tragödie, eine Katastrophe.«

»*War* es denn ein Unfall?« fragt Rosslyn.

Wesley zuckt die Achseln. »Das werden wir früher oder später erfahren.«

»Später, nehme ich an«, sagt Rosslyn. »Zu dem Absturz gibt es nicht nur eine Untersuchung, sondern drei.«

»Mehr bringt vielleicht mehr«, sinniert Wesley.

»Ich bin vom Gegenteil überzeugt«, sagt Rosslyn. »Es ist erstaunlich, daß die wichtigsten Offiziere und Strategen zusammen in dem selben Hubschrauber fliegen durften.«

»Das war höhere Gewalt.«

»Genau dasselbe wird sich die IRA auch gedacht haben.«

Wesley nimmt sich noch eine Tasse Kaffee vom Wagen mit den Erfrischungen.

Alle warten auf die Generaldirektorin, damit die Sitzung beginnen kann. Rosslyn sieht an Wesley vorbei auf die Wanduhr, die 21.15 Uhr anzeigt. Die Generaldirektorin hat sich um eine Viertelstunde verspätet.

»Falls Sinn Fein ernsthaft daran denkt, sich mit uns an einen Tisch zu setzen und über die Zukunft der Verfassung zu sprechen«, sagt Wesley gerade, »dann darf man doch wohl weiß Gott auch erwarten, daß die Gewalt ein Ende nimmt. Meinen Sie nicht auch?«

Rosslyn schaut an den anderen vorbei zu Harding hinüber, der abseits steht und die Zeitung liest; er scheint sich bewußt von den übrigen fernzuhalten.

»Und ich muß auch sagen, daß die Haltung der Vereinigten Staaten in der Nordirlandfrage reichlich übertrieben ist«, fährt

Wesley fort. »Was wäre, wenn ein Jumbo Jet der American Airways in Heathrow in die Luft gesprengt und ein Haufen Amerikaner dabei ums Leben kommen würde? Das würde die Amis zur Vernunft bringen, was die IRA angeht. Sie fordern ›Entmilitarisierung‹, ›Klärung‹ und ›Überzeugung der Unionisten‹, aber in Wirklichkeit wollen sie uns zermürben, das sage ich Ihnen. Schlicht und einfach zermürben. Das war auch der Hintergrund für den Raketenanschlag auf das Golfkriegs-Kabinett in der Downing Street, für Bishopsgate, für Heathrow. Ich frage Sie, was kommt als nächstes – Rückzug der Briten, Frieden, Aufgabe? Suchen Sie sich was aus. Was mir Sorgen bereitet, ist, daß die Protestanten zurückschlagen. Das kann jederzeit passieren, gleichgültig, zu welcher Einigung es bei den Verhandlungen kommt.«

»Warum unterstützt uns der Präsident nicht unmißverständlich?« fragt Rosslyn.

»Keine Ahnung«, sagt Wesley. »Ich mag die Amis nicht. Ich bin da fast schon rassistisch. Ich sage denen gern vor den Kopf, daß ich sie nicht ausstehen kann. Ach Gott, wie sie das trifft. Diese Bestürzung! Wie sie sich wegen Vietnam winden! Alle haben gegen den Vietnamkrieg protestiert. Es ist immer leicht, das im nachhinein zu behaupten. Verdammt leicht. Nein, nein. Sie lieben Bomben. Sie lieben es, Bomben auf unschuldige Menschen zu werfen. Sie reden immer von Freiheit. Wessen Freiheit denn? Ich sage es Ihnen. Ihre Freiheit, zu tun und zu lassen, was *sie* wollen. Und *immerzu* sind sie so verzweifelt erpicht darauf, daß alle sie mögen und bewundern. Beliebtheit ist für die Amerikaner alles. Ich möchte fast vermuten, ihre grauenhaften Universitäten bieten sogar ein Diplom darin an. Würde mich nicht wundern. Beliebtheit! Weswegen? Wofür? Besondere Beziehungen! Zum Kotzen. Unsere Vettern! So ein

Scheiß. Die IRA wird ohnehin für etwas belohnt, was sie nicht tun dürfte, nämlich Leute umbringen.«

Worauf will er hinaus? Mich als radikalen Anarchisten hinstellen und dazu bringen, untragbare Dinge auszusprechen?

»Das würde den Präsidenten zur Raison bringen.« Wesley grinst. »Ein Blutbad auf den Straßen von Washington.«

»Hat es davon nicht schon genug gegeben?« sagt Rosslyn.

»Ganz recht, ganz recht«, sagt Wesley und lacht, als hätte Rosslyn ein Bonmot zur Diskussion beisteuern wollen.

»Vielleicht«, sagt Rosslyn, »erkennt das Weiße Haus ja, daß die Friedensverhandlungen gescheitert sind. Meinen Sie nicht?«

»In der Tat«, sagt Wesley. »Ach ja, ich fürchte, es ist so. Ich wünschte, ich könnte von mir sagen, ich sei friedliebend. Aber ganz unter uns ...«

»Sind Sie es etwa nicht?«

»Erzählen Sie es aber nicht weiter«, flüstert Wesley und wendet sich lächelnd ab. Als er an ihm vorbeigeht, fällt Rosslyn sein Mundgeruch auf, ein Gemisch aus abgestandenem Alkohol und Magensäure.

Als Außenseiter am Rande der Versammlung allein gelassen, fängt Rosslyn Bruchstücke einer Unterhaltung auf, die ein offenbar zum Innenministerium gehörender Mann führt. Er schnappt dessen Namen auf: Julian Lucas. Ein untersetzter Typ mit einer Krawatte des Garrick-Clubs. Die Farben der Kunstseide beißen sich mit der Röte von Lucas' entzündeten Nasenlöchern. *Nimmt er Drogen? Kokain? Lucas wirkt ein bißchen überdreht.* Dann sieht er, wie Lucas eine Heuschnupfentablette schluckt. Er unterhält sich mit einer Frau namens Verity Cavallero. Sie löchert ihn. Rosslyn fällt auf, daß alle Anwesenden angespannt sind, als sei jeder bereit, den anderen an die Gurgel zu springen. Rosslyn sieht neben ihm unbekannte Gesichter und vermutet, daß es sich womöglich um Beobachter vom neugebildeten Komitee zur Koordination nachrichtendienstlicher Tätigkeiten und aktiver Operationen in Nordirland handelt.

Der IRA ist ein schönes Geschenk in den Schoß gefallen. Wenn die sehen könnten, was für eine Stimmung hier herrscht, wären sie noch selbstzufriedener.

Ein für die Jahreszeit ungewöhnlich starker Pollenflug macht Lucas das Leben sichtlich zur Hölle. Er schnieft, tupft seine tropfende Nase ab. Wahrscheinlich ist es eher die abgestandene Luft, die von der neuen, leistungsstarken Klimaanlage des Thames House in den Raum gepumpt wird, die Lucas so zu schaffen macht. Oder ist es Verity Cavallero? Sie ist ein Blaustrumpf. Ihr feines platinblondes Haar ist zu einem Pagenkopf geschnitten. Sie wirkt damit ein bißchen wie die Schülerin einer Privatschule für höhere Töchter. *Roedean oder Benenden School, schätze ich.*

Der lange Pony endet knapp über ihren klugen blauen Augen. Die Brauen sind dunkel und kräftig. *Das Platinblond ist natürlich gefärbt, wieder mal eine Enttäuschung.* »Soweit ich gehört habe«, sagt sie gerade zu Lucas, »belaufen sich die Renovierungkosten für dieses Gebäude auf weit mehr als die angesetzten 240 Millionen Pfund. Trifft das nun zu oder nicht?«

Auf Lucas' Gesicht zeigt sich ein Ausdruck von Niedergeschlagenheit und Abwehr. Er rückt den Knoten seiner Garrick-Krawatte zurecht, spannt den Unterkiefer an und schiebt ihn vor.

Cavallero läßt nicht locker. »Stimmt es, daß der Teppichboden in der Kantine mehr als 70 Pfund pro Quadratmeter gekostet hat? Das haben *wir* jedenfalls gehört. Und was genau haben Sie noch mal für den gesamten Komplex bezahlt, Julian? Hundert Millionen? Nun tun Sie doch nicht so, als hätte ich Ihnen auf den Schlips getreten. Sagen Sie es mir doch.«

»Geheim«, sagt Lucas, der verzweifelt nach seinem Taschentuch angelt.

»Stimmt es nun oder nicht?«

»Lassen Sie mich doch in Frieden, Verity. Sie gehören zum M16, der für die Verwaltung von Geldmitteln und Rechnungsprüfung zuständig ist. Wenn irgend jemand weiß, wieviel wer wann wofür in diesem Land ausgegeben hat, dann seid Ihr das doch, verdammt noch mal. Ihr habt das Schatzamt, die Londoner City und die Banken unter Euren Fittichen. Was fragen Sie mich? Außerdem wissen Sie, daß es genehmigt wurde.«

Jemand tritt zu Rosslyn. Harding. Deshalb bekommt Rosslyn nicht mit, wie die Zankerei zwischen Cavallero vom SIS und Lucas vom Innenministerium ausgeht.

»Warum kommt diese Frau nicht?« fragt Harding.

»Wegen des Chinook-Absturzes«, meint Rosslyn.

»Dann kommen wir hier nie mehr weg. Da.« Harding hielt ihm sein aufgeschlagenes Exemplar des *Evening Standard* hin. »Lesen Sie das mal. Es verdirbt einem den ganzen Abend.«

Während Rosslyn liest, hat die Generaldirektorin den Raum betreten. Rosslyn und Harding setzen sich an den Tisch. Die Generaldirektorin läßt sich an ihrem Platz vor Kopf des Tisches nieder.

Sie beginnt: »Wenn die Herren ihre Jacketts ausziehen möchten, bitte sehr.«

Alle tun es, mit Ausnahme von Rosslyn und Harding. Diese Floskel hat Rosslyn selbst oft genug ausgesprochen. Sie gehört zu den kleinen psychologischen Tricks, mit denen man den Verdächtigen dazu bringen will, sich zu entspannen. Das Opfer in Sicherheit wiegen. Sobald man das Jackett auszieht, legt man

Bombe kann MI5 nicht knacken

Eine an den MI5 gerichtete Bombendrohung bewies, daß die alte Geheimniskrämerei noch immer nicht vorbei ist. Die vom Innenminister und der Generaldirektorin des MI5 verkündete neue Offenheit scheint noch nicht bis in alle Abteilungen gedrungen zu sein, zumindest nicht bis zu einem bestimmten Agenten. Der rief nämlich bei Scotland Yard an und teilte mit, ein Anrufer habe gedroht, das Hauptquartier des Security Service in die Luft zu sprengen, so *Journal*, die Zeitschrift des Polizeiverbandes.

»In Ordnung«, sagte Scotland Yard. »Wir schicken jemanden vorbei. Wo sind Sie?« »Das darf ich Ihnen nicht sagen«, erklärte darauf der Agent am anderen Ende der Leitung. »Das unterliegt der Geheimhaltung.«

Nach viel »gutem Zureden und ein paar saftigen Flüchen« wurde die gewünschte Information dann widerstrebend erteilt. Falls noch einmal Bedarf besteht: Postfach 500 entspricht einem Gebäude am Themseufer, in der Nähe der Lambeth Bridge.

auch den schützenden Panzer ab. Rosslyn erkennt in diesem kleinen Manöver, dieser beiläufigen Bemerkung, daß die Generaldirektorin ein Profi wie er ist. Er bemerkt, daß Lucas jetzt in einem teuren Oberhemd und knallroten Hosenträgern neben ihm sitzt. Der Geruch, den Lucas verströmt, erinnert an eine Apotheke, ein Gemisch von Desinfektionsmitteln, billiger Seife und Raumspray, das den Geruch der kranken Kunden überlagern soll.

»Die Tagesordnung wurde vorab versandt«, sagt die Generaldirektorin.

Rosslyn und Harding sehen sich kurz an. Keiner von beiden hatte eine Tagesordnung erhalten. Es liegt nicht einmal ein überzähliges Exemplar für sie auf dem Tisch. Die Generaldirektorin blättert eilig in ihren Papieren. Rosslyn bemerkt, daß sie ein Exemplar der Zeitschrift *Country Life* mit dem Deckblatt nach unten dreht.

Sie hat es bestimmt aus Versehen mit in die Sitzung gebracht.

»Von der letzten Sitzung gibt es kein Protokoll zu genehmigen«, verkündet sie. »Keine neuen Punkte. Wenn die Anwesenden sich jetzt bitte vorstellen würden, danach können wir beginnen.« Sie entschuldigt sich nicht für ihre Verspätung, bietet keine Erklärung. Um die gereizte Stimmung von Anfang an zu beschwichtigen, greift sie sogar auf die wichtigtuerische Pedanterie zurück, die der stramme Wesley so liebt.

»Bitte der Reihe nach«, sagt sie. Sie blickt Wesley an.

»Bryan Wesley. Ich denke, ich kenne alle.« Er scheint ebenfalls allen bekannt zu sein.

Der Nächste: »MI5, Rechtsberater.«

Und: »MI5, stellvertretender Direktor ›Operationen‹.«

Harding kritzelt etwas auf einen Notizblock, der mit dem Motto des MI5 bedruckt ist. Es steht unter dem Wappen, das so vulgär wie das Logo einer Biermarke wirkt. Das Motto lautet: REGNUM DEFENDE.

Der Nächste: »MI5, Personalberater.«

Und: »Direktor ›nachrichtendienstliche Quellen und Operationen‹.«

Und: »Leiter ›Terrorismusbekämpfung, Irland und national‹.«

Und: »Spionageabwehr und Geheimschutz.«

Und: »Bekämpfung subversiver Elemente.«

Dann Verity Cavallero, MI6; Julian Lucas, Innenministerium; Commander Harding; Mr. Rosslyn.

Harding schiebt Rosslyn unter dem Tisch den Zettel zu, den

er bekritzelt hat. Rosslyn liest: »Besuchen Sie heute abend Ihre Freundin. Fühlen Sie ihr auf den Zahn. Fahren Sie mit der Bahn, ich brauche Ihren Wagen. *Regnum Defende* heißt: Paß auf deinen Hintern auf. Denken Sie daran. Ich heiße nicht nur Harding, sondern kann auch HART sein. Sie dagegen machen auf die sanfte, lockere Tour. Nicken Sie, wenn Sie diesen Zettel gelesen haben, und lassen Sie ihn dann verschwinden.«

Rosslyns Gesichtsausdruck ist nichtssagend, er blickt auf, nickt. In diesem Augenblick streift ihn der Blick der Generaldirektorin, sie starrt ihn ärgerlich an. Als er nun wieder zu Harding hinübersieht, liegt auf dessen ernsten Zügen der harmlos-unschuldige Ausdruck eines Schuljungen: *Ich war's nicht, Frau Lehrerin. Ich doch nicht, Herr Schiedsrichter!*

»Vielleicht können wir uns jetzt auf die Operation *Insekt* konzentrieren«, sagt die Generaldirektorin mit Nachdruck. Vermutlich, denkt Rosslyn, gilt das ihm wie auch Harding. »Es gibt gegenwärtig einige vertrauliche Aspekte, die keinerlei Aufschub dulden, und ich habe meine Mitarbeiter gebeten, im einzelnen etwas dazu zu sagen, damit das Plenum informiert ist. Vielleicht fängt unser Rechtsberater an.«

»Ich sehe keinen triftigen Grund«, sagt der Rechtsberater, »anzunehmen, daß es bezüglich irgendeines Aspekts der derzeit laufenden Operation Insekt, Kategorie rot, zu einem Konflikt käme.« Er redet mit monotoner Stimme wie ein automatischer Anrufbeantworter. »Ich meine damit natürlich gemäß Rücksprache mit der Generalstaatsanwältin einen Konflikt mit der europäischen Menschenrechtskonvention beziehungsweise im Zusammenhang damit.« Er leiert weiter. Über »Einzelheiten« und »Präzedenzfälle«.

Rosslyn schaut auf Hardings Zettel. »Den Europäern ist das sowieso *scheißegal.*«

Nun ist der erste der Direktoren an der Reihe. Beim Sprechen neigt er den Kopf in Richtung der Generaldirektorin, während er seine langgliedrigen Hände immer wieder faltet und entfaltet wie ein nervöser, weibischer Höfling. »Die Verantwortlichkeit«, sagt er, »bleibt unverändert, so wie in Ihren internen Mitteilungen definiert und in Ihrer ersten, grundlegenden Strategieentscheidung festgelegt. Offenkundig haben sich keinerlei Modifikationen hinsichtlich der Aufgabenverteilung und Zuständigkeiten in dem Sinne ergeben, daß die Schlagkraft der Operation davon beeinträchtigt wäre.«

Rosslyn braucht Harding nicht anzusehen, um zu wissen, daß dieser mühsam ein Gähnen unterdrückt. Allerdings wird dies von der Generaldirektorin bemerkt.

»Bitte unterbrechen Sie doch, Commander Harding, wenn Sie Einwände haben.«

»Bisher ist mir nichts aufgefallen, was erwähnenswert wäre«, sagt Harding barsch.

»Darf ich dann die gegenwärtige Situation zusammenfassen«, sagt die Generaldirektorin. »Bitte unterbrechen Sie mich, wenn Sie etwas dazu sagen möchten, das gilt für Sie alle. Zunächst einmal: Der Premierminister wird weiterhin umfassend vom Innenminister auf dem laufenden gehalten, dieser wiederum wird von mir über den Fortgang informiert. Und Mr. Lucas dient in dieser Hinsicht als Mittelsmann.«

Lucas schnieft.

»Unserer Analyse zufolge«, fährt die Generaldirektorin fort, »suchen wir nach einer Einzelperson. Die Gegend, in der der Anschlag stattfand, ist anders strukturiert als Bishopsgate oder Heathrow. Ich will darauf jetzt nicht näher eingehen. Mit dem Premierminister habe ich bereits gesprochen. Es handelt sich um einen einzelnen Terroristen. Eine Person, die nach dem von uns erarbeiteten Persönlichkeitsprofil jeden Mitarbeiter im Dienst des Security Service als potentielles Ziel betrachtet, so wie Frances Monro und Serena Watson als Mordopfer ausgewählt wurden. Es gibt, und das wird Miss Cavallero aus der Sicht des MI6 sicher bestätigen können, keinen vernünftigen Grund anzunehmen, daß es sich bei diesem Agenten tatsächlich um ein Mitglied einer ausländischen Terrororganisation handeln würde.« Sie hält inne und sieht Cavallero über den Tisch hinweg an. »Würden Sie dazu bitte etwas sagen, Verity?«

Lucas schneuzt sich.

»Sie haben sich kurz und prägnant ausgedrückt«, sagt Cavallero. »Unsere Verbindungen in den Nahen Osten, unsere Vettern in Washington sowie neue, ergiebige Kontakte über Bonn, Paris und Genf nach Moskau haben keinerlei Anhaltspunkte für eine Verbindung beispielsweise zur Hisbollah oder deren Tochterzellen ergeben. Wie Sie erwarten werden, verfolgen wir natürlich auch weiterhin wichtige Quellen und aktive sowie einige inaktive Informanten innerhalb der provisorischen IRA, der Irischen Nationalen Befreiungsarmee und der Irischen Volksbefreiungsorganisation. Unserer Meinung nach ist keine dieser Gruppierungen direkt für die Ermordung von Frances Monro beziehungsweise Serena Watson am 26. März in Nord-London verantwortlich. Wir gehen ferner davon aus, daß keine dieser Organisationen oder ihrer Tochtergruppierungen beziehungsweise Ableger schuld sind an der Ermordung der Polizistin Mary Walker Ende letzten Jahres.«

Mary Walker. Rosslyn zuckt zusammen, als ihr Name fällt. Er hört ihre Stimme im Kopf. Er blinzelt. *Mary*. Ein Phantom. Ihre Süße. Das Verlangen nach ihr kehrt wie ein plötzlicher Schmerz zurück, körperlich spürbar. Mary. Die Realität holt ihn ein. Natürlich. *Mary ist nicht hier*. Die Leere kehrt zurück. Er schließt die Augen. Öffnet sie wieder.

Mary Walker. Letztes Jahr. Vor hundert Jahren.

»Selbstverständlich sollten wir, und Sie zweifellos auch, die Verflechtungen zwischen diesen beiden Mordfällen untersuchen. Vor allem natürlich, was die Beweise der Spurensicherung und die Zeugenaussagen angeht. Soweit derartiges Material vorliegt, wurde es ja bereits einer ausführlichen Prüfung unterzogen. Ich muß noch folgendes hinzufügen: Wir haben darüber hinaus auch die Möglichkeit in Betracht gezogen, daß andere Gruppierungen in Nordirland beteiligt sein könnten, beispielsweise die *Ulster Volunteer Force* und die *Ulster Defence Association*. Meine Kollegen aus den jeweiligen Abteilungen haben keinerlei Verbindungen zu diesen Organisationen festgestellt. Mir ist natürlich bewußt, daß es Ihre Arbeit erheblich erleichtern würde, wenn wir einen Zusammenhang mit zumindest einer offiziellen, notfalls auch inoffiziellen Gruppierung aufzeigen könnten. Aber das wäre nicht ungefährlich, denn es ist tatsächlich keine einzige Verbindung nachweisbar, es gibt nicht einmal vage Anhaltspunkte dafür. Derzeit würde ich auch nicht zu behaupten wagen, daß wir lang- oder kurzfristig solche Hinweise bekommen werden. Das ist alles, was ich dazu sagen kann.« Sie redet wie eine Schulsprecherin.

»Vielen Dank«, sagt die Generaldirektorin.

Sie wendet sich an Bryan Wesley, der sich räuspert, hüstelt und nach seinem Weinglas greift. Er schluckt hörbar und atmet zischend durch die Schneidezähne aus.

»Wir haben ganz beachtliche Fortschritte gemacht«, sagt Wesley. »Ich hoffe doch, Frau Generaldirektorin, daß im Protokoll vermerkt wird, wie ausgesprochen dankbar der Security Service Commander Harding und Mr. Rosslyn von der Zollbehörde für ihre äußerst professionelle Arbeit ist. Die beiden haben, für die Anwesenden nicht unerwartet, ihre reiche Einsatzerfahrung in diese Operation Insekt einfließen lassen, wie wir es seit jeher von ihren jeweiligen Dienststellen gewohnt sind.«

Harding starrt ausdruckslos auf das neueste Gekritzel, mit dem er das MI5-Wappen versehen hat. Das häßliche geflügelte Tier mit dem Fischschwanz hockt nun auf einem Klo. Rosslyn wirft verstohlen einen Blick auf die Zeichnung. Die Besprechung ist ein Windei, nicht anders als das, was der Vogel in Hardings vulgärer Wappen-Version gerade legt.

»Mein Zwischenbericht steht auf Blatt A.1«, sagt Wesley.

Überall am Tisch raschelt Papier.

»Bitte erläutern Sie uns Ihren Bericht«, sagt die Generaldirektorin. »Gern«, sagt Wesley. »Da ist zunächst das unerklärliche Motiv für die Morde. Man kann spekulieren, aber es bleibt vage. Ein politisch motivierter Einzeltäter – auch das ist nur eine Vermutung. Dann die Unterlagen des Personalberaters.« Er sieht den Personalberater an, der erstaunt dreinblickt. »Hier haben wir etwas Konkretes: Es gibt keinerlei Hinweise darauf, daß Monro, Watson, ihre Kollegen, Freunde oder Verwandte jemals den Personalberater angesprochen hätten, sei es im Hinblick auf private oder berufliche Angstgefühle, Konflikte, Spannungen, psychiatrische Probleme oder finanzielle Schwierigkeiten. Commander Hardings und Mr. Rosslyns Beweismaterial ist noch detaillierter. Wir haben den Bericht der Spurensicherung, der vom Forschungszentrum in Beaconsfield bestätigt wurde, was Art und Lokalisierung des Sprengkörpers, den Zeitablauf und dergleichen angeht. All diese Dinge wurden durch die Zeugenaussage der Krankenschwester Cartaret untermauert. Darüber hinaus liefert sie allerdings keine sachdienlichen Hinweise, mit Ausnahme natürlich der Bestätigung, daß sich kurz vor der Explosion aus ungeklärten Gründen ein Streifenwagen am Tatort befunden hat. Ein solches Fahrzeug konnte nicht ausfindig gemacht werden. Weitere Einzelheiten entnehmen Sie bitte den Unterlagen vor Ihnen. Allerdings, und sicher werden dies sowohl Commander Harding als auch Mr. Rosslyn bestätigen, fügen sich diese Details nicht zu einem Gesamtbild zusammen, das uns wesentlich weiterhelfen würde. Sollten Sie noch Fragen haben, so werden der Commander und Mr. Rosslyn diese bestimmt gern beantworten.«

Niemand hat Fragen.

»Dies ist also das Bild, von dem wir ausgehen müssen«, erklärt die Generaldirektorin. »Genau dies habe ich auch dem Premierminister berichtet, der weiterhin strikt darauf besteht, der Presse gegenüber keinerlei Erklärungen abzugeben. Einerseits bietet uns das Bild generell keine Anhaltspunkte für die Identifikation bekannter Gegner. Andererseits würde ein objektiver Beobachter wohl sagen, daß wir doch gewisse Fortschritte erzielt haben. Ich bin geneigt zu sagen – ganz inoffiziell natürlich, Commander –, daß Sie und Ihr Partner Mr. Rosslyn jetzt an der Reihe sind, den gegnerischen Schlag zu erwidern. Und wir fragen uns auch, ob Sie zumindest bisher Anzeichen dafür sehen, daß unsere Gegner ihren Aufschlag vorbereiten, wenn Sie mir diese Metapher aus dem Tennissport gestatten. Es ist jetzt an Ihnen, den Ball anzunehmen.«

Jetzt werden die Messer gewetzt.

»Ich fasse es bei allem Respekt nicht als Spiel auf«, sagt Harding.

»Wenn Sie meinen«, sagt die Generaldirektorin.

Harding versetzt: »Vielleicht ist unser Beweismaterial ja an die falsche Adresse geliefert worden?«

»Wie Sie sich sicher denken können, ist mir nur allzu bewußt, daß unsere Anschrift öffentlich bekannt ist, wie Ihr Verband der Polizei im heutigen *Evening Standard* bestätigt hat.«

»Sie haben sich selbst vorzuwerfen, das ermöglicht zu haben.«

»Im Gegensatz zu Ihnen bin ich durchaus für das Konzept der Offenheit, wenn es um den Security Service geht, was auch immer die Medien über uns sagen. Wir reagieren nicht auf die Presse, Commander. Bitte denken Sie daran, daß ich persönlich mich der Offenheit ebenso verpflichtet fühle wie der Premierminister und der Innenminister. Wir sind denselben Instanzen verantwortlich.«

»Ich bin Polizist, deshalb gilt das gleiche auch für mich.«

»Dann hören Sie doch bitte auf, uns Dinge zu erzählen, die wir bereits wissen. Seien Sie versichert, daß man im Thames House keine Selbstverständlichkeiten wie die Uhrzeit von Ihnen erfahren möchte. Man hört hier sehr gut das Läuten von Big Ben, und es sagt uns, daß die Zeit gegen uns arbeitet.«

»Eines Tages«, sagt Harding, »wenn Sie nach Scotland Yard kommen, werden Sie auch von dort aus das Läuten hören. Und Sirenen. Alarmglocken. Und das Murren von Beamten, die keinen bewaffneten Schutz brauchen und auch keinen Palast, der durch Verrückte vom Amt für Denkmalschutz kostbar renoviert und restauriert wurde, und das alles nur für Leute, die *Country Life* lesen!«

»Commander«, flüstert die Generaldirektorin. »Wir wollen doch heute noch fertig werden.«

Himmel noch mal, Country Life. *Das ist ein bißchen viel des Guten.*

Harding ist wieder am Zug. Aber er ist blaß geworden. Seine Hände zittern. »Entschuldigen Sie.«

»Probleme?« fragt die Generaldirektorin.

»Ich fühle mich nicht gut. Wenn Sie gestatten ...« Er deutet auf Rosslyn. »Weitere Fragen wird Mr. Rosslyn beantworten.«

Er steht plötzlich vom Tisch auf und geht zur Tür.

Verdammt, er haut einfach ab. Rosslyn ist verwirrt. *Erwartet er, daß ich mit ihm zusammen weggehe?*

Er folgt Harding zur Tür.

»Sie bleiben hier«, sagt Harding. Er wirkt erschöpft.

»Ist wirklich alles in Ordnung?« fragt Rosslyn, den übrigen Teilnehmern den Rücken zuwendend. Er gibt Harding seine Autoschlüssel.

Die übrigen tun so, als nähmen sie die gereizte Stimmung nicht wahr. Mehrere Stimmen werden gleichzeitig laut, um gemeinsam Wut und Unbehagen zu überspielen.

An der Tür sagt Harding noch: »Mir geht's schon wieder besser. Wenn Sie es genau wissen wollen: Ich muß zu einer Logensitzung im Café Royal. Vergessen Sie meine Anweisung nicht. Bringen Sie sie auf Ihre Seite. *Regnum Defende*.«

»Gleichfalls.«

Cavallero, die Frau vom SIS, macht einen weiteren Vorstoß. »Wir sind besonders an den finanziellen Aspekten der Sache interessiert«, sagt sie. »In Hongkong sind beträchtliche Mengen von Banknoten aufgetaucht, große Scheine. Unsere Freunde haben sie bis zur Nebenstelle des Münzamtes zurückverfolgt. Unser Finanzdirektor hat mich gebeten, Ihnen zu Ihrer Information mitzuteilen, daß diese Banknoten keineswegs für Tripolis hergestellt wurden. Vielmehr zeigen die Nummern, um exakt zu sein, daß diese Banknoten an Sie ausgegeben wurden. Offenbar an die Personalabteilung.«

»Darüber haben wir doch bereits diskutiert«, sagt die Generaldirektorin. »Bryan?«

»Das gehört eigentlich nicht in diese Sitzung«, sagt Wesley. »Nun ja, ich kann immerhin bestätigen, daß die Banknoten in der Tat vor einigen Monaten von uns an einen Agenten weitergeben wurden, der längere Zeit erfolgreich für uns gearbeitet hat. Bevor ich meine derzeitige Funktion in der Personalabteilung übernahm, habe ich die Zahlungen selbst ausgeführt.« Er lächelt Cavallero an. »Ich übernehme die volle Verantwortung.«

Sie sagt: »Ich denke, Mr. Rosslyn von der Zollbehörde würde unseren kleinen chinesischen Freunden gern einmal seine Spürhunde auf den Hals hetzen.« Sie wendet sich an Rosslyn.

Alle Blicke richten sich auf ihn.

»Eine Verbindung nach China haben wir nicht geprüft«, sagt er.

»Das war auch bisher keineswegs erforderlich«, wirft Wesley zustimmend ein.

»Was ich Sie zu bedenken bitte«, sagt Cavallero, »ist der Einsatz, um den Sie spielen. Wenn wir es mit einer Angelegenheit in Fernost zu tun haben, dann sollten Sie sich Gedanken über Ihre persönliche Sicherheit machen. Jemand von den neu aufgetauchten Geldwäschern ist ermordet worden. Ich bin etwas überrascht, daß der Vertreter des Innenministeriums dies nicht angesprochen hat.« Sie sieht Lucas an.

»Sie kam bei einem Sturz ums Leben«, sagt Lucas. »Es ist nichts bewiesen.«

»Außer daß eine Brandbombe an ihrem Arbeitsplatz explodiert ist«, gibt Cavallero zurück. »Oder gehörte sie zu Ihren Leuten, Bryan?«

»Nein, sie gehörte nicht zu unseren Leuten«, sagt Wesley gequält.

»Ich habe ja nur gefragt, Bryan.« Cavallero lächelt ihn verbindlich an. »Zu uns gehörte sie auch nicht. Aber glauben Sie nicht, daß es interessant wäre, sich die Sache einmal anzusehen?« Sie lehnt sich zurück, verschränkt die Hände hinter dem Kopf. »Und wir warten immer noch auf eine Erklärung, warum Levy gestorben ist. Als Angestellter in der Registratur des Security Service stirbt man doch in der Regel keines plötzlichen Todes.«

»Wir sind in dieser Sache ganz unvoreingenommen«, sagt Lucas. »Daß daran etwas faul sein könnte, schließen wir grundsätzlich nicht aus.«

»Aber Sie schließen diesen Gedanken auch nicht grundsätzlich ein, oder?« fragt Cavallero und fängt an, sich Notizen auf einem Block zu machen, der in einer offenen Mappe auf ihren Knien liegt. »Unvoreingenommen sein heißt, daß man für beide Seiten offen ist. Durchlässigkeit nach innen und nach außen.«

Rosslyn sieht, daß sie ihren Block vor Blicken schützt.

»Die Struktur der Untersuchung ist ideal«, sagt Lucas. »Sie zeigt, daß die Kooperation zwischen den Dienststellen genau auf dem Niveau stattfindet, das der Premierminister fordert.«

»Mr. Rosslyn, da Commander Harding schon fort ist, wende ich mich an Sie«, sagt die Generaldirektorin. Sie versucht offenbar, die Zügel wieder in die Hand zu nehmen. »Mr. Rosslyn, wenn ich für den Security Service sprechen darf« – sie sieht Wesley scharf an, der schnaufend neben ihr sitzt – »so scheint uns, daß Scotland Yard die mögliche Bedeutung des Todes dieser Chinesin aktiv verfolgt. Wir sind jedoch der Meinung, daß dieser Tod im wesentlichen nichts mit unseren Ermittlungen zu tun hat. Das gleiche gilt für den Tod von Levy, dem Angestellten in der Registratur des Security Service. Wäre Commander Harding nicht gegangen, hätte ich ihm folgendes dazu erklärt: Es ist jetzt wichtiger denn je, uns ganz und gar auf das zu konzentrieren, was in Nord-London passiert ist. Meiner Meinung nach ist der Grund dafür offensichtlich. Es gibt keinen Präzedenzfall. Keinerlei Zusammenhang mit früheren Terroranschlägen. Deshalb bestehen wir darauf, daß dem Beweismaterial mehr Aufmerksamkeit geschenkt wird.«

»Genau das tun wir«, sagt Rosslyn.

»Und zwar ohne im Verhör unangemessenen Druck auf Verdächtige auszüben.«

Verdammt, jetzt kapiere ich erst. Sie will mich fertigmachen. Die manipulierte Aufnahme von seinem Gespräch mit Dee McKeague. *Die Generaldirektorin selbst wollte mich aus den Ermittlungen heraushalten. Sie ist es also, diese Hexe. Suspendierung. Diszipliniermaßnahmen.*

»Wir haben keine Verdächtigen, Frau Generaldirektorin«, sagt er.

»Das ist uns leider nur zu bewußt. Alles, was Sie bisher erreicht haben, ist offenbar Ihr bevorstehender Verweis, vorbehaltlich des Einverständnisses der Generalstaatsanwältin. Ich vermute, Commander Harding hat für diese ungewöhnliche milde Behandlung gesorgt? Vorbehaltlich des Einverständnisses der Generalstaatsanwältin natürlich.«

Er geht davon aus, daß sie nicht weiß, was Harding tatsächlich für ihn erreicht hat. Er möchte seinen Protest gern hier und jetzt loswerden.

Dir werd ich's geben. Die Kassette ist ein geschickter, bewußter Versuch, MICH zu kompromittieren. Die Verlockung, sich die Maske der Gelassenheit herunterzureißen, wird übermächtig.

Er beschließt, nichts dazu zu sagen.

»Ich denke, Sie haben mich verstanden«, sagt die Generaldirektorin. »Wenn nicht, dann wäre es schade. Wenn ja, dann kann ich Ihnen versichern, daß die leidige Geschichte mit McKeagues verpfuschter Vernehmung und die brutale Behandlung, die zu ihrem Tod geführt hat, zu einem späteren Zeitpunkt noch genauer zu untersuchen sein wird.«

»Das wäre mir sehr lieb«, sagt Rosslyn. »Wäre McKeague nicht gestorben, hätten wir jetzt möglicherweise einen entscheidenden Ansatzpunkt. Die Brutalität, mit der sie behandelt worden ist, hat mit mir nicht das geringste zu tun. Ich gebe zu, das ist Schnee von gestern, aber ich möchte nicht auf mir sitzenlassen, ich hätte sie in irgendeiner Form unzulässig behandelt. Der Mitschnitt meiner letzten Vernehmung mit ihr ist wesentlich verändert worden.«

Die Generaldirektorin lehnt sich weiter über den Tisch. Sie zuckt vage die Achseln. »Das können wir uns nicht vorstellen, Mr. Rosslyn. Warum sollte irgend jemand das Band überhaupt verändern *wollen*? Sicher wäre es doch andersherum logischer gewesen? Daß nämlich Sie oder Ihre Kollegen versucht hätten, den Beweis der völlig überzogenen Gewaltanwendung gegenüber der Gefangenen vom Band zu tilgen. Es gibt schließlich zwei Versionen, nicht wahr? Eine, in der Sie sich korrekt benehmen, und eine zweite, in der sich ein völlig anderes Bild bietet.«

Sie blickt in die Runde. Die Anklagevertreterin mit dem Ausdruck gezügelter Empörung. Ihr ironisches Lächeln besagt: Der Angeklagte steckt bis zum Hals in Schwierigkeiten. Ich weiß es, Sie wissen es, er weiß es. Wie lautet Ihr Urteil? Schuldig.

Rosslyn fühlt Ekel in sich aufsteigen. Er könnte sagen, der Grund für die Manipulation des Bandes war, daß der MI5 ihn unbedingt kompromittieren will.

Die Sache wird allmählich brenzlig. Regnum Defende.

»Wie Sie sehen«, sagt die Generaldirektorin, »möchte ich, daß das Protokoll dieser Sitzung unsere Ansichten wiedergibt, was Ihre Sorgfaltspflicht und Ihr Verhalten im Fall McKeague angeht. Wesentlich für einen leistungsfähigen staatlichen Sicherheitsdienst ist nicht nur die Art und Weise, wie er den Gegner einschätzt, sondern auch, wie er sich selbst sieht. Ich denke, darin werden meine Kollegen vom SIS mit mir konform gehen.« Sie wendet sich beifallheischend an Verity Cavallero.

Im Moment bin ich noch mal davongekommen.

»Im Prinzip«, sagt Cavallero, »bin ich völlig Ihrer Meinung. Natürlich muß die Frage, wie Mr. Rosslyn eine wichtige IRA-Verdächtige behandelt hat, zu einem späteren Zeitpunkt beurteilt werden. Wenn der Ausschuß, der ja im Geiste einer dienstübergreifenden harmonischen Zusammenarbeit hier versammelt ist, die Meinung vertritt, daß die Ermittlungen auf Einsatzebene unter der Leitung von Commander Harding, Mr. Wesley und Mr. Rosslyn bis auf weiteres fortgeführt werden können, so habe ich dagegen keine Einwände. Wir vom SIS behalten uns weitere Bedenken vor. Aber wir haben nicht die Absicht, uns einzumischen. Wir wollen gern beratend tätig sein, aber mehr nicht.«

»Vielen Dank«, sagt die Generaldirektorin abschließend. »Gibt es weiteres zu besprechen?«

Wesley hat noch einen Punkt. »Ich hätte gern Ihr Einverständnis, daß ich mich nochmals mit der Nebenstelle des Münzamtes in Verbindung setze wegen der Registrierung des an Agenten ausgegebenen Falschgeldes. Es könnten sich dabei einige neue Hinweise auf Personen im Umkreis von Agenten ergeben, die bisher für Frances Monro tätig waren. Ich bin gern bereit, mich darum zu kümmern.«

»In Ordnung«, sagt die Generaldirektorin.

Die Besprechung ist zu Ende. Die Teilnehmer bilden zwei Lager. Die Generaldirektorin wird sofort von ihren Leuten umringt, Lucas hängt an ihren Lippen.

Cavallero teilt niemandem direkt mit, daß sie gehen muß. »Bin spät dran für eine Verabredung«, sagt sie. Dann, zu Rosslyn gewandt: »Soll ich Sie mitnehmen? Ich fahre in Richtung St. John's Wood.«

»Vielleicht können Sie mich an der Baker Street absetzen«, sagt Rosslyn.

Draußen regnet es. Der übliche englische Sommer. Rosslyn sieht ein vertrautes Gesicht vor sich: den Motorradkurier, der in den Pub Waxers im Erdgeschoß des Zollgebäudes gekommen war, um die Abschrift seines Gesprächs mit Hazel Cartaret abzuholen.

»Commander Harding schickt Ihnen das«, sagt er jetzt zu Rosslyn. »Sie sollen es erst öffnen, wenn Sie allein sind. Bitte unterschreiben Sie hier, und setzen Sie Ihren Namen in Druckschrift daneben.«

Das Päckchen ist von undefinierbarer Form und sorgfältig eingepackt. Die schriftliche Botschaft auf dem braunen Packpapier lautet: *»Regnum Defende«*.

»Und hier ist die Tasche mit Ihren persönlichen Sachen. Commander Harding wollte sichergehen, daß Sie sie für die Reise haben.«

»Danke«, sagt Rosslyn.

»Gern geschehen.«

Er steigt in Verity Cavalleros schwarzen VW.

Von Wesleys vertraulichen Bemerkungen über den Chinook-Absturz um 21.15 Uhr im Konferenzraum bis zu diesem Moment, als Rosslyn sich gegen den Regen zu schützen versucht, ist jedes Detail, jedes Wort, jede Geste im Thames House von den Überwachungskameras mit Zoom und Nachtsichtfilter und von den vierundzwanzig Stunden laufenden Tonbandgeräten getreu aufgezeichnet worden. Alles ist vollständig dokumentiert.

Rosslyn weiß, daß der MI5 keine Einzelheit übersehen hat. Selbst die Sinnlosigkeit seiner eigenen Sitzungen nicht. *Diese Frau. Sie wird noch ihren eigenen Tod auf Video aufnehmen, wenn es soweit ist. ›Der letzte Schnaufer‹ im Film. Wie die Dinger, die ich den Perversos, wenn sie von Amsterdam zurückkommen, abnehme. ›Ausschließlich für meinen persönlichen Gebrauch‹, sagen sie immer. Das wird wohl so sein, oder?*

25

»Ganz unter uns«, sagte Verity Cavallero, als sie vorsichtig durch Regen und Straßenverkehr steuerte, »ich interessiere mich vor allem für die Wege, die das Falschgeld von der Nebenstelle des Münzamtes aus gegangen ist. Der MI5 hat in drei Jahren zehnmal soviel bezogen wie sonst. Über dreihunderttausend Pfund, meist in D-Mark und Schweizer Franken. Als Höchstbetrag sind üblicherweise fünftausend pro Jahr pro Einzelagent oder -informant festgesetzt. Es ist doch nicht wahrscheinlich, daß der MI5 plötzlich zweihundertfünfzig neue Agenten in Großbritannien und Nordirland beschäftigt. Meiner Meinung nach jedenfalls nicht. Das sind Geldbeträge, die niemals ihren Weg in die Kassen der IRA, INLA oder PLO gefunden haben. Weder die Iren noch Abu Nidal noch indische terroristische Organisationen haben etwas bekommen. Ich glaube, das Geld ist ganz woanders hingeflossen.«

»Zum Beispiel?« fragte Rosslyn.

»Wer weiß?«

»Es dürfte doch für Sie kein Problem sein, Zugang zur Finanzabteilung des Thames House zu erhalten.«

»Ich war schon da«, sagte Cavallero. »Die sind nicht dumm. Sie machen es nach dem Motto: Taler, Taler, du mußt wandern – sie schieben das Geld von einer Pfote in die andere. Ihre Finanzabteilung kontrolliert die gefälschten Fremdwährungen nicht.«

»Wer macht es dann?«

»Raten Sie mal. Eine der fünf Einsatzabteilungen, vielleicht sogar die Verwaltung, die Personalabteilung oder die Hilfsdienste. Ich würde Ihnen raten, auf diese Chinesin und ihre Kundschaft ein Auge zu werfen. Und auch auf Levy. Er hatte einen kleinen Freund. Hier.«

Sie gab Rosslyn die Notiz, die sie während der Sitzung im Thames House heimlich auf ihren Block gekritzelt hatte. »Er heißt Patrick Coker. Das ist die Anschrift des Landhauses der beiden in den Cotswolds. Der MI5 mag zwar glauben, es gäbe keine Verbindung zwischen Levy, der Chinesin und Coker, in welcher Form auch immer. Es gibt keinen triftigen Grund, warum sie das annehmen sollten. Aber wir haben schon lange unsere Zweifel bezüglich Levy. Er hat Coker seit Jahren mit einem Luxus ausgehalten, der seine Mittel überstieg.

»Was für ein Typ ist er?«

»Coker? Fünfunddreißig Jahre alt. War sechs Jahre bei einem Panzerregiment in Deutschland. Stammkunde in Düsseldorfer Schwulenclubs. Wurde wegen Drogenmißbrauch als einfacher Soldat aus der Armee entlassen. Ein unrühmlicher Abgang. Arbeitete als Taxifahrer, lernte Levy kennen, und peng! war die Sache zwischen ihnen geritzt. Wir haben Coker in unserer Kartei, weil er ganz früher einmal Kontakte zu einem ostdeutschen Agenten hatte. Mehr kann ich nicht sagen.«

»Warum verfolgen Sie ihn jetzt nicht?«

»Aus den gleichen Gründen, warum Harding zu Anfang abgeblockt worden ist. Rivalität, Eifersucht, nennen Sie es, wie Sie wollen. Aber wenn ich Sie wäre, würde ich ihn so bald wie möglich aufsuchen. Übrigens bin ich ganz auf Ihrer Seite, was dieses Band mit der Vernehmung der Irin angeht. Sie sind da verladen worden, und jetzt will keiner die Verantwortung übernehmen. Sie glauben doch nicht ernsthaft diesen Quatsch über Offenheit, oder? Wissen Sie, das ist der alte Trick mit den doppelten Türen. Die erste Tür wird geöffnet, und es heißt: ›Kommt, Kinderlein, jetzt könnt ihr alle hineinschauen.‹ Und was sieht man? Eine weitere Tür, verriegelt und verrammelt, ohne Scheiben. Politik ist heute die Kunst des Unmöglichen. Sie stirbt aus. Das neue Wir-Gefühl bedeutet, daß die Regierung geschlossen gegen die Bevölkerung angeht. Sobald die Mistkerle gewählt sind, werfen sie Nebelbomben.«

»Man kann schnell zum Pessimisten werden.«

»Ich weiß. Dadurch hat man die Wahrheit deutlicher vor Augen«, sagte sie. »Wo soll ich Sie absetzen?«

»Gleich hier wäre gut.«

Sie waren in der Nähe von Madame Tussaud's. »Die bekannteste Institution des Vereinigten Königreichs«, sagte Cavallero. »Ein Wachsfigurenkabinett. Großbritannien GmbH. Eine Bombe, und alles ist geschmolzen.«

Rosslyn nahm seine Tasche vom Rücksitz. »Danke fürs Mitnehmen.« Er stand schon auf der Straße, aber Cavallero hatte noch mehr auf Lager: »Ihr Freund Harding muß bescheuert sein, Ihnen im Thames House einen Zettel zuzustecken. Die haben alles auf Video aufgezeichnet. Hoffentlich hat er Ihnen nichts Wesentliches mitgeteilt. Übrigens, seien Sie vorsichtig mit Wesley. Er ist ein höchst gebildeter, höchst aufgeblasener Scheißer. Sie sollten seine Frau mal auf ihn ansprechen.«

Rosslyn lächelte unbestimmt. »Seine Ex-Frau.«

»Sie kennen Sie?«

»Nur flüchtig.«

»Wissen Sie, was ihr Problem ist?«

»Nein.«

»Sie ist gestört. Sie muß es sein, um ein Arschloch wie Bryan zu heiraten. Schwer gestört sogar.«

Rosslyn draußen auf der Straße wurde naß. »Kennen Sie die beiden gut?«

»Wesley nicht besonders. Er bevorzugt Filipinas, sanfte, zarte Weibchen. Er ist genau wie alle anderen Public-School-Wichser. Er hat einen ganzen Stall davon. Putzfrauen. Illegale Einwanderinnen. Mit denen sollten Sie auch mal reden. Da könnten Sie noch was lernen.« Sie lachte ihn an. »Seine Frau ist ein echtes Brechmittel.«

»Sie können den MI5 wirklich nicht ausstehen, oder?« sagte Rosslyn.

»Sie etwa?« sagte Cavallero lächelnd und lehnte sich herüber, um die Beifahrertür zu schließen. »Denken Sie daran: Sobald Sie anfangen, für die zu arbeiten, schlagen die Ihnen ihre Stacheln ins Fleisch. Die sind wie Seeigel. Da holt man sich gleich eine Entzündung.« Die Wagentür stand noch immer offen. »Die haben doch bestimmt versucht, Sie anzuheuern?«

»Wesley hat einen zaghaften Vorstoß unternommen.«

»Tja, mein Freund, Sie sind sowieso praktisch schon in dem Verein. Sie sollten besser aufpassen. Auf die, auf Harding. Man weiß nie, wo sie einen packen. Der Trick besteht darin, den Angriff vorauszuahnen. Sehen Sie zu, daß sich Ihre Augen an die Dunkelheit gewöhnen, Mr. Rosslyn. Sie sollten jetzt lieber gehen, Sie werden ja ganz naß. Rufen Sie mich doch mal an, wenn Sie Zeit haben. Es war nett, mit Ihnen zu reden.«

»Gleichfalls. Danke fürs Mitnehmen.«

Er sah zu, wie ihr Wagen im fließenden Verkehr verschwand. Dann machte er sich durch den Regen auf den Weg zum Bahnhof an der Baker Street.

26

Revolver, Munition und ein leichtes Schulterholster – ein Smith & Wesson Modell 10, Standardwaffe für die Selbstverteidigung. Das war der Inhalt des Päckchens, das Rosslyn ungestört in der Zugtoilette auf dem Weg nach Amersham auspackte.

Er suchte in dem Einwickelpapier und der Luftpolsterfolie nach einer Begleitnotiz von Harding, doch vergeblich. Die Botschaft, die ihm der Revolver selbst vermittelte, war deutlich genug. Trag mich nah bei dir. Benutz mich, wenn es sein muß. Ich bin dein bester Freund, vertrauenswürdiger und bissiger als dein anderer kleiner Freund, den du immer bei dir hast, aber ich bin nicht so eigensinnig wie er. Dergleichen war den Kursteilnehmern in Lippitts Hill damals eingehämmert worden. Die Waffe in der Hand zu fühlen erregte ihn. Er streifte sich das Holster über die Schultern. Es saß perfekt. Harding hatte seine Maße genau richtig geschätzt. Er zog das Jackett wieder an und forschte nach verräterischen Ausbuchtungen, sah aber keine. Zufrieden stopfte er das Packmaterial unter einen Haufen alter Lebensmittelpackungen und Zeitungen, der unter dem undichten Waschbecken lag. Eine leere Bierdose rollte, vom Schaukeln des Zuges hin und her gestoßen, auf dem schmierigen Fußboden umher.

Als er dann allein in seinem Abteil mit den aufgeschlitzten Sitzpolstern und Graffiti-besprühten Scheiben saß, nahm er seine Tasche näher in Augenschein. Er, der Zöllner, der Mann im Keller, der Listenfetischist. Er durchwühlte seine Sachen, um zu sehen, ob die Tasche einen doppelten Boden hatte. Er konnte nicht anders und wußte, daß er das nie mehr loswerden würde. Neugier, sagte das Handbuch des Zolls, ist die beste Begabung, die ein Zöllner von Natur aus mitbringen kann. Du mußt durchsuchen und immer wieder durchsuchen. Benutz zuerst deine Augen. Schau richtig hin. Taste. Suche. Laß die Schuldigen zu dir kommen. Laß den Feind auf dich zugehen. Sein erster Ausbilder, ein Fan der japanischen Kampfsportarten, Martial Arts of Japan, »M. A. J.« oder »Madge« genannt, sagte immer, daß sich auch der brillanteste Schmuggler letzten Endes immer von selbst preisgibt. Entspann dich, laß ihn ruhig glauben, du seist ein unterbezahlter Idiot. Laß ihn sich selbst eine Grube schaufeln.

Madge, der Selfmade-Philosoph, sagte immer, es gebe dümmere Vorbilder als die Japaner, die ja auch ein Inselvolk sind: Bewahre Ruhe, heuchle Verlegenheit, zeige Respekt, sei passiv, immer passiv. Du weißt, daß du im Recht bist. Mit dem Revolver, der sicher und warm unter dem Jackett in seiner Achselhöhle versteckt war, fühlte sich Rosslyn etwas besser. Natürlich hatte die Tasche keinen doppelten Boden. Er ging seine Sachen durch. Ein Alleinreisender unterwegs durch die elenden, verregneten nördlichen Londoner Vororte.

Er listete im stillen auf: eine Garnitur Unterwäsche, ein Hemd, Socken; Marys Foto, ihr Kimono; Zahnbürste, Zahnpasta; seine Briefe an Mary und ihr Tagebuch, das sie ihm wieder nahebrachte. Die einzelnen Einträge kamen ihm vor wie Schnappschüsse, die jemand anders von ihr aufgenommen hatte. Oder waren sie eine Art Kamera, die sie sich vorhielt, um sich allein ein Bild von sich zu machen? Mary und ihr Selbstporträt luden ihn ein, sich nochmals ihr Tagebuch anzusehen, es überfiel ihn mit schonungsloser Ehrlichkeit.

PLÖTZLICH LETZTEN SOMMER

R + 99
In meinem Kopf sind viel mehr Geheimnisse, als gut für mich ist. Ich sehne mich danach, noch einmal ganz von vorn anzufangen, wirklich reinen Tisch zu machen und ein bißchen Unschuld wiederzuerlangen. Es müßte eine Pille geben, mit der man Erinnerungen ein für allemal auslöschen kann. Vielleicht gibt es die ja, und die Psychotherapeutin hat mir bloß nichts davon erzählt.

Das war die Psychotherapeutin, die ich aufsuchte, als die Affäre mit THUG schließlich zu weit ging. Ich sagte ihr, daß ich alles tun würde, um THUG zu gefallen. Sie fragte mich nach seinem wirklichen Namen, aber den habe ich ihr nicht genannt. Meinen Sie nicht, daß Sie mir trauen können? sagte sie. Doch, sagte ich, ich vertraue Ihnen. Aber ihm traue ich jetzt nicht mehr.

Warum nicht? fragte sie.

Warum nicht? Das kann ich Ihnen sagen. Weil er mich umbringt, wenn ich Ihnen seinen Namen nenne.

Erzählen Sie mir davon.

Darüber, warum er mich umbringen würde? Weil er die Gewalt über sich verlieren würde. Er liebt Schmerzen. Immer mehr Schmerzen. Er ist süchtig nach Schmerzen.

Und was empfinden Sie dabei, Mary?

Herrgott noch mal, was ich bei Schmerzen empfinde? Die Psychotherapeutin muß unbeschreiblich dämlich sein.

Es tut weh, sagte ich.

Natürlich, sagte sie. Jeder empfindet Schmerzen anders.

Woher sie das weiß, ist mir nicht klar. Aber es klingt vernünftig.

Erzählen Sie mir davon, sagte sie. Sie und er. Es.

Es fing damit an, erzählte ich ihr, daß er im Kensington Hilton ein Zimmer nahm. Am Ende des Korridors. Ein Zimmer, das einem irgendwie schalldicht vorkommt, obwohl man draußen auf der Straße die Autos hört. Ich komme zu spät. Er lächelt. Hängt das Bitte-nicht-Stören-Schild an die Türklinke. Schließt zweimal um. Er sagt, ich sei ein unartiges Mädchen. Daddy sagt, du bist sehr unartig. Daddy hat einen Freund mitgebracht, der dich bestrafen wird. Ich rede ziemlich abfällig über »Daddys Freund«.

Wo ist er denn? frage ich.

Du darfst ihn nicht sehen, sagt er, und dämpft die Beleuchtung. Vertraust du mir?

Ja.

Gut. Er holt ein großes schwarzes Taschentuch heraus und verbindet mir damit die Augen. Ich sehe überhaupt nichts. Ich fühle, wie er mich auszieht. Wie schon tausendmal zuvor.

Als ich nackt bin, höre ich, wie er die Minibar aufmacht. Gläser klirren. Das metallische Geräusch, als er ein Fläschchen öffnet. Es ist Cointreau. Eiskalt. Er setzt mir das Glas an die Lip-

pen und läßt etwas davon in meinen Mund rinnen. Dann stellt er das Glas hin. Ich höre es klicken. Er zieht mich zu sich herunter und legt mich übers Knie.

Möchtest du, daß ich das mit dir mache?

Wenn es dir gefällt.

Wirst du weinen?

Nein.

Ich will, daß du dich entschuldigst.

Entschuldigung.

Das ist gut.

Dann schlägt er mich. Hart. Noch härter. Bis meine Arschbacken brennen.

Schön warm?

Es tut weh.

Dann streichelt er mich zwischen den Beinen, und ich fühle, wie etwas Eiskaltes in meinen Arsch gleitet.

Entspann dich.

Ich tue, was er mir sagt. Was ist das – in mir drin?

Gefällt es dir?

Ja.

Das ist eine Kerze.

Dann legt er mich rücklings aufs Bett und dringt in mich ein. Ich fühle die Kissen im Kreuz, meine Beine sind gespreizt, die eiskalte Kerze steckt noch immer in meinem Hintern.

Mir wird klar, daß er die Sache von langer Hand vorbereitet hat. Er hat hier auf mich gewartet, der alte Sadist. Er nimmt mir die Augenbinde ab, zieht die Kerze heraus und seinen Schwanz auch. Ich frage ihn, warum er nicht in mir gekommen ist.

Weil du jetzt dran bist, mein Schatz.

Jetzt sehe ich einen ganz dünnen Bambusstock auf dem Bett

liegen. In seinen Augen lese ich Angst, und auf seinem Gesicht liegt ein seltsames Lächeln.

Er redet irgendwas, wie verdorben und verkommen er sei. Er fühle sich »so schuldbeladen und beschämt. Egal, was du mit mir machen mußt, ich habe es nicht anders verdient.«

Zwei und zwei sind vier, sage ich.

Sechs, sagt er. Sechs. Ich möchte dich dabei nicht ansehen.

Ich kapiere und verbinde ihm die Augen. Zwinge ihn, sich mit gespreizten Armen und Beinen auf das Bett zu legen. Entkleide ihn bis auf die Unterhose, dann ziehe ich ihm auch die herunter.

Ich habe Strafe verdient.

Die kriegst du, sage ich.

Bitte, sagt er. Obwohl ich nicht sicher bin, ob er im Grunde seiner Seele »bitte tu's« oder »bitte tu's nicht« meint.

Bitte.

Dann schlage ich ihn. Wenn es ihm Spaß macht, soll er es so haben. Und die letzten dreimal haue ich richtig fest zu. Der Baumbusstock splittert, zum Schluß fließt etwas Blut.

Ich bemerke, daß er zu weinen angefangen hat.

Hab mich lieb, sagt er. Hab mich lieb, Mary.

Ich drehe ihn um und lasse ihn in mich eindringen. Im Handumdrehen ist er fertig. Das geht ganz fix. Wir sind beide klatschnaß und das Bettuch blutverschmiert.

Wenn ich jetzt nochmals lese, was ich der Psychotherapeutin über diesen Vorfall im Kensington Hilton erzählt habe, stelle ich fest, daß ich das alles streng verurteilen würde, wenn es sich um jemand anders handelte, dessen Geschichte ich unvoreingenommen lesen würde.

Das Problem ist, habe ich der Therapeutin gesagt, daß es mir Spaß gemacht hat, ihn zu schlagen. Seine Lust, seine Schwäche.

Seine mitleiderregende Passivität. So, als seien das die einzigen Augenblicke, in denen er völlig ungeteilte Aufmerksamkeit bekam: von jemandem im Hotelzimmer oder – wer weiß – von seiner Mutter oder einer Lehrerin oder sonstwem.

Es war zu weit gegangen. Ich begriff das, sobald wir nebeneinander auf dem schmierigen Laken lagen. Ich und mein alter Herr, den ich gerade geschlagen und der mich gevögelt hatte.

Wir badeten zusammen, zogen uns an und gingen in ein Restaurant, wo – wie er sagte – Kerzen auf dem Tisch stehen würden.

THUG ist der einzige Mann, den ich kenne, der einen Tisch in einem Restaurant nur wegen der Kerzen bestellt.

Wir aßen bei Kerzenschein zu Abend. Es waren die gleichen Kerzen wie wir sie noch anderthalb Stunden zuvor im Hotel benutzt hatten. »Wenn du je einem Menschen davon erzählst«, sagte er, »dann bringe ich dich um.«

»Wie viele Frauen haben das schon mit dir gemacht?« fragte ich ihn. »Und du mit ihnen?«

Er lächelte mich schweigend an.

Die Therapeutin fragte: »Hat er es Ihnen nie erzählt?«

»Nein.«

»Was empfinden Sie dabei?«

»Ich hasse es.«

»Sie hassen es?«

»Absolut, ja. Würden Sie das nicht?«

»Das ist eine völlig normale Reaktion.«

»Und ihn hasse ich auch«, sagte ich. Und fing an zu weinen.

Sie wußte es. Ich wußte es. Ich liebte ihn. Ich habe ihn immer geliebt und werde ihn immer lieben. Er muß das die ganze Zeit gewußt haben. Ich hatte es gern, als er mich bestrafte, und es hat mir auch gefallen, ihn zu bestrafen. Die Schmerzen brach-

ten uns einander ganz nah. Das ist das Interessante an Schmerzen. Es gibt keine Grenzen zwischen dir und Schmerzen. Sie sind ganz tief in einem, und das ist die süßeste Form der Lust, die ich je kennengelernt habe.

Das Problem ist, daß ich mich selbst hasse.

Und trotzdem. Ich weiß, wenn R. erfährt, daß mich ein anderer Mann gevögelt hat und ich ihn, dann würde er ihn umbringen. Ganz bestimmt.

Nun muß ich die andere Maske aufsetzen.

Ich möchte meiner Psychotherapeutin danken, die mich von der Sado-Maso-Masche geheilt hat, möchte THUG danken, der auch in dunklen Zeiten immer mein Schutzengel sein wird, und R., der so zärtlich ist, der mich liebt, von dem ich Kinder haben möchte. Das ist etwas Gutes, und davon gibt es viel zu wenig.

Ich kann immer noch keine Kerze ansehen, ohne lachen zu müssen, ohne daran zu denken und ohne das Bedürfnis, allen Männern dieser Welt zu empfehlen: Wenn ihr eine Frau ganz an euch binden wollt, dann besorgt euch Kerzen und ein Gefrierfach!

Wie ich die gute alte Zeit vermisse.

Wie ich THUG liebe, weil er ein perverser eifersüchtiger Liebhaber ist.

Wie ich R. liebe, weil er ein ganz normaler eifersüchtiger Liebhaber ist.

Manche Frauen haben eben auf der ganzen Linie Glück. Hoffentlich bleibt es so. Jedenfalls vorerst.

Ihm wurde abwechselnd kalt und heiß, als hätte ihn ein plötzliches Fieber ergriffen. Ihr Tagebuch, das ihm so teuer gewesen war und das er jetzt in den zitternden Händen hielt, war ihm plötzlich widerwärtig. Er haßte es. Schweißgebadet lehnte er den Kopf an das kühle Glas des Abteilfensters und hatte Mühe zu atmen. Das anfängliche Angstgefühl wich einem Groll, der sich ebenso gegen Mary richtete wie gegen ihren widerlich perversen Liebhaber und auch gegen sich selbst. Seine unschuldige Liebe zu Mary, seine zärtlichen Erinnerungen an sie, die er sich dadurch bewahren konnte, daß er nicht bis zum Ende ihres geheimen Lebens weitergelesen hatte, waren verflogen. Das Blut pochte laut in seinen Ohren und übertönte das Rattern des Zuges.

27

Der Taxistand am Bahnhof von Amersham war verwaist. Rosslyn rief mehrere Nummern an, um ein Taxi zu bekommen, das ihn zu Davina Wesleys Haus bringen sollte. Jedesmal sagte ihm eine Frauenstimme, sein Anruf werde weitergeleitet. »Bitte warten.« Jedesmal dudelte man ihm auch dieselbe Melodie aus Vivaldis *Vier Jahreszeiten* vor, wenigstens ein Hauch von Sommer im strömenden Regen. Er beschloß, zu Fuß zu gehen und es per Anhalter zu versuchen. Sicher würde ihn jemand mitnehmen. Aber niemand hielt an.

Durch und durch naß quälte er sich voran. Der Regen drang durch Jacke und Hemd. Das Revolverholster war offenbar nicht für so ein Wetter geeignet, denn die Riemen scheuerten schmerzhaft auf der Haut. Er versuchte, sich über seine Gefühle klarzuwerden, über Mary, über ihr Tagebuch, warum er so enttäuscht von ihr war. Er fand keinen Begriff, der zu seinen Gefühlen gepaßt hätte. Er probierte es mit Haß, Bedauern,

Trauer. Abscheu und Angst kamen der Sache schon näher. Und Ungläubigkeit, massive Ungläubigkeit. Sie ließ ihm den Atem stocken, sein Mund war trocken, und seine Augen brannten. Er war Opfer der Vergangenheit, aber nicht seiner eigenen, sondern der eines anderen Menschen, Marys. Was der Mann in dem Hotelzimmer in West-London mit ihr gemacht hatte, verursachte ihm Übelkeit. Er stellte sich vor – vielleicht war es die Tatsache, daß er das Hilton gewählt hatte –, daß der Mann Amerikaner war. Die Vorstellung, daß er mit Mary in der Badewanne lag, nachdem sie zusammen im Bett gewesen waren, mit ihr im Wasser planschte, schien dies irgendwie zu bestätigen. THUG – schon der Name klang amerikanisch. THE UGLY – Das Gräßliche.

Ein Volvo mit Camping-Anhänger überholte ihn und spritzte Wasserfontänen hoch. Er sah Kindergesichter, die ihn auslachten. Ein etwa zehnjähriges Mädchen streckte ihm die Zunge heraus und beantwortete seinen winkend erhobenen Daumen mit einem ausgestreckten Mittelfinger.

Er fragte sich, warum er bei diesen Ermittlungen wie betäubt immer näher an den Rand eines emotionalen Abgrunds gelangte. Im Grunde lag es vielleicht an ihm selbst. Daß er Mary, ihre Vergangenheit und ihr Wesen falsch gedeutet hatte, war in jedem Fall als hoffnungsloses Versagen zu werten. Hoffnungslosigkeit, das war es wohl, was er fühlte. Da laufe ich nun müde und durchnäßt hier durch die Dunkelheit, dachte er, ganz allein, mit einem Revolver, um irgend etwas, was und wie, weiß der Teufel, mit der gestörten Ex-Frau eines MI5-Wichsers zu machen, der angeblich mein Kollege ist. Und zwei von dessen Verein sind von Gott weiß wem und warum in die Luft gejagt worden. Das ist verdammt viel auf einmal.

»Allerdings«, sagte er laut.

Als er bei Davina Wesleys Haus ankam, war ihm nur allzu bewußt, daß er einen erbärmlichen Anblick bot: völlig durchnäßt, kaum noch als Mensch zu erkennen, eher wie das dürre Gespenst aus dem Schlamm, das ihn als Kind in seinen Alpträumen verfolgt hatte. Nach ihrem erstaunten Blick zu urteilen, war Davina Wesley derselben Ansicht. Als sie ihm öffnete, stand sie zunächst einen Augenblick lang schweigend auf der Türschwelle. Irgendwie schien sie ihn erwartet zu haben.

»Kommen Sie lieber rein«, sagte sie. »Hatten Sie eine Panne?«

»Ich bin mit dem Zug gefahren. Am Bahnhof war kein Taxi.« Er stand zitternd in ihrer Diele.

»Ich hätte Sie vom Bahnhof abgeholt«, sagte sie. »Sie hätten nur vorher anzurufen brauchen.«

Er wollte ihr nicht sagen, daß ihr Telefon möglicherweise abgehört wurde. Man hätte von seinem Besuch erfahren. Vermutlich wußte sie das auch selbst. Vielleicht faßte sie es als Hinweis auf, daß er seinen Besuch geheimhalten wollte.

»Woher wußten Sie, daß ich zu Hause bin?«

»Ich habe es einfach darauf ankommen lassen.«

»Da haben Sie aber Glück.« Sie bat ihn, dort stehenzubleiben, wo er tropfnaß und unter den wachsamen Augen ihrer Hunde und Katzen stand, und ging nach oben, um ihm etwas Trockenes zum Anziehen zu holen. Sie kam mit einem langen, blauseidenen Morgenmantel zurück. »Ein heißes Bad wird Ihnen guttun. Das Badezimmer ist die erste Tür auf der linken Seite, gegenüber von meinem Schlafzimmer. Sie können Ihre Tasche im Nähzimmer lassen. Ich trockne Ihre Sachen.«

»Ich möchte Ihnen keine Umstände bereiten, Mrs. Wesley.«

»Ich würde es nicht anbieten, wenn ich es nicht gern täte.

Außerdem wäre es mir viel lieber, wenn Sie mich Davina nennen würden, Alan. Bleiben Sie zum Abendessen. Dann können Sie mir ja erzählen, warum Sie hier unverhofft wie der Geist aus der Tiefe auftauchen. Kommen Sie wieder zu mir herunter, wenn Sie fertig sind. Ich vermute, Sie haben mir etwas Wichtiges zu erzählen.«

Sie lächelte und verschwand dann in ihrer Küche. »Fühlen Sie sich ganz wie zu Hause.«

In ihrem Morgenmantel ging er die Treppe hinauf. Er stellte seine Tasche ins Nähzimmer, ein winziger Durchgang, der mit Wäschekörben, einem Kleiderschrank und einer Nähmaschine vollgestellt war.

Die Türen zu den anderen Räumen im Obergeschoß standen offen. Einer davon war ein Arbeitszimmer, dessen Wände vom Fußboden bis zur Decke mit vollgestopften Regalen bedeckt waren. Darin stapelten sich Bücher, Akten und Wissenschaftsmagazine. Auf dem Fußboden lagen Papierstöße: Manuskripte, Telefaxe, Kopien und Kataloge von Chemieunternehmen und Computerherstellern aller Herren Länder. Gleich hinter der Tür standen zwei Hundekörbe voller alter Decken und ein Katzenklo, was den penetranten Geruch erklärte. Der daneben liegende Raum war ihr Schlafzimmer. An den Wänden standen weitere Bücherregale.

In allen Räumen waren die schweren Vorhänge geschlossen. Ihm fiel ihr durchdringendes Parfüm auf, das stärker war als der Katzengeruch. Der Duft folgte ihm auf Schritt und Tritt, und erst als er den blauseidenen Morgenmantel im Badezimmer an einen Haken hängte, begriff er, daß der Morgenmantel selbst duftete. Sie hatte ihn offenbar erst vor kurzem mit Coco von Chanel benetzt, das auf dem Tisch neben der Badezimmertür stand. Eine solche Geste hätte auch zu Mary gepaßt: einen

Tiergeruch als Spur auszulegen, als Köder, den man ganz nach Wunsch interpretieren konnte.

Genauso wie die großzügige Aufforderung, sich wie zu Hause zu fühlen: wohlig in ihrer Badewanne zu liegen, sich mit ihrer Seife zu waschen, ihre weißen, rauhen Badetücher zu benutzen, ihren Morgenmantel zu tragen und ihr gegenüber an ihrem Küchentisch zu sitzen.

»Gedünstetes Hühnchen mit Mandelsauce«, sagte sie. »Meine Version von Huhn nach orientalischer Art. Erzählen Sie mir, welche bahnbrechenden Fortschritte Sie bei Ihren Ermittlungen gemacht haben.«

Er faßte die Besprechung im Thames House zusammen.

»Sie glauben also, es war das Werk eines einzelnen Psychopathen?« fragte sie.

»Es scheint so zu sein. Aber auch ein Einzeltäter muß jemanden haben, der ihn unterstützt. Und finanziert. Den Sprengstoff beschafft. Jemand muß ihm helfen, an einem sicheren Ort unterzutauchen. Daß ein Einzeltäter einen solchen Bombenanschlag ausgeführt hätte, ist ohne Präzedenzfall. Es muß eine Gruppe hinter ihr stehen, wenn auch vielleicht in einigem Abstand. Irgendeine Kontrollinstanz muß es geben.«

»Sie sagen ›sie‹. Sind Sie sicher, daß es sich um eine Frau handelt?«

Er wiederholte, was Hazel Cartaret ausgesagt hatte.

»Wer ist darüber informiert, daß Sie hier bei mir sind?« fragte sie.

»Commander Harding. Wir haben keine Geheimnisse voreinander.«

»Weiß Bryan es auch?«

»Nein, und ich wäre Ihnen auch dankbar, wenn Sie es ihm gegenüber nicht erwähnten.«

»Ich habe nicht die geringste Veranlassung, Bryan irgend etwas zu erzählen. Machen Sie nicht so ein besorgtes Gesicht. Er wird nicht unverhofft hier auftauchen. Nicht so wie Sie. Er kommt niemals unangemeldet irgendwohin. Das ist nicht sein Stil. Bryan schätzt überraschende Besuche nicht. Er ist ein Gewohnheitstier.«

»Und Frances? War sie auch so?«

»Ziemlich. Sie führte ein sehr geordnetes Leben.«

»Können Sie mir etwas mehr über sie erzählen?« fragte Rosslyn. »Über ihre Arbeit, ihre Karriere, ihr Privatleben. Irgend etwas, das erklärt, warum sie als exponiertes Ziel ausgewählt wurde.«

Sie überlegte lange. »Nein. Glauben Sie mir. Dabei schulde ich ihr eine Menge. Ich habe es Ihnen ja schon gesagt: Sie war mir eine große Stütze, als ich mit Bryan Schluß gemacht habe.«

»Haben Sie mit ihr über ihn gesprochen?«

»Natürlich.« Sie lachte nervös. »Er war ja schuld an meiner Misere. Wir haben in allen Einzelheiten über ihn geredet.«

»Frances mochte ihn wohl nicht?«

»Sie hielt nichts von ihm.«

»Beruflich oder privat?«

»Beides. Nun ja, er ist ein ziemlich brutaler Typ.«

»Verbal oder physisch?«

»Sowohl als auch. Er hat mich mehrfach geschlagen.« Sie sah weg. »Er schlug mich so fest, daß es weh tat. Es war wirklich unerträglich. Als er mich vor den Kindern verprügelte, habe ich mich schließlich entschieden, endgültig Schluß zu machen. Ich verabscheue Gewalt zutiefst. Das ist wohl der einzige, sozusagen philosophische Grund, den ich zur Rechtfertigung meiner Arbeit vorbringen kann. Ich möchte, daß all die Brutalität aufhört. Bryan dagegen glaubt, daß Konflikte mit Gewalt gelöst werden können. Er ist nicht dafür, die andere Wange auch noch hinzuhalten. Er bewundert ›Eisen und Stahl der kämpferischen Seele‹. Das sind seine Worte. ›Wenn es hart auf hart geht‹, sagte er immer, ›sollten wir die Terroristen an den Eiern aufhängen.‹ Er sagt so etwas nicht nur, sondern handelt auch entsprechend. Und was er da tut, ist manchmal abscheulich. Beruflich beherrscht er meisterhaft die Kunst der schmutzigen Tricks.«

»Beruflich?« fragte Rosslyn. »Hält der SIS deshalb nichts von ihm? Wegen seiner Machenschaften mit falschen Devisen, die von der Nebenstelle des Münzamtes ausgegeben wurden?«

Ihr Gesicht verriet Bestürzung. »Woher wissen Sie das? Hat er es Ihnen erzählt?«

»Nein.«

»Wer dann?«

Er gab ihr keine direkte Antwort. »Der Zoll ist immer auf der Fährte von gefälschten Devisen und wird oft an ganz unterschiedlichen Stellen fündig.«

»Das weiß ich«, sagte sie rasch. »Aber woher wollen Sie wissen, daß Bryan als Zahlmeister für Terroristen fungiert hat?«

»Ich kenne keine Einzelheiten«, entgegnete er. Und das war tatsächlich so, abgesehen von Cavalleros Geschichte. Als Mitglied des SIS konnte es ebensogut sein, daß sie nur einen Versuchsballon hatte steigen lassen. »Schauen Sie nicht so grimmig«, sagte er. »Das sind doch nur Gerüchte, denen wir nachgehen. Daß irgendwelches Falschgeld, das durch Bryans Hände gegangen ist, in Hongkong aufgetaucht sein soll. Es heißt, der SIS sei ziemlich sauer darüber.«

»Bryan auch?« fragte sie.

»Ob er sauer ist? Vermutlich. Wir haben alle Hände voll mit anderen Sachen zu tun. Sie können ihn ja selbst fragen.«

»Wir reden nicht miteinander«, sagte sie.

»Nie? Auch nicht über berufliche Dinge? Was passiert, wenn Ihre Arbeitsbereiche sich überschneiden?«

»Das kommt Gott sei Dank nur selten vor. Ich werde keinen Finger für ihn krumm machen.«

»Glauben Sie, er steckt in Schwierigkeiten?«

»Bryan? Nein. Er schützt sich vor Problemen, indem er sie auf andere abwälzt. Deshalb liebt er seinen Job in der Personalabteilung. Wenn es darum geht, andere fertigzumachen, dann gibt es auf dieser Welt niemanden, der das besser könnte als er. Andere zu ruinieren hat er zur Kunst erhoben. Freunde, Feinde, Geliebte, seine Frau. Wer ihn ärgert, tut das auf eigene Gefahr. Er macht keine Gefangenen. Sehen Sie sich nur seine Familie an, mich, seine Mutter, die ihm etwas Geld hinterlassen hat. Er konnte es gar nicht abwarten, bis sie starb, um ihr Vermögen endlich in die Finger zu bekommen. Er hat das Selbstbewußtsein des alten Geldadels, aber nicht den Stil. Er ist ein eingefleischter Egoist. Wenn er überhaupt mal jemandem ein Geschenk macht, dann läßt er das Preisschild dran, wahrscheinlich noch ein falsches, das er absichtlich im Laden vertauscht hat.«

»Geht er Ihnen immer noch auf die Nerven?«

Sie schüttelte den Kopf. »Ich habe es mir zur eisernen Regel gemacht, niemals über ihn zu sprechen.« Diese Regel war, wie Rosslyn unschwer erkannte, nicht ganz so eisern, wie sie vorgab. »Er ist mir gleichgültig. Vollständig und unwiderruflich gleichgültig. Das ist die beste Waffe gegenüber einem Menschen, den man einmal geliebt und der einem sehr weh getan hat.«

Er dachte an Mary und fragte sich, ob sie wohl gewollt hatte, daß er eines Tages die Geschichte ihrer sexuellen Abenteuer lesen würde. War das ihre Waffe gewesen? Vielleicht war es fairer anzunehmen, daß das Ganze einfach ein Mißgeschick war.

»Wissen Sie, Bryan hat immer aufgepaßt, wie er anderen weh tut. Ich könnte Ihnen die ganze Nacht von ihm erzählen.«

»Wenn Sie möchten«, sagte er.

»Eigentlich nicht. Es ist vorbei. Vergangene Verletzungen aufzuwärmen führt zu nichts. Selbstmitleid hat etwas äußerst Vulgäres, finden Sie nicht?«

»Ich weiß nicht recht«, sagte Rosslyn. »Irgendwann finden die meisten einen Grund, sich selbst zu bemitleiden. Vielleicht ist es das beste, es für sich zu behalten.«

»Sprechen Sie deshalb nicht über Ihre Freundin?«

»Auch das ist vorbei. Sie war offenbar nicht so, wie ich sie gesehen habe, als sie noch lebte.«

»Dann sollten Sie vielleicht wirklich nicht über sie sprechen.«

»Mir bleibt allerdings keine andere Wahl. Ich will wissen, wer sie umgebracht hat.«

»Strafe«, sagte sie. »Sie wollen, daß die Strafe dem Verbrechen entspricht?«

»Warum nicht? Sie müssen auch meinen Standpunkt sehen. Ich will lediglich wissen, wer Mary umgebracht hat, und warum.«

»Und Frances und Serena?« fragte sie.

»Auch das ist meine Aufgabe.«

»Meine auch«, sagte sie. »Wir haben dasselbe Ziel. Sie sollten sich meiner Methode anschließen.«

»Und die wäre?«

Sie sagte, sie sei Wissenschaftlerin, und als solche arbeite sie mit Modellen. Das eine davon war ganz einfach: »Frances beschäftigte zahllose Agenten, oft mit erheblichen Risiken.

Manchmal war eine zweite, gelegentlich sogar eine dritte Stelle zwischengeschaltet. Sie hatte beispielsweise jemanden im Auge, einen libyschen Diplomaten, der sich in ein Flittchen aus dem Büro für Öffentlichkeitsarbeit der britischen Tourismusbehörde verknallt hatte. Verheiratet. Der Libyer schwängerte sie. Er war auch verheiratet. Frances ließ beide überwachen. Das Mädchen bemühte sich um eine Abtreibung. Ihr Vater war Richter am obersten Gerichtshof, ihr Onkel Staatssekretär im Schatzamt. Es war eine ›Operation Stammbaum‹. Kinderleicht. Die Sache hätte viel Staub aufgewirbelt, und allen hätte der Fehltritt des Mädchens geschadet. Trotzdem sagte sie dem Libyer, sie wolle das Kind haben. Der Besuch beim Abtreibungsarzt war lediglich eine Geste gewesen, um den nervös gewordenen Libyer zu beschwichtigen. Frances bestach den Arzt zu sagen, die Schwangerschaft sei für eine Abtreibung schon zu weit fortgeschritten. Das war natürlich nicht der Fall.

Der Libyer bekam Drohbriefe, selbstverständlich anonym. Es hieß, man werde ihn umbringen, wenn er nicht bereit sei, sich mit jemandem zu treffen, der es gut mit ihm meinte. Dabei handelte es sich natürlich, wie Sie sicher erraten haben, um Frances. Der Libyer war außer sich. Er redete und redete, über alles mögliche, und hörte nicht wieder auf, bis er Zeiten, Orte und Methoden verraten hatte, wie illegale Waffen und Drogenlieferungen von Algier nach Portsmouth und sogar von Bogotà nach Southhampton ablaufen. Es war ein klassischer Fall. Schließlich wurde der Libyer aber sauer. Das Mädchen wurde auch gekauft. Sie ließ die Abtreibung letztlich doch noch vornehmen, tauchte dann aber mit ›dem Baby‹ in Paris auf, um der Frau des Libyers ›sein Kind‹ zu zeigen, das natürlich gar nicht seins war. Eine Woche später fand man die Leiche des Mannes auf dem Gehweg vor dem Eingang eines Hotels in der Rue de l'Université. Mit zerschmettertem Schädel. Er war gestürzt, gestolpert, gestoßen worden, ganz wie Sie wollen. Ende der Geschichte. Ein perfektes Modell mit glasklarer, in sich geschlossener Struktur und sauberem Schluß. Bis auf einen einzigen Schnitzer, eine Schwäche. Wissen Sie, worauf ich hinaus will?«

»Was meinen Sie?«

»Frances weigerte sich zu delegieren und kümmerte sich selbst um den Libyer. Sie machte ihn sich zum Feind. Er war zuletzt verzweifelt. Er sprach mit jemandem von seinen eigenen Leuten. Früher oder später kommt es dazu immer, vor allem bei Arabern. Sie vertrauen sich irgend jemandem an, selbst wenn sie ihm vielleicht nur einen Teil der Geschichte erzählen. Wie ein Soldat, der sich einen Kameraden sucht. Nur wenige Menschen können so eine Belastung allein ertragen. Harte Professionalität färbt nicht immer auf das Privatleben ab. Unser Araber hat also mit einem Freund gesprochen. Und der wird zu Frances' Feind. Eines Nachts gab es dann einen häßlichen Zwischenfall auf der Autobahn kurz vor Dover, als Frances' Wagen von zwei Autos absichtlich von der Spur abgedrängt wurde. Sie erlitt leichte Verletzungen. Der eine Wagen war am Vortag in Maidstone gekauft und bar bezahlt worden. Die Polizei in Kent verfolgte ihn zu einem Chauffeur zurück, der früher einmal für die Libyer gearbeitet hatte. Bis sie seinen Namen herausbekommen hatten, war er schon außer Landes. Der zweite Wagen konnte nie identifiziert werden. Aber der Unfall bewies, daß Frances auf der Abschußliste stand. Schuld daran war ganz allein sie selbst. Sie hatte nicht delegiert und sich damit in die Schußlinie gebracht. Sie fiel sich sozusagen selbst zum Opfer. Sie hatte zu sehr darauf vertraut, daß sie alles selbst am besten konnte. Es würde mich nicht überraschen, wenn sich etwas Ähnliches wiederholt hätte.

Vielleicht hat sich jemand sehr gründlich an ihr für eine Sache gerächt, die früher einmal passiert ist, womöglich schon vor langer Zeit.«

Ihre Ausführungen waren einleuchtend, wenn man glauben konnte, daß jemand wie Frances Monro nicht aus eigenen Fehlern gelernt hatte. Die alten Gewohnheiten der Geheimdienstleute starben eben nur langsam aus. Vermutlich hatte Monro sich für unverwundbar gehalten und geglaubt, daß ihr die Anonymität des MI5 Schutz bot. Vielleicht hatte sie wieder einmal versucht, eine Operation ganz allein durchzuführen, und war als einsame Kämpferin für Recht und Ordnung durch die düsteren Gefilde von Betrug und Gewalt gezogen. Vielleicht war ihr die Sache einfach über den Kopf gewachsen.

Rosslyn erklärte, warum ihm das Modell trotzdem unrealistisch erschien: »Ich gehe davon aus, daß die Leute der Generaldirektorin Frances' Vergangenheit durchleuchtet haben.«

»Das kann gut sein. Sie hat allerdings vieles für sich behalten.«

»Aber sie muß doch sehr detaillierte Akten geführt haben, über ihre Fälle, ihre Agenten, ihre Querverbindungen, das ganze Drum und Dran ihrer Arbeit. Eine Frau wie sie hat bestimmt dafür gesorgt, daß ihre Unterlagen im Büro jeder Untersuchung standhielten. Sie muß sich Mühe gegeben haben, ihre Bewerbung für die Spitzenstellung zu rechtfertigen.«

»Das hat sie.«

»Dann hätte sie also nicht gewagt zu kandidieren, wenn sie irgendwelche Leichen im Schrank gehabt hätte oder die Rache von irgend jemand hätte fürchten müssen?«

»Davon gehe ich aus.«

»Wie sieht dann Ihr zweites Modell aus? Daß sie eine Art Doppelagentin war, eine Verräterin oder so etwas?«

Sie lächelte dünn. »Es liegt nahe, daß Sie das denken«, sagte sie. »Aber zu Frances hätte das wirklich nicht gepaßt.«

»Und zu Serena Watson?«

»Auch nicht.«

»Wissen Sie, ich muß nachforschen. Das ist bitter, ich weiß. Aber Sie müssen mir dabei helfen, Davina. Erzählen Sie mir von Frances' Fehlern. Ihren Niederlagen. Ihren Schwächen. Denken Sie nach. Sie haben einen Vorteil: Sie haben sie gekannt.«

»Das stimmt«, sagte sie. »Sie müssen sich über eines im klaren sein: Sie hatte nichts an sich, was irgend jemanden dazu verleitet hätte, sie zu töten. Ihre größte Schwäche habe ich Ihnen schon genannt: Sie hat nicht gern delegiert. Im Thames House wird man ihre früheren Fälle bereits durchgesehen haben. Damit paßt mein erstes Modell nicht mehr, wie ich zugeben muß. Das zweite Modell ist eine falsche Fährte. Sie haben nur den Bericht der Spurensicherung in der Hand. Wir wissen beide, daß darin nichts Weltbewegendes steht. Das bringt Sie und Commander Harding in eine unangenehme Lage. Die Kleinarbeit, das Wühlen in den Akten des Thames House, kann unter gar keinen Umständen durch Sie, Harding oder einen seiner Leute erfolgen. Übrigens gibt es Bereiche, in die sogar Bryan keine Einsicht erhält. Die einzige Person, die überall Zutritt hat, ist die Generaldirektorin.« Sie zuckte die Achseln. »Sie könnten sie ja um eine vertrauliche Besprechung bitten. Die Karten auf den Tisch legen. Ihr anbieten, daß sie das einmal aus Ihrer Perspektive interpretieren, was sie bisher rekonstruiert hat. Aber wenn ich Sie wäre, würde ich mir die Mühe sparen.«

»Warum?«

»Weil sie sich von Ihnen nicht in die Karten schauen lassen wird. Auch von Commander Harding nicht, und sogar von unserem lieben Bryan nicht. Im Thames House wäscht man seine schmutzige Wäsche gern selbst. Sie können nicht erwarten, daß ganze Abteilungen die Arbeit unterbrechen und ihre Leute zurückbeordern, die Gott weiß wo im Einsatz sind. Nein. Die Show muß weitergehen. Das Mühlrad dreht sich unbarmherzig. Man kann die Vorstellung nicht unterbrechen, nur weil einer der Zuschauer gern eine Pause einlegen würde, um den Handlungsablauf besser zu verstehen. Das hat es noch nie gegeben. Und glauben Sie mir, es wird auch jetzt nicht passieren. Sie können nur warten.«

»Worauf?«

»Daß die Gegenseite einen Zug macht. Schauen Sie nicht so finster drein, Alan. Man muß sich selbst erforschen, die eigene Vergangenheit, um einen eifersüchtigen Liebhaber oder einen nachtragenden Kollegen zu finden. Jemanden, der zu allem bereit ist. Entwickeln Sie doch mal ein Modell für mich. Stellen Sie sich vor, was vor der Ermordung von Frances und Serena passiert ist. Ihr eigenes Leben, bevor Mary starb. Erzählen Sie es mir. Von Anfang an.«

Noch einmal erzählte er von den Ermittlungen, die zu Dee McKeagues Verhaftung geführt hatten. Er beschrieb in groben Zügen, wie ihre Vernehmung verlaufen war. Daß McKeague überzeugt gewesen war, Monro und Watson sollten ermordet werden. Daß man ihr den Job angeboten hatte. Daß sie Marys Mörder hätte nennen können, der beim versuchten Bombenanschlag auf das Thames House kurz vor Weihnachten eine Schlüsselrolle gehabt hatte. Er sprach von alldem sehr überzeugt und detailliert. Er gab sein Gespräch mit McKeague im einzelnen wieder und äußerte seine Gewißheit, daß jemand das Tonband bewußt verändert hatte, so daß es beinahe zu seiner Suspendierung gekommen wäre, hätte Harding sich nicht für ihn eingesetzt. »Ich bin sicher, daß es jemand vom MI5 war.«

»Oder ein IRA-Sympathisant oder jemand, der so etwas für Geld macht. Es wird eine Stange Geld gekostet haben, und es gibt immer Polizisten, die käuflich sind.«

Rosslyn schüttelte den Kopf. »Harding kennt die Jungs von Paddington Green. Er sorgt schon dafür, daß er in allen Hochsicherheitsabteilungen mitbekommt, was da gespielt wird.«

»Damit sind wir wieder bei der Generaldirektorin«, sagte Davina. »Und sie wird selbstverständlich jeden Kontakt überprüft haben, den McKeague hatte. Ihre Kameraden. Ihre Familie, ihre Freunde, die ganze Zeit, seit sie ein kleines, unschuldiges katholisches Mädchen war. Es gibt Millionen wie sie und Tausende, die mit der IRA sympathisieren. Hunderte, die irgendwann einmal in den Städten aktiv werden, manche mehr, manche weniger. Der Schuldbeweis liegt unter den Tonnen von Schutt begraben, den sie inzwischen aus den Straßen weggeräumt haben. Ihn zu finden ist ein hoffnungsloses Unterfangen.«

»Trotzdem«, sagte Rosslyn und schob seinen Stuhl zurück. »Wir müssen noch mehr Fakten sammeln, noch mehr Zeugenaussagen hören. Bedenken Sie, ich bin Zollbeamter. Jeder hat irgendwas zu verbergen.«

Nach dem Abendessen räumte Rosslyn den Tisch ab, während sie die Hunde und Katzen in den Garten hinausließ. Es regnete nicht mehr. Er hörte sie mit den Hunden sprechen. Sie redete jeden von ihnen mit Namen an und wünschte gute Nacht. Eine Zeitlang stand sie ganz still, ihr Gesicht nach oben gewandt, als betrachte sie den Mond. So allein in der Stille, dachte er wieder kurz an Mary. Er spürte eine Empfindung in sich aufsteigen, die vorher nicht dagewesen war: Ruhe, die Illusion, für eine Weile dem Druck der Ermittlungen entflohen zu sein. Seine Wut über das, was er noch vor wenigen Stunden in Marys Tagebuch gelesen hatte, legte sich allmählich. Es hatte etwas mit Davina Wesleys Gelassenheit zu tun, mit seinem Gefühl, ihr vertrauen zu können. Sie schienen beide Opfer zu sein, jeder auf seine Weise.

Sie verschloß und verriegelte die Tür zum Garten. »Sie bleiben natürlich die Nacht über hier.«

Es war mittlerweile fast drei Uhr morgens.

»In ein oder zwei Stunden fährt der Frühzug«, sagte Rosslyn. »Wenn es Ihnen nichts ausmacht, bleibe ich hier unten und lese.« Neben dem Kamin in der Küche stand eine Couch. »Ich kann mich ja hier hinlegen.«

»Nein«, sagte sie. »Kommen Sie mit nach oben.« Sie löschte das Licht in der Küche und ergriff seine Hand. »Ich könnte dir noch viel mehr erzählen, Alan. Darüber, was mit Frances und Serena passiert ist. Und warum Mary sterben mußte. Wer sie alle drei getötet hat. Es würde mir leichter fallen, dir das zu erzählen, wenn ich ganz nah bei dir sein könnte.«

In ihrem Schlafzimmer gab es nur eine Nachttischlampe. »Es wäre doch schön, wenn wir ganz nah beieinander schliefen«, sagte sie. »Nur für ein paar Stunden. Länger, wenn du willst. Ich könnte mir den Vormittag frei nehmen.«

Sie ging ins Badezimmer. Durch die Tür rief sie: »Könntest du das nicht auch tun?«

»Morgen nicht«, antwortete er.

»Na gut, dann zieh dich aus und steig in mein Bett.«

Er lag unter der Decke und wartete auf sie. Dann hörte er sie sagen: »Mach das Licht aus.«

28

Jeder Idiot hätte gemerkt, daß sich überall im Umkreis von Rosslyns Wohnung in Pimlico Überwachungsbeamte häuslich eingerichtet hatten. Anna McKeague hatte sie schon vor Wochen aus sicherer Entfernung vom Taxi aus gesehen, ihre Gesichter an den Fenstern der Wohnung im obersten Stock des Hauses gegenüber der Kellerwohnung. Und von einem Bistro an der Ecke aus hatte sie auch gesehen, wie Rosslyn mit einem leitenden Beamten sprach. Dem Chef der Streifenbullen. Rosslyn hatte neben seinem Auto gestanden, eine Reisetasche in der Hand. Sie hatte ein Taxi gerufen und war seinem Wagen zu einem Wohnblock am Tavistock Crescent gefolgt. Dort hatte sie unbemerkt gewartet, wie die Katze vor dem Mäuseloch.

Als Rosslyn nun mit Harding auftauchte, folgte sie ihm bis zum Millbank. Sie hatte genug gesehen, um sicher zu sein, daß die beiden im Thames House verschwunden waren.

Der Taxifahrer sagte, er wolle Feierabend machen. »Worauf warten wir eigentlich?« fragte er mürrisch.

»Ich warte auf einen Freund.« Sie bot an, ihm das Doppelte des Fahrpreises zu zahlen.

»Dann muß ich aber mindestens einen Zwanziger haben«, maulte der Fahrer.

Zwei Stunden später sahen sie Rosslyns Wagen vom Thames House wegfahren. Inzwischen hatte heftiger Regen eingesetzt. Sie verfolgten den Wagen bis zum West End und verloren ihn dann aus den Augen, als er in ein Parkhaus fuhr.

Sie gab dem Taxifahrer zwei Zehnpfundnoten und stellte sich in einem Torweg unter, von dem aus sie den Hauptausgang des Parkhauses überblicken konnte. Von Rosslyn jedoch keine Spur. Vielleicht war er ja durch einen anderen Ausgang weggegangen. Sie ließ einige Minuten verstreichen. Dann beschloß sie, ins Parkhaus zu gehen und den Wagen zu suchen.

Sie fand ihn schließlich auf dem obersten Parkdeck. Sie war allein. Sie drückte sich an der dunkelsten Wand entlang bis zum Wagen und kümmerte sich zunächst um die einzige Videokamera. Sie stellte sich auf Zehenspitzen und beschmierte die Linse mit etwas Vaseline, gerade genug, um ihre Anwesenheit zu vertuschen und dem Wachmann in seiner Loge im Erdgeschoß weiszumachen, die Überwachungskamera sei vorübergehend nicht in Ordnung.

Jetzt beschäftigte sie sich mit Rosslyns Wagen.

Sie lag rücklings darunter und befestigte ein kleines Päckchen Sprengstoff an der Karosserie. Sie prüfte die Drähte, angelte nach dem Zünder und stellte ihn ein. Dann beschmierte sie das Ganze ebenfalls mit Vaseline und bedeckte es mit einer Öl- und Schmutzschicht.

Jetzt war der Sprengsatz ausreichend getarnt und würde wenige Minuten nach dem Anfahren in die Luft fliegen. Die Bewegung würde den Zünder aktivieren. Er funktionierte genauso einfach wie ein Feuerwerkskörper. Nur daß dieser Sprengsatz tödlich sein würde. Wieder eine perfekt gelöste Aufgabe.

Eine Welle der Erregung durchflutete sie. Als sie aufstand, fühlte sie sich leicht und wie berauscht. Der Wagen würde in die Luft fliegen. Glas und Stahl würden Rosslyns Körper zerfetzen, ihn in Stücke reißen. Seine Überreste würde man in Plastiktüten einsammeln müssen. Die Spurensicherung würde ihre langwierige, zeitraubende Arbeit aufnehmen, um ihr, Annas, Meisterwerk zu rekonstruieren. Sie wünschte sich sehnlichst,

Rosslyn sterben zu sehen. Aber sie wußte, es war zu gefährlich, wenn sie blieb. Sie verließ das Parkhaus über die Treppe.

Als sie sich später draußen im Regen auf den Weg zum Bahnhof machte, um den Frühzug von London nach Amersham zu nehmen, befahl sie sich selbst Ruhe.

Die Reise sollte der Auftakt zu noch größeren Dingen werden.

Es hängt jetzt alles von mir ab, sagte sie sich. Sie wünschte den Schweinen einen Tod, wie man ihn sich übler nicht vorstellen kann.

Wenn ich erst meine Arbeitsmittel habe, meine Waffen, dann geht es los.

Und ich werde mich ihrer eigenen Intelligenz bedienen, dachte sie. Ihre eigene Forschung wird sie auslöschen.

Sie werden Ihre Vorratsräume für mich öffnen, Mrs. Wesley. Sie werden mich in Ihre Geheimnisse einweihen.

29

Als Rosslyn erwachte, taten ihm zunächst nur alle Knochen weh. Er drückte sich tiefer in ihr weiches Bett, um seine steifen Schultern zu entlasten. Die Uhr auf ihrem Nachttisch zeigte halb sechs.

Er hörte das frühmorgendliche Zwitschern der Vögel im Garten und in der Umgebung. Das Läuten des Telefons. Hundegebell. Davinas Stimme, die unten im Erdgeschoß ins Telefon sprach. Das Pfeifen des Kessels.

Ihm fiel ein, daß sie gesagt hatte: »Ich könnte dir noch viel mehr erzählen, Alan. Darüber, was mit Frances und Serena passiert ist. Und warum Mary sterben mußte. Wer sie alle drei getötet hat.« Und, was wie eine seltsame Vorbedingung für ihre Enthüllungen gewirkt hatte: »Es würde mir leichter fallen, dir das zu erzählen, wenn ich ganz nah bei dir sein könnte.«

Offenbar hatte sie ihn zunächst näher auskundschaften wollen. Gaynor hatte ihm einmal in seiner angeblich beim Militär erworbenen Ausdrucksweise erklärt: »Die Zeit, die man für Erkundungen aufwendet, ist in den seltensten Fällen verloren.« Vielleicht, dachte er, hatte ihre Aufklärungsarbeit ja die letzten Zweifel ausgeräumt, die sie noch an ihm gehabt hatte. Sie kam mit einem Frühstückstablett ins Schlafzimmer zurück.

»Haben die Hunde dich geweckt?« fragte sie.

»Nein. Ich habe das Telefon klingeln gehört«, sagte er. Er war neugierig, wer wohl so früh am Morgen angerufen hatte.

»Dreimal darfst du raten: Es war Bryan«, sagte sie.

»Was wollte er denn?«

»In Erfahrung bringen, ob ich möglicherweise weiß, wo du steckst.«

Rosslyn sah sie einen Moment lang unbehaglich an. »Hast du's ihm gesagt?«

Sie überlegte und lachte dann. »Was glaubst du denn? ›Aber ja doch, Bryan, um genau zu sein: Er liegt in meinem Bett. Wir haben miteinander geschlafen. Es ist schon schmeichelhaft, mit einem jüngeren Mann ins Bett zu gehen, noch dazu, wenn er ein so guter Liebhaber ist. Im Gegensatz zu dir, Bryan.‹« Sie sah Rosslyn lange an. Ihr Blick verriet Enttäuschung. »Ich hoffe, es ist mehr als nur das, Alan.«

»Mehr als was?«

»Du hast doch nicht nur deshalb mit mir geschlafen, weil du glaubst, ich könnte dir nützlich sein?«

Es ist genau anders herum, dachte er, wollte ihr das aber

nicht ins Gesicht sagen. Schließlich war die Initiative von ihr ausgegangen.

Er wollte sie beschwichtigen, als sie sagte: »Hör mal, ich habe schlechte Neuigkeiten für dich. Commander Harding liegt im Krankenhaus. Vergangene Nacht hat es eine Bombenexplosion gegeben.«

Rosslyn fror plötzlich. »Ist er tot?«

»Nein«, sagte sie. »Das nicht. Aber es heißt, er sei schwer verletzt. Er ist bei Bewußtsein. ›Es war äußerst knapp‹, hat Bryan gesagt. ›Er ist nur um Haaresbreite davongekommen.‹ Bryan liebt es, schlimme Botschaften zu überbringen. Und dein Freund Harding ist immerhin noch so klar bei Sinnen, daß er dich sofort sehen will.«

»Gott im Himmel. Ich begreife nicht, wieso ausgerechnet Bryan am Telefon war.«

»Weil er alle Leute anrufen soll, bei denen du vielleicht sein könntest, auch die, die du schon befragt hast. Ich weiß nicht, wer die übrigen sind, Alan. Aber ich stehe wohl ganz oben auf der Liste, nicht wahr?«

»Haben sie schon rausgekriegt, wer es war?« fragte er.

»Ich weiß es nicht und habe auch nicht gefragt. Trink deinen Kaffee, bevor er kalt wird. Mach dir keine Sorgen, deine Sachen sind trocken. Übrigens: Hast du mit allen Zeuginnen geschlafen?«

»Du bist nicht fair, Davina.«

»Doch. Ich bin mir selbst gegenüber fair. Ich mag es nicht, wenn man mir weh tut. Du könntest etwas für mich tun, Alan. Ich möchte, daß du mir schreibst.« Sie legte ihm den Finger auf den Mund. »Irgendwas. Sag jetzt nichts. Schreib etwas Nettes.«

Er lächelte zustimmend.

»Gut«, sagte sie. »Ich warte hier auf dich. Jederzeit.«

»Wenn alles vorbei ist«, sagte er, »gehen wir weg. In den Norden. Vielleicht an die Seen. Wir besuchen deine Söhne. Jonathan heißt doch der Junge in Manchester, nicht wahr, und der andere ...«

»Felix, ja. Aber ich glaube, vorher sollten wir uns noch ein bißchen besser kennenlernen. Aber erst mußt du nach London zurück.« Sie überlegte. In ihrem Blick lag Angst. »Alan, es war dein Wagen, den sie letzte Nacht in die Luft gejagt haben.«

Der Gedanke war ihm noch gar nicht gekommen. Plötzlich fiel es ihm wieder ein.

»Hat Bryan gesagt, daß es *eindeutig* mein Wagen war?«

»Ja, allerdings. Deshalb will Harding ja, daß du dich in Sicherheit bringst. Und ich auch. Du hättest in Stücke gerissen werden können. Sie sind jetzt hinter dir her. Ich möchte nicht, daß dir was passiert, Alan.«

»Es wird schon gutgehen«, sagte er. »Aber wenn du mir noch irgendwas sagen möchtest, das du bisher zurückgehalten hast, dann tu es bitte jetzt.«

»Ich habe lange darüber nachgedacht.«

Sie zögerte wieder.

»Über alles und jedes«, fuhr sie fort. »Frances' Vergangenheit. Es wäre traurig, wenn ihr Tod sich letztlich als sinnlos erweisen würde. Ich habe dir doch von diesem Luftwaffenoffizier erzählt. Die Frau, die sich über Frances beschwert hat. Ihre wahnsinnige Eifersucht.«

Wieder diese Geschichte.

»Sie kam zu viel Geld, als ihr Mann starb, durch die Lebensversicherung. Ein Haus in Lincolnshire. Eine Eigentumswohnung in St. John's Wood. Trotzdem hat sie alles verkauft und ist nach Kanada gegangen. Sie hätte das nötige Geld gehabt, um Frances beseitigen zu lassen.«

»Was? Indem sie der IRA den Auftrag gab? Das wage ich zu bezweifeln.«

»Nun, der Mann war bei der Spionageabwehr tätig. Er muß sich ausgekannt haben. Seine Frau war nicht dumm. Die Ehefrauen der Leute in der Armee erzählen sich untereinander viel mehr als die unserer Mitarbeiter. Oder die Frauen von SIS-Leuten. Bei den Streitkräften nimmt man es mit der Geheimhaltung nicht so genau.«

»Warum hast du das bisher niemandem gesagt? Bryan zum Beispiel?«

Sie sah aus dem Fenster. Die Sonne ging hinter den Bäumen auf. »Das wird ein schöner Tag«, sagte sie. Dann wandte sie sich zu ihm um. »Ich weiß auch nicht, warum ich mit niemandem darüber gesprochen habe. Wahrscheinlich, weil mich keiner danach gefragt hat. Auf alle Fälle ist es reine Spekulation. Ich gebe zu, es erklärt nicht, warum Mary gestorben ist. Oder Serena Watson, die wohl einfach nur furchtbares Pech hatte. Sie war zur falschen Zeit am falschen Ort.« Sie vergrub das Gesicht in den Händen. »Ich bin das alles so leid«, sagte sie.

»Aber ich bin froh, daß du es mir gesagt hast«, sagte er sanft. »Jede Kleinigkeit ist nützlich.«

»Dann habe ich dich nicht enttäuscht?« Sie küßte ihn auf den Mund. »Ich habe irgendwie das Gefühl, daß ich keine große Hilfe war.«

»Aber nein, ganz und gar nicht«, sagte er.

Er ging die Treppe hinunter. Seine Sachen waren trocken. Unter den Blicken ihrer stillen, mißmutigen Hunde zog er sich rasch an.

Sie brachte ihn zum Bahnhof. Dann küßte sie ihn zärtlich zum Abschied und erinnerte ihn daran, ihr zu schreiben. Er versprach es.

Vor dem Fahrkartenschalter stand eine kleine Schlange. Männer und Frauen in Bürokleidung, mit zusammengerollten Regenschirmen unter dem Arm, manche mit Mobiltelefonen und vollgestopften Aktentaschen. Ein Mann hatte ein Freimaurer-Köfferchen wie Gaynor.

Auf dem Weg zum Bahnsteig, wo der Zug nach London abfuhr, schaute Rosslyn auf den Bahnhofsvorplatz zurück. Davina Wesley war fort. Wo gerade noch ihr Wagen geparkt hatte, sah er jetzt eine Frau in ein Taxi steigen. Sie hatte kurze Haare und war ziemlich sportlich gebaut. Mit ihrer Schwesterntracht kam sie ihm bekannt vor, als hätte er sie schon einmal gesehen, eine ernste, leicht schmuddelige Frau. Wahrscheinlich eine Krankenschwester oder eine Polizistin nach Dienstschluß, vielleicht sogar eine Lehrerin, dachte er. Sie hatte etwas Vertrautes an sich. Sah sie wie Mary aus? Die Leute vom Zoll sind darauf trainiert, sich die Gesichter anderer Leute einzuprägen, und es wurmte ihn, daß er sie nicht unterbringen konnte. Sie hatte eine Sammeldose aus rotem Plastik bei sich, wie sie einem klappernd von Frauen unter die Nase gehalten werden, damit man etwas Kleingeld für irgendeinen guten Zweck spendet. Nein. Er wußte es nicht mehr. Das Taxi fuhr weg.

Immerhin erwischte er im Zug nach London einen Sitzplatz.

30

In der Abgeschiedenheit der Zugtoilette lud und sicherte er den Revolver. Er fürchtete, die Ausbuchtungen von Waffe und Holster unter seinem Jackett könnten verdächtig aussehen.

Als er mit der Tasche zu seinem Platz zurückkam, setzte er sich gebeugt und mit verschränkten Armen hin und war froh, das blecherne sss-sss-sss-sss-dum-dum aus dem Walkman des neben ihm sitzenden Mannes zu hören. Die übrigen Fahrgäste fühlten sich dadurch gestört und beachteten Rosslyn folglich nicht. Wenn man durch den Ausgang *Nichts zu verzollen* geht, ist es ja auch immer ratsam, möglichst nahe hinter einem ungewaschenen Studenten zu bleiben.

Rosslyn befingerte, ohne hinzusehen, den Inhalt seiner Tasche. Er fand etwas, das er nicht selbst hineingetan hatte.

»Haben Sie diese Tasche selbst gepackt?«

Ja.

»Hat Sie irgend jemand gebeten, sonst etwas für ihn mit an Bord zu nehmen?«

Nein.

Er konnte nicht wissen, daß Davina Wesley etwas in seine Tasche gesteckt hatte, als er nicht hinsah. Es war ein frankierter Briefumschlag, auf dem in großen Buchstaben Davina Wesleys Name und Anschrift standen. Der Umschlag enthielt einen Kuli.

Er begann zu schreiben: »Liebe Davina, danke für die vergangene Nacht.«

Er fragte sich, wie er fortfahren sollte. Sie wollte, daß er »etwas Nettes« schrieb. Was denn? Sicher nichts Eindeutiges wie »Es war schön, mit dir zu schlafen«.

Er schnupperte am Papier. Es duftete nach ihrem Parfüm.

Die Frau auf dem Sitz ihm gegenüber sah von ihrem Kreuzworträtsel im *Telegraph* auf.

Sie lächelte ihn an, doch Rosslyn schaute weg und schrieb: »Wenn es noch etwas gibt, was du mir sagen möchtest, dann ruf mich bitte an, schreib mir, oder schick ein Fax an mein Büro. Ich halte dich auf dem laufenden, wenn wir etwas herausbekommen. Laß mich wissen, wann und wo ich dich am besten anrufen kann. Nochmals vielen Dank. Dein A. R.«

Er warf den Brief am Bahnhof in der Nähe der Baker Street ein. Dann rief er Wesley an, um gleich zu Harding fahren zu können.

Während er darauf wartete, daß Wesley sich meldete, fühlte er sich plötzlich unsicher. Hatte er sich auf etwas eingelassen, das ihn letzten Endes genauso enttäuschen würde wie Marys Untreue? Er wollte wieder an die Arbeit, nicht nur, weil sie nun einmal getan werden mußte, sondern weil er damit seiner Wut über Mary entfliehen konnte, der Tatsache, daß zwischen ihnen etwas offen, ungesagt geblieben war. Er untersuchte den Mord an ihr ebenso wie den an Monro und Watson: verdeckt und insgeheim, während irgend jemand ihn am liebsten tot gesehen hätte. Warum sonst hatte man ausgerechnet *seinen* Wagen in die Luft gejagt? Es wurde ihm wieder kalt. Er hatte das beunruhigende Gefühl, gegen sich selbst zu ermitteln. Als sei er vom Jäger zur Jagdbeute geworden. Und es schien ihm, daß jemand anders, das *Insekt*, in der gleichen Gemütsverfassung war. Das Insekt kannte ihn, er dagegen tappte im dunkeln.

Wesley meldete sich. Mit gewohnt volltönender Stimme, etwas außer Atem, immer eine Spur zu vertraulich, erzählte er ihm Einzelheiten über Hardings Zustand. »Um ein Haar hätte er den Löffel abgegeben«, sagte Wesley. »Wo genau sind Sie jetzt?«

»Am Regent's Park«, log Rosslyn.

»Und vergangene Nacht? Als wir Sie brauchten?«

»Hatte was zu erledigen.«

»Ich denke, in Zukunft sollten Sie mich vorher wissen lassen, wo Sie sich aufhalten, Rosslyn«, sagte Wesley. »Gehen Sie jetzt zu Harding. Ich sage den Wachleuten, daß Sie in zirka einer halben Stunde kommen.«

Rosslyn ahnte, daß Wesley noch mehr auf Lager hatte. Er brauchte nicht lange zu warten.

»Ach, Rosslyn, übrigens leite ich jetzt die Ermittlungen, da Harding ja *hors de combat* ist. Wir schlagen jetzt neue Saiten an. Sie werden mich in Zukunft über jede Ihrer Bewegungen auf dem laufenden halten. Und sie werden unter keinen Umständen – ich wiederhole: unter gar keinen Umständen – mit irgend jemandem über die Ermittlungen sprechen, wenn ich nicht persönlich die Erlaubnis dazu gegeben habe. Keine Erklärung gegenüber der Presse, mit wem Sie sich treffen und so weiter, falls Sie daran gedacht haben sollten.«

»Habe ich nicht.«

»Um so besser«, sagte Wesley. »Beeilen Sie sich mit Harding, und kommen Sie dann zu mir ins Thames House. Ich möchte mit Ihnen reden. Um halb eins in meinem Büro. Was ich Ihnen zu sagen habe, Rosslyn, ist persönlich und unerfreulich.«

»Worum geht es?«

Ohne ein weiteres Wort legte Wesley auf.

31

Der Regen der letzten Nacht hatte dem üppigen Grün in Davina Wesleys Garten leuchtenden Glanz verliehen.

Sie saß mit ihrem Frühstückskaffee am Gartentisch und lauschte dem fernen Brummen eines Traktors. Ringeltauben flogen lärmend durch das Buchenlaub. Sie sah ihnen zu, wie sie himmelwärts schossen, sich dann fallen ließen und in der Luft einen Bogen beschrieben. Ihre Hunde behielten die Tauben mürrisch im Auge. Die Katzen verfolgten sie mit gierigem Raubtierblick.

Sie schaute auf die verschlungenen Kletterpflanzen, Farne und Rosenbüsche. Der Sommer hatte früh eingesetzt. Der Gedanke beunruhigte sie, als gehe eine bislang zuverlässige Uhr plötzlich eine Stunde vor. Wildblumen hatten sich hier bereits angesiedelt. Kuckucksblumen zeigten ihre elfenbeinfarbenen Blüten, und an feuchten, schattigen Stellen nickten die orange- und pinkgefärbten Glöckchen des Bachnelkenwurz. Ein guter Tag, dachte sie, um der kalten unterirdischen Welt von Beaconsfield zu entfliehen.

Eine ihrer Katzen lag auf einer trockenen, moosgesäumten Steinplatte. Das Tier erinnerte sie an Alan, so drahtig, einsam und auch wohl ein bißchen leichtgläubig, wie ihr schien, ein tapferer kleiner Krieger. Katzen hatte sie immer schon für mutig gehalten, deshalb hieß ihre Lieblingskatze, die jetzt vor ihr lag, Meg, nach Keats' Meg Merrilies:

Brave as Margaret Queen
And tall as Amazon.

Sie sah, wie Megs Ohren zuckten und ihr Nackenhaar sich sträubte. Meg stand auf und machte langsam einen Buckel. Das Läuten der Türklingel, das dumpf aus dem Haus herübertönte, hatte sie beide aufgeschreckt.

Davina stand auf. Einer der Hunde begann zu bellen. »Hierher«, rief sie. »Sitz. Bleib, wo du bist.« Dann ging sie ins Haus.

Nach dem hellen Sonnenschein mußten ihre Augen sich erst an das dämmerige Licht in Küche und Diele gewöhnen. Sie fühlte sich etwas schwindlig, vielleicht weil sie in der Nacht zuwenig geschlafen hatte, dachte sie.

»Wer ist da?« rief sie durch die Tür.

»Kinderhilfswerk«, antwortete eine Frauenstimme.

»Gut. Warten Sie einen Moment.« Sie fand eine Fünfpfundnote in ihrer Handtasche. Draußen stand offenbar eine Spendensammlerin vom Kinderhilfswerk, das unter Prinzessin Annes Schirmherrschaft stand, und die Prinzessin war ihr irgendwie sympathisch. »Die Klappe am Briefkasten klemmt leider ein bißchen«, rief sie. »Hier.«

Sie schob den Schein durch den engen Schlitz.

»Sind Sie Mrs. Wesley?« fragte die Frau. »Sie stehen auf unserer Liste.«

»Warum fragen Sie?«

»Könnte ich vielleicht einen Moment hereinkommen? Ich würde Ihnen gern einmal die Vorteile einer Spender-Patenschaft erläutern.«

»Im Moment paßt es mir nicht besonders.«

»Ach, schade. Haben Sie Besuch?«

»Nein, aber es ist jetzt wirklich nicht der richtige Moment.«

Die Frau klang enttäuscht. »Ich würde Ihnen wenigstens gern die Broschüre zeigen. Sie geht nicht unter der Tür hindurch. Es dauert wirklich nur einen Augenblick.«

»Also gut.«

Davina öffnete die Haustür.

Als erstes fiel ihr der stahlharte Blick der Augen auf. Sie blinzelten nicht. Nicht die Augen, die man bei der Mitarbeiterin einer Wohltätigkeitsorganisation erwarten würde. Den Bruchteil einer Sekunde später sah sie die Pistole in der Hand der Frau, deren Aussprache nicht mehr den breiten südenglischen Klang hatte, sondern plötzlich irisch war: »Gehen Sie langsam rückwärts. Sie tun, was ich Ihnen befehle«, sagte die Irin, »sonst puste ich Ihnen die Titten weg.«

32

Rosslyn sah neue Gesichter im King-Edward-VII.-Polizeikrankenhaus. Erst gestern, schien es ihm, war er selbst hier von bewaffneten Beamten bewacht worden, wie jetzt Harding, der durch den Schock und die Verletzungen um Jahre gealtert wirkte. Rosslyn verbarg sein Mitleid mit Hardings miserablem Zustand.

Sie unterhielten sich etwa eine halbe Stunde lang. Harding erzählte von dem Bombenanschlag, der ihn beinahe das Leben gekostet hätte.

»Ich habe Ihren Wagen mit der Taschenlampe abgeleuchtet. Den Unterboden, die Karosserie. Nichts. Ich wollte gerade einsteigen, als ich Streifen im Staub sah oder besser gesagt im Dreck, als sei erst vor kurzem jemand unter dem Auto hervorgekrochen. Es war also wahrscheinlich, daß sich jemand daran zu schaffen gemacht hatte und dann abgehauen war.«

»Was hat die Explosion denn ausgelöst?« fragte Rosslyn.

»Dazu komme ich noch. Also ging ich nach unten zum Aufseher. Der Mann, ein Asiate, sagt: ›Ich habe jeden gesehen, der reingekommen ist, und jeden, der rausgegangen ist.‹ Ich prüfe seine Kasse, seine Quittungen, das ganze Drum und Dran. Dann sein Überwachungssystem. Und siehe da: Die Kamera im obersten Parkdeck zeigt ein unscharfes Bild. Alles total verschwommen. Ich stelle fest, daß er einen eigenen Fernseher da stehen hat und sich irgendeinen Scheiß im Nachtprogramm reinzieht. Ich sage zu ihm: ›Schließen Sie die Türen.‹ Er sagt: ›Und was ist mit den Kunden?‹ Also erkläre ich ihm: ›Ich vermute, daß unter meinem Wagen auf dem obersten Parkdeck eine Bombe liegt, die möglicherweise gleich explodiert.‹ Ich sage zu ihm: ›Bleiben Sie hier bei mir.‹ Und ich rufe Scotland Yard an. Dann – ich weiß immer noch nicht, was ihm plötzlich aufgestoßen ist, ob sein Curry und sein Bier oder die Nachricht von der mutmaßlichen Bombe – jedenfalls rast er plötzlich aus dem Kabuff und schreit: ›Ich glaube, ich muß kotzen.‹

Er ist raus wie der Blitz und flitzt die Feuertreppe rauf, als sei der Teufel hinter ihm her. Ich denke, wenn er kotzen muß, dann behält er es aber verdammt lange bei sich. Ich folge ihm, rutsche auf der Treppe aus und verstauche mir den Fuß. Als ich ihn schließlich finde, steckt er den Kopf gerade in den Kofferraum des Wagens neben meinem – oder besser gesagt *Ihrem* Auto. Ich ziehe meine Pistole. Er hält eine Einkaufstüte in der Hand. ›Das ist bloß Geld‹, sagt er bibbernd. ›Mein Gewinn vom Buchmacher.‹ Ich sage: ›Legen Sie's hin. Ganz sachte. Langsam. Vor Ihre Füße. Na los. GEBEN SIE DAS ZEUG BLOSS NICHT MIR‹, brülle ich. ›Tun Sie, was ich Ihnen sage, sonst knallt's.‹ Er zittert, ihm geht sichtlich der Arsch auf Grundeis. Dann heulen Sirenen, meine Jungs sind da. Unser Freund erstarrt. Dann kotzt er doch noch sein Curry und sein

Bier aus. Überallhin, auch in seine Tüte. Ich will ihn mir schnappen, aber er kippt glatt um, knallt gegen Ihren Wagen und bringt ihn zum Schaukeln. Wenn da wirklich eine Bombe drunter ist, wieviel Zeit haben wir dann noch, er und ich, um die Kurve zu kratzen?

Also zerre ich ihn und seine stinkende Tüte über den Fußboden. Er kommt zu sich, fängt an zu kriechen. Ich packe ihn unter den Armen und ziehe ihn hoch. Wir sind fast durch die Schwingtür, die Feuertür zum Treppenhaus, als das Scheißding in die Luft fliegt. Wenn es die Feuertür nicht gegeben hätte und die Sprengwirkung nicht nach unten gegangen wäre, dann säßen wir jetzt nicht hier. Sie nicht und ich auch nicht.«

»Verdammt, es tut mir leid«, sagte Rosslyn.

»Es hätte schlimmer sein können. Immerhin habe ich's überlebt. Und der Asiate auch. Er ist durcheinander und verletzt, aber er lebt noch. Das Geld war übrigens sauber – er hatte ein hübsches Sümmchen gewonnen. Aber meine Beine sind ganz schön demoliert. Es wird eine Weile dauern, bis ich wieder im Einsatz bin. Ich könnte mich selbst in den Hintern treten, daß ich die frisierte Kamera nicht bemerkt habe. Sie war mit Vaseline beschmiert. Selbst wenn der Asiate nicht halbbesoffen gewesen wäre, hätte er nichts gesehen. Manchmal wäre es mir lieber, manche Asiaten würden sich nicht so oft einen auf die Lampe gießen.«

»Hat schon jemand die Verantwortung übernommen?«

»Nein«, entgegnete Harding. »Aber es *muß* unser Insekt sein. Blöderweise zeichnen die in dem Scheiß-Parkhaus die Videobilder nicht auf. Sonst könnten wir sie uns hier und jetzt auf dem Videofilm ansehen. Wir haben so oft nur knapp daneben getroffen. Ich sage Ihnen: Wir kriegen sie. Nicht der MI5. Die nicht. Aber wir.«

Trotz seiner Verwundung war Harding offenbar entschlossener denn je. Kein Wunder, dachte Rosslyn. Seine Beine sind schwer verletzt und er selbst damit so gut wie weg von dem Fall. »Stimmt es, daß Wesley die Leitung übernimmt? Das hat er mir jedenfalls erzählt.«

»Ja, das stimmt. Langfristig ist das egal.« Harding brachte seinen Körper mühsam in eine andere Position. »Manchmal ist es gar nicht so schlecht, wenn ein Arschloch an der Spitze steht. Er ist ein Großmaul und ein Wichser.« Er schüttelte den Kopf und jammerte: »Meine verfluchten Beine.«

»Geben die Ihnen keine Schmerzmittel?«

»Ich halte nichts davon. Ich will klar denken können, wenn Sie mir erzählen, was letzte Nacht passiert ist. Übrigens, falls es mal darauf ankommt: Wesley weiß nicht, daß wir seine sogenannte Ehefrau anzapfen. Ich habe ihn alle Leute anrufen lassen, mit denen Sie gesprochen haben, darunter auch Mrs. Wesley. Er hat es nicht kapiert. Erzählen Sie mir, was Sie aus ihr herausbekommen haben.«

Die Schwester brachte Kaffee. Rosslyn nutzte die Unterbrechung, um seine Gedanken zu ordnen, Privates und Berufliches zu trennen.

Als die Schwester gegangen war, begann er: »Es stimmt, daß sie mit Frances Monro eng befreundet war. Als die Ehe in die Brüche ging, kamen sich die beiden sogar noch näher. Bei Monro hat sie sich ausgeweint. Und sie hat mir eine ganze Menge über Monros Arbeit erzählt, vielleicht mehr, als sie vorhatte.«

»Zum Beispiel?« wollte Harding wissen.

Rosslyn berichtete die Geschichte mit dem Libyer, das erste Modell, ihre Theorie, daß Monro ihrer eigenen Abneigung gegen das Delegieren zum Opfer gefallen war, daß jemand an ihr

Rache genommen hatte, sich – wie Davina es ausdrückte – »sehr gründlich« gerächt hatte. Jemand von früher. Dann gab es noch ein zweites Modell: daß sie eine Doppelagentin gewesen sein könnte.

»Ist sie auf diese Idee gekommen?«

»Nein, das war ich. Sie wollte nichts davon hören. Keine einzige Schwäche Monros hat sie preisgegeben. Was wie Minuspunkte aussah, hat sie noch zu Gunsten der Freundin hingedreht. Also haben wir weitergeredet. Ich habe ihr von Dee McKeague erzählt. Sie hat keinen Pfifferling auf deren Geschichte gegeben. Und was das manipulierte Tonband mit der Vernehmung angeht, so meinte sie, es sei vielleicht ein korrupter Polizist gewesen.«

»Das glaube ich nicht«, sagte Harding. »Ich kenne Paddington Green in- und auswendig. Von denen war es niemand, da bin ich sicher.«

»Ich habe gesagt: Vielleicht war es der MI5.«

»Das ist wahrscheinlicher. Aber ich verstehe nicht, warum das irgend jemand zum Anlaß genommen haben sollte, Sie oder mich umzunieten. Dafür ist sich selbst der MI5 zu schade.«

»Letzten Endes«, sagte Rosslyn, »kamen wir noch zu einer anderen Version, die etwas mit einem außerehelichen Verhältnis zwischen Monro und einem Luftwaffenoffizier zu tun hat. Er ist inzwischen tot, aber seine eifersüchtige Frau hat sich beim MI5 beschwert. Als ob die sich dafür interessierten, mit wem Monro ins Bett gestiegen ist. Und Davina Wesley sagt, die Frau bekam viel Geld, als ihr Mann starb. Also verfügte sie über die nötigen Mittel, um Frances aus dem Weg schaffen zu lassen. Also, ich halte nicht viel von dieser Version.«

»Ich auch nicht«, sagte Harding. Seine Augen tränten, sein

Blick war unstet. »Seien Sie ehrlich, Alan, ist zwischen Ihnen und Davina etwas passiert?«

»Überhaupt nichts.«

»Was heißt ›überhaupt nichts‹? Sie sind doch die Nacht über dort geblieben, nicht wahr? Sie ist schließlich eine attraktive Frau.«

»Ich weiß, worauf Sie hinauswollen. Aber um Ihnen weitere peinliche Fragen zu ersparen, lautet die Antwort: überhaupt nichts.«

Harding ließ nicht locker. »Glauben Sie denn, es hätte was passieren können? Ich meine: Glauben Sie, daß sie sich für Männer interessiert? Oder ist sie lesbisch oder so?« Er hob die Hand. »Ersparen Sie mir die Details, wenn es welche gibt. Ich will ja gar nicht wissen, ob Sie mit ihr nur geschmust haben oder ob da mehr gewesen ist. Meine Frage lautet: Ist sie lesbisch?«

»Verdammt, sie hat einen Mann und zwei Kinder.«

»Das heißt nichts. Menschen verändern sich. Antworten Sie: Ja oder nein?«

»Soweit ich das überhaupt beurteilen kann, interessiert sie sich für Männer.«

»Wie groß ist ihr Interesse an Männern?«

»Ziemlich ausgeprägt.«

»Sind Sie da sicher?«

»O ja.« Rosslyn mußte gegen seinen Willen lachen.

»Was ist daran so witzig, Alan?«

»Dies ist in vierundzwanzig Stunden die zweite Mutmaßung über Davina Wesley, und beide kommen mir, nun ja, ausgesprochen merkwürdig vor. Zunächst erzählt mir diese Frau vom SIS, Cavallero, Davina Wesley sei gestört, ein ›Brechmittel‹, wie sie in ihrer ach so liebenswürdigen Art gesagt hat. Den MI5 hat sie gefressen. Sie kann die ganze Bande nicht ausstehen.«

»Was Sie nicht wissen, Alan, ist, daß Cavallero mir auch ein bißchen erzählt hat. Nicht direkt über Davina Wesley, aber eventuell über Monro und ganz sicher über Serena Watson, die vom SIS durchleuchtet worden ist, als sie noch in der Armee war. Watson war eine Lesbe. Sie bekam deshalb auch in Aldershot Ärger. Cavallero sagte, der SIS habe sie ›regelrecht auseinandergenommen‹. Aber das Interessante daran ist, daß der MI5 keinerlei Bedenken hatte, sie einzustellen. Und warum? Weil sie mit Monro ein Verhältnis hatte. Deshalb frage ich nach Davina Wesley. Denken Sie an den Brief, den Sie abgefangen haben. Behalten Sie das mal im Hinterkopf. Aber lassen Sie uns jetzt von etwas anderem reden. Erzählen Sie mir, was Sie von Cavallero in Erfahrung gebracht haben.«

Rosslyn berichtete von den Zahlungen, die Wesley angeblich gemacht hatte, und daß sie ihm geraten hatte, Levys Lebensgefährten Coker aufzusuchen, den unehrenhaft entlassenen Soldaten, der sich in Deutschland mit beiden Seiten gutgestellt hatte. Der SIS hatte ihn offenbar benutzt, und die Tatsache, daß Cokers damaliger Freund aus Ostdeutschland kam, ließ darauf schließen, daß er obendrein für die Stasi gearbeitet hatte. »Sie meinte, ich soll ihn besuchen, und ich glaube auch, das wäre ganz sinnvoll.«

Harding blinzelte kurzsichtig die unberührte Kaffeetasse auf seinem Nachtisch an. »Der Kaffee ist kalt«, sagte er. »Bitten Sie doch die Schwester, mir einen neuen zu bringen.«

Eine Schwester kam und schüttelte Hardings Kopfkissen auf. Eine andere brachte frischen Kaffee. Als beide gegangen waren, sagte Rosslyn: »Haben Sie etwas dagegen, wenn ich Dickie Gaynor hinzuziehe, nur dieses eine Mal? Er ist tüchtig, und ich fände es gut, wenn er ein paar Leute ausquetschen könnte.«

Harding nippte an seinem Kaffee. »Wen zum Beispiel?«

»Wesleys philippinische Putzfrauen. Seine Familie, das heißt die Söhne. Cavallero. Ob das Geld für etwas Illegales verwendet wurde. Ich möchte Einzelheiten erfahren. Um Wesleys Söhne kümmere ich mich wohl am besten selbst. Ich will wissen, ob ihre Mutter mir wirklich die Wahrheit sagt. Und ich möchte herausbekommen, inwieweit ich Wesley trauen kann. Der pinkelt mir auf den Kopf und behauptet dann, es regnet.«

»Und Sie hätten es lieber, es wäre umgekehrt?«

»Sie nicht? Er ist jetzt der Boß. Die haben uns verschaukelt. Vielleicht haben die Ihnen sogar letzte Nacht die Bombe serviert, um Sie von dem Fall wegzubekommen. Würde mich nicht wundern.«

Harding lachte düster. »Und ich glaube, daß der Anschlag letzte Nacht nicht mir galt, sondern Ihnen, Alan. Aber wir kämpfen nicht gegen Wesley, es sei denn, Sie hatten etwas mit seiner Frau. Das würde die Sache sozusagen etwas heikler machen.«

»Das hat überhaupt nichts damit zu tun.«

Harding machte seine gewohnte abwehrende Geste: die Hände mit den Handflächen nach vorn ausgestreckt, als schiebe er etwas weg. »Natürlich nicht, Alan, immer mit der Ruhe. Sie ist doch recht appetitlich. Mir könnte sie jedenfalls gefallen.« Sein Lächeln kehrte zurück. »Dickie Gaynor ist sicher nicht die schlechteste Wahl. Er ist zuverlässig. Ich habe gute Gründe, ihm zu vertrauen.«

»Er ist einer Ihrer verdammten Logenbrüder.«

»Das hat sein Gutes. Er hat es nicht verdient, von uns durch den Dreck gezogen zu werden. Schließlich ist er Ihr Chef. Ihnen schuldet er keinen Gefallen, mir allerdings schon, denn ich habe zweimal dafür gesorgt, daß er wegen Alkohol am Steuer keine Anzeige gekriegt hat. Jeder ist irgendwem was schuldig, nicht wahr? Schwarz und Weiß, Schuldner und Gläubiger, so läuft das doch, Alan. Wissen Sie, was Sie mir schuldig sind? Diese Sache erfolgreich durchzustehen. Machen Sie weiter. Nehmen Sie den Hörer in die Hand, rufen Sie Gaynor an. Passen Sie auf, daß Ihnen Wesleys Leute nicht folgen, wenn Sie sich mit ihm treffen. Die sind Ihnen auf den Fersen, achten Sie mal darauf.«

Die Uhr am Radiowecker zeigte fünf nach elf.

»Wesley will mich um halb eins sehen.«

»Scheißen Sie drauf. Treffen Sie sich mit Gaynor. Rufen Sie ihn an. Ich weiß, was Wesley von Ihnen will. Er möchte Sie im Thames House festnageln. Das hat er mir erzählt. Er will Sie aus dem Verkehr ziehen. Ich rate Ihnen, nicht zum Thames House zu gehen. Suchen Sie sich irgendwo eine Bleibe.«

Er überlegte: *Davinas Haus? Ein Hotelzimmer in Bayswater?*

Er wartete, daß Gaynor den Hörer abnehmen würde. In seinem Büro war er nicht. Niemand schien zu wissen, wo er steckte. Bei ihm zu Hause ging keiner ans Telefon. Wo trieb er sich herum? Er konnte doch um die Mittagszeit nicht tanzen sein!

»Er ist irgendwo in der Stadt«, sagte Harding. »Ich weiß es wieder. Ich habe ihn ja gestern abend beim Logentreffen gesehen. Jetzt fällt's mir ein: Er ist heute in den Docklands. Das hat er doch gesagt, oder?«

»Keine Ahnung«, sagte Rosslyn. »Ich bin schließlich kein Freimaurer!«

»Noch nicht.«

Harding griff selbst zum Hörer. »Geben Sie mir die Nummer von Richard Gaynors Autotelefon.« Er wiederholte sie und wählte dann.

Als Gaynor sich meldete, sprach Harding ganz ruhig. »Laß

sofort alles stehen und liegen. Ja. Jetzt gleich. Du triffst dich mit einem Freund von dir im Hinterzimmer des *Angel* in Rotherhithe. Nenn nur meinen Namen, erwähn sonst niemanden. Ich möchte, daß du alles tust, was er dir sagt. In vierzig Minuten. Zwei meiner Leute halten sich bereit.«

Die Anstrengung, den Hörer wieder aufzulegen, ließ den letzten Rest Farbe aus Hardings Gesicht verschwinden. »Ich muß zugeben, daß meine Beine verdammt weh tun. Ich hoffe nur, daß sie sie nicht abnehmen müssen. Dann würde ich lieber ins Gras beißen. Und was machen Sie?« Er schloß die Augen und atmete zischend zwischen den Zähnen aus. »Sie fahren also heute abend nach Amersham, habe ich recht? O nein, Sie brauchen nichts zu sagen, wenn Sie nicht möchten. Fahren Sie am besten erst zu Coker, dann zu den Wesley-Söhnen, dann zur Mutter. Glauben Sie mir, Alan, sie war nicht ehrlich zu Ihnen. Wenn es Ihnen nicht gelingt, sie zum Sprechen zu bringen ... Ich sage Ihnen, das Insekt schlüpft uns durch die Finger. Ich habe ein schlechtes Gefühl bei der Sache. Sie gewinnt.«

Rosslyn hatte ihn noch nie so grimmig erlebt.

33

Am frühen Nachmittag brachten die Nachrichten Einzelheiten über die Autobombe in Soho. Ein Parkhausangestellter, ein Asiate, war offenbar leicht verletzt worden und wurde stationär in der Universitätsklinik behandelt. Ein Staatsbeamter (Hardings Name wurde nicht genannt) hatte schwere Verletzungen an den Beinen erlitten. Als Grund dafür, daß man den Beamten nicht namentlich nannte, hieß es, seine Angehörigen seien irgendwo in Südspanien in Urlaub und man wolle ihnen vorerst die Nachricht von der Tragödie ersparen, die nach Aussage des Sprechers viel schlimmer hätte enden können, wären die Opfer selbst nicht so wachsam gewesen. Der Schaden belaufe sich auf »mehrere Millionen Pfund« – eine völlig überzogene Vermutung.

Wieder einmal, wohl zum tausendsten Mal, wurde die Öffentlichkeit aufgefordert, »verdächtigen Paketen und Taschen gegenüber äußerste Vorsicht« walten zu lassen. Und wieder einmal stieß die Warnung bei der Öffentlichkeit weitgehend auf taube Ohren. Nur die Angestellten der Londoner Nahverkehrsbetriebe, die Männer und Frauen an der Front, hörten die neueste Warnung, und die meisten von ihnen beachteten sie auch, vor allem diejenigen, deren Arbeitsplätze als bevorzugte Ziele für Terroranschläge galten, nämlich meistens U-Bahnstationen, die durch Tunnel mit den großen Bahnhöfen verbunden sind, also Waterloo, Victoria und King's Cross. Die Menschen, die hier arbeiten, können sich noch genau erinnern, wie es ist, in der Falle zu sitzen, wenn hier ein unterirdisches Inferno ausbricht. Und nicht weit von King's Cross liegen zwei weitere bevorzugte Ziele, die U-Bahnstationen Warren Street und Euston Square. Sie werden Tag für Tag von Leuten benutzt, die auf dem Weg zu ihrem Arbeitsplatz in der Gower Street Nummer 140 sind, der Außenstelle des MI5. Dort sitzen noch immer Mitarbeiter, für die im Thames House noch keine Büroräume frei sind.

In der Warren Street, oder besser gesagt direkt vor dem Eingang der U-Bahnstation, lag neben einem Zeitungskiosk ein Haufen Müllsäcke zum Abholen bereit. Der Stationsvorsteher war darauf aufmerksam gemacht worden, daß zwischen zwei Säcken oben auf dem Haufen etwas klemmte, das nicht dort hingehörte. Es handelte sich um eine Einkaufstüte, deren Öffnung mit Isolierband zugeklebt war. Der Zeitungsverkäufer teilte dem Stationsvorsteher mit, die Tüte sei ihm »nicht geheuer«.

Die Beamten der Spurensicherung von New Scotland Yard öffneten die Einkaufstüte, nachdem sie durchleuchtet und für unbedenklich erklärt worden war. Ihr Inhalt überraschte die Bcamten jedoch so sehr, daß der Vorgesetzte entschied, Harding müsse davon in Kenntnis gesetzt werden. Er hatte dabei allerdings ein Problem: Wo steckte Harding?

Hardings Büro teilte mit, der Commander sei »vorübergehend nicht im Dienst«, ohne jedoch zu verraten, wo er war. Der Leiter der Spurensicherung wollte die Sache nicht auf sich beruhen lassen und beschloß, es auf einer persönlicheren Schiene zu versuchen. Wußte nicht jeder, daß der Commander Freimaurer war? Der Beamte, selbst Katholik, hatte eigentlich nicht viel übrig für die Logenbrüder und ihre Attacken gegen den Papst oder ihre frauenfeindlichen Geheimrituale, aber er mußte zugeben, daß die Loge gelegentlich nützlich sein konnte. Er beabsichtigte nämlich, eine Informationskette in Gang zu setzen. Er sprach einen Logenbruder Hardings an. Er erklärte ihm, er sei im Besitz von geheimem Erkenntnismaterial, das seiner Ansicht nach so schnell wie möglich in Hardings Hände gelangen müsse, er könne am Telefon jedoch nicht sagen, wo es sich befinde. Der angesprochene Logenbruder hatte seinerseits Schwierigkeiten, Hardings Aufenthaltsort in Erfahrung zu bringen. Bei Scotland Yard wußte angeblich niemand, wo der Commander steckte. Es war alles sehr merkwürdig.

Also rief er Richard Gaynor an, der ebenso wie Rosslyn gerade in einem Zivilwagen auf dem Weg nach Rotherhithe war. Und Gaynor rief vom Auto aus Harding an. »Deine Spurensicherung hat etwas für dich.«

Harding rief sofort dort an und ließ die Tüte mit Inhalt nach Rotherhithe schicken.

So also gelangten die Baupläne für die Renovierung und Restaurierung des Thames House schließlich am frühen Nachmittag in das Zimmer im obersten Stock des *Angel* in Rotherhithe und in die Hände von Rosslyn und Gaynor, die sie als außerordentlichen Punkt ihrer Tagesordnung besprachen.

Der Tüte lag eine Mitteilung bei. Sie befand sich in einem Umschlag, auf den jemand von Hand geschrieben hatte: »Persönlich/Streng Vertraulich. Ausschließlich zu Händen von Mr. Rosslyn und Mr. Gaynor, Zollbehörde.« Der maschinengeschriebene Bericht lautete:

15. Juni, 10.30 Uhr
Der Inhalt dieses Pakets wurde heute morgen um zirka 7.45 Uhr vor der U-Bahnstation Warren Street von einem Zeitungsverkäufer gefunden, der daraufhin den Stationsvorsteher auf eine verdächtige Tüte aufmerksam machte.

Nach den üblichen Sicherheitsvorkehrungen wurde mir das Paket zur weiteren Untersuchung und Analyse gebracht. Meine ersten Ergebnisse lassen folgendes erkennen:

1. Das Paket enthält in wesentlichen Zusammenfassungen eines Berichts von Architekten bzw. Bautechnikern über weitgehend bereits abgeschlossene umfangreiche Bau-

arbeiten am Thames House, Millbank, London SW1. Wie Sie sehen, tragen die Zusammenfassungen den Vermerk STRENG GEHEIM.

2. Es ist möglicherweise von Bedeutung, daß einige Teile erst vor kurzem fotokopiert worden sind. Es handelt sich dabei um Abschnitte, die technische Beschreibungen der Röhren für faseroptische Kommunikationssysteme, Klima- und Belüftungsanlagen sowie Be- und Entwässerungsleitungen enthalten. Dazu gehört auch ein Abdruck aus The Architectural Review, Band LXX, November 1931, S. 165ff.

3. Auf diesen Unterlagen konnten keinerlei Fingerabdrücke nachgewiesen werden, so daß davon auszugehen ist, daß sie sich noch in ihrem ursprünglichen Zustand befinden und möglicherweise zusammen mit anderen ähnlichen Papieren und gedruckten Unterlagen aufbewahrt wurden. Es gibt jedoch Anhaltspunkte dafür, daß jemand diese Unterlagen mit Gummihandschuhen angefaßt hat.

4. Interessanter sind allerdings die menschlichen Haare sowie die von einer braunen Perücke stammenden Kunsthaarfasern, die zwischen den Blättern gefunden wurden. Darüber hinaus gibt es einen Rest Vaseline oder Salbe. Zudem fanden sich im Innern der Plastiktüte Spuren von Menstruationsblut, was zwar ungewöhnlich ist, jedoch gelegentlich auch in anderen Fällen beobachtet wurde. Diese Blutspuren lassen folgende Annahmen über die Person zu, die diese Tüte berührt hat:

a) Sie ist offensichtlich weiblichen Geschlechts.
b) Ihre Blutgruppe hat das Merkmal Rhesusfaktor negativ.
c) Es liegt eine ausreichende Menge Blut vor, um eine Erbgutbestimmung durchzuführen. Entsprechende Proben werden beim gerichtsmedizinischen Institut untersucht.

5. Darüber hinaus hat jemand die Tüte unter Zuhilfenahme der Zähne verschlossen. Die Abdrücke sind auf dem Plastik erkennbar. Sie weisen zwar keine Besonderheiten, jedoch ein identifizierbares Schema auf.

6. Ebenfalls bemerkenswert ist, daß sich auf dem Isolierband, mit dem die Öffnung der Tüte verschlossen wurde, Spuren von SEMTEX-Sprengstoff befinden.

7. Ebensolche Spuren von Blut mit Rhesusfaktor negativ sowie SEMTEX, Isolierband und menschliches Haar und braune Kunsthaarfasern fanden sich am Ort der Bombenexplosion, die sich heute in den frühen Morgenstunden in einem Gebäude nördlich der Shaftesbury Avenue ereignete und bei der zwei Personen verletzt wurden.

8. Mit Ausnahme des Rhesus-negativen Blutes fanden sich überdies auch an der Explosionsstelle vom 26. März in der England's Lane, NW3, identische Spuren, vor allem die gleichen menschlichen Haare und Kunsthaarfasern.

9. Mit Ausnahme des Rhesus-negativen Blutes waren an der Stelle, wo Mr. Levy in der U-Bahnstation Camden Town zu Tode kam (siehe Bericht LEVY, S. 7 Abs. 1 (e)), die gleichen menschlichen Haare und Kunsthaarfasern nachweisbar, und zwar sowohl an Mr. Levys Körper und Bekleidung als auch auf dem Bahnsteig.

Bitte beachten Sie, daß dieser kurze Abriß angesichts des Zeitdrucks nicht in gebührender Form erstellt werden konnte und keineswegs als umfassende Analyse gewertet werden darf. Trotzdem bietet sich die unmittelbare Auswertung dieser Befunde an. Danach ist anzunehmen, wenn auch nicht bewiesen, daß dieselbe Person, d.h. eine etwa dreißigjährige Weiße und Trägerin des eher seltenen Rhesusfaktors, an den genannten Orten anwesend war und zumindest an dem Ort, wo sich heute in den frühen Morgenstunden der Vorfall ereignete, mit SEMTEX hantierte oder zuvor damit in Berührung gekommen war und sich somit dieser Sprengstoff in ihrem Besitz befand.

Bitte beachten Sie, daß größere Mengen menschlicher Haare und Kunsthaarfasern am Ort eines Verbrechens verstreut sein können. Ich bin erst jetzt aufgrund der kürzlich abgeschlossenen Auflistung und Analyse der zusammengetragenen Materialien in der Lage, meine Analyse zu bestätigen.

Wenn ich Ihnen weiter dienlich sein kann, rufen Sie mich bitte persönlich in meinem Büro an.

Rosslyn und Gaynor lasen die Mitteilung schweigend. Vom Fenster über der Gaststätte hatte man einen wundervollen Blick über die Tower Bridge und die Kuppel der St.-Paul's-Kathedrale. Die Ebbe, die kurz vor dem Tiefstand war, sog das Wasser flußabwärts in Richtung Greenwich Reach. Gegenüber, am Nordufer der Themse, lag der alte Richtplatz. Hier vom Angel aus hatte Richter Jeffries anläßlich der blutigen Assisen von 1685 bei einem guten Glas Wein den Todeskampf der Verurteilten genossen, die er wegen weit geringerer Vergehen, als das *Insekt* sie begangen hatte, hinrichten ließ.

Dann beschäftigten sie sich mit den Unterlagen der Architekten und Bautechniker für den Umbau des Thames House. Die Akte trug die Nummer 87.

»Also dies hier«, sagte Gaynor, als er fertiggelesen hatte, »befindet sich in der Hand der Bombenlegerin? Das macht mich ganz krank. Die kennt das alles. Es ist so verflucht einfach für sie. Wieviel Zeit bleibt uns, bis sie wieder zuschlägt? Was sollte sie jetzt noch daran hindern, alles mögliche in die Luft zu jagen, auch das Thames House?«

»Das hat sie schon einmal versucht«, sagte Rosslyn.

Gaynor hatte offenbar an Mary gedacht. Er mußte Rosslyns Gedanken gelesen haben, der hinzufügte: »Ich war dabei.«

»Es tut mir leid«, sagte Gaynor.

»Nein, ist schon in Ordnung. Wissen Sie, irgendwie bin ich fast froh, daß ich dort war. Aber damals war sie wahrscheinlich noch nicht genau im Bilde. Jetzt ist sie das allerdings.« Er tippte mit dem Finger auf die Unterlagen. »Zumindest haben wir jetzt etwas in der Hand, sozusagen die wesentlichen Punkte ihrer Nachforschungen. Das ist ein großer Moment, finden Sie nicht?«

»Wenn Sie meinen«, sagte Gaynor. »Aber deshalb bin ich doch nicht hier, oder? Um die Berichte irgendwelcher dämlichen Architekten zu lesen, die offenbar noch nicht mal einen Safe oder so was haben. Und sehen Sie sich das bloß an: die *Architectural Review.* Da steht alles schwarz auf weiß drin. Die Lage. Das Fundament. Das Stahlgerüst. Die Grundrisse. Das ganze verfluchte Gebäude.«

»Das stammt von 1931«, sagte Rosslyn.

»Na und? Die haben das Ding doch restauriert. Ich fahre jeden Tag direkt daran vorbei. Man sieht doch Meilen gegen den Wind, daß der Kasten praktisch ungeschützt ist.«

Der Wirt brachte etwas zu trinken. Rosslyn stand auf und trat ans Fenster. Er fühlte sich trotz des Schlafmangels entaunlich wach. Er versuchte sich vorzustellen, wo das *Insekt* gerade sein mochte. Wo wäre er, wenn er in ihrer Haut steckte? Nicht weit von der Warren Street entfernt? Er hatte keine Vorstellung. Sie wußten, wann die Tüte gefunden, aber nicht, wann sie neben dem Eingang der U-Bahnstation abgelegt worden war. War das Insekt hier unten am Fluß, genau wie er? Oder näher am Thames House?

Er kehrte an den Tisch zurück und sah sich die Baubeschreibung gründlich an.

Das Gewicht des für das Gerüst benötigten Stahls betrug 11.208 Tonnen; 3.836 Kubikmeter Portland-Klinker und 252 Kubikmeter Granit wurden für die Fassaden verbraucht. Die Abbildungen auf diesen Seiten zeigen: Aufteilung des vierten Stockwerks; Zeichnung des Absatzes von Treppenhaus »A« im siebten Stock; Ansicht des Thames House und des Imperial Chemical House, aufgenommen von der Uferstraße vor dem St. Thomas Hospital; Zeichnungen der Eingangshalle und

-türen; Arbeitszeichnung der Ostfassade des südlichen Gebäudeteils. Das Thames House und das Imperial Chemical House wurden beide von demselben Architekten entworfen und bilden baulich eine Einheit.

»Nehmen wir mal an, Sie und ich wollten das Thames House in die Luft jagen – nur als Idee. Wie würden wir das machen, welche Modelle gibt es dafür?« fragte Rosslyn.

»Welche was?« sagte Gaynor. Er wischte sich das Bier aus dem Bart.

»Modelle, Vorgehensweisen. Unser Plan. Wie gehen wir zu Lande vor? Wir tragen den Sprengstoff rein. Oder wir tun das, was die schon mal versucht haben. Wir parken einen Lieferwagen mit Sprengstoff vor der Tür und stellen den Zünder ein. Und wenn schon? Es gibt einen großen Knall an einer bestimmten Stelle. Aber die Explosion trifft auf eine Außenhaut aus Klinkern und Granit, und darunter ist noch ein Stahlgerüst. Das heißt, der Schaden bleibt begrenzt. Natürlich fliegen die Scheiben raus und so weiter. Aber allzuviel passiert nicht. Das Ganze zeigt bloß, wie verflucht sicher der Kasten ist. Und wenn wir die Bombe aus der Luft abwerfen?« Das vom Wasser reflektierte Sonnenlicht bildete Muster auf dem Tisch, den Unterlagen, der Fotokopie des Zeitschriftenartikels. Und auf der Plastiktüte, die sie zu verspotten schien. *Sie hatte sie angefaßt.* Wie eine stumme Drohung. Rosslyn ging wieder zum Fenster hinüber. Diesmal öffnete er es. Er konnte die Themse riechen, ihren schlammigen, süßlichen, leicht fauligen Geruch, der an das schale Wasser einer Blumenvase erinnerte. An einem Frachtkahn surrte eine Stahltrosse.

»Die haben Radar und Satelliten-Frühwarnsysteme«, sagte Gaynor. »Damit scheidet der Luftweg aus.«

»Richtig.«

»Genau, der Luftweg scheidet aus. Und ebenso Sprengstoff, meine ich. Und an Mini-Atombomben sollten wir auch keinen Gedanken verschwenden. Es geht um einen punktuellen Anschlag.«

»Aber womit?« beharrte Rosslyn.

»Keine Ahnung.«

»Gift im Wasser?«

»Sie würde gar nicht bis da rauf kommen.« Gaynor blätterte, bis die Pläne der Dachflächen mit den Zisternen auftauchten. »Man kommt einfach nicht dran.«

»Wie kommen wir dann rein ? Das Gebäude ist vollständig in sich geschlossen. Eine Art Thermosflasche. Eine Zelle in einer schützenden Haut. Wie bei diesen russischen Puppen.«

Rosslyn blätterte in den Unterlagen. »Das hier hat sie fotokopiert.« Er drehte die Akte um. »Röhren für Glasfaserkabel. Klimaanlage. Belüftungssystem. Be- und Entwässerungsleitungen. Und all das bietet einfach nicht genug Platz, um reinzukommen.« Er deutete mit dem Finger auf die massiven Stahlbetonwände.

»Alles in sich geschlossen«, sagte Gaynor.

»Na los«, drängte ihn Rosslyn. »Sie sind der Schmuggler. Wie brechen Sie ein?«

Gaynor schüttelte den Kopf. »Gar nicht. Ich komme nicht rein.«

»Richtig.«

Das Mobiltelefon neben Gaynors Platz läutete. »Hier.« Er gab es an Rosslyn weiter.

Es war Harding. »Was haben Sie herausbekommen?«

Rosslyn berichtete ihm, was in der Mitteilung stand. »Wir wissen jetzt definitiv, daß wir es mit einer weißen Frau um die

Dreißig zu tun haben. Sie trägt vermutlich eine Perücke. Höchstwahrscheinlich hat sie die Unterlagen aus einem Architekturbüro gestohlen, das für den Umbau des Thames House zuständig war. Allerdings vermute ich, daß sie den Gedanken, einen Bombenanschlag auf das Gebäude auszuführen, fallengelassen haben dürfte. Es ist nämlich unmöglich. Sie hat die Seiten kopiert, auf denen die besten Schleichwege ins Gebäude zu erkennen sind. Aber die Betonmauer ist verdammt dick. Außerdem haben wir ihre Blutgruppe, Haarproben, Zahnabdrücke und SEMTEX-Spuren. Sie ist mit nahezu hundertprozentiger Sicherheit die Person, die heute nacht den Wagen in die Luft gejagt und Sie beinahe umgenietet hätte, und sie war ebenfalls anwesend, als Levy in Camden Town gestorben ist. Sie hat übrigens gerade ihre Periode, falls Sie das interessiert. Und der ganze Kram ist auch in der England's Lane zu finden.«

Rosslyn spürte das Schweigen am anderen Ende der Leitung. Er sah aus dem Fenster zur Tower Bridge hinüber. Er bemerkte, daß auch Gaynor über den Fluß starrte.

»Entweder hat sie einen Anschlag auf das Thames House vor«, sagte Harding, »oder auf uns, auf den üblichen Kreis sich freimütig äußernder Tories oder auf diesen oder jenen General. Irgendwen. Aber eine einzelne Terroristin schafft es nicht, das Thames House anzugreifen. Ich glaube immer noch nicht, daß diese Frau allein arbeitet, ehrlich gesagt. Und ich kann mir auch nicht vorstellen, daß Wesley daran glaubt.«

»Wann soll ich ihm Bericht erstatten?«

»Sie bleiben mit mir in Verbindung, Alan. Wesley ist uns nichts schuldig, und wir ihm auch nichts. Ich habe das Gefühl, das heißt, ich bin sogar überzeugt, daß er auf irgendeine Art bis zum Hals in der Scheiße steckt. Ich persönlich würde ihn ja am liebsten darin ersticken sehen. Außerdem glaube ich immer noch, daß Sie seine Alte knacken müssen. Ich bin sicher, daß sie etwas zu verbergen hat ...«

»Warum glauben Sie denn, daß an ihr etwas faul ist?«

»Sie gehört zum MI5. Sie weiß, was für ein Typ Wesley ist, als Ehefrau, Ex-Ehefrau, wie auch immer. Ich werde das Gefühl nicht los, daß sie irgendwie immer noch die Hand über ihn hält. Wenn unser Insekt vorhat, das Thames House in die Luft zu jagen, dann sollten wir dafür sorgen, daß wir dann nicht dort sind.«

»Sollen wir die Leute im Thames House warnen?«

»Es nützt nichts, sie vor etwas zu warnen, was gar nicht passieren kann. Hören Sie, ich war bei den Vorgesprächen über die Restaurierung der Zentrale dabei. Das Gebäude kann nicht zerstört werden, glauben Sie mir, von niemandem. Sollte es doch dazu kommen, würde ich übrigens als einer der ersten dafür verantwortlich gemacht. Ich weiß, wovon ich rede. Sehen Sie zu, daß Sie mit Gaynor zusammen diese Leute vernehmen. Sie haben ja die Liste, haken Sie sie ab. Wenn einer von Ihnen Gewalt anwenden muß, dann soll er das gefälligst tun.«

»Ist das eine Erlaubnis?«

»Das ist gesunder Menschenverstand, Alan«, sagte Harding.

»Ich werde dran denken«, sagte Rosslyn, und drehte sich wieder zu Gaynor um.

»Vergessen Sie's nicht«, sagte Harding und legte auf.

»Ich finde, er hat unrecht«, sagte Rosslyn zu Gaynor. »Ich glaube, daß unser Insekt schon einen Weg findet, den spektakulärsten Coup aller Zeiten zu landen. Irgend etwas, das die ganze Welt aufhorchen läßt.«

»Glaubt er nicht daran?« fragte Gaynor.

»Nein«, sagte Rosslyn. »Er will, daß wir weitermachen. Sie

und ich. Taschen durchsuchen. Verdächtige in die Mangel nehmen. ›Hier entlang, die Dame/der Herr‹. Leibesvisitation. Und wir werden auch die üblichen Proteste zu hören bekommen: ›Wissen Sie denn nicht, wen Sie vor sich haben? Lord Pint und Lady Punze, bitte sehr.‹ Und ›Das wird sich in der Presse aber gar nicht gut machen‹. Deshalb teilen wir sie auf. Eine Schwuchtel in den Cotswolds, zwei Studenten – die Wesley-Söhne – in Manchester. Miss Cavallero, vom MI6. Wesleys philippinische Putzfrauen, falls die überhaupt was zu sagen haben, und DavinaWesley. Macht es Ihnen etwas aus, von einem Rangniederen Anweisungen zu erhalten?«

Gaynor lächelte. »Nun hören Sie mal zu, Alan. Ich weiß nicht, ob Ihnen das so klar ist, aber Tom Harding liegt im Sterben. Er wird das Krankenhaus vielleicht nicht mehr verlassen. Wissen Sie, was mit ihm los ist?«

»Ja, ich weiß Bescheid.«

»Ich bin kein Arzt – also, ich kann nicht sagen, ob eine Operation möglich ist oder nicht. Aber es ist viel schlimmer, als die Leute glauben. Verstehen Sie, ich möchte ihm zu seinem letzten Sieg verhelfen. Er steht ganz allein. Seine Frau hat ihn verlassen, ich weiß nicht mehr, wann. Er hat sein ganzes Leben dem Kampf gegen die IRA gewidmet. Dieser Fall soll sein letzter Sieg werden. Finden Sie die Frau, wer immer sie sein mag und wo immer sie sich versteckt hält. Und ich weiß, daß Sie das selbst auch wollen, Mary zuliebe. Wir können jetzt nicht mehr zurück. Harding hat stets wie jeder vernünftige Mensch geglaubt, daß wir es nie schaffen, wenn wir uns allzusehr mit dem MI5 verbrüdern. Die könnten ja nicht mal eine Handtasche durchsuchen. Die haben noch nie mit Heroin gefüllte Kondome gesehen, die gerade aus einer weiblichen Scheide oder einem männlichen Arschloch herausgezogen wurden, über und über mit Schleim und Scheiße bedeckt. Ich schon. Und ich weiß, was das heißt. Die haben doch nie diese Typen erlebt, die sich den ganzen Rotz in den Hintern schieben oder runterschlucken. Man braucht kein Kaffeekränzchen niedlicher kleiner Akademikerinnen und Blaustrümpfe, frecher Mädels, um zu wissen, wie Terroristen stinken. Wir müssen diesen Fall hinkriegen. Scheiß auf Wesley und den MI5. Uns hält keiner mehr auf, dafür ist es jetzt zu spät. Tom Harding weiß, daß Sie ein verdammt guter Mann sind. Und obendrein haben Sie wie kein zweiter ein persönliches Interesse an der Sache. Das ist Ihr Fall.«

»Allerdings. Sind Sie bereit, von mir Befehle entgegenzunehmen?«

»Das bin ich, Alan. Ich verhöre, wen Sie wollen, und erstatte Ihnen über jedes Räuspern Bericht.«

»Quetschen Sie die richtig aus«, sagte Rosslyn. »Cavallero. Diese Geschichte mit den Devisen. Ich will alles darüber wissen. Die philippinischen Dienstmädchen bei Wesley. Bleiben Sie in London. Ich fahre zu Wesleys Söhnen nach Manchester und zu Coker in die Cotswolds.«

»Und Mrs. Wesley?«

»Um die kümmere ich mich auch«, sagte Rosslyn.

»Okay. Dann setzen Sie mich mal ins Bild. Und lassen Sie uns feste Kontaktzeiten ausmachen.«

»Ich rufe Sie vom Auto aus an«, sagte Rosslyn.

»Sie?«

»Ich brauche einen Wagen aus dem Fuhrpark. Und fünfzehnhundert Pfund in bar.«

»Wir bestellen ein Auto hierher. Und das Geld – wofür brauchen Sie das?«

»Ich werde den Arschlöchern Geld geben, damit sie reden.«

»Wie Sie wollen«, sagte Gaynor. »Wann brauchen Sie die Berichte?«

»Morgen um diese Zeit.«

Es dauerte fast eine Stunde, bis Rosslyn Gaynor in alle Einzelheiten eingeweiht hatte. Als sie den *Angel* verließen, trafen sie den Wirt, der bedauerte, daß sie nicht »auf Kosten des Hauses« zum Essen geblieben waren. Er schüttelte Gaynor umständlich die Hand. Rosslyn bemerkte, daß an der Geste etwas ungewöhnlich war. Ein Freimaurergruß.

Der Wirt deutete mit dem Kinn zur Straße und zu den korrekt gekleideten Männern, die neben ihren Wagen standen. »Eure Leute?« fragte er.

»Ja«, erwiderte Gaynor. »Ich hätte es dir sagen sollen.«

»Die wirken etwas nervös«, meinte der Wirt.

Als die bewaffneten Beamten sie aus dem *Angel* kommen sahen, öffneten sie die Wagentüren. Einer sprach in ein Mobiltelefon.

»Wenn Sie hier bitte unterschreiben wollen«, sagte der Mann vom Zoll, der Rosslyn den Wagen brachte. »Er ist vollgetankt. Der Schlüssel steckt.« Er gab ihm einen Umschlag. »Das Bargeld. Bitte hier nochmals unterschreiben.«

Es war fast drei Uhr nachmittags, als die Wagen von Rotherhithe aus in unterschiedliche Richtungen davonfuhren, sich von der Themse entfernten und ihrem unter wolkenlosem Himmel in der Sonne glitzernden Wasser.

34

Davina Wesleys Garten in Amersham lag verlassen. Hunde und Katzen waren im Haus, ebenso ihre Herrin. Sie war oben in der Dunkelheit ihres Schlafzimmers; die schweren Vorhänge schlossen das nachmittägliche Sonnenlicht aus.

Ihre Arme waren über dem Kopf ausgestreckt und am Kabel der Deckenleuchte festgebunden. Ihre Fußgelenke waren ebenso wie die Arme mit Klebeband umwickelt und jeweils an einem Bettfuß festgemacht. Ein Streifen blauer Seide war aus ihrem Morgenmantel gerissen, über ihren Mund geschlungen und mit Klebeband fixiert worden. Der Zwischenraum war gerade breit genug, daß sie durch die Nase atmen konnte. Sie fragte sich, wie lange sie noch Gefangene in ihrem eigenen Haus sein und auf ihrem eigenen Bett gefoltert werden würde.

Ihre Schultern, die vom Kampf mit der vor ein, zwei Stunden eingedrungenen Frau weh getan hatten, waren mittlerweile ganz taub geworden. Der eine Arm wurde bis in die Fingerspitzen von Schmerzwellen durchflutet, die wahrscheinlich von einem in der Schulter eingeklemmten Nerv herrührten. Zunächst versuchte sie, ihr Gewicht tiefer in die Matratze zu drükken, um das Kabel aus der Deckenhalterung zu reißen, doch das gelang ihr nicht. Es tat weniger weh, wenn sie ganz still lag. Sie wußte, daß ihr nichts anderes übrigblieb als zu warten, bis ihre bewaffnete Peinigerin sie freiließ. Wenn sie das überhaupt je tat.

Sie lauschte auf die Geräusche, die von unten heraufdrangen. Mehrmals hörte sie, wie Türen geöffnet und wieder geschlossen wurden. Die Frau wanderte durch das Haus.

Plötzlich erscholl Hundegebell. Dann war nichts mehr zu

hören. Die quälende Mischung aus Stille und der kühlen Gelassenheit ihrer Peinigerin ließ Davinas Furcht zu unerträglicher Panik anschwellen.

Am meisten machte ihr die Gewißheit zu schaffen, daß diese Frau die Schwester der IRA-Kämpferin Dee McKeague war. »Einer nach dem anderen«, hatte Anna McKeague zu ihr gesagt, »werdet ihr alle sterben. Damit wird alles zu Ende sein. Sie wissen, wovon ich rede.« Allein in der Stille und Dunkelheit ihres Schlafzimmers stellte Davina Wesley ihre eigenen Überlegungen an. »Sie werden mir die nötigen Mittel liefern«, hatte McKeague mit der grauenhaft ruhigen Selbstsicherheit gesagt, die Davina Wesley für ein Anzeichen von Geistesstörung hielt: Die Frau war offenbar gefeit gegen jeden Zweifel und jegliche Angst. Es wäre sinnlos gewesen, an die Vernunft ihrer Peinigerin zu appellieren. Nachdem der erste Schlag mit dem Pistolengriff Davina seitlich an Hals und Schläfe getroffen hatte, so daß ihr Kopf schmerzte und sie alles verschwommen sah, fiel es ihr ohnehin unendlich schwer, einen klaren Gedanken zu fassen.

Sie begriff, daß diese Person eine erstaunliche Körperkraft besaß, denn es war einige Anstrengung nötig gewesen, um sie mit dem zähen Klebeband zu fesseln, dabei die ganze Zeit Befehle zu erteilen und ihren Körper bis zum Kabel über dem Bett hochzuhieven. Die Frau schien es zu genießen, anderen Schmerzen zuzufügen und sie überdies zu demütigen. Davina Wesley war mit der dahinterstehenden Theorie vertraut, der psychologischen Kriegsführung, die in der Vergangenheit – wie man wohl nicht ohne Grund vermutete – von den Briten in Nordirland eingesetzt worden war. Die Briten hatten diese Kenntnisse vom amerikanischen Militär übernommen, von speziellen Ausbildern, die ihre Erfahrungen in Vietnam gesammelt hatten. Alte Laster sind ebenso schwer abzulegen wie alte Gewohnheiten, und die britische Armee beherrschte ihre Lektionen tadellos. Das einmal Gelernte nicht anzuwenden, wäre wenig sinnvoll gewesen, zumal es ja von den lieben Verwandten aus der großen Völkerfamilie stammte.

Irgendwann hatte McKeague wie ein Richter bei der Urteilsverkündung zu ihr gesagt: »Sie wissen genau, warum ich hier bin. Wir beide brauchen einander nichts zu erklären, nicht wahr?« Es war, als schaffe sie zwischen ihnen eine enge Bindung. Die Amerikaner nannten das ein auf gegenseitiger Anerkennung beruhendes Bündnis. Davina Wesley hatte ihre Peinigerin angesehen: ihr spitzes Gesicht, die harten Augen. McKeague fuhr fort: »Wir wissen beide, was es heißt zu gehorchen, nicht wahr? Und welche Strafe auf Ungehorsam steht. Zusammen können wir es schaffen. Ihre einzige Chance besteht darin, sich mit mir gut zu stellen.« Sie fuhr fort: »Strengen Sie sich nicht an, entspannen Sie sich einfach. Wir stecken gemeinsam in der Sache drin, Sie und ich. Wenn es soweit ist, lasse ich Sie laufen. Sie werden sehen, ich halte mein Wort. Aber ihre verfluchten Hunde und Katzen, die müssen weg. Keine Angst, sie werden nicht leiden. Vertrauen Sie mir. Das sind doch nur Tiere. Machen Sie sich bloß nicht in die Hose.«

Bald darauf hörte sie von der Küche im Erdgeschoß vier gedämpfte Schüsse. Dann kreischten die Katzen. Wasser rauschte. DavinaWesley begriff, daß ihre Hunde erschossen und ihre Katzen ertränkt worden waren.

Dann folgte endlose Stille. Das unablässige Herzklopfen. Ihr Brustkorb wurde immer enger. In ihren Ohren rauschte es. Ihr war bewußt, daß sie hier halb über dem Bett hängenbleiben würde, bis McKeague es sich anders überlegte. Was McKeague mit der »einzigen Chance« gemeint hatte, war ihr völlig unklar.

Sie versuchte, ihren Verstand einzusetzen. Sie entwarf Theorien, ersann logische Argumente zu ihrer Verteidigung und flehentliche Appelle an McKeagues Vernunft. Sie dachte an Alan Rosslyn und an Bryan und wünschte sich sehnlichst, einer von ihnen oder sogar beide würden unerwartet kommen. Sie würde ihnen alles erklären und sich rechtfertigen. Jetzt war sie bereit zu reden, ihren Frieden zu machen mit Alan, mit Bryan, mit jedem, der bereit war, ihr zuzuhören. Nur: *Laß mich frei. Laß mich am Leben. BITTE.*

Festgezurrt und in der Dunkelheit ihres eigenen Schlafzimmers allein gelassen, stellte sie sich vor, wie die Schatten in ihrem Garten allmählich länger wurden. Es war kein Geräusch zu hören, bis auf gelegentliche Schritte von unten. McKeague wanderte durch das Haus und ließ sich Zeit.

Wenn die Frau da unten sie doch nur freiließe: Sie würde auf jede Bedingung eingehen, wenn doch nur... *Laß mich frei. Laß mich am Leben. BITTE.*

35

Rosslyn las das Schild am Tor: Montbretia Cottage.

Der Bungalow aus grauem Cotswold-Kalkstein lag etwas abseits von der Landstraße, die an den Hügeln entlangführte, etwa zwei Meilen südlich von Winchcombe. Der Vorgarten war ein Farbenmeer, wie man es sonst nur auf den Reklamefotos von Gärtnereien und in den Sonntagsbeilagen der Zeitungen findet. Der Rasen zwischen den Beeten war sehr gepflegt. Ein zweites, sorgfältig gemaltes Schild sagte in fünf Sprachen VORSICHT BISSIGER HUND. Vor der Haustür befand sich ein Rankgitter für Kletterrosen, an dem ein selbstgebastelter Fahnenmast befestigt war. Der Union Jack hing daran auf Halbmast.

Er parkte seinen Wagen am Straßenrand, rückte Waffe und Holster unter seinem Jackett zurecht und trat durch das Gartentor ein. Da er weder den Hund aufschrecken noch einen Alarm auslösen oder den alten Soldaten Coker nervös machen wollte, ging er quer über den Rasen zur Eingangstür. Als er auf den Klingelknopf drückte, ertönte aus dem Innern des Hauses ein elektrisches Glockenspiel. Niemand reagierte auf die traurigen Klänge. Kein Hundegebell.

Er holte tief Luft. Vielleicht war Coker ja nicht da. Rosslyn wartete ein paar Minuten. Er bemerkte, daß das Montbretia Cottage mit einem modernen Alarmsystem ausgestattet war. Unter dem Dachüberhang waren kleine Videokameras angebracht; an einer davon blinkte ein rotes Lämpchen. Er schaute auf die Uhr. Es war kurz nach halb sechs, und er hatte vor, etwa eine Stunde hier mit Coker zu verbringen und sich dann auf den Weg nach Manchester zu machen, um Wesleys Söhne aufzusuchen. Er hatte seine Besuche nicht angekündigt. Statt dessen hatte er von unterwegs Hardings Büro angerufen und gebeten, jemanden von der örtlichen Polizei zur Studentenbude der Wesleys in der Nähe des Alexandra Parks in Manchester und auch hier zu Coker zu schicken. Soweit die Polizisten wußten, würden die Leute, die er treffen wollte, aller Wahrscheinlichkeit nach zu Hause sein, wenn er kam. Die Wachen waren angewiesen worden, die jeweiligen Gebäude zu beobachten, und zwar diskret und ohne Verdacht zu erregen. Rosslyn hoffte, daß man sich daran hielt.

»Kann ich etwas für Sie tun?« fragte eine sanfte Männerstimme hinter ihm.

Rosslyn drehte sich ruckartig um. Vor ihm stand ein kleiner, sehr kräftiger Mann. Er trug ein leichtes Baumwollhemd über einer blauen Leinenhose. Seine Augen waren hinter einer Sonnenbrille verborgen. Er stand ein paar Meter von Rosslyn entfernt, barfuß, eine Machete in der Hand. Sein Haar war kurzgeschoren, sein Gesicht sonnengebräunt. Er trug einen schon leicht ergrauten, gepflegten Dreitagebart. Er wirkte weiß Gott nicht wie jemand, den man in einem englischen Garten auf dem Lande erwartet hätte, sondern mit seinem schweren, funkelnden Buschmesser eher wie ein Rausschmeißer, zumal er Muskeln wie ein mit Steroiden vollgepumpter Bodybuilder besaß. Als Rosslyn ihm seinen Ausweis zeigte, sah ihn der Mann mißtrauisch an. »Nun, Mr. Rosslyn, was führt Sie nach Montbretia? Ich wußte gar nicht, daß die Zollbehörde auch in den Cotswolds tätig ist. Oder sind Sie für die Mehrwertsteuer zuständig?«

»Nein. Ich würde Sie gern ein paar Minuten sprechen, Mr. Coker.«

Er sah Rosslyn von oben bis unten an. »Ihnen muß doch heiß sein in dem Anzug.« Er prüfte mit dem Finger die scharfe Schneide der Machete. »Wir haben da wohl eine Knarre drunter, wie? Ach, ja. Woher wissen Sie meinen Namen?«

»Das ist doch Mr. Levys Haus, nicht wahr?« fragte Rosslyn, um nicht auf die Sache mit der Waffe eingehen zu müssen. »Und er war ja Ihr Freund.«

»Das könnte man schon sagen, ja. Ich bin Coker. Cokey. Und ich muß Sie gleich berichtigen: Ich bin sein Freund gewesen. Der arme alte Lev. So haben wir ihn genannt, Lev. Und Sie möchten also Erinnerungen an Lev aufwärmen. Oder wollen Sie über mich reden?«

»Über Mr. Levy, wenn Sie einverstanden sind. Ich möchte mich Ihnen aber nicht aufdrängen, so kurz nach seinem Tod.«

»Dann kommen Sie mal mit nach hinten. Wir können eine Tasse Tee zusammen trinken. Oder vielleicht was Stärkeres?«

Die beiden Männer gingen um das Haus herum. Von der Rückseite aus hatte man einen wundervollen Blick über die Felder, Bäche und Wälder bis zum Horizont.

»Tolle Aussicht«, sagte Rosslyn. »Sehr schön.«

»Ja«, sagte Coker. »Wirklich schade, daß der alte Lev das nie gesehen hat. Er hat das Grundstück für seinen Hund und mich gekauft, genau in der Reihenfolge.«

»Und von hier aus ist er jeden Tag nach London zur Arbeit gefahren, eine so weite Strecke?«

»Ja, vier Tage die Woche. Mit dem Taxi nach Cheltenham, das heißt, es war meist ein Fahrer vom Nachrichtendienst. Und ich bin hiergeblieben und hab Hausfrau gespielt. Und Gärtner, Koch, Hausmeister, alles mögliche. Sogar Tierarzt. Ich habe bei der Armee gelernt, mit Hunden umzugehen. Ziehen Sie sich mal den Liegestuhl da heran. Da hat Lev immer gesessen.«

Auf dem Holztisch vor der offenen Tür zur Küche standen ein großer Krug mit Orangensaft und eine Flasche Wodka. Daneben bemerkte Rosslyn einen Kassettenrecorder und einen Stapel von fünf, sechs Kassetten ohne Aufschrift. Außerdem standen mehrere benutzte Gläser und ein Kübel mit geschmolzenem Eis herum.

»Sie könnten bestimmt einen kühlen Drink vertragen, Mr. Ross.«

»Rosslyn.«

»Waliser?«

»Vielleicht, in einer früheren Generation«, antwortete Rosslyn vage.

»Keine Iren?«

»Nicht daß ich wüßte. Irgendwie haben wir doch alle ein bißchen irisches Blut, nicht wahr?«

»Mit den meisten Iren komme ich nicht gut zurecht«, sagte Coker düster. Er legte die Machete auf den Tisch. »Ich glaube, Sie könnten einen Cokey Special vertragen. Wodka-Orange.« Er füllte zwei Gläser mit Saft und der gleichen Menge Wodka. Seine Hände zitterten. Er reichte Rosslyn eines der Gläser über den Tisch und ließ sich in einen Liegestuhl fallen. Er schob sich die Sonnenbrille in die schweißglänzende Stirn. Rosslyn sah, daß Cokers Augen blutunterlaufen und wäßrig waren, die Augen eines Säufers. Vielleicht hatte er geweint. Er hob sein Glas.

»Auf Levs Wohl«, sagte er. »Auf den alten Lev. Wo immer er jetzt sein mag.«

»Auf Levs Wohl«, sagte Rosslyn. »Auf abwesende Freunde.«

»Der alte Lev, der nach seinem Tod plötzlich mehr Freunde hatte als zu Lebzeiten. Das ist das Schöne daran. Wenn man die überhaupt Freunde nennen kann, die hier in Scharen aufkreuzen und erzählen: ›Ich bin vom Sonderdezernat. Ich bin vom MI5. Ich bin vom Nachrichtendienst.‹ Die kommen und gehen. Es war sogar ein Scheißer vom Außenministerium hier. Alle für Lev. Lev für alle. Lev war von Geburt an blind. Er hat sich vor niemandem gefürchtet. Nicht mal vor mir. Sie haben doch auch keine Angst vor mir, oder?«

»Nein«, sagte Rosslyn, nicht ganz wahrheitsgemäß.

»Dann ist es ja gut. Dann wissen wir ja, wo wir stehen. Ich kriege bestimmt noch mehr Besuch hier im schönen Montbretia. Das Fernsehen. Reporter. Ich gucke viel Fernsehen. Muß lustig sein, sich mal selbst zu sehen.«

Der Kerl ist ein Windei. Vielleicht läßt er von sich aus was vom Stapel, ohne daß ich nachhelfen muß. Vielleicht ist die ganze Sache aber auch Zeitverschwendung und er nur ein versoffener Kleingernegroß, der seinem alten Lev nachjammert.

»Dann kriegen Sie wohl gern Besuch?« fragte Rosslyn.

»Verstehen Sie mich nicht falsch. Ich bin nicht einsam oder so. Ich habe schon verdammt viel mitgemacht, das kann ich Ihnen flüstern. Mir macht so leicht keiner was vor.«

»Und diese Leute vom Security Service, was haben die von Ihnen gewollt?«

Coker streckte seine kräftigen Arme über den Kopf. »Genau das. Alle wollten wissen, was ich den übrigen erzählt hätte. Dafür haben sich alle viel mehr interessiert als für das, was ich erzählen *könnte*, ehrlich. Ich hab mir gedacht: Cokey, scheiß drauf. Ich hab keinem was gesagt.« Er wuchtete sich hoch und klopfte auf den Kassettenrecorder. »Ich hab gesagt: ›Über mein Privatleben rede ich nur gegen gebündeltes Bares. Jetzt sofort. Auf den Tisch des Hauses. Keine Schecks, keine Kreditkarten. Mäuse.‹ Außerdem habe ich denen gesagt, es muß alles von mir aufgezeichnet werden. Das hat den Scheißern die Sprache verschlagen.« Er ließ sich in seinen Liegestuhl zurückfallen und verschüttete dabei etwas Wodka-Orange auf sein weißes Hemd. »Scheiße.«

»Ich bin hier, um Ihnen zu sagen, wie leid es mir tut, was mit Lev passiert ist.«

Coker lachte. »Dann haben Sie Lev also gekannt?«

»Nicht besonders gut.«

»Wieso sollte es Ihnen dann leid tun?«

Rosslyn starrte in sein Glas. Coker würde keinen Zentimeter nachgeben. Er hatte Geld. Selbst wenn er zusagte, was Coker verlangte, würde der Mann nicht reden.

»Ich habe es mir zum Gesetz gemacht«, sagte Coker. »Zum Gesetz.« Er füllte sein Glas auf, diesmal nur aus der Wodkaflasche. »Tu niemals jemandem einen Gefallen, bevor er *dir* nicht einen erwiesen hat. Damit meine ich aber nicht Worte, Versprechen, sondern Taten. Wie bei der Armee. Da kriegt man Orden auch nur für Taten, nicht für schöne Worte. Wollen Sie wissen, was ich meine?«

»Sagen Sie's mir. Es interessiert mich.«

»Nehmen Sie all diese Luden, die herkommen, um Cokey zu besuchen, auf Staatskosten natürlich. Keiner hat je für Lev einen Finger krumm gemacht. Nicht ein einziger von den Scheißern. Wissen Sie was?«

»Was?« fragte Rosslyn betont freundlich.

»Ich sag Ihnen was. Gestern war jemand da, kann auch vorgestern gewesen sein. Ich war ein bißchen blau, wissen Sie. Also, eigentlich total voll. Eine komische Marke, diese Frau, so ruhig, redete ganz lieb, eine Irin. Hatte ein Kruzifix um den Hals baumeln. Sie ist Krankenschwester. Wissen Sie was? Die ist extra aus London hergekommen. Und warum? Weil sie nämlich Levs Überreste aufgesammelt hat, und Montgomerys auch.«

»Wer ist Montgomery?«

»Monty Montbretia ist Levs Blindenhund gewesen. Er hat keiner Seele was zuleide getan.« Coker nahm eine Kassette aus dem Recorder. »Die Krankenschwester hat mit mir gesungen. Hier, mit mir zusammen, wo wir jetzt sitzen. Genau in dem Stuhl saß sie. ›Danny Boy.‹ Und ich hab's aufgenommen. Hier ist es drauf.« Er drückte die Kassette an seine Lippen. »Die war wirklich lieb. Eine von uns.« Er tippte mit dem Zeigefinger auf die Kassette und schob sie dann sanft auf den Stapel mit den übrigen Bändern.

Rosslyn behielt die Kassette im Auge.

»So lieb, diese Schwester«, redete Coker weiter. »Ich hab gedacht, wissen Sie, irgendwer muß ja mal die Wahrheit sagen. Und da hab ich ihr dies und das erzählt. Natürlich keine Namen – keine Lebensbeichte. Oder sagen wir mal, keine Lebensbeichte, aber ein paar Namen schon, aber die haben ihr ja gar nichts gesagt. Sie war beeindruckt,was Lev und ich aus Montbretia gemacht haben. Wie wir das von Levs Gehalt geschafft hätten. Oder ob wir Nebeneinkünfte hätten? Also habe ich ihr erklärt, daß Lev gut mit Geld umgehen konnte. Dabei konnte er durchaus knickerig sein. ›Eine gute Mutter muß auch für schlechte Zeiten vorsorgen‹, hat er immer gesagt. ›Mutter Lev hat was im Sparstrumpf‹.« Die Tränen liefen ihm über die Wangen. »Ja, so war's. Wir haben doch so schöne Jahre miteinander verbracht. Und die Krankenschwester wußte, was echte Trauer bedeutet. Sie hatte eine Schwester, die sie geliebt hat, und die haben sie als angebliche Terroristin eingebuchtet.«

Rosslyn zuckte zusammen.

»Die Bullen oder so haben die Schwester kaltgemacht«, fuhr Coker fort. »Die Schweine hatten nicht den Mumm, hinterher zuzugeben, daß sie den Bogen überspannt hatten. Aber das tun die ja sowieso nie. In der Untersuchungshaft haben die sie totgeschlagen. Diese Krankenschwester, Angela, Angie, durfte ihrer Schwester nicht mal ein anständiges Begräbnis ausrichten. Mit Lev geht's mir genauso. Die Arschlöcher geben mir seine Überreste nicht, weil es Selbstmord war. Sie wollen erst rauskriegen, daß da keine krummen Sachen gelaufen sind. Und Angie sagt, sie weiß, daß da nichts dran ist. Lev fühlte sich nicht gut. Er ist wahrscheinlich ohnmächtig geworden und gestürzt. Daß er mal so enden würde, die Gefahr bestand ja immer. Am Schluß sterben wir alle allein, nicht wahr? Also, ich glaube, *die* hatten Lev auf dem Kieker. *Die* wollten ihn fertigmachen, oder?«

»Ich wüßte nicht, warum«, sagte Rosslyn.

»Was hat eigentlich der Zoll damit zu schaffen?«

»Ich glaube, daß Mr. Levy vielleicht doch keinen Unfall gehabt hat. Sondern daß er von jemandem ermordet worden ist, den wir suchen. Hat das noch keiner Ihrer bisherigen Besucher vermutet?«

»Doch, schon. Aber ich hab's nicht geglaubt.«

»Warum nicht?« fragte Rosslyn.

»Weil Lev für die Behörden zu nützlich war.«

»Sie meinen, er hatte Feinde?« bohrte Rosslyn nach.

»Haben wir das nicht alle?«

»Die meisten schon. Aber nicht solche, die uns gleich umbringen würden. Sehen Sie mal, ich halte es gar nicht für so unwahrscheinlich, daß man Lev dazu gebracht hat, sich mit jemandem in der U-Bahnstation Camden Town zu treffen. Mit einer Person, die ihn dann ganz gezielt vor den Zug gestoßen hat, damit es wie Selbstmord aussieht.«

»Angie sagt, daß es ganz anders war«, sagte Coker.

»Ja. Aber sie kennt nicht den Bericht der Spurensicherung. Danach sieht die Geschichte nämlich inzwischen ganz anders aus. Es gibt darin Hinweise auf die Person, die wir suchen.«

»Und wer ist das?«

»Eine Person, die schon drei Menschen umgebracht hat«, sagte Rosslyn. »Und eine vierte, vielleicht sogar eine fünfte zu töten versucht hat. Und Lev ist möglicherweise Opfer Nummer sechs, irgendwo dazwischen.«

Rosslyn hätte am liebsten laut gebrüllt: *Deine Krankenschwester ist nicht Angie. Sie ist das Insekt.* Er hätte am liebsten hier und jetzt die Liste der Namen von Toten und Verletzten heruntergerasselt. *Du besoffenes Schwein, sie hat hier gesessen. Es ist Dee McKeagues Schwester. Sie hat eine Schwester!* Er erinnerte sich an die Vernehmung in Paddington Green. Sie war drauf und dran gewesen, das Liebste ans Messer zu liefern, das sie auf der Welt hatte. *Wer schützt diese Schwester?*

»Es paßt mir nicht, wenn Sie sagen, Lev hatte was mit solchen Sachen zu tun.«

»Meinen Sie, mir?« sagte Rosslyn. »Sie können das nicht wissen, aber eine der Toten war meine Freundin. Deshalb kann ich mir gut vorstellen, wie Ihnen zumute ist. Ich bin bei der Sache sowohl beruflich wie privat engagiert. Aber ich bin aus rein beruflichen Gründen hergekommen. Ich verspreche Ihnen, es liegt im Interesse aller, daß Sie mir alles erzählen, was Ihnen dazu einfällt und was erklären könnte, warum irgend jemand Lev töten wollte. Möchten Sie denn nicht, daß Levs Mörder gefaßt wird?«

Coker schaute in die Ferne wie jemand, der einen Wetterwechsel kommen sieht. Er wollte etwas sagen, überlegte es sich dann aber anders und schwieg.

Was hält er zurück? fragte sich Rosslyn. *Er plant ein Abkommen, genau wie Dee McKeague. Er will seine eigene schmierige Haut retten. Vielleicht hat er das kleine Vermögen geerbt, das Lev offenbar beiseite getan hat. Bungalow und Garten mochten gut eine Viertelmillion wert sein – das reicht, um ihn für den Rest seines Lebens mit Wodka und Organgensaft zu versorgen. Bei den Mengen, die er davon kippt, dürfte das sowieso nicht mehr allzulange dauern. Oder hat er womöglich schon ein Abkommen mit einem der früheren Besucher geschlossen, alles ausgeplaudert und Straffreiheit zugesichert gekriegt? Er ist vorbestraft. Der SIS kennt ihn. Und er ist ein Schauspieler, wie alle anderen auch.*

Coker kam unsicher auf die Füße. »Ich möchte jetzt nicht mehr reden, Mr. Rosslyn. Ich bin schon oft in Schwierigkeiten geraten. Ich habe meine Lektion in der Armee gelernt. Damals hatte ich einen Anwalt, der mich vertreten hat. Und genau das muß ich jetzt wieder machen. Ich brauche jemanden, der mich unterstützt.« Er ging beim Reden die Stufen von der Terrasse zum Rasen hinunter und wandte Rosslyn dabei den Rücken zu.

Genau in diesem Moment nahm Rosslyn unauffällig die Kassette vom Tisch und ließ sie in seiner Jackentasche verschwinden.

»Ich habe schon zuviel gesagt«, meinte Coker und schwieg dann.

»Ich halte es für vernünftig, wenn Sie mit einem Anwalt sprechen«, sagte Rosslyn. »Ich täte das an Ihrer Stelle auch.«

»Gehen Sie?«

Rosslyn stand auf. »Ja.«

Sie gingen zusammen um das Haus herum. »Es hilft Ihnen ganz bestimmt, wenn Sie einen guten Anwalt haben«, sagte Rosslyn. »Er kann Ihnen genau sagen, welche Rechte Sie haben. Erzählen Sie ihm alles, was Sie wissen. Am besten reden Sie in der Zwischenzeit mit niemand anders darüber.«

»Das haben die anderen auch gesagt. Deshalb habe ich gerne mit der Krankenschwester geredet. Sie war die einzige, der das alles naheging. Ihnen auch. Sie müssen Verständnis dafür haben, daß ich die Bullen nicht leiden kann. Ist wohl Veranlagung. Das mit Ihrer Freundin tut mir leid. Sie haben mir gar nicht erzählt, wie das passiert ist.« Er stützte sich auf das Wagendach.

»Vielleicht ein andermal, Mr. Coker.«

Er fuhr, so schnell es die kurvenreiche Straße erlaubte. Minuten später hatte er Harding über das Autotelefon erreicht: »Es ist Deirdre McKeagues Schwester. Wer ist sie? Wo steckt sie? Wie lautet ihr voller Name? Sie könnte Angela oder Angie heißen, oder ganz anders. Sie ist möglicherweise Krankenschwester oder hat sich als solche verkleidet. Und denken Sie daran, daß in der England's Lane auch eine Schwester gesehen wurde, unmittelbar bevor die Bombe explodierte.«

»Das wird dauern«, sagte Harding.

»Es ist aber dringend. Bleiben Sie dran.«

Er steckte die Kassette in den Schlitz des Kassettendecks. Als erstes hörte er eine Frauenstimme breit und klagend ›Danny Boy‹ singen.

»Moment noch«, sagte er und spulte das Band vor.

Jetzt war Cokers Stimme zu hören:

Sie haben Lev so ein Gerät gegeben, das Ding heißt Apollo-Sprachsystem. Das ist eine Spracherzeugungsmaschine für Blinde. Man tippt etwas ein, und der Synthesizer produziert die Wörter. Genial. Man kann die Stimme rauf- und runterfahren, so daß sie mal wie ein Mann, mal wie eine Frau und mal wie ein Kind klingt. Man kann ja nicht hören, wer da redet, weil es eine Maschine ist. Er hat manchmal für Leute vom Geheimdienst Aufträge erledigt. Als Vermittler. Diese Frau hat dasselbe System benutzt, deshalb hat er ihre richtige Stimme nie gehört. Auf die Art war die Identität aller Beteiligten vertuscht. Da ging es um viel Geld, ich meine, Lev hat mit der IRA geredet, mit den Bombenlegern, Killern und so weiter. Er bekam Befehle und führte sie aus, dafür hat er Geld gekriegt. Was hat er denn falsch gemacht, daß er zum Schluß von einer Scheiß-U-Bahn zerquetscht wurde? Alles nur, weil er getan hat, was sie von ihm verlangt haben, weil er sich immer wieder aufgerafft hat. Ein blindes armes Schwein, das nur seine Pflicht zum Wohle Englands getan hat.

»Hören Sie das?«

»Teilweise«, sagte Harding. »Rufen Sie mich lieber noch mal an, wenn Sie alles gehört haben. Wir lassen McKeagues Schwester suchen. Hoffentlich haben Sie recht damit.«

»Das hoffe ich auch«, sagte Rosslyn. Er klappte die Blende herunter, um sich vor dem grellen Licht der Sonne zu schützen, die bereits hinter den Cotswolds unterging. Er sah auf die Uhr. Mit etwas Glück schaffte er es noch vor Einbruch der Nacht bis Manchester.

36

Davina Wesley zuckte, als das Klebeband von ihrem Gesicht gerissen wurde. Noch schlimmer waren allerdings die Schmerzen in ihren Schultern, als langsam das Gefühl zurückkehrte.

»Wir beide ganz allein«, sagte McKeague. »Jetzt bleiben wir hübsch ruhig, ja?« Sie trommelte mit den Nägeln auf ihre Pistole. »Wir stecken zusammen in der Sache drin. Sie brauchen mich, vergessen Sie das nicht.« Sie wirkte völlig gelassen. »Jetzt sind alle kompromittiert, nicht wahr? Aber Sie haben ja Ihre Probleme bald hinter sich, was meinen Sie?«

Davina Wesley versuchte, etwas zu sagen. Ihr Mund war vollkommen ausgetrocknet, sie brachte keinen Ton heraus.

McKeague fühlte sich durch ihr Schweigen offenbar provoziert. Unvermittelt schlug sie ihr ins Gesicht.

Davina legte die Hand auf den brennenden Mund und dachte: *Das ist eine Psychopathin.*

»Wir fahren zusammen nach Beaconsfield«, sagte McKeague. »Keine Eile.«

»Da kommen Sie wahrscheinlich nicht rein«, sagte Davina Wesley beschwichtigend. »Die werden Sie vermutlich gar nicht durchs Tor lassen.«

»Dafür sind Sie ja bei mir. Ich gehe mit Ihnen.«

»Und was haben Sie vor?«

»Was ich vorhabe? Wenn wir erst mal drin sind, werden Sie's schon sehen. Es sei denn, Sie möchten lieber neben Ihren Hunden und Katzen in der Gefriertruhe enden ...«

»Ich ... Ich muß den Werkschutz anrufen. Wenn wir außerhalb der Dienstzeit hinfahren. Wir können da nicht einfach unangemeldet am Tor stehen. Die kennen Sie ja nicht.«

»Das ist Ihr Problem.«

»Sie wollen also, daß ich Sie heute abend nach Beaconsfield und von da zum Gelände fahre?«

»Ja.«

Sie sah einen Hoffnungsschimmer. *Gut, Versuch, Zeit zu schinden.* Die Wachleute kannten jeden Mitarbeiter. Besucher brauchten einen Passierschein, und McKeague hatte keinen.

»Sie werden die Vorgesetzte herauskehren«, sagte McKeague jetzt, als könne sie Davina Wesleys Gedanken lesen. »Keine Leibesvisitation. Wenn Sie es versauen oder den Wachleuten das Gefühl geben, da sei etwas faul, dann blase ich Ihnen das Gehirn weg, und den Wachleuten auch.«

»Was wollen Sie denn da überhaupt?«

»Das sage ich Ihnen, wenn wir drin sind.«

»Hat es etwas mit meiner Arbeit zu tun?«

»Was denn sonst?«

»Aber Sie wissen doch gar nicht, was ich beruflich mache.«

»Meinen Sie? Muß ich Ihnen wirklich erklären, daß ich für Sie die Drecksarbeit erledigt habe? Ich war für beide Seiten im Einsatz. Für die Armee, die Royal Ulster Constabulary, das

Sonderdezernat, den MI5. Sie alle vertrauen mir. Und meine eigenen Leute auch. Ich weiß über Ihre Arbeit Bescheid, weil mich die Armee schon vor Urzeiten über Beaconsfield informiert hat. Ich weiß auch, welche Sicherheitsvorkehrungen damals für den Falklandkrieg getroffen wurden. Und was die Scheiß-Luftwaffe über Saddams Nervengas wußte. Ich weiß, wovor die Briten am meisten Schiß haben. Und Sie auch. Weil die bekackten Briten nämlich das Gas gemeinsam mit den Japs hergestellt haben.«

»Das Gas wollen Sie also?«

»Das werden Sie schon sehen.«

»Oder noch einen Sprengsatz?«

»Auch das werden Sie schon sehen. Wenn es möglich wäre, das Thames House in die Luft zu jagen, wäre ich bestimmt nicht hier. Es geht nicht, stimmt's? Und das wissen Sie genauso gut wie ich. Es besteht aus Stahl, Stein und Beton.«

»Es ist also das Gas?« beharrte Davina.

»Egal, was, wenn es sie nur kaputtmacht. Allesamt. Es dauert höchstens drei Minuten, wenn das Gas erst einmal in der Belüftungsanlage ist. Ich will, daß ein bestimmter Mann darin stirbt. Das Arschloch, das meine Schwester umgebracht hat. Dieser Kerl vom Zoll. Einmal ist er mir entwischt, aber beim nächsten Mal wird ihm das nicht mehr gelingen. Sie haben Glück. Jetzt waschen Sie sich, und machen Sie sich das Gesicht ein bißchen zurecht. Und ziehen Sie das hier an.«

McKeague warf ihr ein Paar Turnschuhe und einen Trainingsanzug hin, die sie aus dem Kleiderschrank genommen hatte. »Ich weiß, wessen Stimme ich am Telefon gehört habe. Die mir gesagt hat, wie ich an das Geld aus dem Safe Ihres Mannes komme. Es war dieselbe Stimme, die das Treffen mit diesem Mann in der U-Bahnstation arrangiert hat, von dem ich das

Band kriegen sollte. Was ist mit diesem Arschloch vom Zoll, Rosslyn?«

»Ich weiß nicht, wovon Sie reden«, flüsterte Davina.

McKeague lächelte. »Verdammt noch mal, ich dachte mir schon, daß Sie verschlagen sind. Sie sind sogar sehr verschlagen, Davina. Ich bewundere Sie fast. Sie sind wirklich verkommen. Jetzt kenne ich sogar Ihren Namen, und wissen Sie was? So geht es mir viel besser. Es hat mir nie gefallen, daß ich nicht alles über Sie wußte. Jetzt weiß ich es, und das ist gut so. Viel besser.« Sie öffnete die Vorhänge einen Spalt. »Wir warten, bis es dunkel ist«, sagte sie. »Machen Sie sich zurecht. Sie haben schließlich Ihren guten Ruf zu verteidigen.«

37

Cokers Stimme auf der Kassette leistete Rosslyn, während er nach Norden in Richtung Manchester fuhr, Gesellschaft. Er hörte die miserable, manchmal undeutliche Aufnahme mit einem neuen Gefühl der Erleichterung. Wie ein Kind, das eine Fünfzigpfundnote auf dem Gehweg gefunden hat und vom Streifenpolizisten gesagt bekommt: »Also, ich würd sie einfach behalten, Kleiner.« Oder wenn man einem schwitzenden Araber dabei zusieht, wie er sein Gepäck ausbreitet, und man seine edle Puderdose voller Kokain findet und ihn damit, zack, am Wickel hat. Das »Haben« ist praktisch alles. Hier hatte er nun den recht mitgenommen klingenden Coker, der einer lieben, mitfühlenden Angie im Sonnenschein der friedlichen Cotswolds interessante Dinge erzählte:

Lev war ein sogenannter »Alibi-Behinderter« – wissen Sie, die Behörden sind ja gesetzlich verpflichtet, irgendein armes behindertes Schwein einzustellen. Mit seinem Kopf war aber alles in Ordnung, das kann ich Ihnen flüstern. Was Geld und Technik angeht, war er ein echtes Genie. Sein einziges Handicap war, daß er eben nicht sehen konnte. Deshalb haben die ihn in der Registratur beim MI5 so ein bißchen wie einen Schoßhund gehalten, genauso wie Monty.

Also, im großen und ganzen hat Lev nie groß Fragen gestellt, wenn er Aufträge gekriegt hat. Er hat sich drauf verlassen, daß die Leute von der Registratur sauber sind, eben korrekt. Das ist ja alles Geheimkram. Und vieles davon hat er auch gar nicht durchschaut, Rangeleien zwischen Abteilungen, Büropolitik, vertrauliche Beschwerden und so.

Dann kommt diese Abteilungsleiterin vom MI5 zu ihm und weist ihn an, als Verbindungsmann zwischen ihr und dieser Doppelagentin der IRA zu arbeiten. Die Frau gibt Lev die Anweisungen, die sie schon vorbereitet hat – sie hatte ein kompatibles System –, und er soll sie weiter schicken, damit es keine Spuren gibt. Überhaupt keine.

An dieser Stelle fragt »Angie«: »Gab er denn immer die Anweisungen?« Coker antwortet:

Weiß ich nicht. Sie benutzte ja das gleiche System. Hören Sie, ich sage doch, Lev war nur der Mittelsmann. Er tat, was man ihm sagte. Und er kriegte seine Zulage in bar ausgezahlt. Immer in bar. Also das war, glaube ich, schon komisch. Nie ein Scheck für die Zulage, sondern immer Bargeld. Und Lev denkt sich, vielleicht ist da was faul dran. Also forscht er nach, was das für eine Telefonnummer ist. Und er kriegt raus, daß es der Anschluß dieser Person in Amersham ist. Sie heißt Davina Wesley.

Rosslyn lief es kalt über den Rücken. Viermal hintereinander spielte er sich die Passage vor: »... daß es der Anschluß dieser Person in Amersham ist. Sie heißt Davina Wesley.«

Dann fragt »Angie«: »Wie lautet denn die Nummer?« Und Coker sagt, er kann sich nicht erinnern, ob Lev die Nummer auch genannt hat. Und wenn, dann hat er sie vergessen. »Das war ja nur für den Notfall. Rein geschäftlich, offiziell.«

Rosslyn hockte angespannt hinter dem Lenkrad und versuchte, sich auf den Verkehr zu konzentrieren und gleichzeitig der rauhen Stimme des vor sich hin redenden Coker zuzuhören. Die Vorstellung, daß auch Davina ihn betrogen und ebenso wie Mary die Wahrheit vor ihm verborgen hatte, machte ihn krank.

Er zog auf die Überholspur und blinkte einen schwerfälligen Lastwagen vor ihm an. Dessen Hupe machte ihn für einen Moment taub. Davina hatte seine kaum vernarbten Wunden wieder aufgerissen.

Sie hat sich an mich rangemacht. Mich betrogen. Mich bluten lassen. Sie ist eine Lügnerin. Und letzte Nacht habe ich mit ihr geschlafen. Verflucht noch mal, ich habe mich von ihr verführen lassen. Mich ihr völllig hingegeben, um mich mit ihrem Sex heilen zu lassen. Er dachte an den Brief, den er ihr geschrieben hatte und der jetzt mit Millionen anderer Briefe unterwegs war, so wie seine Gedanken in ganz unterschiedliche Richtungen auseinanderdrifteten.

Ich habe mich selbst betrogen. Ich habe mich von einer flüchtigen Affäre einlullen lassen.

Was hat sie getan? fragte er sich.

Er spielte die Kassette noch einmal ab. Cokers Stimme verursachte ihm die gleiche Übelkeit, wie sie beim Lesen von Marys Tagebuch in ihm aufgestiegen war.

Was hat sie getan?

Sein Vorstellungsvermögen reichte nicht aus, um eine vernünftige Antwort zu finden.

Die Scheinwerfer eines Busses hinter ihm blendeten ihn im Rückspiegel. Er zog auf die mittlere Spur. Der Bus überholte ihn mit weit über hundert Sachen. Eine deutsche Touristengruppe aus Bremen. Im Rückfenster sah er drei lachende Mädchen mit kurzgeschorenen Köpfen. Sie hatten sich die Zähne geschwärzt und die Gesichter weiß geschminkt, so daß sie ihm wie groteske Clowns aus einem Alptraum vorkamen. Sie streckten ihm die Zunge heraus, warfen ihm obszöne Küsse zu und lachten über ihn. Mittlerweile hatte er das Gefühl, selbst ein Clown zu sein. Er war drauf und dran, die Autobahn zu verlassen und zu Davina zurückzufahren.

Es hat keinen Zweck, ich würde nur noch mehr Lügen von ihr hören. Das kann warten. Ich will vernünftige Antworten.

Er merkte, daß ohnmächtige Wut in ihm aufstieg. Probieren wir es erst mal bei ihren Kindern. Die werden mir zwar nicht die Wahrheit über sich selbst sagen, dafür aber alle übrigen in die Pfanne hauen.

38

Es war fast schon dunkel, als er die Hochhausblocks aus den 60er Jahren erreichte, die hinter der Alexandra Park Road in Manchester stehen. Arlington House hieß der Komplex, den er suchte und wo die Wesley-Söhne ihre Studentenbude hatten. Die meisten Straßenschilder waren mit Spray-Graffiti verschmiert und unleserlich; Prostituierte, weiße und schwarze Minderjährige, lächelten ihn vom Straßenrand aus auffordernd an. Er bemerkte, daß die Wagen vor und hinter ihm jeweils nur von einem Mann gefahren wurden, der die erbärmliche Reihe der Mädchen verstohlen taxierte. Dann fand er das Schild ARLINGTON HOUSE.

Er parkte zwischen zwei kaputten Lastwagen. Ein heißer Wind trieb ihm Staub in die Augen. Über ihm drang laute Reggae-Musik aus den Fenstern des Hochhauses. Im Erdgeschoß waren die meisten Fenster mit Brettern verbarrikadiert, auf denen sich ebenfalls obszöne Graffiti befanden. In einem Durchgang auf der anderen Straßenseite bemerkte er zwei dunkle Gestalten und sah, wie ein in Alufolie gewickeltes Päckchen den Besitzer wechselte. An jedem anderen Abend hätte er sie wegen unerlaubten Besitzes von Betäubungsmitteln eingebuchtet. Wie die Straßenmädchen wirkten auch diese beiden kaum älter als vierzehn. Er beschloß, seine Tasche nicht im Wagen zu lassen, und tastete instinktiv nach Waffe und Holster.

Er stieg über die nach Urin stinkende Außentreppe in den zweiten Stock, wo nach Auskunft der Polizei die Wesley-Söhne hausten. Es gab keine Klingel, deshalb klopfte er an die Tür.

Keine Reaktion.

Eine junge Schwarze streckte den Kopf aus dem Fenster der Nachbarwohnung.

»Jonathan und Felix Wesley, wohnen die hier?«

»Klar.«

»Wissen Sie, ob die beiden zu Hause sind?«

»Klar.«

»Danke.« Er klopfte wieder an die Tür.

Das Mädchen sagte: »Ein bißchen Sex, Süßer?«

»Jetzt nicht, danke.«

»Gefalle ich Ihnen nicht?«

Rosslyn zuckte die Achseln.

Die Tür zur Wohnung flog plötzlich auf. »Tag«, sagte Rosslyn. »Sind Jonathan und Felix Wesley da?«

»Wieso?« Die Stimme des Mannes wurde von der Stereoanlage fast völlig übertönt.

»Ich möchte mit ihnen reden«, rief Rosslyn über den Lärm hinweg.

Der Mann brüllte ins Innere der Wohnung, irgend jemand solle die Musik leiser drehen. Er schniefte. »Warum?«

Rosslyn merkte, daß ihn ein Mädchen, das außer einem T-Shirt nichts anhatte, aus dem Dunkel des Flurs heraus anstarrte. Die Wohnung schien von mindestens einem Dutzend Katzen bevölkert zu sein. »Verdammt«, sagte sie. »Laß den Scheißer bloß nicht rein.«

»Keine Angst«, sagte Rosslyn. »Es ist alles in Ordnung.«

»Wieso auch nicht?« sagte der Mann. Um seinen Mund herum waren mehrere offene Stellen.

»Ich bin ein Bekannter ihrer Mutter«, sagte Rosslyn. »Eine Familienangelegenheit. Ich soll den beiden Geld von ihr bringen.«

»Verkaufen oder kaufen Sie?«

»Keins von beiden.«

»Sind Sie'n Bulle?«

»Nein. Dann wäre ich doch bestimmt nicht allein hier.«

»Haben Sie Stoff?«

»Ich habe Ihnen doch gesagt, ich will Felix und Jonathan Geld bringen, und ich hab's eilig.«

Die junge Schwarze von nebenan rief: »Ist schon gut, Johnnie. Schick ihn rüber, das geht schon klar.«

»Felix ist nebenan«, sagte der Mann und betastete die wunden Stellen an seinem Mund. »Die Perle läßt sie rein, nicht wahr, Claret?«

»Heißt sie so, Claret?«

»Claretta, genannt Claret. Claret Glass, mit dem Schokoladenarsch.«

»Besten Dank für die Vorstellung.«

Claretta ließ ihn eintreten. Sobald sie die Tür geschlossen und die Kette vorgelegt hatte, grinste sie. Rosslyn sah, daß sie ein offenes Klappmesser in der Hand hielt. »Wenn Sie ein Bulle sind, dann sag ich, Sie hätten mich vergewaltigt und ich hätt Ihnen in Notwehr den Bauch aufgeschlitzt, klar?«

»Zum Glück für uns beide, Claretta ...«

»Für Sie Miss Glass«, sagte sie drohend.

»Zum Glück, Miss Glass, bin ich kein Bulle. Bloß ein Freund der Familie.«

»Ein Scheiß-Spion«, sagte eine Männerstimme hinter Rosslyn. »Wie heißen Sie?«

»Alan Rosslyn.«

Der Mann war groß, etwas über eins achtzig, und sah seiner Mutter sehr ähnlich. Seltsamerweise trug er sogar den gleichen Morgenmantel wie sie, aus hellblauer Seide.

»Sie sind ein Freund von denen, einer vom Geheimdienst,

ein Feind, Mr. Alan Rosslyn.« Sein linkes Ohrläppchen fehlte, und Rosslyn erkannte an seinem geschwollenen, mit Einstichen übersäten Unterarm, daß dieser Bursche – egal, welcher Wesley-Sohn es war – seit Jahren ein Problem mit dreckigen Spritzen hatte. »Wer sind Sie? Woher wissen Sie, daß ich hier wohne?«

»Von Ihrer Mutter.«

»Sie weiß gar nicht, wo ich wohne.«

Verdammt, ich hab's vermasselt. Clarettas Hand schloß sich fester um den Griff des Klappmessers. »Das weiß sie wohl. Wer sonst hätte es mir sagen sollen?«

»Die Bullen, Mr. Rosslyn, die Bullen. Die kann ich nicht ausstehen. Und die mich nicht. Meine Mutter kann ich auch nicht ausstehen. Und sie mich ebenfalls nicht.«

Rosslyn konnte sich gut vorstellen, warum. Er ließ sich nicht beirren. »Nun, Felix, oder Jonathan? Welcher von beiden sind Sie denn nun?«

»Das ist Filo«, sagte Claretta. »Wie mit Sophie.«

»Nun, Filo, Ihre Mutter Davina würde gern mal wieder was von Ihnen hören. So gern, daß sie mir fünfhundert Steine für Sie mitgegeben hat « Er bemerkte mit einem Seitenblick, daß Claretta die Augen aufriß.

»Wo ist der Haken?« sagte der Mann.

»Sie möchte, daß Sie sie anrufen. Ihr sagen, daß Sie die Kohle gekriegt haben.«

Der Mann sah Rosslyn schnell an. »Ich habe sie ja noch gar nicht.«

»Verdammte Scheiße, Felix«, fuhr Claretta ihn an. »Was redest du für einen Mist?«

»Fresse, Claret«, rief Felix. Er schnaubte. »Mum will also, daß ich sie anrufe?«

»Ja.«

»Verfluchte Kacke. Ich hab gar kein Telefon.«

Rosslyn zog seine Brieftasche. Er zählte zehn Fünfzigpfundnoten ab, nahm sie heraus und faltete sie in der Mitte zusammen. »Ich hab eins im Auto. Das können Sie benutzen.«

»Ich will aber nicht mit ihr reden.«

»Na gut, warum reden wir dann nicht gemeinsam mit ihr?«

Claretta war die entschlossenere von beiden. »Mach schon, Filo.« »Aber ich kenne Sie doch gar nicht.«

Rosslyn begann zu fabulieren: »Ich komme gelegentlich nach Manchester. Ich bin in der Druckereibranche. Reisender. Freunde Ihrer Mutter haben ihr den Tip gegeben, daß ich Ihnen das Geld bringen könnte, weil ich gut quatschen kann. Angeblich wirke ich überzeugend, das muß ich auch sein in meinem Beruf, schließlich sollen die Leute ja der Druckerei Aufträge geben. Ich tue Ihrer Mutter bloß einen Gefallen, das ist alles.« Er sah auf die Uhr. »Ich habe einen Termin in Ringway – vielleicht können wir ja eben anrufen, dann kriegen Sie die Kohle, ich hab mein Versprechen gehalten, und fertig ist der Lack.« Er schnupperte. »Wenn ich ein Bulle wäre, hätte ich euch beiden doch längst verhaftet, oder?«

Claretta klappte das Messer zusammen.

»Ich muß Mums Nummer erst suchen«, sagte Felix. »Oder haben Sie sie?«

»Nein. Sie holen die Nummer oder was weiß ich, und dann rufen wir sie gemeinsam an.«

Felix verschwand im hinteren Teil der Wohnung. Rosslyn beobachtete, wie Claretta die Blätter einer Yuccapalme befingerte.

»Wie ist seine Mutter denn so?« fragte sie.

»Soweit ich weiß, ist sie sehr nett«, sagte Rosslyn.

»Ich hab aber was anderes gehört, echt.«

»Und was war das?«

Claretta grinste. »Ich erzähle es Ihnen.«

»Na dann los.«

»Ich hab gehört, daß sie auch auf Frauen steht.«

»Ich weiß nicht, was Sie damit meinen.«

Sie sah ihn mit gespieltem Mitleid an. »Auf welcher Insel waren Sie denn die letzten zehn Jahre?«

»Na, na«, sagte Rosslyn.

»Besonders helle sind Sie wohl nicht, oder?«

»Schon in der Schule war ich immer der Langsamste.«

»Ich bin platt, daß Sie überhaupt zur Schule gegangen sind.«

»Sagen Sie mir, was Sie gehört haben.«

»Sie wollen es also auf dem silbernen Tablett serviert kriegen?«

»Wenn es sein muß, ja.«

»Ich hab gehört, daß sie ihre Kolleginnen angebaggert hat.«

»Mit Gerüchten kann ich wenig anfangen.«

»Mit was anderem offenbar auch nicht.«

»Na gut, wie Sie wollen. Was also sagen die Gerüchte?«

»Ich habe gehört, daß sie mindestens *zwei* Affären gehabt hat.«

»Mit wem?«

»Sie sind aber ein zäher Brocken, was? Frances Soundso. Und diese Frances gibt Davina den Laufpaß, weil sie sich jüngeres Frischfleisch angelt. Irgendeine Perle namens Serena. Das hat vielleicht einen Krach gegeben! Diese Frau, Serena, kommt hierher zu Filo und Jonathan und macht Theater und schreit die Jungs an, sie sollten ihrer Mutter sagen, sich zu verpissen. ›Eure Mutter ist eine eifersüchtige Hexe. Die schreckt vor nichts zurück, nicht mal vor Mord.‹ Es war fürchterlich, echt.«

Felix rief von hinten: »Ich kann das Scheißding nicht finden.«

»Mensch, dann guck doch in die Schublade mit dem Gras.«

Rosslyn fühlte ihren warmen Atem. »Jonathan hat das total umgehauen. Wissen Sie, er ist im Krankenhaus. Schwere Depression. Er hängt total durch. Klar. Konnte das nicht verkraften, meine ich. Wer kann das schon?«

»Sie sagen, sie hat damit gedroht, Frances und Serena umzubringen?«

»Klar. Die ist *gestört.* Hat keine Ahnung, ob sie Männchen oder Weibchen ist. Durchgedreht. Bi. Irgendwie muß sie körperlich oder seelisch alles vögeln, was ihr vor die Nase kommt. Geistig, ich meine, also, entweder man ist geistig gesund, oder man ist es nicht, oder?«

»Weiß Felix das alles?«

»Sie sind nicht besonders schlau, was? Ich habe es Ihnen doch gerade gesagt. Er kann den Scheiß-MI5 nicht ausstehen. Das ist ein Puff, ein Nuttenkarussell. Die decken alles, Mann. Sogar Mord.«

Ihr Blick. Die gerunzelten Brauen. Die weit aufgerissenen Augen. Die Intensität. Ihr offensichtliches Mitleid für Felix. Aufgrund seiner Erfahrung als Zollbeamter nahm er an, daß sie die Wahrheit sagte. »Was hält denn sein alter Herr davon?«

»Was er davon *hält?* Keine Ahnung. Der ist doch auch bei dem Verein. Fragen Sie Felix. Diese Leute sind pervers, allesamt. Total bescheuert. Die sind doch so verdreht, daß man sich fragt, wie die morgens aus dem Bett kommen.«

»Haben Sie den Vater mal kennengelernt?«

»Soweit man das kennenlernen nennen kann. Ich meine, ich bin schwarz. Ich geh mit seinem Sohn. Sie können Gift drauf nehmen, daß er davon nicht gerade begeistert ist. Schließlich ist Mr. Wesley was Besseres.«

»Aber er ist mal hiergewesen?«

»Klar. Um der Heilanstalt Kohle in den Rachen zu werfen, weil er hofft, die kriegen Jonathans kaputtes Gehirn wieder in Gang. Jonathan selbst kriegt auch Mäuse von ihm. ›Wenn du mit mir redest, gebe ich dir für jedes Wort einen Fünfer.‹ Er versucht, seinen Sohn zu kaufen wie einen Strichjungen. Das ist ein echter Stinker. Bei Felix versucht er es auch. Überschüttet ihn mit Geld, damit er hier wegzieht, vor allem weg von mir, ›Du kannst doch nicht ernsthaft glauben, mein Lieber, daß es gut ist, mit einer Schwarzen zu schlafen.‹ Dann wird ihm klar, daß Felix ein Junkie ist, und er macht mir deswegen Vorwürfe.«

»Da irrt er sich aber gewaltig.« Felix stand im fahlen Licht am anderen Ende des Flurs. »Man kann Menschen nicht kaufen«, fügte er hinzu. »Nicht mal Mum würde das versuchen. Deshalb kapiere ich auch nicht, warum sie das jetzt macht. Mir die fünfhundert Steine schickt.«

»Ich nehme an, sie will Frieden schließen«, sagte Rosslyn. »Nach allem, was in ihrem Leben passiert ist.« Nach einer Pause fügte er vorsichtig hinzu: »Haben Sie gehört, was Claret mir erzählt hat?«

»Klar. Stimmt alles. Glauben Sie ihr nicht?«

Rosslyn zuckte die Achseln. »Nicht mein Bier.«

»Was wissen Sie denn überhaupt von uns?« fragte Felix.

»Nichts«, sagte Rosslyn. »Nur daß Sie und Ihr Bruder Studenten sind ...«

Vor seinem geistigen Auge tauchte Davinas Garten auf. Einen Augenblick lang glaubte er *ihre* Stimme zu hören, wie sie ihm erzählte, daß sie in der Woche vor der Ermordung von Monro und Watson in Manchester gewesen sei. War sie nicht hergefahren, um Jonathan auf der Bühne zu sehen? Er war doch der »Schauspieler der Familie«, und sie hatte ihm oder

Felix die CD von k d lang mitbringen wollen. »Dort habe ich auch die schlimme Nachricht erhalten – daß jemand Monro und Watson in die ewigen Jagdgründe gebombt hatte.«

Er hörte seine eigene Stimme, die hinzufügt: »... und ich habe gehört, daß Jonathan Schauspieler ist.«

»Das ist er wirklich«, sagte Felix bitter. »Aber wie soll er denn spielen? Er hat seit Monaten – seit achtzehn Monaten – kein einziges Wort gesprochen. Er sitzt mit den anderen Bekloppten vor dem Fernseher und stöhnt und schaukelt. Es ist grauenhaft.«

»Alles nur, weil Ihre Mutter eine Lesbe ist?« fragte Rosslyn. »Was haben Sie ...«

»Hören Sie zu«, unterbrach Felix ihn heftig. »Es ist mir scheißegal, wer schwul oder lesbisch ist oder was die Leute sonst noch im Bett treiben. Das muß jeder selber wissen. Ich bin ja noch nicht mal auf Claret eifersüchtig, oder?«

Claret nickte eifrig.

»Meine Mutter braucht mein Mitleid nicht. Soll ich sie etwa bedauern? Ich bedaure mich vor allem selbst.« Er hielt Rosslyn seine Armbeuge hin.»Sehen Sie?«

Die zerstochenen und geschwollenen Venen widerten Rosslyn an.

»Mir doch egal, ob sie den Laufpaß gekriegt hat. Was geht mich das an? Wahrscheinlich hat die Frau Mum noch einen Gefallen damit getan. Alles, was ich mir wünsche, ist, daß meine Mutter sich aus meinem Leben raushält.«

»Aber ihr Geld nehmen Sie trotzdem, oder?« fragte Rosslyn.

Felix sah an Rosslyn vorbei. »Na klar. Sicher. Kommen Sie, bringen wir es hinter uns.« Er schob Rosslyn durch die Tür.

»War nett, mit Ihnen zu reden«, sagte Claret mit einem schlaffen, gleichgültigen Winken.

»Ebenfalls«, log Rosslyn und lief die Betonstufen hinab.

»Haben Sie keine Angst?« fragte Felix, als Rosslyn den Wagen aufschloß.

»Vor dieser Gegend?« fragte Rosslyn.

»Ich finde, Sie wirken nervös.«

»Sie auch.«

Sie setzten sich nebeneinander auf die Vordersitze. Rosslyn hielt Türen und Fenster geschlossen, trotz des üblen Geruchs, den Felix' Körper ausströmte. Er bemerkte Blutspritzer auf der blauen Seide des Morgenmantels. »Geben Sie mir die Nummer«, sagte Rosslyn. »Ich wähle.«

»Ich habe hier vier Nummern. Eine für zu Hause, eine für ihr privates Fax, eine für ihr Büro und eine ... für den Notfall.«

»Lesen Sie alle vor.«

Felix gehorchte. Rosslyn kritzelte die vier Nummern innen auf den Deckel seines Straßenatlasses. Dann wählte er die Privatnummer und drehte den Lautsprecher auf, damit sie beide zuhören konnten.

Nachdem das Telefon ein paarmal geläutet hatte, meldete sich Davinas Stimme: »Im Moment kann ich den Anruf leider nicht persönlich entgegennehmen. Bitte hinterlassen Sie Ihren Namen, Ihre Nummer und die Uhrzeit. Ich rufe so bald wie möglich zurück. Bitte sprechen Sie nach dem Signalton.«

Rosslyn gab Felix den Hörer zusammen mit den Banknoten.

»Hallo ... äh, hier ist Felix. Mr. Rosslyn hier hat mir das Geld gegeben. Das ist ja eine ganze Menge ... äh, also, vielen Dank auch. Bis bald mal. Ich hoffe, es geht dir gut ... äh, also, Wiedersehen und danke.«

Felix atmete schwer. »Das geht mir alles gegen den Strich. Ihre Stimme zu hören und so. Klingt immer noch wie früher.«

Er sah Rosslyn ins Gesicht. »Nun mal ehrlich«, sagte er. »Sie sind doch beim Geheimdienst, oder?«

»Nein.«

Doch Rosslyns Jackett stand offen, und er konnte Felix nicht mehr daran hindern, sich herüberzubeugen und die Waffe im Holster zu berühren. »Wofür dann die Knarre?« In seinen Augen lag ein wilder Ausdruck. »Warum sind Sie so nervös?«

Rosslyn sagte: »In meiner Branche bin ich oft allein unterwegs. In allen möglichen Gegenden. Man weiß ja nie, mit was für Leuten man es zu tun bekommt. Man muß auf alles gefaßt sein.«

»Sind Sie Privatdetektiv?«

»Nein.«

»Aber Sie kennen meine Mutter besser, als Sie vorhin behauptet haben.«

»Vielleicht, vielleicht auch nicht.«

»Ich will bloß wissen, ob sie Probleme hat.«

»Nicht daß ich wüßte, Felix. Wie kommen Sie darauf?«

»Bloß wegen der Sachen, die ich in der Zeitung gelesen hab. Wann war das noch? Im März, irgendwann Ende März. Da gab es doch einen Bombenanschlag in der England's Lane. Zwei Beamtinnen, wie hieß es doch gleich, vom Innenministerium oder so? Die sind bei der Explosion ums Leben gekommen.«

»Ich weiß. Ich habe davon gelesen.«

»Und in der England's Lane hat doch Frances mit Serena Watson gewohnt. Sie wissen ja nicht, daß ich in London war, an King's Cross, um Stoff zu besorgen. Und da habe ich mich mal in der England's Lane umgesehen. Und ich habe da mit einem Zeitungshändler gesprochen und ihn gefragt, ob er mir sagen kann, wo die beiden Frauen sind. Er hat gesagt, das wüßte doch jeder.«

»Warum hat Sie das denn so interessiert?« fragte Rosslyn.

»Verflucht noch mal.« Felix starrte durch die Windschutzscheibe nach draußen. »Warum mich das interessiert hat? Sie haben doch vorhin gehört, daß die beiden mit meiner Mutter im Clinch lagen. Sie wollte die beiden fertigmachen. Notfalls auch endgültig. Sie sind doch auch beim Geheimdienst. Sie müßten so was doch kennen.«

»Zum letzten Mal: Ich bin nicht beim Geheimdienst.«

»Warum interessiert Sie der Scheiß denn dann überhaupt?«

Rosslyn spürte, wie sich in seinem Magen Säure ansammelte. Er konnte sie auf der Zunge schmecken. Felix' Gegenwart verursachte ihm Übelkeit. Es war traurig genug, daß er schmierige Typen wie Felix Tag für Tag zu Gesicht bekam. Aber die Tatsache, daß nun Davinas Sohn seinen Wagen mit seinen unerträglichen Ausdünstungen erfüllte, machte alles noch schlimmer. Seine körperliche Nähe war widerlich. *Laß uns das Geschäftliche erledigen, und dann nichts wie raus hier und möglichst weit weg von dir.*

»Und warum geben Sie mir die verdammte Kohle? Die kommt ja gar nicht von meiner Mutter. Das ist doch bloß ein Vorwand. Sie vertuschen irgendwas. Sie sind auch nicht anders als die übrigen Arschgeigen, die mich ausquetschen wollten.«

Rosslyn schaffte es gerade noch, ihn nicht entgeistert anzustarren. Er lächelte schmerzlich ins Nichts und bemerkte, daß in den Fenstern des Wohnblocks allmählich die Lichter angingen.

»Diese Leute vom Außenministerium, vom Sonderdezernat, vom Innenministerium, weiß der Teufel, von was für Micky-Maus-Behörden die kommen.« Felix lachte. »Die hätten Sie bloß sehen sollen. Die Anzüge. Die Dienstwagen. Die Bullen haben heute erst wieder hier rumgeschnüffelt. Haben gefragt, ob ich zu Hause bin. Irgendein Blödmann hat ja gesagt.«

»Was haben Sie denn all diesen Leuten erzählt?«

»Daß sie mich am Arsch lecken können. Glauben Sie im Ernst, ich hätte denen auch nur das Geringste verraten?«

Rosslyn dachte: *Verdammt noch mal, verhaftet ihn doch endlich. Haut ihm was vor die Schnauze. Aber schafft ihn mir vom Hals, so weit weg wie möglich. Gebt ihm so viel, wie er will, von seinem geliebten Stoff und dann nehmt ihm das Zeug wieder weg. Was meint ihr, wie der quatscht.* Sein Gehirn arbeitete auf Hochtouren. Ein Teil seines Ich weigerte sich, zu akzeptieren und zu glauben, was Felix und das Mädchen ihm erzählt hatten. Tausende von Kilometern lagen zwischen ihm und den ruhigen Kabinen, in denen die Leibesvisitationen stattfanden; selbst die Sicherheit der Zellen im Keller von Paddington Green war weit weg, all die Orte, wo man Verzweiflung und Wut nur in den Augen der anderen entdeckte, aber niemals selbst empfand. Er würde es andersherum versuchen.

Rosslyn blickte in Felix' blutunterlaufene Augen, die ihn beobachtet hatten, als er nochmals ein Bündel Geldscheine hervorholte. »Passen Sie auf, Felix. Wir kennen uns nicht. Und wir werden uns nie wiedersehen. Wenn auch nur ein Wort von dem wahr ist, was Sie und Ihre Freundin mir über Ihre Mutter aufgetischt haben, dann haben Sie allen Grund, Ihre Mutter zu hassen, das verstehe ich. Aber trotzdem glaube ich, daß das alles Quatsch ist. Sie sind drogensüchtig ...«

»Moment mal«, unterbrach Felix ihn.

»Nein, jetzt hören Sie mir zu. Heutzutage interessiert sich kein Mensch mehr für die Beziehungskisten von Lesben. Ich nicht, Sie nicht, das Gesetz auch nicht. Den ganzen Mist können wir also schon mal vergessen.«

»Mich interessiert es schon.«

»Sie interessiert doch nur ein Mensch auf der Welt, und das

sind Sie selbst. Schauen Sie mal.« Er hielt Felix die Scheine zwischen Daumen und Zeigefinger unter die Nase. »Ich gebe Ihnen dieses Geld von Ihrer Mutter.«

»Weiß noch jemand davon?«

»Sie wissen es, Claret und ich. Und Ihre Mutter. Und die Leute, die ihre Anrufe überwachen. Sie haben denen vom MI5 ja nichts gesagt, als die Sie ausquetschen wollten.«

Felix zitterte.

»Ich kann Ihnen helfen«, sagte Rosslyn. »Ich besorge Ihnen einen Anwalt. Ich kann jetzt gleich einen anrufen. Das Problem ist natürlich, daß Sie als Zeuge nicht besonders vertrauenswürdig sind. Gerichte sind in der Regel Süchtigen gegenüber eher mißtrauisch.«

»Ich kann doch nicht gegen meine Mutter aussagen.«

»Das Verfahren würde in jedem Fall unter Ausschluß der Öffentlichkeit stattfinden. Das dürfte kein Problem sein. Die haben da freie Hand. Vielleicht kommt es ja auch gar nicht dazu, wenn Sie mir nur eine entscheidende Frage beantworten: Ist Ihre Mutter auf irgendeine Weise für einen Mord verantwortlich? Na los, Felix, antworten Sie.«

»Ja«, sagte Felix heiser.

»Aber doch nicht allein?« fragte Rosslyn. »Sie muß doch jemanden gehabt haben, der die Bombe für sie gelegt hat?«

Felix starrte nach draußen. *Es kann nicht mehr lange dauern, bis er den nächsten Schuß braucht.* »Die beiden Typen da, die haben Stoff für mich. Kann ich gehen?«

Rosslyn sah die beiden Gestalten im Schatten einer zerfallenden Eingangstür herumlungern.

»Ich muß weg«, sagte Felix. Er wollte aussteigen, doch Rosslyn ließ die Zentralverriegelung einrasten. Dann fuhr er per Knopfdruck das Fenster an der Beifahrerseite herunter.

»Sagen Sie ihnen, sie sollen auf Sie warten.«

Felix schnüffelte. »Nein. Bis jetzt haben sie mich noch nicht entdeckt. Die hauen ab, wenn sie mich mit Ihnen zusammen sehen.«

»Also, Felix, schießen Sie los. Hat Ihre Mutter jemanden bezahlt?«

»Ja.«

»Wen?« fragte Rosslyn, hin und her gerissen zwischen Ungläubigkeit und Mißtrauen.

»Keine Ahnung.«

»Hat sie Ihnen gesagt, daß sie dafür verantwortlich ist?«

»Nein.«

»Woher wollen Sie es dann wissen? Sie haben gesagt, sie hätte jemanden damit beauftragt. Was *verschweigen* Sie mir? Na los, Felix.«

Er wedelte mit dem Geld vor Felix' Gesicht herum. »Überlegen Sie doch mal. Was können Sie sich alles damit kaufen. Massenhaft Stoff. *Überlegen Sie*. Was haben Sie dafür anzubieten?«

»Mein Vater.«

»Hat *er* den Mörder bezahlt?«

»Nein. Fragen Sie seine Putzfrau. Gloria. Die Filipina.«

»Warum? War da was?«

»Mit Mum? Nein. Aber ich hatte was mit Gloria.«

»Sie?«

»Habe ich doch gerade gesagt.«

»Was hat sie Ihnen erzählt?«

»Mann, ich muß jetzt gehen.«

»Das können Sie ja auch. Sobald Sie mir erzählt haben, was Sie von Gloria gehört haben.«

»Die ist in Ordnung.«

»Das sind wir alle, Felix. Also, was hat Sie Ihnen denn nun erzählt, verflucht noch mal?«

»Bei meinem Vater in der Wohnung ist eingebrochen worden. Am sechsundzwanzigsten März. Gloria war da, als es passierte. Eine Irin zwang Gloria, die Tür aufzuschließen. Die wußte genau, wann Gloria auftauchen würde. Das muß ihr doch jemand vorher gesteckt haben. Woher hätte sie es sonst wissen sollen? Den Tagesablauf meines Vaters kennt doch sonst keiner.« Er schwieg.

»Weiter.«

»Ich kann nicht. Sehen Sie? Die hauen ab.«

»Na gut, aber ich komme mit«, sagte Rosslyn.

»Nein, das tun Sie nicht, zum Teufel.«

»Aussteigen, Felix.«

Sie verließen den Wagen. Rosslyn blieb einige Schritte hinter Felix, so daß dieser zwischen ihm und den Gestalten im Dunkeln war.

»Hi!« rief Felix. »Alles klar. Das ist Alan. Ein Freund von mir. Wir gehören zusammen.«

Sie näherten sich den Gestalten. Die beiden Dealer trugen schwarze Lederjacken, Jeans und Turnschuhe.

»Du schäbiger Wichser«, zischte der eine.

Rosslyn sah Leder aufleuchten. Die gezückten Messer der beiden Männer.

»Sie sind verhaftet.« Er zog seinen Revolver.

Goldene Armbänder blitzten, er sah die scharfen Kanten einer zerbrochenen Flasche. Felix sank auf die Knie.

Rosslyn schoß dem einen Mann ins Knie. Dann feuerte er einen zweiten Schuß auf den anderen ab und traf ihn in die Schulter. Der Mann wirbelte wie verrückt herum. Rosslyn sah seine Goldzähne, die weit aufgerissenen Augen.

»Laß mich am Leben«, wimmerte der mit dem zerschmetterten Knie.

»Verschwindet«, sagte Rosslyn.

»Ich kann nicht«, sagte der Mann mit zusammengebissenen Goldzähnen. »Ich sterbe.«

»Unsinn«, sagte Rosslyn. »Du wirst es überleben.«

»Sie sollten einen Arzt holen«, sagte Felix, der seine blutenden Hände zusammenpreßte.

Rosslyn beugte sich über den Mann mit den Armbändern und zog ihm ein flaches Päckchen aus der Lederjacke. »Hier«, sagte er zu Felix. »Das gehört Ihnen. Sobald wir fertig sind.«

»Ich bin verletzt«, sagte Felix.

»Das ist mir egal«, sagte Rosslyn. Er sah, daß die beiden Dealer Anstalten machten, wegzukriechen. *»Keine Bewegung.«*

Sie blieben stöhnend auf dem Boden liegen.

»Na los, Felix. Zurück in den Wagen.«

Der blaue Morgenmantel war voller Blut.

Bevor er einstieg, horchte Rosslyn einen Moment. Auf den lauten Reggae aus irgendwelchen Stereoanlagen und eine Nachrichtensendung, die aus einem Fernseher plärrte. Der Krach hatte die Schüsse übertönt.

Er schaltete die Scheinwerfer ein. Auf der anderen Straßenseite sah man in den Lichtkegeln die beiden Männer, die erneut zu fliehen versuchten. Rosslyn fuhr dicht an sie heran und leuchtete sie an. Die beiden krochen weiter, Rosslyn fuhr hinter ihnen her. Zwei Schnecken, eine Schildkröte.

»Diese Frau war also in der Wohnung Ihres Vaters.«

»Ja.«

Rosslyn behielt die vorwärts kriechenden Lederjacken im Auge. »Und dann?«

»Sie hat Gloria gefesselt. Und mein Vater – er war nackt, badete gerade – mußte aus der Wanne steigen, zum Safe gehen, ihn aufschließen und ihr den Inhalt geben.«

»Und was war drin?«

»Gloria hat gesagt, sie hätte was von zweihunderttausend Pfund in Devisen gehört.«

»Was hat Ihr Vater mit soviel Geld gemacht?«

»Er hat damit Agenten bezahlt.«

»Mit der ganzen Summe?«

»Ich weiß nicht, was er damit gemacht hat.«

»Wer wußte noch von dem Geld in seinem Safe?«

»Ich jedenfalls nicht, Mann. Ich war ja nicht dabei.«

»Aber Gloria schon«, sagte Rosslyn.

»Ja. Und meine Mutter hat es wohl auch gewußt. Müßte sie eigentlich. Sie weiß alles über meinen Vater. Deshalb hat sie ihn ja verlassen.«

»Und diese Frau nimmt also das Geld und läßt Gloria da liegen?«

»Ja, gefesselt. Und meinen Vater auch. Glorias Schwester hat die beiden dann gefunden.«

»Warum hat sie nicht die Polizei gerufen, oder hat sie das getan?«

»Die beiden sind illegale Einwanderer, verstehen Sie? Mein Vater hat gedroht, sie anzuzeigen, wenn sie etwas ausplaudern. Also haben sie nichts gesagt. Sie haben Angst vor meinem Vater.«

»Weiß er, daß Sie was mit Gloria hatten?«

»Nein.«

»Läuft da noch was?«

»Nein. Und mir wäre es auch lieber, wenn Sie nichts davon erzählen.«

»Wem denn?«

»Claret.«

»Nein, ich sage nichts.« Die beiden Gestalten hatten ihren mühseligen Fluchtversuch aufgegeben. Der eine Mann war offenbar ohnmächtig. »Okay, Felix. Da haben Sie den Rest.« Er gab ihm das Geld. »An Ihrer Stelle würde ich jetzt sofort aus Manchester verschwinden. Die beiden da werden behaupten, Sie hätten wegen des Stoffs auf sie geschossen. Ich würde eine Zeitlang untertauchen. Bis alles vorbei ist. Im Moment stecken Sie ganz schön in Schwierigkeiten. Ihre Mutter und Ihr Vater auch.«

»Sie ebenfalls«, sagte Felix.

»Ich? Keineswegs. Nun hauen Sie schon ab, Felix.«

Rosslyn sah zu, wie Felix über die Straße zum Eingang des Hochhauses schlurfte. Er hielt seinen verletzten Arm, das Geld und das Heroin fest an seinen Körper gepreßt. Rosslyn fuhr um die beiden Männer herum, die zusammengekauert in der Gosse hockten. Der eine schrie ihm nach: »Du Arschloch!«

Gleichfalls, dachte Rosslyn. Und besten Dank, daß ihr Jungs dagewesen seid, als ich euch brauchte. Ein Polizist ist nie in Reichweite, wenn man einen braucht, aber Heroindealer jederzeit.

Und nun Davina: Wirst du dasein, wenn ich *dich* am dringendsten brauche? Wo steckst du jetzt? In deinem Garten, im Mondschein, mit deinen Hunden, dem teuren Wein, deinem berauschenden Parfüm? Du wirst mich direkt zum *Insekt* führen. Keine Zärtlichkeiten mehr, kein Bedauern. Wir führen jetzt offen Krieg. Du wirst belagert. Und du wirst mich geradewegs zu dieser Hexe bringen, die Mary ermordet hat, und ich werde dich deinen Kugelfischen zum Fraß vorwerfen.

Er fuhr von Manchester aus nach Süden in Richtung Amersham.

39

Um 23.25 Uhr steht Davina Wesley mitten im Durcheinander ihres Arbeitszimmers. McKeague löst die Sicherung an ihrer Pistole. Klick. Sie wird allmählich ungeduldig wegen Davinas Nervosität. Sie sind ins Arbeitszimmer gegangen, um die Wachmannschaft am Tor des Forschungszentrums in Beaconsfield anzurufen. McKeague hat eine kurze Mitteilung entworfen, die Davina dem Werkschutz geben soll. Davina kann den Text perfekt auswendig. Das ist gut. Aber mit jedem Probelauf klingt sie angespannter und aufgeregter.

Gerade läßt McKeague sie den Spruch noch einmal aufsagen: »Hier ist Davina Wesley. Ich muß vor Mitternacht noch einige Unterlagen aus meinem Büro holen. Ich komme allein und werde etwa eine halbe Stunde benötigen. Vielen Dank.«

Sie versucht, McKeague um jeden Preis zufriedenzustellen. Sie ist entsetzt über das, was McKeague nach eigenen Angaben vorhat. Was hat sie noch gesagt? »Egal was, wenn es sie nur kaputtmacht. Allesamt... Ich will, daß ein bestimmter Mann darin stirbt... Dieser Kerl vom Zoll« – Alan – und das Geschwätz über das Nervengas.

Natürlich wird das Gas im Forschungszentrum gelagert. Aber McKeague ist keine Wissenschaftlerin oder Technikerin, sie hat keine Ahnung, wie man die Geräte für eine kontrollierte Freisetzung des tödlichen Tetrodotoxins einstellt. Sie vermutet: McKeague plant langfristig. Versetz dich in ihreLage. Sie liefert Tetrodotoxin an ihre Dienstherren in Dublin, die es letzten Endes an die in Großbritannien operierenden IRA-Gruppen weitergeben. Die verkünden, daß sie im Besitz des grausamsten Nervengases sind, das Menschen je bekannt war. Als Verhand-

lungsbasis wird das von unschätzbarem Wert sein. Was Davina angst macht und ihre Konzentration von der locker vorgetragenen Mitteilung an den Werkschutz ablenkt, sind McKeagues Ausweichmanöver.

Sie stellt sich den schlimmsten Fall vor: *Diese ruhige, ungewöhnlich beherrschte Frau hat offenbar Spaß an der Sache. Jeder Schritt, den sie macht, scheint von einer außerordentlichen, fast militärischen Präzision zu sein. Das erwartet man ja auch von einer erfahrenen Bombenlegerin, die an der Straßenfront agiert und ihre Coups minutiös vorbereitet. Aber daß sie unmittelbar vor dem Betreten des Forschungszentrums absolut keine Angst zeigt, ist unheimlich. Mehr noch, sie scheint überhaupt keine Furcht vor dem Tetrodotoxin zu haben. Dabei braucht man sich doch nur vorzustellen, daß Männer, Frauen und Kinder beim Einatmen schon winzigster Mengen des Giftes sofort sterben und daß der Tod unsichtbar in der Luft lauert.*

Jetzt ist es soweit, sie muß beim Werkschutz anrufen. Als Davina in ihrem Arbeitszimmer steht, um zu telefonieren, wird sie noch nervöser.

Sie bemerkt, daß die Klingeln der Telefone abgestellt sind. Das ist wenigstens ein gutes Zeichen. Sie ist nachts immer zu Hause; wenn sie vorhat, auszugehen, muß sie dem Werkschutz mitteilen, wo sie sich aufhält. Es besteht immerhin die Chance, daß man versucht hat, sie zu erreichen. In der Tat sieht sie mit momentaner Erleichterung, daß das rote Lämpchen an ihrem Anrufbeantworter blinkt.

Jemand hat angerufen.

Es könnte ja auch ein anderer, viel willkommenerer Besucher gewesen sein, der durch das erfolglose Läuten an der Tür beunruhigt war. Hätte sie doch nur Alan ihre Telefonnummern gegeben. *Zum Teufel mit den Leuten im Thames House, die die*

Außenleitungen überwachen. Alan ist nicht dumm, sagt sie sich, *es kann doch für einen Zollbeamten nicht schwer sein, an meine Nummern zu kommen.* Jetzt wird ihre Aufmerksamkeit von etwas anderem in Anspruch genommen: Sie hat über die Standleitung zum Thames House ein Fax erhalten. Die Verbindung wird nur in dringenden Fällen benutzt, sonst kontaktiert man sie direkt in ihrem Büro im Forschungszentrum. Das Faxgerät hat ein einzelnes Blatt in einem unglücklichen Winkel ausgespuckt; es liegt mit der bedruckten Seite nach unten auf dem Teppich.

»Es erregt Mißtrauen«, sagt sie, »wenn meine Telefone abgestellt sind.«

»Die denken bestimmt, Sie sind nicht da.«

»Das habe ich Ihnen doch schon erklärt. Ich verlasse das Haus erst dann, wenn ich dem Werkschutz Bescheid gesagt habe. Sehen Sie, das Lämpchen blinkt. Es hat jemand angerufen.«

»Dann spielen Sie das Band ab.«

Davina drückt auf die Wiedergabetaste. »Außerdem habe ich ein Fax bekommen«, sagt sie.

McKeague hebt das Blatt Papier vom Boden auf. Bevor sie es lesen kann, erklingt die Botschaft vom Anrufbeantworter: »Hallo ... äh, hier ist Felix. Mr. Rosslyn hat mir das Geld gegeben. Das ist ja eine ganze Menge ... äh, also, vielen Dank auch. Bis bald mal. Ich hoffe, es geht dir gut ... äh, also, Wiedersehen und danke.«

»Das ist mein Sohn«, verteidigt sich Davina. »Aus Manchester. Was das bedeutet, weiß ich nicht.«

McKeague überlegt. »Was soll das, daß Sie Rosslyn Geld für ihn gegeben haben? Verflucht noch mal.« Sie scheint die Fassung zu verlieren. »Was soll das heißen?«

»Ich weiß wirklich nicht, wovon er redet.«

McKeague bleibt mißtrauisch. »Was soll das heißen?« fragt sie wieder. Sie wedelt mit dem Fax herum.

»Immer mit der Ruhe«, sagt Davina Wesley mit zunehmendem Selbstvertrauen. Ihr Tonfall macht McKeague wütend.

»Weiß Felix Bescheid?« faucht sie.

Davina zuckt die Achseln. »Worüber? Er hat keine Ahnung.«

»Hat Ihr Mann es ihm gesagt?«

»Bryan weiß ja auch nichts.«

»Quatsch. Er sitzt im selben Boot wie Sie.«

»Nicht ganz.«

»Und Rosslyn. Was hat Rosslyn mit Ihrem Sohn in Manchester zu schaffen?«

»Ich sage Ihnen doch, ich habe nicht die blasseste Ahnung.«

»Das glaube ich nicht.«

»Dann sagen Sie es mir. Ich weiß nichts. Alan Rosslyn ist weder mir noch dem MI5 Rechenschaft schuldig.«

»Blödsinn.«

Davina schweigt. Felix' Nachricht ist auch für sie verwirrend, ebenso der Gedanke, daß Rosslyn bei ihm ist. Schließlich sagt sie: »Wir können jetzt nichts daran ändern, oder? Was macht es schon für einen Unterschied?«

»Das müssen Sie mir sagen.«

Davina zuckt die Achseln. Das ist gut. Es bedeutet eine Zeitverzögerung.

»Dieses Fax«, sagt McKeague, »was bedeutet das? Hier.« Sie gibt es Davina. Es lautet:

GD/STV GD
AN IRO/CTI/CTIR/CECP/CS/PTS/STRU/SS/LIAISON
MITGL INN SICH ALST ROT OP INS MIN ANW

18.00 H 16/06
UAWG AKZEPT BIS 24.00 H 15/06
ENDE

»Was heißt das?« fragt McKeague.

»Es gibt morgen um achtzehn Uhr eine Sondersitzung der Abteilungsleiter im Thames House. Ich muß bestätigen, daß ich komme. Sehen Sie: STRU – meine Abteilung. Und wenn ich mich nicht melde, dann schicken sie jemanden von Beaconsfield herüber, der mir Beine macht. Lassen Sie mich lieber antworten.«

McKeague schweigt. Sie beißt sich auf die Lippe.

»Ich muß meinen Vorgesetzten per Fax antworten«, sagt Davina. »GD/STV GD. STRU BESTÄTIGT. Das ist alles.«

»Diese Sitzung«, sagt McKeague. »Worum geht es da?«

»Sie wollen wissen, worum es da geht? OP INS. Die Fahndung nach Ihnen. Denken Sie mal darüber nach. Wenn ich nicht hingehe, dann wissen sie, daß etwas nicht in Ordnung ist, gehe ich aber hin, kann ich vielleicht – wer weiß – etwas für Sie tun.« Sie scheint es zu schlucken. *Jetzt braucht sie mich wirklich*, denkt Davina.

»Ich glaube, ich sollte anwesend sein«, fügt Davina hinzu. »Wir haben keine andere Wahl, oder? An so einer Besprechung nehmen alle leitenden Beamten teil. Diesmal ist auch der Innenminister dabei. Und von früher weiß ich, daß manchmal sogar der Premierminister kommt. Das bedeutet dieses MIN ANW. Es steht da.«

McKeague zuckt die Achseln. »Sie sollten lieber antworten.« Sie lächelt. »Sagen Sie ihnen, daß Sie kommen.«

»Sind Sie sicher, daß Sie das auch wirklich wollen?« fragt Davina.

»Mir ist es gleich«, entgegnet McKeague.

»Das glaube ich nicht.« Davina geht davon aus, daß McKeague einsieht, daß sie gar keine andere Wahl hat, als sie zum Thames House gehen zu lassen. Das erscheint ihr wie ein Wink des Schicksals, daß sie entkommen wird. Noch achtzehn Stunden. Zeit, um mit ihrer Peinigerin zu verhandeln, zu Atem zu kommen und nachzudenken. Den Schaden zu begrenzen. »Ich brauche die Mitteilung nicht einmal zu faxen«, fügt sie hinzu. »Ich kann sie über das Modem direkt vom Computer aus abschicken.«

»Dann tun Sie das«, weist McKeague sie an. »Sagen Sie, daß Sie kommen.« Sie schaut schweigend zu, wie Davina ihre Bestätigung eintippt. Als sie fertig ist, wirkt McKeague entspannter. »Fühlen Sie sich jetzt besser?« fragt sie leichthin. »Wir sollten jetzt lieber beim Forschungszentrum anrufen.«

»Sie fahren«, sagt McKeague, »bis zu dem Parkplatz kurz vor dem Tor. Dann klettere ich hinten in den Kofferraum. Sie wissen, was Sie danach zu tun haben. Sie lächeln, winken und fahren direkt durch. Nicht zu schnell, nicht zu langsam. Wenn Sie auch nur eine Sekunde zögern, blase ich denen die Birne weg, der Wagen fliegt in die Luft und Sie mit. Sehen Sie sich das hier an.«

Davina sieht, wie McKeague den Kofferraum umgebaut hat. Sie sieht den sauber angebrachten Sprengstoff, den Zünder und die Zeituhr. Vom Kofferraum aus ist ein Schlitz in den Rücksitz geschnitten worden, durch den McKeague ihre Pistole während der Fahrt auf Davinas Hinterkopf richten kann.

»Wir fahren jetzt«, sagt McKeague. Sie bedeutet Davina einzusteigen. Davina zögert. Sie überlegt: *Wenn sie uns auf dem Hinweg nicht durchsuchen, dann in jedem Fall, wenn wir wie-*

der rausfahren. Sie hat keine Strategie für den Rückweg ausgearbeitet.

»Ganz ruhig«, sagt McKeague. »Schön ruhig bleiben. Steigen Sie ein. Fahren Sie vernünftig.«

Sie biegen aus Davinas Stichweg auf die Straße. Sie fährt gleichmäßig, wie befohlen. McKeague sitzt vorn auf dem Beifahrersitz, die Pistole in der Hand.

»Was machen Sie, wenn Sie haben, was Sie wollen?« fragt Davina.

»Was *wir* dann machen? Ich habe Tickets für einen Flug nach Madrid. *Wir* fliegen nach Kuba.«

»Ich habe meinen Reisepaß nicht dabei.«

»Ich habe einen für Sie. Dublin ist doch nicht blöd.«

»Kuba?« fragt Davina und schweigt dann. Die entgegenkommenden Scheinwerfer blenden sie, die hinter ihr fahrenden werden vom Rückspiegel reflektiert. »Sagen Sie, wonach suchen Sie eigentlich? Es geht um das Gas, nicht wahr?«

»Hören Sie«, sagt McKeague scharf. »Wir sitzen beide im selben Boot. Sie und ich haben für beide Seiten gearbeitet. Warum kapieren Sie das nicht? Ich soll für Ihre Bande – für Sie selbst – die Drecksarbeit machen. Ich tue meine Arbeit, ich werde dafür bezahlt. Ich frage nicht nach Gründen. Ich zähle das Geld. Ich kriege Waffen. Ich führe den Auftrag aus. Aber keiner, *kein Mensch* hat mir gesagt, daß meine Schwester ermordet werden würde. Sie sehen hier eine Frau vor sich, die ihrer Schwester ein Denkmal setzt. Und Sie liefern mir die Mittel dazu.«

»Zu welchem Zweck?« fragt Davina lahm.

»Ich scheiß auf einen Zweck. Es geht mir um mich. Wenn Sie das nicht kapieren, dann gute Nacht. Und wenn Sie es kapieren, dann bleiben Sie am Leben. Wenn nicht, dann ...«

Im Scheinwerferlicht taucht der Parkplatz auf.

»Zum Teufel mit Ihnen, wenn nicht...«, sagt McKeague. »Halten Sie an, wir sind da.«

40

Flutlichtlampen strahlten das Warnschild an, das darauf hinwies, das Forschungszentrum sei Sperrgebiet. Die Wächter erwarteten ihre Forschungsleiterin bereits und winkten ihr nur flüchtig zu.

Es dauerte einen Augenblick, bis sich die Tore öffneten. Ihre feuchten Hände umklammerten das Lenkrad. Angst ließ ihren Magen rebellieren. Ihre Füße waren völlig taub. Hinter sich im Kofferraum hörte sie ein leises metallisches Pochen. *McKeague erinnert mich an die Pistole. An den Sprengstoff. Ich darf das Gleichgewicht nicht stören.*

Sie fuhr zu dem für sie reservierten Parkplatz. McKeagues Stimme sagte: »Lassen Sie den Motor an. Wenden Sie, und parken Sie den Wagen mit dem Heck zur Eingangstür. Steigen Sie jetzt aus, und nehmen Sie meine Tasche mit. Schützen Sie mich vor den Videokameras. Öffnen Sie die Tür. Mit Ihrer Karte.

»Das ist im Dunkeln gar nicht so einfach«, sagte Davina, aber die Tür sprang auf.

»Es gibt Überwachungskameras«, sagte McKeague. »Sie müssen den Weg zum Fahrstuhl ertasten. Machen Sie kein Licht.«

»Die Lampe im Lift kann man nicht ausschalten.«

»Das habe ich auch nicht vor«, sagte McKeague.

»Man wird Sie sehen«, sagte Davina.

»Daran habe ich gedacht«, sagte McKeague trocken. »Ich werde Ihnen schon noch sagen, was Sie zu tun haben. Gehen Sie jetzt rein.«

Sie stieß Davina die Pistole in die Rippen. Sie gingen nahe an der Korridorwand entlang, McKeague hielt die Kapuze ihres Jogginganzugs fest. Außer McKeagues Turnschuhen, die auf den Gummifliesen leise quietschten, war kein Laut zu hören. Als sie die Fahrstuhltüren erreicht hatten, zog McKeague an Davinas Kapuze. »Wenn der Aufzug kommt, nehmen Sie das hier...«

Davina spürte, wie ihre Finger in ein Döschen Vaseline gedrückt wurden.

»... und schmieren es auf die Linse der Kamera. Fertig?«

»Ja.«

»Holen Sie den Aufzug.«

Davina drückte auf den Knopf. Der Fahrstuhl kam.

»Los jetzt«, flüsterte McKeague.

Davina befolgte wiederum ihre Anweisungen, stellte sich auf die Zehenspitzen und beschmierte die Linse mit Vaseline. Einen Fuß behielt sie in der Tür, um sie offenzuhalten. »Okay.«

McKeague stieg ein und drückte den Knopf für das vierte Untergeschoß. »Mit der Kamera in Ihrem Büro und in den übrigen Räumen machen Sie das gleiche. Denken Sie daran: Eine falsche Bewegung in Richtung Alarmknopf, und Sie kriegen das hier zu spüren.« Sie stieß die Pistole hart in Davinas Rippen. »Und vergessen Sie den Wagen. Er ist randvoll mit Sprengstoff. Der geht hoch, sobald ihn jemand anfaßt.«

»Und wenn die Wachleute...«

»Pech.«

Sie traten aus dem Fahrstuhl in den dunklen Flur, der zum Labor führte. Die Klimaanlage summte leise, ein Kühlaggregat ratterte. Reihen von stecknadelkopfgroßen Lämpchen leuchteten in der Dunkelheit. Nun waren sie an der Tür zu ihrem Büro angekommen. Die Trennscheibe fühlte sich vertraut kühl an.

»Wo ist die Kamera?« fragte McKeague.

»In meinem Büro ist keine.«

»Sie haben doch gesagt, da ist eine.«

»Das habe ich nicht.«

»Gnade Ihnen Gott, wenn das nicht stimmt.«

»Da ist keine.«

»Na gut, öffnen Sie die Tür.«

Sie betraten das Büro. McKeague ging um den Schreibtisch herum. Sie bog den Schirm der Leselampe so weit herunter, daß diese beim Einschalten ein dumpfes grünliches Licht abgab. »Nehmen Sie sich einen Stift. Sie schreiben eine Notiz. Los.«

Davina sah zu, wie sie einen Kugelschreiber aus der Plastikschale nahm und vom Block neben der Lampe ein Blatt abriß.

»Schreiben Sie«, sagte McKeague. Sie diktierte: »Ich bin verantwortlich für die Ermordung von Deirdre McKeague, der Freiheitskämpferin und Märtyrerin. Von Mary Walker, Frances Monro, Serena Watson und Patrick Levy. Ich habe diese fünf Morde durch einen vom MI5 anerkannten Agenten ausführen lassen. Ich allein bin für den Tod dieser Menschen verantwortlich. Möge Gott meiner Seele gnädig sein. Davina Wesley.«

Das Szenario, das ihr angst machte, trat ihr immer deutlicher vor Augen. Sie begriff, warum McKeague sie hergebracht hatte. Sie erkannte, welche Qualen nur wenige Schritte über den Korridor in den verriegelten Lagerräumen auf sie warteten.

41

Alles bloß Gerüchte, dachte Rosslyn; *Gerüchte und Vermutungen von Coker, dem vorbestraften Alki, und Davinas Nachwuchs mit massiven Drogenproblemen.* Es waren nur noch fünf Minuten bis zu ihrem Haus, er war, ohne anzuhalten, von Manchester gekommen und fuhr jetzt in den frühen Morgenstunden mit überhöhter Geschwindigkeit durch Amersham. Es machte ihn wütend, daß weder Davina noch Gaynor auf seine Anrufe reagierten. Er hatte gründlich über die beiden unzuverlässigen Zeugen nachgedacht und dabei versucht, mögliche Fakten von Phantasien zu trennen. Jetzt war Davina an der Reihe.

Er stellte den Wagen in einiger Entfernung vom Haus ab. Stille und Dunkelheit wirkten bedrohlich. Die Anspannung ließ seine Nerven vibrieren. Er war sicher, die Konfrontation würde unerfreulich werden und in langwierige Erklärungen münden; es würde schwierig werden, einen anklagenden Tonfall zu vermeiden.

Vor dem Haus zögerte er. Die Vorhänge waren zugezogen, doch aus allen Räumen drang Licht. Er stand bewegungslos da und lauschte. Er hörte seinen eigenen schweren Atem. Aber da waren weitere Geräusche. Das dumpfe Murmeln von Männerstimmen. Eines der Fenster im oberen Stockwerk stand einen Spalt offen. Die Männerstimmen kamen aus ihrem Arbeitszimmer. Davina war nicht allein.

Er ging näher an das Haus heran, tiefer in die Dunkelheit hinein, und versuchte, seine Gedanken zu ordnen. Er hatte in der Nähe keinen geparkten Wagen gesehen. *Sind diese Besucher genau wie ich vorgestern abend mit dem Zug gekommen?*

Sind sie Gäste, oder gehören sie zu den namenlosen, korrektgekleideten Herren, die schon bei Coker waren und auch versucht haben, diesen widerlichen Felix auszuquetschen? Er zog seinen Revolver. Waren sie Freunde von Anna McKeague? Ermittlungsbeamte im Dienst wären doch nicht ganz allein zu nachtschlafender Zeit hergekommen. Sie hätten Wachposten aufgestellt, die seine Ankunft bemerkt und ihn inzwischen längst aufgefordert hätten, sich auszuweisen. Er trat unruhig von einem Fuß auf den anderen und beschloß dann, die Fenster von der Rückseite aus zu überprüfen.

Ein Durchgang führte am Haus entlang in den Garten. Er konnte die metallenen Abfalleimer erkennen. Als er jedoch vorsichtig um sie herumging, stieß er mit dem Fuß an eine Plastiktüte mit leeren Flaschen. Der Lärm durchbrach jäh die Stille. Er stand wie angewurzelt da und war sicher, die Hunde würden anschlagen. Es blieb jedoch völlig ruhig, auch die leisen Männerstimmen im Haus waren verstummt. Er schaute sich um und entdeckte ein Fenster in der Garagenmauer. Soweit er erkennen konnte, stand ihr Wagen nicht in der Garage. Von der Stelle im Garten, wo er stand, konnte er auch von ihr nichts entdecken. Immer noch kein Hundegebell.

Zu seiner Überraschung fand er die Gartentür zur Küche unverschlossen. Er drückte die Klinke vorsichtig herunter und schob die Tür leise auf, damit die Hunde keinen Lärm machten. Ein Steinchen unter dem Türflügel kratzte über den Fliesenboden. Als die Tür einen Spaltbreit geöffnet war, zwängte er sich hindurch und ließ sie offenstehen.

Als erstes fiel ihm auf, daß der Deckel der Gefriertruhe in der Küche an der Wand lehnte. Er schlich Schritt für Schritt auf die Tür zur Diele zu. Als er an der offenen Gefriertruhe vorbeikam, warf er einen Blick hinein und blieb wie erstarrt stehen.

Die toten Augen der Hunde glotzten ihn an. Gegen die aufsteigende Übelkeit ankämpfend, schlich er weiter und stieß polternd gegen ein Paar Schuhe, das auf dem Boden lag. Die toten Hunde. Ihre herumliegenden Schuhe. Er hatte schon von Selbstmörderinnen gehört, die ihre Haustiere töten und aus unerfindlichen Gründen die Schuhe ausziehen, bevor sie sich eine Kugel in den Kopf jagen. War das auch hier der Fall? Er lehnte sich verwirrt an die Spüle und lauschte. Die Tür zur Diele war geschlossen. Jetzt hörte er dahinter Schritte.

Er nahm seinen Revolver in beide Hände und zielte in Brusthöhe auf die Tür.

Dann ging das Licht aus.

Einen Augenblick lang war alles still. Die Tür öffnete sich einen Spalt, und hinter seinem Rücken war jetzt wieder ein Geräusch zu hören. Das Knirschen von Stein auf Stein: die Tür zum Garten.

»Keine Bewegung«, sagte eine Frauenstimme. »Legen Sie Ihre Waffe auf die Spüle. Ganz langsam.«

Im nächsten Moment flammte das Licht wieder auf, und die Tür vor ihm wurde weit aufgestoßen. Auf der Schwelle stand Gaynor, seine Pistole in der Hand. »Verdammt«, sagte er. »Alan.« Er wandte sich um und rief nach oben: »Es ist Rosslyn.«

Die Frau war Cavallero.

»Sie hätten uns gefälligst vorher Bescheid sagen können«, meinte Gaynor.

»Sie sind ja nicht ans Telefon gegangen«, sagte Rosslyn. Seine Stimme bebte vor Wut. »Herrgott noch mal. Wer ist oben?«

»Harding.«

»Wo steht Ihr Auto, Mann?« knurrte Rosslyn.

»Weiter oben an der Straße«, sagte Gaynor. »Brüllen Sie mich nicht an, Alan.«

»Haben Sie es denn nicht gesehen?« fragte Cavallero.

»Ich bin von der anderen Seite gekommen«, gab Rosslyn wütend zurück. »Aus Manchester.«

»Die Zeit, die man für Erkundungen aufwendet ...«, begann Gaynor.

»Ich weiß«, unterbrach ihn Rosslyn. »Sie hätten mich umbringen können.«

»Gehen wir nach oben. Harding will Sie sprechen.«

Harding wirkte geradezu zerbrechlich. Er trug einen Mantel über seinem Schlafanzug, seine Beine waren geschient. Er lag übelgelaunt auf Davinas Bett. »Diesmal«, sagte er zu Cavallero, »bleiben Sie am Fenster stehen. Keine Pannen mehr, wenn ich bitten darf.«

Rosslyn sah, daß Harding Schmerzen hatte. »Wo ist sie?« fragte er.

»Wir hatten gehofft, Sie würden uns das sagen, Alan«, sagte Harding und nahm einen Umschlag aus der Manteltasche. Rosslyns Brief an Davina. »Dafür können Sie sich bei Verity bedanken.«

Rosslyn war wie betäubt.

»Sie hat Mrs. Wesleys Post abgefangen. Das ist doch von Ihnen?«

»Ja«, sagte Rosslyn ohne Umschweife.

»Nun, Alan«, sagte Harding gedehnt, »ich behalte das. Unter diesen Umständen möchte ich nicht, daß das jemand anders sieht. Das meinen Sie doch auch? Die Antwort können Sie sich sparen. Wissen Sie, wo sie ist?«

»Nein«, sagte Rosslyn.

»Sie sind kompromittiert«, sagte Cavallero. »Ihr Brief könnte uns reinreiten. Unsere Ermittlungen gegen sie torpedieren.«

»Meinen Sie?« fragte Rosslyn.

»Ich weiß es sogar«, entgegnete Cavallero.

»Ich lasse nicht zu, daß Ihr Privatleben uns in die Quere kommt«, sagte Harding. »Sie haben sich nicht gerade mit Ruhm bekleckert. Ich will von Ihnen vor allem wissen, wo sie ist. Ihr Auto ist weg. Sie war heute gegen Mitternacht im Forschungszentrum in Beaconsfield. Sie blieb etwa eine Stunde dort. Dann ist sie wieder weggefahren. Die Wachleute haben sie kommen und gehen gesehen. Es ist auch auf dem Videofilm drauf. Ich vermute, Sie wissen, wo sie ist.«

»Glauben Sie mir doch, ich habe keine Ahnung.«

»Ich hoffe, Sie sagen mir die Wahrheit.« Harding sah den Brief mißbilligend an. »Der Himmel steh uns allen bei. Haben Sie Levys Lebensgefährten und die beiden Söhne besucht?«

»Levys Freund, Coker, ja. Und den einen Sohn, Felix. Der andere ist in einer Heilanstalt. Brief hin oder her, Davina steckte dahinter. Sie hat für den Mord an Monro und Watson einen Killer engagiert.«

»Hat Ihnen das ihr Sohn erzählt?«

»In aller Ausführlichkeit.«

»Gerüchte«, murmelte Harding.

»Ich weiß.«

»Und Coker? Was hat der Ihnen gesagt?«

»Sie steckte auch hinter dem Mord an Levy. Die Schwester von Dee McKeague hat Levy in Camden Town vor den Zug gestoßen.« Rosslyn zog Cokers Kassette aus der Tasche. »Es ist alles hier drauf. Coker hat einer angeblichen Krankenschwester sein Herz ausgeschüttet. Daraus ergibt sich, daß Levy was auf dem Kerbholz hatte. Und Davina Wesley auch.« Er lächelte Harding verlegen an. »Dieser Brief, den ich ihr geschrieben habe – egal, was für Gerüchte, Vermutungen oder so es gibt –, beweist noch lange nicht, daß ich mit ihr geschlafen habe, hier in diesem Bett, auf dem Sie jetzt liegen, in genau diesen Laken.«

»An Ihrer Stelle würde ich das nicht herumerzählen«, sagte Cavallero.

»Versetzen Sie sich in ihre Lage«, sagte Rosslyn. »Wenn Sie mir klarmachen wollten, daß Sie keine Lesbe sind, dann gibt es eine sehr überzeugende Art, das Gegenteil zu beweisen. Und das hat sie gemacht. Hier in diesem Bett. Mag ja sein, daß sie auch lesbisch ist, aber sie ist mindestens bisexuell. Sie haben gesagt, ich soll ihr ›auf den Zahn fühlen‹. Genau das habe ich getan, vielleicht auch nicht. Glauben Sie, was Sie wollen.« Er sah Gaynor kurz an, dann Cavallero. »Erzählen Sie mir mal, wie das Geld vom MI6 zum MI5 und von da zu Bryan Wesley und weiter zu McKeague gelangt ist.«

»Anna McKeague«, sagte Cavallero. »Sie hatte die Anweisung, es zu stehlen.«

»Ja, natürlich«, entgegnete Rosslyn mit wachsender Ungeduld. »Ist das eine Feststellung oder eine Frage?«

»Eine Feststellung«, sagte Gaynor. »Das philippinische Hausmädchen hat den Einbruch gesehen. Sie hat geplaudert. Irgendwann am sechsundzwanzigsten März geht Anna McKeague mit dem Geld dann zu der Chinesin, Vicki Leung. Die schiebt es von einem Konto zum anderen, nach Basel und Mailand. Dann wird sie von den Triaden mit einem Haufen falscher D-Mark und Schweizer Franken erwischt und kaltgemacht.«

»Wo ist sie dann?« fragt Rosslyn. Er starrte Cavallero an.

»Ich habe keine Ahnung«, sagte sie. »Anna McKeague arbeitet bekanntermaßen seit langem als Doppelagentin für das Militär und den MI5. Das geben die aber nicht zu.«

»Wann haben Sie die denn gefragt?« will Rosslyn wissen.

»Direkt *gefragt* habe ich sie nicht. Das habe ich selbst herausgefunden. Wir haben sie unsererseits im Auge gehabt. Sie ist die Schwester von der, die Sie in Paddington Green verhört haben, und sie war auch diejenige, die den Auftrag erhielt, Monro und Watson zu töten. Und sie hat auch Mary Walker erschossen. Sie haben es ja gesehen.«

»Das schon«, sagte Rosslyn. »Aber McKeague habe ich nicht gesehen.«

»Wissen Sie warum?« fragte Harding.

Rosslyn zuckte die Achseln.

»Weil der MI5 sie beauftragt hatte, ihnen eine Bombe vor die eigene Tür zu legen. Warum? Damit Anna McKeague in den Augen ihrer Leute in Dublin gut dastand. Marys Pech war, daß sie ihr alles verpatzt hat. Da hat McKeague sie erschossen. Und die vom MI5 erkannten, daß sie in der Scheiße sitzen. Sie konnten es weder zugeben noch abstreiten. Sie hatten sich ja selbst reingeritten. Also hat unsere Freundin – Ihre Freundin –« er ließ die geballte Faust auf das Bet fallen – »die Situation für ihre eigenen verdrehten Absichten ausgenutzt. Wer weiß, vielleicht war es denen sogar gar nicht so unlieb, daß Monro und Watson umgebracht wurden. Niemand wird offen sagen, daß der MI5 zwei seiner eigenen Leute eliminiert hat, weil sie homosexuell waren. Ich glaube es jedenfalls nicht. Es ist nicht gesetzeswidrig. Aber für Verrückte sind Gesetze ja auch nicht gemacht.«

»Ich habe Ihnen ja gesagt«, meinte Cavallero, »daß Davina Wesley eine sehr schwierige Frau ist.«

»Gestört«, sagte Rosslyn. »Gestört haben Sie gesagt.«

»*Gestört* auf jeden Fall«, sagte Harding. »Ich an ihrer Stelle wäre spätestens jetzt verstört, vor allem, weil McKeague heute hier war.«

Gaynor hielt zwei Plastiktüten mit Resten von Klebeband, roten und gelben Kabelenden hoch. »Außerdem haben wir die üblichen Haare und Fasern. Sie war hier. Und dann die Sache mit den Hunden. Davina Wesley hat keine Waffe. McKeague muß die Hunde erschossen haben. Entweder sie oder Wesley selbst ist dann mit Davinas Wagen weggefahren.«

Rosslyn sah zu, wie Harding sich in eine etwas bequemere Lage auf dem Bett brachte. »Würden Sie mir mal verraten, von wem Sie das alles haben?«

»Lassen Sie's gut sein«, sagte Gaynor.

»Von einer meiner Quellen.«

»Sie meinen wohl von einem Ihrer Brüder?« fragte Rosslyn mit einem Seitenhieb auf die Freimaurer.

»Alan«, sagte Gaynor scharf.

»Habe ich recht?«

»Nun lassen Sie's doch gut sein, Alan. Bitte.«

»Alan«, sagte Harding ruhig. »Sie sagen es, ›von einem Ihrer Brüder‹. Ihre Worte, nicht meine. Sind Sie nun zufrieden? Kümmern Sie sich einfach nicht darum. Ich schütze meine Quellen, Sie schützen Ihre. Konzentrieren Sie sich lieber darauf, Davina Wesley und McKeague zu finden. Ich will Ihnen sagen, warum das jetzt absoluten Vorrang hat, Alan. Morgen findet die Abschlußsitzung im Thames House statt. Morgen abend, oder besser gesagt heute abend um sechs. Wir sollen alle belobigt werden.« Er sah zu Cavallero hinüber, die kurz lächelte. »Sogar der Innenminister wird dabeisein. Die Operation Insekt ist abgeschlossen. Der MI5 wird die letzten Unstimmigkeiten beseitigen. Wir sollen alle dabeisein, außer mir, weil ich im Krankenhaus liege. Oder zumindest liegen sollte. McKeague bleibt, wo sie ist. Und Davina Wesley – weiß der Teufel.«

»Wenn da irgend etwas faul ist«, fiel Cavallero ein, »dann kümmern die sich selbst um die Untersuchung.«

»Genau«, sagte Harding. »Mit oder ohne Davina Wesley werden Sie sich die Sache selbst ansehen. Ich glaube, niemand wird Davina besonders schmerzlich vermissen. Nicht einmal Sie, Alan. Jetzt nicht mehr.«

»Nehmen Sie das einfach so hin?« fragte Rosslyn. »Daß die die Akte einfach zuklappen?«

»Nein«, sagte Harding. »Nein, das tue ich nicht. Was meinen Sie?«

»Ich glaube, daß sie einen Anschlag auf das Thames House vorhat. Mit oder ohne Davina Wesley«, sagte Rosslyn. Er sah Gaynor an. »Die Grundrisse. Die Baubeschreibung. Sie weiß, wie man reinkommt.«

»Aber *womit* will sie den Anschlag ausführen?« fragte Harding.

»Was würden Sie nehmen, wenn Sprengstoff nicht ausreicht? Ich würde Gas einsetzen. Und wo kriege ich es her? Vom Forschungszentrum des MI5 in Beaconsfield. Die haben Tetrodotoxin.«

Er gab einen kurzen Abriß über seinen ersten Besuch beim Forschungszentrum und über die Fische, die er in den Becken gesehen und erkannt hatte.

»Sie werden nicht zugeben, daß sie es besitzen«, sagte Cavallero. »Es verstößt gegen jedes geltende Abkommen über ABC-Waffen.«

»Ich wüßte zu gern, ob etwas davon fehlt«, sagte Harding. Er wandte sich an Gaynor. »Du holst den Wagen. Und Sie«, sagte er zu Cavallero, »helfen mir die Treppe hinunter. Und passen Sie auf die Hunde auf.« Er schien sich über seinen schwarzen Humor selbst am meisten zu amüsieren.

Draußen gingen Gaynor und Rosslyn los, um den Wagen zu holen.

»Ihr Chef ist sehr zufrieden mit Ihnen«, sagte Gaynor. »Er fand Ihren Brief sogar sehr amüsant.«

»Ach ja? Scheiß was drauf. Ich habe das ganz anders gesehen.«

»Er ist aus demselben Holz geschnitzt wie Sie«, sagte Gaynor. »Auf seine Art. Er lebt nur für seine Überzeugung. Und wenn es bedeutet, daß man hier die Nacht verbringt, dann tut man eben seine Pflicht. Sie haben das ja offenbar getan.«

»Hat er Ihnen das erzählt?«

»In aller Ausführlichkeit«, lachte Gaynor. »Sie haben sie gehabt.«

»Vielleicht«, sagte Rosslyn. »Es ist noch nicht vorüber. Noch lange nicht.«

»Ich weiß«, sagte Gaynor. »Ich meinte auch nur ›Sie haben sie gehabt‹, nicht: ›wir haben sie‹.«

Rosslyn zuckte die Achseln. »Lassen Sie uns nicht darüber streiten. Wir stehen schließlich beide auf derselben Seite.« Dann murmelte er: »Vor ein paar Minuten habe ich schon angefangen, daran zu zweifeln.«

»Das wäre beinahe in die Hose gegangen«, meinte Gaynor. »Lassen Sie sich von Harding nicht fertigmachen. Keiner von uns ist dagegen gewappnet, Scheiß zu machen. Die Kunst besteht nur darin, die vollgeschissenen Hosen nicht runterzulassen.«

»Sehr witzig«, sagte Rosslyn bitter.

Aber im Grunde war er dankbar für Gaynors humorvolle Art.

»Parken Sie Ihren Wagen weiter oben an der Straße«, riet ihm Gaynor. »So, daß man ihn nicht sieht.«

42

Gaynor fuhr mit hoher Geschwindigkeit über die völlig leere Landstraße nach Beaconsfield. Harding saß unbehaglich auf dem Beifahrersitz, Rosslyn und Cavallero im Fond.

»Vier Reaktionen sind vorstellbar, wenn wir dort ankommen«, erläuterte Harding. »Entweder lassen uns die Wachleute ohne Kommentar rein, aber das wage ich zu bezweifeln. Oder sie rufen im Thames House an, um eine Genehmigung für uns einzuholen. Oder sie sagen, sie müßten erst mit Mrs. Wesley sprechen. In diesem Fall können wir die Wachleute bitten, sie für uns zu finden. Oder aber sie sagen ›schert euch zum Teufel‹. Damit haben wir eine Chance von eins zu drei, problemlos reinzukommen. Wenn ich recht behalte und die Typen Schwierigkeiten machen, Dickie, zeigst du denen in der Wachstube mal deine Pistole. Halt die Männer da fest und sorg dafür, daß sie das Tor öffnen. Sie, Alan, fahren dann den Wagen rein. Sie parken und gehen mit Verity zu Wesleys Büro.«

»Was machen wir mit der Schließanlage?« fragte Rosslyn.

»Sie sind mit dem neuen System ausgestattet, das wir auch in Vauxhall Cross haben«, erklärte Cavallero. »Es gehört zu den Vorkehrungen gegen Bombenangriffe. Ich kenne das System. Außer beim Haupttor. Da wird der Code zu jedem Schichtwechsel neu festgelegt. Wenn wir erst drin sind, ist alles klar.«

»Sind die bewaffnet?« fragte Rosslyn.

»Nur die leitenden Beamten«, sagte Cavallero.

»Wenn Sie in Wesleys Büro sind«, fuhr Harding fort, »dann suchen Sie nach zwei Dingen. Erstens nach Hinweisen darauf, was sie dort gemacht hat. Sollten Sie irgendwas finden, das lieber nicht dort bleiben sollte, dann nehmen Sie es mit. Entscheiden Sie das selbst. Zweitens: Stellen Sie alles auf den Kopf, und finden Sie raus, ob man sich an Safes, Tresoren oder Lagerräumen zu schaffen gemacht hat. Für die ganze Aktion stehen uns zwanzig, allerhöchstens dreißig Minuten zur Verfügung. Wir können von Glück reden, wenn wir die überhaupt haben. Dann fahren wir nach London zurück. Danach haben wir noch bis morgen abend um sechs Zeit, um unsere Berichte für das Großreinemachen im Thames House zu schreiben und zu vervielfältigen.« Er hielt inne.

Das Warnschild leuchtete auf.

»Gut«, sagte Harding. »Sie haben uns gesehen.«

Der Wachmann kam zum Wagen herüber. »Sie wünschen?«

Gaynor ließ das Fenster an seiner Seite herunter und zeigte dem Wachmann seinen Dienstausweis. »Mein Name ist Gaynor, Zollbehörde. Das ist Commander Harding, Anti-Terror-Einheit der Polizei, Miss Cavallero vom Außenministerium und Alan Rosslyn von der Zollbehörde.«

»Und was kann ich für Sie tun?«

»Wir möchten uns auf dem Gelände etwas umsehen«, sagte Harding.

»Haben Sie eine Genehmigung, Sir?«

»Ja.«

Der Wachmann sah ihn mißtrauisch an. »Kann ich die bitte sehen, Sir?«

Harding zeigte ihm seinen Dienstausweis. »Das ist sie. Sind Sie der Leiter der Wachmannschaft?«

»Ja. Es tut mir leid, Sir, aber selbst der Premierminister muß sich vor dem Betreten dieses Geländes eine Genehmigung erteilen lassen. Außer im Notfall natürlich.«

»Dies ist ein Notfall«, sagte Harding.

»Aber es ist keine Alarmstufe Rot befohlen worden, Sir.«

»Das ist gut«, sagte Harding. »Kommen Sie doch bitte mal zu meiner Seite herüber.«

Der Wachmann drehte sich zu den erleuchteten Fenstern der Wachstube herum. Rosslyn sah das Flimmern eines Fernsehers und den breiten Rücken eines Mannes in Hemdsärmeln, der davor saß. Ein schlankerer Mann erschien am Fenster. Auch er schaute auf den Fernseher, seine Gestalt zeichnete sich deutlich gegen das grelle Licht ab. Dann verschwand er aus Rosslyns Blickfeld. In diesem Moment glitt Hardings Fensterscheibe mit einem leisen Surren herunter.

»Sehen Sie das?« fragte Harding den Wachmann betont freundlich. »Schauen Sie mal.«

Der Mann beugte sich in den Wagen hinein. Ruckartig beugte sich Gaynor mit ausgestreckten Armen über Harding hinweg, griff nach Ohren und Haaren des Wachmannes und zog dessen Kopf weiter in das Wageninnere hinein.

Harding lehnte sich zurück. Mit der linken Hand drückte er auf den Knopf neben dem Türgriff, und die Scheibe glitt surrend wieder nach oben, bis der Kopf des Mannes eingeklemmt war. Mit der freien Hand hielt Harding dem Mann den geöffneten Mund zu. Der Wachmann kniff vor Schmerz die Augen zusammen.

Gaynor war schon aus dem Wagen gesprungen, griff dem Wachmann in die Jacke und holte die Waffe heraus. Cavallero, die ihr Fenster im Fond ebenfalls heruntergelassen hatte, nahm die Pistole an sich.

»Sagen Sie denen, sie sollen das Tor öffnen«, sagte Harding ruhig.

Die Gestalt, die Rosslyn einen Augenblick zuvor als Silhouette am Fenster gesehen hatte, kam jetzt die kurze Treppe am

Eingang des Wachhauses herunter. Der Mann fragte: »Kann ich Ihnen behilflich sein?«

»Hände hoch!« schnauzte Rosslyn ihn an. »Keinen Mucks.«

Der Mann sperrte den Mund auf.

»Gehen Sie sechs Schritte nach links.«

Cavallero rannte zur offenen Eingangstür. Aus den Augenwinkeln sah Rosslyn, wie der Mann vor dem Fernseher sie entsetzt anstarrte.

Rosslyn sagte zu dem Mann, den er in Schach hielt: »Sagen Sie Ihrem Kumpel, er soll das Tor aufmachen. Hände hoch.«

Während er »noch höher« sagte, hörte er aus der Wachstube einen Schuß. Ein Stöhnen. Dann: »Du verfluchte Hexe«. Herrgott noch mal, dachte er, Cavallero hat ihn erschossen. Dann hörte er ihre schrille Stimme: »Wollen Sie ins andere Knie auch noch eine Kugel? Los, machen Sie das Tor auf. Jetzt sofort!«

Rosslyn sah auf die hohen, massiven Stahltore. Zu beiden Seiten erstreckte sich die durchgehende Ziegelwand, auf der unter Strom stehender Stacheldraht angebracht war. Von den Schäferhunden und ihren Führern, die er bei seinem ersten Besuch gesehen hatte, war nichts zu entdecken.

Noch immer gingen die Tore nicht auf.

Sein Herz klopfte wild. So hatte Harding ihr Eindringen nicht geplant. Nun war Cavallero und nicht Gaynor in der Wachstube.

»Ihr seid am Arsch«, sagte der Wachmann direkt neben Rosslyn.

»Selber Arsch«, sagte Rosslyn. »Hände über den Kopf.«

»Ihr seid ja wahnsinnig.«

»Ja«, sagte Rosslyn. Er bewegte sich ein paar Zentimeter zur Seite. Er hörte eine Wagentür knallen und eilige Schritte. Gaynor lief an ihm vorbei in die Wachstube. »He, Sie«, rief er. »Alan, bringen Sie ihn her.«

»Los«, sagte Rosslyn. »Drehen Sie sich nicht um. Los, rückwärts die Treppe rauf!«

Gaynor zog den Mann von hinten am Hemdkragen. »Los, rein hier.«

Drinnen stand Cavallero über den am Boden liegenden Mann gebeugt. Sein rechtes Knie blutete. Er war ohnmächtig.

Gaynor ging ganz nah an den Mann heran, den Rosslyn bewachte. »Ans Schaltpult, los. In zehn Sekunden ist das Tor offen, sonst sind Sie ein toter Mann, kapiert?«

»Sie kommen hier nicht rein«, sagte der Mann.

»Los jetzt«, forderte Gaynor. »Sonst jagen wir das Tor in die Luft, und Sie gleich mit, Freundchen.«

Der Wachmann starrte reglos auf das Schaltpult. Vor diesem Moment hatte er sich bestimmt immer gefürchtet: Daß eines Tages die friedliche Ruhe, die endlose, sichere Routine hier draußen auf dem Lande so unvermittelt zerstört würde. Rosslyn konnte den nervösen Atem des Mannes riechen.

Gaynor sagte: »Haben Sie Frau und Kinder?« Der Mann nickte. »Das ist schön. Sie haben nur noch Sekunden, Freundchen, oder Sie sehen sie nie wieder. Öffnen Sie das Tor. Und lassen Sie es offen. Geben Sie keinen Alarm, sonst geht die Bombe hoch. Zehn Sekunden. Wir fangen jetzt an zu zählen. Das Tor, na los!«

Rosslyn sah, wie der Mann einen quadratischen grünen Knopf niederdrückte und zwei weiße Knöpfe mit Zahlen darauf. Dann ließ Gaynor den Griff seiner Pistole auf den Hinterkopf des Mannes herabsausen. Zweimal schug er mit massiver Kraft zu. Der Mann brach zusammen, fiel seitlich gegen Rosslyn und dann auf den Fußboden.

»Los, gehen Sie«, sagte Gaynor.

Auf dem Weg nach draußen sagte Cavallero: »Die haben bestimmt schon Alarm ausgelöst.«

»Vergessen Sie's«, rief Gaynor, plötzlich außer Atem. »Los, Sie sind jetzt ganz auf sich gestellt.«

Rosslyns und Cavalleros Schritte hallten auf dem ganzen Gelände wider. Alles war nun still, mit Ausnahme eines leisen Klickens, als Cavallero ihre Plastikkarte in den Schlitz an der schwarzen Stahltür steckte. Der Schließmechanismus öffnete sich mit einem Summen.

Der schmale Korridor zum Lift war genauso, wie er ihn in Erinnerung hatte. Ebenso der elend langsame Fahrstuhl, der sie zum vierten Untergeschoß brachte. Er reckte den Hals und besah aufmerksam die Linse der Überwachungskamera.

»Gaynor kann uns sehen«, sagte Cavallero, die Rosslyns Blick gefolgt war.

»Da bin ich mir nicht so sicher«, sagte Rosslyn. Er berührte die Oberfläche der Linse mit der Fingerspitze. »Sehen Sie? Vaseline. Das war auch so, als McKeague dasselbe mit der Kamera im Parkhaus gemacht und Harding erwischt hat.«

»Das kann jeder x-beliebige getan haben.«

»Hier drin?« fragte Rosslyn. »Das glaube ich nicht.«

Die Türen des Lifts öffneten sich. Ein kurzer Flur führte zum Labor der Spurensicherung, wo das Brummen der Klimaanlage zu hören war. Von dort aus betraten sie Davinas Büro.

»Lassen Sie uns hier anfangen«, sagte Rosslyn.

Beide dachten das gleiche, obwohl sie von unterschiedlichen Voraussetzungen ausgingen, um zu rekonstruieren, was Davina hier getan hatte. Ihnen stand sehr wenig Zeit zur Verfügung. Der beste Freund des Ermittlers, sagt das Lehrbuch, ist das Tageslicht. Doch genau das fehlte ihnen hier unten in Davinas

Büro. Sie gingen vorsichtig um den Schreibtisch herum und untersuchten den Fußboden.

Die Schubladen waren verschlossen, ebenso die Aktenschränke, der eine hatte rote, der andere grüne Schilder.

»Keine Spur«, sagte Cavallero.

»Sie ist hiergewesen«, sagte Rosslyn. »Ganz eindeutig. Ich kann ihr Parfüm riechen.«

Cavallero schnupperte. »Welches ist es?«

»Coco von Chanel.«

»Sie sind der Zollbeamte. Duty Free ist nichts für mich. Parfüm haftet.«

Rosslyn besah sich einen leeren Block im Licht der Schreibtischlampe. »Schauen Sie mal. Tiefe Eindrücke auf der Unterlage. Eine eilig geschriebene Notiz.«

»Von ihr selbst?«

»Keine Ahnung.«

»Vielleicht war sie gar nicht hier. Wir verschwenden unsere Zeit. Wo ist dieser Lagerraum? Schnell.«

Rosslyn sah, daß sie heftig zitterte.

»Arschkalt ist es hier«, sagte sie. »Wo ist nun der Lagerraum?«

»Irgendwo zwei, drei Türen weiter auf diesem Flur.«

Sie lasen die Schilder an den Türen. Verschlüsselte Codes. XD3 Gamma, XD3 Delta. Die Türen waren aus massivem, weißglänzendem Email und hatten komplizierte Schlösser. In jede war ein Kontrollschlitz aus dickem Panzerglas eingelassen.

»Diese Schlösser kriege ich nicht auf«, sagte Cavallero. »Die kenne ich nicht.«

»Wir haben schon genug gesehen«, sagte Rosslyn.

»Wir können nicht sagen, ob sie *wirklich* hiergewesen ist«, sagte Cavallero. »Verschwinden wir aus diesem verdammten Loch. Wenn sie hier war, ist sie wieder weggegangen.«

»Warten Sie«, sagte Rosslyn unvermittelt.

Die dritte Tür trug die Aufschrift XD3 Epsilon, darunter war ein Totenkopf mit gekreuzten Knochen abgebildet. Neben diesen gedruckten Hinweisschildern hing ein Blatt Papier, das mit einem Klebestreifen an der Tür befestigt war. Er erkannte Davinas Handschrift.

Ich bin verantwortlich für die Ermordung von Deirdre McKeague, der Freiheitskämpferin und Märtyrerin. Von Mary Walker, Frances Monro, Serena Watson und Patrick Levy. Ich habe diese fünf Morde durch einen vom MI5 anerkannten Agenten ausführen lassen. Ich allein bin für den Tod dieser Menschen verantwortlich. Möge Gott meiner Seele gnädig sein. Davina Wesley.

Cavallero spähte durch den Schlitz. »Großer Gott. Schauen Sie.«

Einen Augenblick lang sah Rosslyn nur seine eigenen Züge, die sich im Glas spiegelten. Dann konnte er das Innere des Lagerraums erkennen. Es handelte sich lediglich um einen kleinen Reinraum, der in ein fahles, gleichmäßiges Licht getaucht war. Sein Blick wurde von anderen Lampen weiter hinten im Raum angezogen, wo er die Becken mit den Kugelfischen, Salamandern und Kröten erkannte.

Auf dem Fußboden in der Mitte des Lagerraums lag, grotesk verrenkt, Davinas nackter Körper. Ihre Augen waren vollkommen weiß. Sie schienen in den Höhlen festgefroren.

Cavallero packte mit festem Griff seinen Arm. »Wir verschwinden hier, Alan. *Jetzt sofort.*«

43

Verity Cavallero hatte sich nicht getäuscht: Die Wachleute hatten schon Alarm ausgelöst. »Wir hätten es anders anfangen sollen«, sagte sie zu Rosslyn. »Wir haben es vermasselt.«

Sie gingen quer über das Gelände zum Tor, wo die Zufahrtsstraße zum Forschungszentrum bereits mit Polizeiautos, Krankenwagen und Feuerwehrfahrzeugen blockiert war, deren Blaulichter hektisch flackerten. Martinshörner übertönten das Knacken der Funkgeräte. Die Polizeibeamten mußten schreien, um sich bei dem Krach verständlich zu machen. Ein Krankenwagen war rückwärts an den Eingang zur Wachstube herangefahren. Krankenpfleger hoben gerade eine Trage hinein. Die Türen des Wagens wurden zugeschlagen, das Fahrzeug bahnte sich mit heulenden Sirenen einen Weg durch die kreuz und quer stehenden Autos und verschwand in der Dunkelheit.

Rosslyns Gedanken waren in Aufruhr. Die Schlußfolgerung, daß Davina sich umgebracht hatte, erschien ihm unbegreiflich, und ihm wollte nicht in den Kopf, daß der erstarrte Leichnam in dem Lagerraum ihr Körper war. Sein Gehirn weigerte sich, eine Verbindung zwischen diesem grauenhaften Bild und der Frau herzustellen, deren Duft er kaum einen Tag und eine Nacht zuvor gerochen und deren Körper er berührt und so intensiv gespürt hatte. Und doch lag sie jetzt dort. Cavallero deutete den schrecklichen Augenschein so, wie er sich ihnen präsentiert hatte. Es gab einen Abschiedsbrief. Die Leiche der Selbstmörderin. Sie hatte ein Motiv gehabt und die Gelegenheit. »Und jemand anders auch«, sagte Rosslyn. »Und noch dazu die Möglichkeit, alles zu vertuschen.«

Sie hatten das Gebäude auf demselben Weg verlassen, auf

dem sie hineingelangt waren. Sie waren mit dem Fahrstuhl nach oben gefahren und hinaus an die frische Luft getreten. Und nun dies. Eine Gestalt löste sich aus der Menge der Polizisten neben der Wachstube.

Es war Gaynor. »Harding wartet auf Sie. Alles hängt davon ab, was Sie gefunden haben.«

»Sie ist tot«, sagte Rosslyn.

»Wer?« fragte Gaynor.

»Davina Wesley«, sagte Cavallero. »Selbstmord.«

»Sind Sie sicher?«

»Sehen Sie doch selbst nach«, entgegnete Rosslyn. »Sie hat einen Abschiedsbrief hinterlassen.«

»Wo ist der?«

»Wir haben ihn da gelassen, wo wir ihn gefunden haben«, sagte Rosslyn. »An die Tür des Lagerraums für Giftgas geklebt.«

Gaynor warf einen Blick auf sein Auto, neben dem jetzt ein Streifenwagen stand. »Wir sollten Harding Bescheid sagen. Er redet gerade mit einem äußerst schlecht gelaunten Inspektor. Die Leiche haben Sie ja gesehen, aber fehlt denn nun irgend etwas?«

»Soweit wir erkennen konnten, nicht«, sagte Rosslyn.

»Schade«, sagte Gaynor. »Der Inspektor will uns nicht abziehen lassen.«

»Warum nicht?« fragte Cavallero.

»Das sollten Sie doch am besten wissen«, gab Gaynor zurück. »Schließlich haben Sie auf den Wachmann geschossen.«

»In Notwehr.«

»Versuchen Sie, etwas überzeugender zu klingen, wenn die Ihnen Fragen stellen«, sagte Gaynor barsch. »Überlassen Sie Harding das Reden.«

Harding saß zurückgelehnt auf dem Beifahrersitz von Gaynors Wagen. Rosslyn sah nicht nur einen, sondern gleich zwei schlechtgelaunte Polizeiinspektoren. Zunächst einmal nahm Harding seinen schuljungenhaften Ausdruck völliger Unschuld an. »Diese beiden Beamten haben auf meine Anweisung gehandelt.«

»Wer hat Ihnen die Genehmigung erteilt?« fragte der offenbar ranghöhere der beiden Inspektoren.

»Ich«, sagte Harding. »Die beiden haben mir Meldung zu erstatten.«

»Wenn hier jemand Meldung erstattet«, sagte der Inspektor barsch, »dann bin ich das.«

»Was haben Sie herausgefunden?« fragte Harding.

»Sie haben keine Fragen zu stellen!« schnauzte der Inspektor. »Was zum Teufel haben Sie überhaupt gesucht?« Er stierte Harding an. »Sie sagen kein Wort!«

»Sir«, sagte Harding.

Der Inspektor hatte jegliche Höflichkeit aufgegeben und ignorierte auch Hardings Aufforderung. »Na los, reden Sie«, fauchte er Rosslyn an.

»In einem Hochsicherheits-Lagerraum liegt die Leiche einer Frau. An der Tür klebt ein von ihr handgeschriebener Abschiedsbrief.«

»Woher wissen Sie das?« herrschte ihn der Inspektor an.

»Was?«

»Daß sie das selbst geschrieben hat!«

»Das brauchen Sie nicht zu beantworten«, sagte Harding.

»Um wen handelt es sich überhaupt?«

»Auch das brauchen Sie nicht zu beantworten«, sagte Harding. Ruhig fügte er hinzu: »Sie sollten lieber Ihre Leute da runterschicken. Aber ich warne Sie: Es kann sehr gefährlich werden.«

»Meinen Sie, da ist eine Bombe?« fragte der Inspektor mit weit aufgerissenen Augen.

»Nein«, sagte Harding kalt. »Wenn es da eine Bombe gäbe, wären diese beiden Beamten sicher nicht hier bei uns.«

Der Inspektor wurde immer wütender. »Wovon zum Teufel reden Sie überhaupt?«

»Von hochgiftigem Nervengas«, sagte Harding. »Ich an Ihrer Stelle würde warten, bis ein Wissenschaftler oder Arzt kommt, der sich damit auskennt. Wenn Sie wissen, wie man mit diesen widerlichen ABC-Waffen umgeht, die da unten gelagert sind, dann nur zu, gehen Sie rein. Aber als ranghöherer Beamter rate ich Ihnen, das nicht zu tun.« Er wandte sich an Rosslyn. »Sie wissen doch darüber Bescheid.«

»Ja«, sagte Rosslyn so laut, daß der Inspektor es hören mußte. »Ich würde warten, bis die Fachleute da sind.«

»Sie sind schon einmal dort unten gewesen? Sie kennen das Gelände?«

»Ja, ich war schon einmal hier«, sagte Rosslyn. »Und wenn ich Sie wäre, würde ich jetzt sofort die Tore schließen und das Gelände abriegeln. Niemand, wirklich niemand sollte hineingelassen werden.«

Der Inspektor sah Harding an. »Haben Sie ihm befohlen, das zu sagen?«

»Um Gotes willen, nicht doch. Setzen Sie doch mal Ihren gesunden Menschenverstand ein. Und außerdem ...« Er senkte die Stimme. »Ich möchte nicht, daß Ihre Untergebenen das hören.«

»Ich lasse mich von Ihnen nicht einschüchtern, Commander.«

»Aber das habe ich ja gar nicht vor. Ich will Ihnen nur einen Rat geben.«

»Nein.«

»Sie hören mir jetzt mal gut zu«, sagte Harding, der langsam böse wurde. »Wenn ich suspendiert werde, weil ich in ein geheimes Scheißhaus des Verteidigungsministeriums eingebrochen bin, meinetwegen. Haben Sie sich mal meine Beine angesehen, hm? Eine Bombe, nicht wahr? Ich sollte eigentlich im Krankenhaus liegen. Ich turne nicht zum Spaß hier rum, Inspektor, sondern ich bin hier, weil es mein verdammter Job ist, Terroristen dingfest zu machen. Deshalb bin ich mit zwei Beamten der Zollbehörde und einer Frau vom Geheimdienst hergekommen – vom MI6, wohlgemerkt, nicht MI5. Wir wurden von diesen unterbelichteten Wachleuten mit Gewalt daran gehindert, das Gelände zu betreten. Wir haben in Notwehr gehandelt. Sie haben nicht die geringste Chance, mir oder den übrigen an die Karre zu pinkeln. Ihr Job ...«

»Sie brauchen mir nicht zu sagen, was mein Job ist, Sir.«

»Mir geht Ihr Job zehn Meter am Arsch vorbei«, tobte Harding. »Meiner Meinung nach behindern Sie einen Kollegen von der Polizei in der Ausübung seines Dienstes.«

»Ich überlege ernsthaft, ob ich Sie nicht verhaften soll, Sir.«

»Mir geht es genauso, Inspektor. Bloß – Sie können es nicht, oder?«

Die übrigen Beamten, die schweigend zugehört hatten, starrten erst Harding an und dann zu Boden. Einer scharrte mit den Füßen, ein anderer schaute auf die Uhr. Sie wußten, Harding hatte recht, und auch der Inspektor wußte es, aber schließlich war er auch dem MI5 Rechenschaft schuldig. Das Forschungszentrum lag nun einmal in seinem Revier. Das Sperrgebiet mußte vorrangig und um jeden Preis geschützt werden. Notfalls konnte er sogar die Armee alarmieren.

Schließlich sagte der Inspektor: »Es muß aber auf jeden Fall ausführlich Bericht erstattet werden.«

»Natürlich«, sagte Harding. »Wir werden sogar sehr ausführlich Bericht erstatten. Und wenn Sie uns jetzt sofort den Weg freimachen, damit wir weiter unsere Arbeit tun können, dann überlassen wir Sie hier gern Ihren eigenen Aufgaben.« Er winkte Rosslyn, einzusteigen. Die anderen folgten. »Vielen Dank, Inspektor.«

»Commander...«, sagte der Inspektor verdutzt.

»Ich an Ihrer Stelle«, sagte Harding mit einem eiskalten Lächeln, »hätte dasselbe getan.«

Gaynor drehte den Schlüssel in der Zündung.

44

Die neue Zentrale des MI6, der offiziell Secret Intelligence Service oder kurz SIS heißt, ist der für 85 Millionen Pfund erbaute postmoderne Klotz am Südufer der Themse in der Nähe von Vauxhall Cross. Er ist wanzensicher. Bombensicher. Mit allen Schikanen ausgestattet. Die Fensterscheiben sind mit Metall beschichtet, die Räume mit Blei verkleidet. Man kann von innen nach außen, aber nicht von außen hineinsehen. Die Festung an Vauxhall Cross hat ihren Spitznamen *Babylon-on-Thames* wirklich verdient. Am anderen Themse-Ufer, ein Stück flußabwärts, steht das Schwestergebäude, das Thames House an der Lambeth Bridge.

Rosslyn betrachtete die Sonne durch die getönten Scheiben. Er trank Kaffee und lauschte dem Klicken des Textverarbeitungssystems, auf dem Gaynor mit drei Fingern herumtippte.

Cavallero hatte gemeint, es sei »aus Sicherheitsgründen« besser, wenn sie die rund zwölf Stunden, die noch bis zur Sitzung im Thames House blieben, in Vauxhall Cross verbrachten.

Nun kam sie zu ihren Büroräumen im vierten Stock zurück, ein weiteres Textverarbeitungssystem auf einem Rollwagen hinter sich herziehend. »Wenn Sie noch irgend etwas anderes brauchen...« Sie lächelte. Rosslyn brauchte Schlaf, aber McKeague war ihm noch wichtiger. Er sah auf die Lambeth Bridge, genau auf den Punkt, wo er im letzten Winter mit Mary gestanden hatte. Ja, McKeague war ihm noch wichtiger.

»Warum versuchen Sie nicht, ein bißchen zu schlafen?« fragte Cavallero.

Rosslyn lächelte müde. »Später.«

»Neben Hardings Liege steht noch eine Couch«, bot sie an.

Er sah Blutspritzer auf ihrer weißen Bluse. »Sind Sie okay?«

»Ist nicht mein Blut. Ich habe immer Sachen zum Wechseln in meinem Aktenschrank. Sie sollten jetzt mit Ihrem Bericht anfangen.«

Er setzte sich an den Schreibtisch am Fenster. Wie ein Schuljunge, der nachsitzen muß. Während sein Komplize Gaynor am Tisch neben ihm saß und tippte, durchforstete er sein Gedächtnis nach herausragenden Einzelheiten der Geschehnisse, versuchte, die losen Enden wie bei einem wissenschaftlichen Aufsatz zu verknüpfen. Von der weit zurückliegenden Verhaftung Deirdre McKeagues über das Verhör in Paddington Green begann er Daten und Uhrzeiten, Aussagen, Ereignisse und Beweismittel in Einklang zu bringen. Beweise, die jemand gesehen, gehört oder ermittelt hatte. Er verhedderte sich in diesem Labyrinth, biß sich fest an isolierten, noch immer ungelösten Problemen wie der Herkunft der gefälschten Vernehmungskassette, dem Verbleib des Polizeiautos aus der England's Lane.

Manche Dinge erschienen ihm unfaßlich. Was eigentlich meinen Psychologen,wenn sie jemanden als bisexuell bezeichnen? War Davina von Grund auf verdorben gewesen, oder hatte sie auf Anweisung von jemand anders gehandelt, als sie Monro und Watson ermorden ließ? War deren Tod ein absichtliches Opfer gewesen, um dem MI5 Sympathien zu erwerben? Wenn ja, wer hatte dann die Anweisung gegeben? Wem waren eigentlich sie verantwortlich – der Innen- und der Premierminister?

Diese Vorbereitungen für die Sitzung um 18.00 Uhr wurden mehrmals durch Lieferungen und Anrufe unterbrochen, die Cavallero für sie entgegennahm.

Sie kamen von der Zollbehörde. Zunächst die Abschrift von McKeagues Vernehmung durch Rosslyn. Version eins: die echte, Version zwei: die manipulierte.

Andere Akten kamen von New Scotland Yard: die kompletten Unterlagen der Spurensicherung und der neueste, jetzt vervollständigte Bericht über das, was in der Mitteilung stand, die sie am Vortag im *Angel* in Rotherhithe gelesen hatten.

Kurz nach eins brachte Cavallero ihnen einen Imbiß und einen ganz anderen Bericht.

»Sie möchten bestimmt gern wissen, was heute abend im Thames House los ist«, sagte sie beiläufig. »Der Innenminister bringt den Premierminister mit. Oder andersherum. Alles, was Rang und Namen hat, wird dasein.«

»Warum?«

»Keine Ahnung«, sagte Cavallero. »Gehört alles zur gläsernen Regierung«, fügte sie hinzu. »Das ist jetzt angesagt.«

»Gut«, sagte Rosslyn. »Woher haben Sie das?«

»Vom Innenministerium. Lucas. Triefnase Jules. Unterschätzen Sie ihn nicht, der kann eklig werden. Bryan Wesley sitzt ihm im Nacken. Er versucht, Davina zu finden.«

»Weiß er es denn noch nicht?«

»Kann er nicht. Aus irgendeinem Grund hat es ihm noch keiner gesagt.«

»Das wird nicht mehr lange dauern«, sagte Rosslyn.

»Garantiert nicht«, sagte Cavallero, und ihr Tonfall ließ Rosslyn aufhorchen. »Man hat Davinas Auto verlassen hinter White City gefunden. Ausgebrannt. Keine Spuren, mit Ausnahme der Nummernschilder. Unsere Freundin ist sehr umsichtig. White City. Im Westen. Heathrow. Vielleicht ist sie abgehauen.«

»Das glaube ich nicht«, sagte Rosslyn. »Ich habe das Gefühl, ich kenne sie allmählich. Sie hat noch einiges zu erledigen. Harding. Mich.«

»Heute abend ist sie ganz auf sich gestellt«, sagte Gaynor. »Der MI5 hat sie verstoßen. Es gefällt mir, daß der Premierminister kommt, dieser Affe.«

Fast eine Stunde lang spekulierten sie, warum und wieso der Premierminister ins Thames House kam. Als ob es in der Downing Street nichts Wichtigeres zu tun gäbe. Die Bettler, die Obdachlosen, eine dahinsiechende Wirtschaft, ein Land im Abwärtssog. Schließlich war es Zeit, sich wieder an die Berichte zu machen.

Rosslyn schrieb über Coker und Wesleys Sohn. Dann über Davina. Das fiel ihm am schwersten.

Ich schreibe über mich selbst. Es kam ihm vor wie Verrat. Dann die Schlußfolgerungen, die Zusammenfassung. Er versuchte, nicht polemisch zu werden. »Meiner Meinung nach müssen sich die Ermittlungen im Grunde nicht so sehr auf das konzentrieren, was in diesem Bericht ausgesagt wird, sondern eher auf das, was *nicht* darin steht. Diese Lücken können meines Erachtens durch eine umfassende, freimütige und offene

Erklärung des MI5-Direktoriums über einsatztechnische Einzelheiten geschlossen werden.«

Die Polemik war immer noch deutlich zu spüren, doch er konnte es nicht besser ausdrücken.

Lüftet den Schleier, der über dem Leben von Anna McKeague liegt.

Um vier Uhr nachmittags sammelte Cavallero wie eine Klausurenaufsicht die Berichte ein und brachte sie zum Kopieren.

Die Arbeit war getan, und Rosslyn spürte nun die Müdigkeit in allen Knochen. Cavallero zeigte ihm ein Badezimmer neben dem Raum, wo Harding noch immer schlief.

Rosslyn nahm seine Tasche mit. Während er wartete, daß die Wanne vollief, wandte er sich dem Schluß von Marys Tagebuch zu. Jetzt fühlte er sich bereit, den letzten Eintrag zu lesen.

In London liegen 5 cm Schnee. Sicht praktisch Null. Temperatur 2 Grad unter dem Gefrierpunkt ...

Sie rief ihm zu: *Der MI5 wird heute abend mein Leben verändern.* [Heute nacht wird er meines verändern.]

Er las den Eintrag noch einmal von vorn. Achte auf die Parallelen, markier die wichtigsten Stellen.

Ich höre ihn sagen: »Die Wahrheit, die ganze Wahrheit und nichts als die Wahrheit.« Warum? »Weil sie sie längst kennen.« Eben nicht.

[Und da ist wieder THUG, der immer noch mit ihr schlafen will.]

Das würde ich tun, wenn ich Terroristin wäre.

Eine langfristige Infiltration planen. Einen Informanten einschleusen. Den sympathischen Schmeichler. Plan und Organisation des MI5-Gebäudes austüfteln. Dann würde ich jemanden finden, der unzufrieden ist und Geld braucht. Irgendeinen

Wissenschaftler im Regierungsdienst, der über tödliches Wissen verfügt. Keine Bomben. Die kann man vergessen. Zu altmodisch. Ich würde den Einsatz erhöhen. Mit Chemikalien das Wasser vergiften, die Luft verpesten, die Klimaanlage verseuchen. Die Spione vergasen. Sie allesamt mit einem Schlag ausradieren. Zu weit hergeholt? Keineswegs. Kapiert?

Alan ... unterschätzt sich und meine Liebe zu ihm. Dabei habe ich ihn immer geliebt und werde ihn immer lieben.

Er legte das Tagebuch auf den Fußboden. Als er sich aufrichtete, sah er sein Bild im Spiegel an der Wand; es wurde von einem weiteren Spiegel über dem Waschtisch zurückgeworfen. Er stand still, die Spiegelbilder standen still. Er hatte dieses seltsame Gefühl der Sinnlosigkeit, das einen befällt, wenn ein Wort so oft wiederholt wird, daß man nur noch die Laute hört und das Wort jegliche Bedeutung verloren hat. Ein Gefühl totaler Verwirrtheit. Er empfand die Situation als *Déjà vu*, als spiele ihm sein erschöpftes Gehirn Streiche, es war wie ein aufblitzender Traum, der Traum eines Traums. So, wie einen panische Angst befällt, wenn das Reale plötzlich irreal ist. Der letzte Tagebucheintrag gab ihm genau dieses Gefühl. Denn er brachte die Wende und zeigte mit grauenhafter Unausweichlichkeit, wie die losen Enden zusammenpaßten.

Er lag, müde bis auf die Knochen, in der Wanne.

Dann hörte er eine Stimme durch die Tür. »Beeilen Sie sich.« Es war Gaynor. »Wir müssen in zwanzig Minuten los.«

45

Der Zivilwagen, ein von Gaynor gesteuerter schwarzer Rover, brauchte keine zehn Minuten von Vauxhall Cross bis zum Thames House. Drei große Pappkartons mit den kopierten Berichten standen auf dem Vordersitz. Rosslyn und Harding saßen im Fond, zwischen ihnen ein zusammenklappbarer Rollstuhl für Harding. Cavallero war schon vorausgefahren.

»Sie hat das hier für Sie beide besorgt«, sagte Harding. Er öffnete einen flachen, schmalen Metallkoffer.

Rosslyn beugte sich vor und sah glanzlose Metallröhren. »Heckler & Koch Skeleton. MP5KA6. Das Magazin kommt hier hinein, vorn am Lauf. Günstigste Kampfentfernung fünfundvierzig Meter. Sie haben wahrscheinlich noch nie so eine Maschinenpistole gesehen, nehme ich an.«

»Solche haben wir in Lippitts Hill nicht eingesetzt.«

»Nein, weil die Skeleton-Version noch nicht in Serie gegangen ist. Hier ist Munition. Dreißig Schuß pro Magazin, Kadenz 700 Schuß pro Minute. Kürzere Feuerstöße oder Einzelfeuer bis maximal fünf Schuß pro Stoß.«

»Wessen Idee war das?«

»Meine«, brummte Harding.

»Warum?«

»Weil Sie mich überzeugt haben. Ich habe Ihren Bericht gelesen, und die von Dickie und Cavallero auch. Entweder haben wir recht, oder wir stecken bis zum Hals in der Scheiße. Entweder greift McKeague das Thames House an – Treffer, Bingo. Oder sie ist weg, und wir stehen schön dämlich da, und der MI5 sagt: ›Nicht unser Bier‹. Egal, was passiert, es wird kein Zukkerlecken. Aber wenn McKeague auftaucht, dann haben Sie wenigstens die Waffe. Dickie wartet auf der Brücke. Ich nehme die Pistole mit. Wenn Sie sie brauchen, spiele ich sie Ihnen unauffällig zu. Ansonsten konzentrieren wir uns auf die Sitzung. Wir hören uns an, was die zu sagen haben. Ganz still. Die sollen erst mal damit rausrücken, was sie ausgebrütet haben. Passen Sie auf diesen Arsch Bryan Wesley auf. Und auf Lucas. Deren Ablenkungsmanöver. Lucas wird sich auf Cavallero stürzen, Cavallero auf Wesley. Jeder wird dem anderen an die Gurgel springen oder ihn skalpieren. Ich würde mein Geld eher auf Cavallero setzen.«

Gaynor steuerte geradeaus über die Rampe und dann hinunter in das Parkhaus an der Thorney Road. Dort sagte er: »Viel Glück. Ich warte auf der Brücke.«

»Wenn Sie schießen, dann machen Sie sie kalt«, sagte Harding. »Wenn es wirklich dazu kommt. Die wollen Ihnen ans Leder, Alan. Wir setzen alles, was wir haben, auf das Unmögliche. Jetzt wollen wir McKeague bei der Arbeit sehen.«

Auf Rosslyns Uhr war es fünf vor sechs.

46

Die Tagesordnung steht auf einem einzigen Blatt.

STRENG GEHEIM
Donnerstag, den 16. Juni, 18.00 Uhr
Teilnehmer:
Der Premierminister, Erster Lord des Schatzamtes und Minister für den Öffentlichen Dienst
Der Minister für Nordirlandfragen
Der Innenminister

Mitarbeiter:
Generaldirektorin
Stellvertr. Generaldirektor (Einsätze)
Stellvertr. Generaldirektor (Verwaltung)
Direktoren der Internat. Abteilungen
Direktoren Sicherheit, Personal und Material, STRU
Abteilungen
Rechtsberater
Personalberater
Weitere Teilnehmer (SIS, Innenministerium)

Beobachter:
Commander T. Harding, Metropolitan Police
Mr. A. Rosslyn, HM Customs & Excise

1. Einführende Worte des Premierministers
2. Einführende Worte des Innenministers
3. Ansprache der Generaldirektorin und Schlußbemerkungen

Ende der Sitzung 20.00 Uhr - Erfrischungen ab 20.05 Uhr in den Büroräumen der Generaldirektorin

Rosslyn beobachtet, wie die Generaldirektorin den Premierminister, den Innenminister und den Nordirlandminister zu ihren Plätzen am Tisch geleitet.

Der Premierminister lächelt. »Guten Abend, meine Damen und Herren.«

Zum ersten Mal sieht Rosslyn den Premierminister in Fleisch und Blut vor sich. Er wirkt etwas stämmiger als im Fernsehen oder auf Fotos. Sein Gesicht ist angenehm, nett. Die Linien an den Augenrändern sind bei näherem Hinsehen ziemlich tief. Er zwinkert. Er wirkt freundlich, vertraut.

Es ist, als würde ich ihn seit langem kennen.

Einen Augenblick lang scheint der Blick des Premierministers auf Rosslyn zu ruhen. Rosslyn lächelt zurück. Die anderen, der Innenminister und der Nordirlandminister, wirken eher untergeordnet, fast wie Funktionäre. Sie sehen irgendwie verknittert aus: müde, mißtrauisch, nervös. *Denen würde ich nicht glauben, wenn sie behaupten, sie hätten nichts zu verzollen. Die haben irgendwas zu verbergen. Eindeutig verdächtig. Würden Sie bitte mitkommen, Sir.* Rosslyn kann nicht genau sagen, was ihn stört.

Die Generaldirektorin eröffnet die Sitzung: »Ich möchte zunächst Sie, Herr Premierminister, und Sie, meine Herren Minister, begrüßen. Ich heiße Sie im Namen aller Mitarbeiter herzlich willkommen zu dieser Sitzung, die in einer, wie wir wissen, besonders schwierigen Phase stattfindet.«

Darauf kannst du Gift nehmen.

»Wir schätzen uns glücklich, auch weiterhin Ihrer Unterstützung und Aufmerksamkeit sicher zu sein, denn die Probleme der Sicherheit werden immer komplexer. Wir sind sehr gespannt, Sir, auf die einleitenden Worte, die Sie nun sprechen werden.«

Der Premierminister spricht frei. »Frau Generaldirektorin, meine Damen und Herren. Vielen Dank, Frau Generaldirektorin, für Ihre freundliche Einleitung. Ich spreche in unser aller Namen, wenn ich sage, daß jeder aufrichtige Bürger von der Effizienz des Security Service überzeugt ist. Unsere Sicherheit entspringt dem Bewußtsein, daß Sie sich den Werten der Zuverlässigkeit und der Professionalität zutiefst verpflichtet fühlen. Diese sind erforderlich, um den Kräften entgegenzutreten, die unsere innere Sicherheit in erheblichem Maße bedrohen. In der Tat sind diese Vorgänge, wie

Sie sehr richtig sagten, Frau Generaldirektorin, äußerst komplex.«

Rosslyn bemerkt, daß Harding wie üblich auf seinem Block herumkritzelt. Diesmal ist es eine Karikatur des Premierministers auf dem Klo. Kein schlechter Vergleich. Hardings Krükken stehen an den Rücken seines Rollstuhls gelehnt.

Der Premierminister führt sein Thema weiter aus. Blablabla. »Ich glaube, ich überschreite meine Befugnisse nicht, wenn ich Ihnen heute abend ein Geheimnis verrate. Die von unserer Regierung im Hinblick auf den Security Service gewünschte Offenheit wurde mir von Ihrer Majestät der Königin empfohlen. Ich bin mit Ihrer Majestät vollständig einer Meinung.«

Ich glaube kaum, daß du ihr widersprochen hättest.

Der Premierminister lächelt zurückhaltend, fast schelmisch. »Wir sind beide, jeder auf seine Art, dabei, Türen zu öffnen und der Öffentlichkeit Einblick in Regierung und Paläste zu gewähren.«

Es wird euch wohl nichts anderes übrigbleiben.

»Wir haben einen Grad an Kooperation zwischen den Dienststellen erreicht, die in allen zivilisierten Ländern ihresgleichen sucht. Aber das ist auch mit Risiken verbunden. Wir alle kennen sie. Heute ist es mir eine große Freude, daß Vertreter aller Dienststellen, die im Kampf gegen den Terrorismus eine Rolle spielen, hier anwesend sind. Es ist für mich persönlich ein Meilenstein, dabeizusein, und ich möchte Ihnen für den neuen Geist der Zusammenarbeit, den Sie alle zuwege gebracht haben, meine Anerkennung aussprechen. Ich wünschte mir manchmal, etwas Derartiges wäre in den Reihen meiner eigenen Parteifreunde ebenfalls möglich.«

Unterwürfiges Lachen wird rund um den Tisch laut. Lucas

vom Innenministerium ist sichtlich begeistert über den Witz. Der Premierminister selbst auch. Rosslyn und Harding bleiben gleichmütig.

»Herr Minister«, sagt die Generaldirektorin zum Innenminister.

»Herr Premierminister, Frau Generaldirektorin, Mitarbeiter«, beginnt der Innenminister.

Seine Stimme ist seidig, die Sprechweise affektiert – *crème fraîche*. Eine Spur säuerlich. Seine übertriebene Aussprache lenkt vom Inhalt des Gesagten ab. Die Rede ist gewürzt mit Schlagwörtern wie »Dienst am Volk«, »die Interessen des Vereinigten Königreichs und seiner Bürger«, »Verantwortlichkeit dem Parlament gegenüber«, »Flexibilität«, »notwendige Veränderungen«, »Prinzipien«, »Zielsetzungen«, »eine sichere Welt für zukünftige Generationen«. Blablabla.

Mit soviel Scheiße könnte man ein ganzes Feld düngen.

Die Generaldirektorin dankt ihm für »Verständnis und Unterstützung«.

Harding wirft einen grimmigen Blick auf die Wanduhr. 18.20 Uhr.

»Ich muß mich nun«, eröffnet die Generaldirektorin, »meiner Pflicht beugen und in Befolgung der im Security-Service-Gesetz klar definierten Verfahrensweisen über eine Angelegenheit berichten, die für den MI5 von eminenter Bedeutung ist. Bitte verteilen Sie Blatt A, STRU Forschungszentrum Beaconsfield.«

Kopien werden weitergereicht. Einige Minuten lang herrscht Schweigen. Man hört einen Füllfederhalter über Papier kratzen. Ein Husten. Das Piepsen einer Armbanduhr.

Die Generaldirektorin fährt fort: »Wie Sie sehen, gelang es einigen Beamten, die mit einer Ausnahme alle hier anwesend sind, sich Zutritt zum Forschungszentrum in Beaconsfield zu verschaffen. Der Bericht über dieses unstatthafte Eindringen, die Inspizierung, den Einbruch oder wie auch immer Sie dieses Vorgehen nennen wollen, liegt vor Ihnen.« Sie hält inne. Die breiten Finger schieben die vor ihr liegenden Papiere hin und her. »Dieses Verhalten wirft meiner Meinung nach ein extrem schlechtes Licht auf die Verantwortlichen. Darauf möchte ich gleich noch näher eingehen.«

Wieder eine Pause. Rosslyn schaut über den Tisch auf Wesley. Das normalerweise gerötete Gesicht ist bleich. Er fummelt an seinen Manschettenknöpfen herum.

Die Generaldirektorin fährt fort: »Davina Wesley ist im Laufe der vergangenen Nacht gestorben. Es liegen keine Hinweise auf ein Verbrechen vor. Das erfahrenste Spurensicherungsteam des Forschungszentrums hat Sterbezeit und Todesursache ermittelt und festgestellt, daß Mrs. Wesley sich das Leben genommen hat.« Sie wendet sich an Bryan Wesley. »In unser aller Namen möchte ich ihrem Mann Bryan und ihren beiden Söhnen Felix und Jonathan unsere aufrichtige Anteilnahme aussprechen. Ich kann nur soviel dazu sagen, daß Davina unter erheblichem arbeitsbedingten Streß stand. Sie war eine großartige Kollegin, eine gute Freundin und liebevolle Mutter.« Sie läßt die gefühlsbeladene Lobrede einen Augenblick nachklingen. »Ich weiß, sie mit ihrem beruflichen Engagement hätte gewollt, daß wir mit der Arbeit fortfahren.«

Rosslyn versucht, Wesleys Gedanken zu erraten. Aber dessen Gesicht ist ausdruckslos. Die Wangen fleckig. Die Augen ein bißchen verquollen. Man kann unmöglich sagen, was Wesley fühlt. Rosslyns Blick kehrt zu Harding zurück. Er will etwas sagen.

Davina wurde gesehen, als sie das Gelände verließ – das war McKeague. Begreifen Sie das nicht? Was sollen all diese Lügen?

Harding nickt ihm zu. *Sagen Sie nichts.*

Der Innenminister hebt die Hand, die Augen auf Harding gerichtet. »Ganz unter uns gesagt, Commander Harding: Wir sind uns Ihrer Leistungen sehr bewußt. Ich verstehe, welch enormer Anstrengung es bedurfte, das Krankenhaus gegen den Rat der Ärzte zu verlassen, um eine Verdächtige zu verfolgen, von der Sie – ich möchte es einmal so sagen – *aus grundsätzlichen Erwägungen* annahmen, daß sie sich auf dem Gelände des Forschungszentrums aufhielt. Ich nehme auch zur Kenntnis, daß es zu einer etwas voreiligen, möglicherweise etwas übertriebenen Handlungsweise« – er wendet sich an Cavallero – »seitens einer Beamtin des SIS kam. Aber ich möchte ausdrücklich darauf hinweisen, daß disziplinarische Maßnahmen die Operation gefährden würden. Ich habe deshalb mit dem Einverständnis des Premierministers« – der Premierminister nickt gewichtig – »dafür gesorgt, daß keinerlei disziplinarische Maßnahmen veranlaßt werden.«

Rosslyn neigt den Kopf. *Himmel, der Schulterschluß. Ich glaube es einfach nicht.*

Er muß es glauben, als der Innenminister fortfährt: »In den letzten Wochen hat es einen bisher unerreichten Grad an Kooperation bei den Ermittlungen im Zusammenhang mit dem Mord an zwei hervorragenden Beamtinnen am 26. März dieses Jahres gegeben. Wir haben deshalb auf Empfehlung der Generaldirektorin beschlossen, die Ermittlungen allein in die Hände des MI5 zu legen.« Das süßsaure Lächeln gilt Harding. »Unter diesen Umständen halten wir es nur für recht und billig, Commander, wenn Sie nun ausreichend Gelegenheit erhalten, die schrecklichen Verletzungen, die Sie erst vor so kurzer Zeit erlitten haben, gründlich auszuheilen. Ich weiß, ich kann auf Ihre Erfahrung und Ihr Urteilsvermögen zählen, und Sie werden mir zustimmen, daß Sie Ihre Pflichten, die Sie mit soviel Tapferkeit erfüllt haben, nun niederlegen sollten.«

Man murmelt: »Hört, hört!«

»Darf ich ebenfalls meinen Dank und meine Glückwünsche aussprechen«, sagt der Premierminister. »Ich kann bestätigen, Commander, daß Ihre Dienste nicht unbeachtet bleiben werden. Ich darf Ihnen mitteilen, daß wir vorhaben, Sie in der üblichen Weise zu ehren, und ich bin sehr zuversichtlich, daß dies schon bald der Fall sein wird.«

Die Sitzungsteilnehmer entspannen sich. Das sind gute Neuigkeiten. Nur Rosslyn, Harding und Cavallero machen ernste Gesichter.

Was soll das? fragt sich Rosslyn. *Sir Thomas Harding, Ritter vom seidenen Strumpfband. Noch so ein kniefälliger Speichellecker?*

Der Premierminister lächelt freundlich.

Der Mistkerl will Harding den Schneid abkaufen. Mit einem Scheiß-Rittertitel. Er will ihn mundtot machen.

Harding sagt ruhig: »Darf ich ein paar Worte sagen, Frau Generaldirektorin?«

Man lächelt siegesgewiß und nickt huldvoll.

»Ich möchte Ihnen, Herr Premierminister, und Ihnen, Herr Innenminister, für Ihre freundlichen Worte danken. Außerdem möchte ich Ihnen, Frau Generaldirektorin, und vor allem Ihnen, Mr. Wesley, mein aufrichtiges Bedauern über den viel zu frühen Verlust Ihrer Frau aussprechen. Da die Ermittlungen nun beendet sind, würde ich gern kurz ein paar abschließende Bemerkungen dazu protokollieren lassen.«

Der Premierminister lächelt und schaut verstohlen auf die Wanduhr. Es ist fünf vor sieben. Es ist ein warnendes Lächeln. Fassen Sie sich kurz, Commander.

Harding fährt fort: »Mit meinen beiden Kollegen, Mr. Rosslyn, der hier neben mir sitzt, und Mr. Gaynor, der leider nicht anwesend sein kann, und mit der Unterstützung von Miss Cavallero habe ich für die Erstellung eines umfassenden Berichts gesorgt, in dem die Operation Insekt zusammengefaßt und ausgewertet wird. Diese Unterlagen sind sehr umfangreich. Mir ist klar, daß wir hier und jetzt keine Gelegenheit haben, sie im einzelnen durchzugehen, aber die Schlußfolgerungen, die meine erfahrenen Kollegen und ich daraus gezogen haben, unterstützen das, was Sie, Herr Premierminister, und Sie, Herr Minister, mit vollem Recht gesagt und was Sie, Frau Generaldirektorin, bestätigt haben.«

Hardings Stimme nimmt einen dunkleren Ton an, als er jetzt sagt: »Ich hoffe, Sie werden mir noch einen Augenblick Ihre Aufmerksamkeit schenken, Herr Premierminister.«

Dieser nickt. Sein Ausdruck ist gespannt.

»Wir akzeptieren, daß die Operation nun abgeschlossen ist.«

Du hast gar keine andere Wahl.

»Wir fragen nicht nach den Gründen. Schließlich stehen wir im Dienst unserer Regierung. Aber wir müssen auch den Fakten ins Auge blicken. Ich hoffe, Sie werden es mir nachsehen, wenn ich im Laufe meiner langen Dienstzeit hin und wieder Fakten falsch eingeschätzt habe. Das mag vergangene Nacht so gewesen sein. Vielleicht hat sich Mrs. Wesley ja unter tragischen Umständen das Leben genommen.« Er machte eine Pause. »Aber meiner Ansicht nach kann man die Fakten auch vollkommen anders interpretieren.«

Verdammt. Jetzt geht's los.

Alle wollen gleichzeitig etwas sagen, die Generaldirektorin, Wesley, auch Lucas.

Cavallero hat ihren Stuhl zurückgeschoben. Ihre linke Hand liegt auf dem Stapel mit den Berichten. Der Premierminister scheint bemüht, die Wogen zu glätten. Er trägt eine Maske der Betroffenheit zur Schau, ob echt oder gespielt, ist schwer zu sagen.

Und dann wird Harding plötzlich von einer unsichtbaren Hand aus dem Spiel gezogen. Eine Angestellte erscheint mit einem Zettel für die Generaldirektorin. »Commander, da ist ein Anruf für Sie. Er scheint keinen Aufschub zu dulden.«

Harding bleibt vollkommen ruhig. »Ich möchte Sie bitten, Miss Cavalleros Ausführungen aufmerksam zuzuhören.« Er steht mühsam auf, leichenblaß. »Helfen Sie mir hier raus«, sagt er zu Rosslyn. Er fährt langsam um den Tisch herum zum Ausgang. Doch seine Stimme klingt kraftvoll: »Sie werden erfahren, daß eine Agentin des MI5 im Auftrag von Mrs. Wesley die Polizistin Mary Walker, Monro, Watson und Levy ermordet hat und schließlich auch Mrs. Wesley.«

Wesley hat die Augen geschlossen.

»Das ist ungeheuerlich«, platzt die Generaldirektorin heraus.

»Es ist nicht meine Sache, das zu beurteilen«, sagt Harding. »Aber ich sage Ihnen, daß es sich bei dieser Agentin um eine bekannte IRA-Terroristin handelt. Sie und der MI5 haben sich zu weit aus dem Fenster gelehnt und sind herausgefallen.« Er ist jetzt hinter Bryan Wesley. »Mr. Wesley kann Ihnen etwas über die Finanzierung der Operation berichten.«

»Darf ich sagen ...?« fragt Wesley.

Er wird von der Generaldirektorin unterbrochen. »Das kommt nicht ins Protokoll.«

Der Innenminister legt langsam den Füller auf den Tisch.

In die plötzliche Stille hinein sagt der Premierminister: »Gehen Sie telefonieren, Commander.« Sein Gesicht sagt: Was die eine Hand gibt, kann die andere wieder nehmen. »Und wenn Sie zurückkommen, wünsche ich, daß Sie Ihre Behauptungen im einzelnen belegen.«

Damit ist Ihr Rittertitel im Eimer, Commander.

Das Telefon steht im Nebenraum. Harding nimmt ab. In Sekundenschnelle greift er in sein Jackett. »Hier.« Er gibt Rosslyn die Heckler & Koch. »Gaynor steht auf der Brücke. Sie ist da.« Dann sagt er zu der Angestellten: »Gehen Sie jetzt sofort rein, und sagen Sie den Arschgeigen, sie sollen aufs Dach steigen. LASSEN SIE SIE UNTER KEINEN UMSTÄNDEN HIER IM GEBÄUDE.«

Die Leibwächter des Premierministers stehen im Gang.

»Sie haben gehört, was ich gesagt habe. Gehen Sie jetzt sofort rein. Schaffen Sie sie aus dem Gebäude hier raus, und alle anderen möglichst auch.« Er schiebt den Rollstuhl vom Tisch weg zum Fenster.

Weit unten sieht Rosslyn Gaynor rechts auf der Straße stehen. Links erkennt er einen kleinen weißen Streifenwagen. Und glaubt, wieder die endlosen Fragen an die Krankenschwester in der zerstörten England's Lane zu hören.

Ein Land Rover des Bombenräumkommandos ist ebenfalls da. Alles paßt zusammen.

Auch die Dachmarkierung:

Ein großes V

dann ein P O

dann, ganz unten, ein großer orangefarbener Kreis:

O

und der vertraute rot- und orangefarbene Streifen an den Türen.

Der Bluff war fehlgeschlagen. Warum? Ganz einfach, weil sie auf einer doppelten gelben Linie am Millbank geparkt hat. Selbst im äußersten Notfall darf man dort nicht parken, das weiß jeder Polizist.

»Alan – schnappen Sie sie.«

Harding rollt durch die Tür. Er sieht den Hinweis: AUFZÜGE IM NOTFALL NICHT BENUTZEN.

Die Sitzungsteilnehmer müssen in eine andere Richtung geflüchtet sein, um über die Feuertreppe aufs Dach zu gelangen. Er rollt den Korridor entlang und lauscht auf das dumpfe Surren der Klimaanlage. Er geht davon aus, daß der Tod rasch kommen wird. Was hatte Rosslyn ihm erzählt? In Sekundenschnelle.

Dann hört er plötzlich das Heulen von Sirenen und wütendes Hupen. Das Thames House ist im Belagerungszustand.

47

McKeague, adrett und flott in ihrer Polizeiuniform, hockt außer Sichtweite am verrammelten und verriegelten Eingang zu den aufgegebenen öffentlichen Toiletten am Nordende der Lambeth Bridge. Sie hat sich ein Limit von dreißig Sekunden gesetzt, um die verrostete Kette mit dem Schloß durchzuschneiden, die Stahltür zu öffnen und in das verlassene Toilettengebäude einzudringen. Dreißig Sekunden, während derer sie – wie ihr nur allzu bewußt ist – in Gefahr schwebt, von den Polizisten auf der Straße über ihr zufällig entdeckt zu werden. Aber sie hat ihren Standort sorgfältig überlegt. Wenn sie sich zusammengekrümmt in eine Ecke kauert, ist der Blickwinkel für ihre Feinde sehr klein. Und wenn sie den Zeitplan genau einhält, hat sie die Chance, unbemerkt in das Gebäude zu kommen. Wenn sie erst einmal drinnen ist, wird sie sich mit der Ziegelwand befassen, um in den Tunnel unter dem Millbank zu gelangen, der den Plänen zufolge unter der Straße hindurch in die tiefsten Kelleretagen des Thames House führt. Das Risiko ist natürlich wohlkalkuliert und setzt einen äußerst kühlen Kopf voraus. Sie summt ein Lied aus der guten alten Zeit. Sie hatte es zusammen mit ihrer Schwester am letzten Abend damals in der Kneipe in Andersonstown gesungen: Im Duett hatten die Schwestern eine ganz passable Imitation eines Songs von Tanita Tikaram zum besten gegeben:

Tell me if you want to see
A world outside your window.

Und sie hatten einen abgewandelten, verdrehten Vers von Yeats hinzugefügt:

Remember all those generations,
They left their bodies to fatten wolves,
Left their homesteads to fatten foxes,
Fled to far countries, or sheltered
In cavern, crevice, or hole,
DEFENDING IRELAND'S SOUL.

Die Schwestern hatten das Lied gern gesungen und selbst die Drohungen ihrer Cousins links liegenlassen, die sie »in den nächsten Straßengraben schmeißen« wollten.

Out of Ireland have we come.
Great hatred, little room,
Maimed us at the starts,
We carry from our Mama's womb,
Fanatic hearts.

Wie Anna McKeague richtig vermutet hat, wird der Streifenwagen gegenüber dem Thames House inzwischen vom Bombenräumkommando, das gerade dort aufgetaucht ist, intensiv untersucht. *Faßt ihn nur an, ihr Schweine, ihr widerlichen Maden, und der Wagen fliegt euch in die Fresse. Na los, drängt sie. Schaukelt nur mein Baby, liebe Bullen. Geht kaputt, ihr Ärsche! Betatscht mein Baby mit euren zitternden Fingern. Habt ruhig Angst! Schaukelt arglos meinen jungfräulichen Wagen, und geht alle kaputt.* Vom Gefühl bevorstehenden Triumphes ist ihr ganz schwindlig. »Jetzt geht's ums Ganze«, flüstert sie. »Tu's für Dee.«

Sie summt vor sich hin. Über sich hört sie Sirenen in den schmutzigen Londoner Himmel heulen. Zweimal drückt sie mit aller Kraft die Metallzange zusammen, doch erst im dritten Anlauf gelingt es ihr, die verrostete Kette durchzukneifen und die Tür zu öffnen. Nun ist sie im Innern des verlassenen Gebäudes. Die Türen zu den einzelnen Toiletten stehen alle offen. Becken und Sitze sind kurz und klein geschlagen, und auch der Fußboden sieht aus, als hätte jemand vergeblich versucht, die blauweißen Fliesen loszuklopfen und zu stehlen. Eine glitschige grüne Schmierschicht überzieht den Boden, genau in der Farbe von Linoleum in öffentlichen Gebäuden.

Sie geht rasch an den Toiletten und der Reihe von Urinalen gegenüber den zerbrochenen Waschbecken vorbei, und an der hinteren Wand findet sie dann in einer Ecke die nachträglich mit Ziegeln ausgefüllte Mauerlücke. Ihre Hände sind ruhig. Sie bereitet den Sprengsatz vor. Er soll gerade stark genug sein, um ein Loch in die Wand zu schlagen, durch das sie sich hindurchzwängen kann. Sie hat die Menge so berechnet, daß die Explosion nicht die Polizisten anlockt, die über ihr in Schwärmen herumlaufen. Außerdem hat sie einkalkuliert, daß die massiven Brückenfundamente neben dem Toilettengebäude und das Mauerwerk den Lärm der Explosion ausreichend dämpfen. Natürlich besteht ein gewisses Risiko, daß der Knall weiter weg zu hören sein könnte, doch ist dies nun einmal die einzige Möglichkeit, in den Tunnel unter der Straße zu gelangen. Das Risiko muß sie eingehen. Sie ist sicher, daß sie der Feind auf ihrem Weg ins Thames House noch nicht entdeckt hat. Außerdem hat sie nach ihrem Zeitplan jetzt schon mindestens 15 Sekunden Vorsprung. Wie ein Sprinter vor dem Start zum Hundertmeterlauf läßt sie die Schultern kreisen, siegesgewiß und voller Vertrauen auf ihre eigenen Kräfte.

Die Zeituhr steht auf dreißig Sekunden. Der Countdown beginnt. Sie tritt durch eine zerbrochene Tür und stellt sich hinter die dicke Stützmauer. Dreißig Sekunden. Neunundzwanzig. Achtundzwanzig. Und weiter. Das andere Lied, das Dee so gern gehabt hatte, ging so:

All God's children need travelling shoes
Drive your problem from here
All good people read good books
Now your conscience is clear
Now your conscience is dear.

Hier unten hört man ein langsames, dämonisches Grollen. Schwere Polizeifahrzeuge fahren über sie hinweg. *Look your love has drawn red from my hands. Zehn. Neun. Acht. Komm zu mir runter, Rosslyn, du Arschloch. Du sollst als erster sterben, wenn das aus dem Kugelfisch gepreßte Gas dich erwischt. Großer Gott, schick mir den Wichser hier runter, damit ich zusehen kann, wie er stirbt.*

Sie kniet auf dem Boden. Der grüne Schmierfilm dringt an den Knien durch die schwarze Uniformhose. Drei. Zwei. Eins und *rumms*. Die perfekte Mini-Explosion öffnet ein Loch zum Tunnel. Noch bevor der Staub sich gesetzt hat, tastet sie sich mit angehaltenem Atem und zugekniffenen Augen in den Gang vor. Sie trägt die Kanister mit dem Tetrodotoxin, ihre Taschenlampe, ihre Pistole und die Tasche mit ihrer Ausrüstung.

Die Lampe weist ihr den Weg nach unten zu dem fauligen schwarzen Wasser. Es riecht widerlich, wie Milch, die während eines Gewitters sauer geworden ist. Der Gestank wird immer schlimmer und erinnert sie an die fetten Maden, die ihre irischen Cousins zum Angeln züchteten. Der Lichtstrahl durchschneidet die Dunkelheit, und der Tunnel wirkt länger und enger, als sie erwartet hatte. Ihre einzige Gesellschaft sind riesige

Ratten, glatte, schnelle, gefährliche Biester. Im Lichtkegel sieht sie direkt in ein drohend aufgerissenes Maul. Die Ratte faucht sie an.

»Ich fühle mich gut«, sagt sie. »Wirklich gut.« Aber der Gestank ist furchtbar. *Die blutgeschwärzte Flut ist losgelassen und hat überall die Zeremonie der Unschuld überschwemmt; der Falke kann den Ruf des Falkners nicht hören, alles bricht auseinander. Die Mitte hält nicht mehr.* Weiter hinten im Tunnel reicht ihr das Wasser bis zur Taille. Sie hält Kanister, Pistole, Taschenlampe und Tasche über den Kopf. Ihre Füße werden vom fester werdenden Schlamm angesaugt. *Nicht Nacht, doch Tod. Gütiger Gott, diese Tunnel sind mir gesandt, um meine Seele zu retten. Schneller nun. Dies sind die Pläne Deiner unterirdischen Welt, niemand kennt sie, außer mir. Geh weiter bis zum Schluß. Zeig mir das Licht. Dein Licht. Eine Schönheit voll Grauen kam zur Welt.*

Sie dringt immer weiter in den Tunnel vor. Über sich hört sie Wasser rauschen und – o Wunder – die Pläne stimmen, der Kanalboden steigt an. Näher an der Wand ist das Wasser trübe und fließt langsamer. Eine Ratte huscht ihr über die Schulter. »Hau ab, Scheißratte!« Sie reißt den Kopf heftig zur Seite und kommt dabei mit dem Kinn zu nahe an die Wand. Der verbogene, scharf wie ein Fleischerhaken aus der Wand ragende rostige Draht schneidet ihr unterhalb des Ohrs ins Fleisch. Sie zuckt zusammen. Beißt sich vor Schmerz auf die Lippen. Drückt das Kinn seitlich auf die Schulter und fühlt den Blutschwall. Ihre Hände umklammern starr Pistole, Kanister, Lampe und die Riemen ihrer Tasche. *Gott im Himmel, hab Erbarmen. Gütige Mutter Gottes. Ich blute. Ich höre dich, Dee, du sagst: Ich hab dich lieb, tu's für mich, nicht Nacht, doch Tod.* Sie betet zum Allmächtigen, daß der Wagen über ihr bald in die

Luft fliegt. *Bitte, lieber Gott, töte sie jetzt. Laß das Chaos beginnen. Gib mir Aufruhr. Jetzt.* Im Geiste beugt sie beschwörend das Knie. Das soll ihr Glück bringen.

48

Alarmsirenen schrillten in die Stille des Thames House hinein. Die meisten der etwa zweitausend Mitarbeiter gingen davon aus, daß es sich um eine Brandschutzübung handelte. Sie vermuteten nicht ohne Grund, daß diese Übung ausgerechnet jetzt stattfand, weil der Premierminister im Hause war. Dies war eine ausgezeichnete Gelegenheit zu demonstrieren, daß die modernste Geheimdienstzentrale der Welt wirklich völlig sicher war. Hier schlug verborgen das Herz der Regierung, dies war die Bastion, die das Vereinigte Königreich zusammenhielt. Die Übung sollte beweisen, daß das Thames House uneinnehmbar war.

Deshalb befolgten alle Mitarbeiter die Brandschutzvorschriften, die in allen Räumen ihres großartigen Gebäudes aushingen, und begaben sich »ruhig und geordnet zu den vorgesehenen Sammelpunkten«. In jedem Stockwerk blieben ein paar leitende Beamte zurück, um zu überprüfen, daß besonders gefährdete Büros gesichert waren. Wehe dem, dessen Safes und Computerprogramme nicht feuer-, überschwemmungs- und bombensicher verschlossen waren.

Dann, als sie alles kontrolliert hatten, begaben sich auch diese leitenden Beamten zu den Sammelpunkten. Nachdem sie hier ihre Leute gezählt hatten, warteten sie auf die Entwarnung. Im ganzen Gebäude standen Menschen wartend in

Gruppen zusammen, unterhielten sich leicht belustigt, guter Dinge wie Schulkinder, die man zur Inspektion durch den Schulrat zusammengetrommelt hat. Viele von ihnen hatten eine Flasche Mineralwasser in der Hand, sei es Perrier, Badoit, Volvic oder Strathmore: ihre Waffe im Kampf gegen die leistungsstarke Klimaanlage, die ihnen Haut, Lungen und vermutlich auch die Gehirnzellen austrocknete. Manche waren verärgert über diese praktische Demonstration der Sicherheitsvorkehrungen. Andere waren sauer, als sie feststellten, daß selbst in den Raucherecken nicht geraucht werden durfte. Dann hörten die Alarmglocken vorübergehend auf zu schrillen, und nach einem Augenblick der Stille drang die Stimme des leitenden Sicherheitsbeamten über die Lautsprecher zu ihnen.

Diesmal war es keine Übung. Es war ein echter Alarm.

»Begeben Sie sich zu den Sammelpunkten zweiter Ordnung im Innern des Hauses und melden Sie sich dort bei den Feuerwehrleuten.«

Das war eine neue, ernst zu nehmende Wendung. Keine Übung, gütiger Himmel. Bombenalarm. Wie Insekten, Hunderte in jeder Etage, machten sie sich auf den Weg zum inneren Kern des Thames House mit den dicken Schutzwänden, die schwer gegen Bombenangriffe aus jeglichem Winkel geschützt waren und deshalb optimale Sicherheit boten.

Nach Erreichen der inneren Sammelpunkte warteten sie wieder, diesmal ernstlich beunruhigt, auf weitere Ansagen des Sicherheitsbeamten, eines ehemaligen Majors der Königlichen Pioniere, dessen dröhnende Stimme sie schon so oft durch die von ihm entwickelten Notfallübungen geleitet hatte. An diesem Abend hatte der Major eine volle Besetzung unter seinem Kommando. Man hatte die Mitarbeiter nämlich angewiesen, bis 20.30 Uhr zu arbeiten, um für den Premierminister und den Innenminister zur Verfügung zu stehen.

Ängstlich und auf engstem Raum zusammengepfercht, harrten sie der Anweisungen des Majors, und es dauerte auch nicht lange, bis er sich meldete. Allerdings hatte er inzwischen eine andere Vorgehensweise beschlossen. Erfahrene Verhörer entdeckten in seiner Stimme ein leichtes Zittern, das Angst andeutete, ein Zögern, den Anflug eines Stammelns.

»Das Gebäude wird nun geräumt. In folgender Reihenfolge: Keller, Erdgeschoß und Stockwerke eins bis vier verlassen das Haus durch die Nord- und Südausgänge.« Plötzlich mußte sich die Stimme des Majors gegen den erneuten Alarm durchsetzen. »Stockwerke fünf bis zum Dach einschließlich Telekommunikationsstelle und Satellitenstation ... Ich wiederhole: Bei Signalausfall ist die einzuschlagende Richtung bei den Feuerwehrbeamten zu erfragen.« Die überstürzt vorgebrachten Anweisungen lösten wiederum Verwirrung bei den Mitarbeitern aus. »Hier spricht der leitende Sicherheitsbeamte. Ich wiederhole. Hören Sie mich? ... Was? ... Zu Befehl. Ende.« Weitere Geräusche, Hupen und lautes Sirenengeheul, übertönten seine schreckliche Warnung.

Belustigung wich Unbehagen, Besorgnis und schließlich blanker Angst in den Fluren, Durchgängen und auf den Feuertreppen. Und als die ersten Männer und Frauen stürzten, konnten die Leute hinter ihnen, die blind flüchteten wie das betrunkene Publikum in einem Fußballstadion, ihnen nicht mehr ausweichen und fielen über die am Boden liegenden Leiber.

Als das Schreien einsetzte, brach Panik aus.

Rosslyn kämpfte sich durch die verzweifelte Menge, die den Eingangsbereich verstopfte.

Warum evakuieren die, um Himmels willen? Wissen die denn nicht, daß da draußen direkt vor ihrer Tür ein verdächtiges Fahrzeug steht? Die zweitausend Leute fliehen auf die Straße und sind rettungslos verloren. Rennen mitten in die Explosion rein. Er spürte ihre Angst. Er konnte sie an ihrem Atem riechen. Den widerlichen Geruch der Angst. Er sah in aufgerissene Augen. Wie eine Herde Schafe, voller Furcht vor den Viehtreibern, die sie zum Schlachthof führen. Der Geruch war fast mit Händen zu greifen. Sie rochen nach Verdorbenheit, nach der Ausweglosigkeit, die den schuldig gesprochenen Angeklagten umgibt.

Kapiert ihr denn nicht, ihr hirnlosen Clowns? Ihr rennt hier raus und werdet in Stücke gerissen. Das Bombenräumkommando ist da, mit heulenden Sirenen, Blaulicht, röhrenden Motorrädern, Megaphonen. Erkennt ihr denn nicht, daß dies eine Falle ist?

Zu spät. Die Panik hatte schon um sich gegriffen.

»GAS!«

»Aus dem Weg, ihr Idioten! Raus hier! NERVENGAS!«

Jetzt schwoll das Schreien an, und die Stimme des Majors drang hysterisch aus den Lautsprechern, als wäre er ein Reporter beim Pferderennen.

Rosslyn stieß einem Wachmann die Faust in die Nieren und stürzte durch die Tür nach draußen. Bloß raus hier.

Er blieb stehen.

Bewaffnete Polizisten hatten die Straße abgeriegelt. Er sah Beamte mit Maschinenpistolen aus Rover 827 Spezialfahrzeugen springen. Sie trugen schwarze Overalls und Strumpfmasken mit Augenschlitzen und hatten Gasmasken bei sich. Einige richteten ihre Waffen auf die MI5-Leute, die das Gebäude verließen.

Sie riefen ihnen durch Megaphone zu: »Gehen Sie zurück! Bombenalarm! Hier spricht die Polizei!«

Männer und Frauen wurden zu Boden gerissen, andere traten auf sie. Ein Aktenkoffer fiel auf die Erde, sprang auf, und sein Inhalt, Dutzende von Blättern, ergoß sich über den Asphalt. Rosslyn sah eine Polizistin unsicher mit einem Webley-Tränengaswerfer herumfummeln. Mehrere Frauen rannten wie unschuldige Opfer einer Kneipenschlägerei mit blutüberströmten Gesichtern aus dem Gebäude. Eine von ihnen schrie: »Sehen Sie denn nicht, daß ich schwanger bin!«

Mit der Waffe in der Hand sprang Rosslyn über die Polizeiabsperrung hinweg. Gaynor stand am Ende der Lambeth Bridge, am Kreisverkehr. »Sie hat den Wagen verlassen«, sagte er. »Sie trägt Werkzeug bei sich.«

»Und wo ist sie hin?«

»Das weiß ich nicht. Sie trägt eine schwarze Hose und eine weiße Bluse, eine Art Polizeiuniform. Sie ist es. Und das ist der Wagen.«

»Warum haben Sie sie nicht aufgehalten?«

»Ich habe eine Polizistin aussteigen gesehen. Wo sie hingegangen ist, konnte ich nicht erkennen. Gerade stand sie noch neben dem Wagen, im nächsten Moment war sie verschwunden. Ich habe das Bombenräumkommando angerufen. Dann Harding. Das Übliche. Sie muß hintenherum gegangen sein. Der einzige Weg führt am Fluß entlang. Die Flut steigt. Das Wasser ist so hoch, daß sie nicht mehr durchkommt, wenn da überhaupt ein Weg ist.«

Über ihnen tauchten Gestalten auf dem Dach des Thames House auf. Immer mehr Silhouetten hoben sich gegen den

Himmel ab. Ein Hubschrauber des Sondereinsatzkommandos hing wenige hundert Meter über dem Dach in der Luft.

»Sie kann nicht hintenherum gegangen sein«, sagte Rosslyn. »Da ist alles dicht.«

Gaynor zuckte die Achseln. »Stecken Sie lieber Ihre Waffe weg.«

Es hatte wenig Sinn, die Polizisten zu fragen, ob sie eine Kollegin gesehen hatten, die ihnen irgendwie komisch vorkam. Es gab sie hier in Massen. Eine davon brüllte Rosslyn und Gaynor an, sie sollten verschwinden. »In Deckung!«

Dann sah es Rosslyn plötzlich.

Am Westende der Lambeth Bridge, gleich um die Ecke.

Die Stufen hinunter zum Uferweg.

Links von ihm der Fluß.

Rechts von ihm das verfallene eingeschossige Toilettengebäude.

»In Deckung!« Die Rufe wurden immer drängender.

Vor seinem geistigen Auge sah er wieder *diese Pläne. Diese öffentliche Toilette.*

Die Stahltür war vor Jahren eingesetzt, verrammelt und zugeschweißt worden, damit keine Obdachlosen und Bettler hineinkonnten. Die Ketten vor dem Seiteneingang, den die Toilettenfrau früher benutzt hatte, waren durchgeschnitten worden. Rosslyn betastete die scharfen Stahlenden und betrat das Gebäude. Er sah die Reihen zerbrochener Urinale, die Waschbecken und die frischen Spuren in dem grünen Belag, der die Bodenfliesen überzog. Er zeigte auf eine Ziegelwand. Jemand hatte ein Loch hineingesprengt, das gerade groß genug war, um sich hindurchzuzwängen. »Das war sie. Da ist sie durch. Sie muß hier irgendwo sein. Ganz bestimmt. Geben Sie mir Ihre Taschenlampe.« Gaynor hatte eine kleine Metallampe mit stark gebündeltem hellem Lichtstrahl. Rosslyn schaltete sie ein und quetschte sich durch das Loch in der Ziegelwand. Gaynor folgte ihm.

»Eine Kanalzuleitung«, sagte Rosslyn. »Sehen Sie nur.«

Sie konnten gerade aufrecht stehen. Nach ein paar Schritten erkannten sie im kleinen Lichtkegel der Lampe, daß der Tunnel zu einer Treppe hinunterführte. Rosslyn trat vorsichtig auf. Seine Gummisohlen fanden kaum Halt auf der dicken Schlammschicht. Er bemerkte seitlich eine plötzliche Bewegung und zuckte zusammen. Im Lichtkegel sah er eine Ratte wegspringen.

Am Ende der Treppe traten sie in fauliges Wasser. Bis auf die Taschenlampe und fahle Lichtstrahlen, die hier und da durch die Kanaldeckel über ihren Köpfen drangen, war es vollkommen dunkel. Rosslyn bewegte sich dicht an der triefnassen Wand entlang. Er glaubte, das Ansteigen der Flut zu spüren. Das Wasser stank nach Fäkalien. Je mehr die Brühe anschwoll, desto zäher und schleimiger wurde sie.

»Wir können nicht zurück«, flüsterte Gaynor. »Scheiße, ich sehe überhaupt nichts. Leuchten Sie doch mal. Herrgott, was für ein Gestank!«

Der Geruch war unbeschreiblich. »Wir gehen weiter«, sagte Rosslyn. Er hörte Gaynor husten und würgen.

Dann das Aufplatschen von Erbrochenem.

Verdammter Mist.

»Los, weiter.«

Vor ihnen lautes Rauschen: fließendes Wasser. Als würde ein großes Rohr entleert. Ein weiterer fahler Lichtstrahl, der von oben einfiel, zeigte ihnen, daß der Tunnel hier eine Biegung machte. Rosslyn fluchte.

Diese idiotischen Ingenieure – oderArchitekten? – mußten

gewußt haben, daß sich kein vernünftiger Mensch bei Flut in diesem stinkenden Tunnel aufhalten konnte. Mit einem Insekt hatten sie allerdings nicht gerechnet.

Bis zur Taille in der kalten, ekligen Brühe stehend, trieb er Gaynor zur Eile an. »Oder wollen Sie lieber umkehren?«

»Nein«, sagte Gaynor. »Weiter.« Aber seine Worte wurden unvermittelt von einem Krachen über ihren Köpfen verschluckt. Der Tunnel bebte. Feuchter Schmutz flog durch die Dunkelheit, und eine Masse, die sich wie nasser Dung anfühlte, löste sich von der Decke. Altes Mauerwerk bröckelte und klatschte ins Wasser.

Oben war die Autobombe explodiert.

Das Timing war perfekt. Die Bombe war ein Ablenkungsmanöver. Glassplitter. Zerfetztes Fleisch. Verwundete. Augenverletzungen. Brennender Kunststoff. Tote und Verstümmelte.

Gaynor sagte: »Ich kann nichts sehen.«

»Hier.« Rosslyn griff nach der ausgestreckten Hand und ließ seine Waffe fallen. »Verdammt, die Pistole!« Es gelang ihm gerade noch, die Taschenlampe festzuhalten. Er ging in die Knie, bis das Wasser ihm bis zum Kinn reichte. »Verfluchte Scheiße!« Sein Fuß stieß gegen die Pistole. Er hielt die Luft an und tauchte unter. Seine Hand ertastete die Waffe. »Scheiße, die ist hin.«

»Lassen Sie uns umkehren«, sagte Gaynor.

»Nein.«

»Sie ist bewaffnet, Alan.«

»Wir gehen weiter.«

Im bleichen Licht von oben war eine Gabelung zu sehen. Rechts war der Ursprung des rauschenden Wassers. Im Lichtkegel der Taschenlampe sahen sie nasse Ratten an den Gesimsen entlanghuschen. Links waren einige Treppenstufen auszumachen. Als sie dort ankamen, wurde die Schlammschicht dünner, und Rosslyns Schuhsohlen quietschten auf den nun etwas trockeneren Steinen. Zehn Stufen, und sie standen beide in einem anderen, engeren Durchgang. Eine feuchte Schmutzschicht überzog ein Gewirr verrosteter, verbogener Drähte auf dem Fußboden. Auch aus den Wänden ragten zu beiden Seiten nutzlose Drähte, die vor langer Zeit durchgeschnitten worden waren. Überreste von Bauarbeiten von vor über einem halben Jahrhundert. Es handelte sich um einen alten Zugang, einen verschlossenen Weg aus der Vorkriegszeit, eine Linie auf einer längst vergessenen Karte. Der Gang knickte scharf nach links ab, dann nach rechts, dann noch zweimal nach links. Allmählich wurde die noch immer stehende, kalte Luft etwas trockener. Hier stank es eher nach ekligen, giftigen Schimmelpilzen.

Rosslyn stieß mit seinem nassen Schuh gegen einen schweren Gegenstand aus Metall. Vielleicht ein alter Generator. Sie standen in einem trockenen Raum, an den sich ein Korridor anschloß. Ein dickes Spinnengewebe legte sich Rosslyn auf den Mund. Während er sich mit der Hand über die Lippen fuhr, konnte er mit brennenden, zusammengekniffenen Augen mühsam eine weitere Stahltür ausmachen. Sie stand einen Spalt offen. Rosslyn und hinter ihm Gaynor zwängten sich hindurch. Jenseits eines Raumes, der so groß wie eine Garage war und dessen Fußboden eine dicke Schmierschicht bedeckte, sahen sie eine weitere Wand. Sie schien neueren Datums zu sein. Und das Loch im Mauerwerk wies alle Anzeichen einer kleinen, kontrollierten Explosion auf. Von oben hörte man Sirenen schrillen. Auch diesmal perfektes Timing, perfekte Planung. Rosslyn starrte ins Halbdunkel, mit geschlossenem Mund durch die Nase atmend. *Unter dem Schutz der verfluchten MI5-Sirenen hat sie die Wand gesprengt. Die hat ihre Waffe bestimmt nicht fallen gelassen.*

»Sie muß hier irgendwo sein«, flüsterte Rosslyn. »Wir gehen ohne Licht rein.« Im Dunkeln hatte er das Gefühl, ihr schutzlos ausgeliefert zu sein, als werde er willenlos zu ihr in ihre schmierige unterirdische Welt hinabgezogen, als hätte sie nun endgültig gewonnen.

In seinen Ohren dröhnte es. Ein elektrisierendes, mächtiges Brummen, wie eine Warnung. *Sie verhöhnt mich. Komm doch her und hol mich, wenn du dich traust. Du hast ja nicht mal eine funktionierende Waffe.* Er fühlte etwas Warmes, Klebriges auf seinem Kopf. *Was würde ich an ihrer Stelle tun?* Hier drin. In der undurchdringlichen Dunkelheit. Er fühlte den Geschmack des fauligen Wassers auf der Zunge. *Was würde ich tun? Auf Chaos setzen, es ausnutzen. Dann, nach dem ersten Alarm, in der allgemeinen Panik auf die Bombe warten. Dann sollen sie doch kommen und mich holen.*

Über sich hörte er ein seltsam pfeifendes, schmatzendes Geräusch. Dicht neben ihm im Dunkeln sagte Gaynor: »Wo zum Henker steckt sie?«

Rosslyn gab keine Antwort. Er befühlte die klebrige Masse auf seinem Kopf, in seinen Haaren, aber als er sich die Hand an die Nase hielt, konnte er nur den Themseschlamm riechen.

Währenddessen tropfte noch mehr von der warmen Flüssigkeit auf ihn herunter, lief ihm ins Gesicht. Er fing etwas davon mit der Zunge auf. Es schmeckte süßlich. Ihm wurde klar, um was es sich handelte. *Das ist Blut.* Er spuckte aus.

Er trat zurück und drückte Gaynor gegen die Wand. Gaynor hatte offenbar gerade etwas sagen wollen, hielt nun jedoch den Atem an. Rosslyn schaltete die Taschenlampe ein und leuchtete nach oben. Der Strahl fiel genau in McKeagues Gesicht.

Mit einem Blick sah er ihr blutverschmiertes Gesicht, das vermutlich von den vorstehenden rasiermesserscharfen Drahtenden zerschnitten worden war, die überall wie Dornen in einer Folterkammer aus den Wänden ragten. Ihre blutüberströmten Arme hielten zwei Kanister, ein Stück Schlauch und eine Vakuumpumpe umklammert. Sie stand über ihm, zwischen der Wand und einen zerfallenden Pfeiler eingeklemmt, neben einem zerbrochenen Belüftungsrohr. Von diesem Rohr kam das pfeifende, schmatzende Geräusch.

»Rosslyn.«

Das Blut floß aus einer Wunde an ihrem Hals, unterhalb des Ohres.

»Die Kanister«, sagte sie. »Wenn Sie schießen.«

»Reichen Sie sie mir runter, McKeague. Langsam.«

Als hätte sie ihn nicht gehört, sagte sie: »Wir bringen tausend von den Schweinen um. Sogar der Premierminister ist da drin. Und der Wichser Rosslyn ist hier bei uns.«

»Wir schließen ein Abkommen, McKeague. Ganz ruhig, okay?«

»Rosslyn, du Arsch.«

»Wollen Sie wirklich sterben?« fragte er. »Das glaube ich nicht.«

Plötzlich sah er, wie sie die Hand hob und die Waffe auf ihn richtete. Er schaltete die Taschenlampe aus und ließ sich gegen die Wand fallen.

Die Schüsse schlugen über ihm ins Mauerwerk.

»Rosslyn, du Schwein«, sagte sie und feuerte weiter. Die Schüsse verhallten. Sekundenlange Stille folgte.

Ganz langsam bewegte er sich auf den zerfallenen Strebepfeiler zu, die nutzlose Waffe in der einen Hand, die Taschenlampe in der anderen. Dann warf er die Pistole mit aller Kraft in die Richtung, wo McKeague seiner Berechnung nach sein mußte. Zugleich ließ er die Taschenlampe aufleuchten, um sie zu blenden. Er sprang hoch und ergriff ihren linken Fuß. Dann zog er sie mit seinem ganzen Gewicht nach unten. Sie fiel seitlich auf ihn, ein Knie traf seinen Solarplexus. Ihr Blut rann ihm in die Augen.

Die Kanister und ihre Pistole fielen Gaynor vor die Füße. Er hob Waffe und Taschenlampe auf und richtete beides auf McKeague, die einen spitzen Meißel gezückt hatte. Sie zielte damit auf Rosslyns Kehle, traf aber nur den Ärmel seiner durchweichten Jacke.

Rosslyn sah die Pistole in Gaynors Hand, auf McKeagues Kopf gerichtet.

»Nein!« schrie Rosslyn.

Er schluckte Blut, sah, wie McKeague herumrollte und wieder den Meißel ergriff. In diesem Moment riß Rosslyn Gaynor die Pistole aus der Hand.

Der Meißel stieß auf ihn herab, sie zielte auf sein Gesicht.

Rosslyn feuerte zwischen ihre Augen. Ihr Kopf schien zu erstarren, dann zu bersten. Im Schein der Taschenlampe, die Gaynor mit zitternden Händen hielt, sahen sie Haare durch die Luft fliegen und heißes Blut.

Zum zweiten Mal an diesem Abend erbrach sich Gaynor. Diesmal kam nichts mehr. Er würgte trocken. Die Luft war rot und schwarz.

Rosslyn nahm die Lampe an sich und hob die Kanister auf. Er spuckte weiter Blut aus, hustete, schluckte.

Im Lichtkegel lag McKeagues Leiche, verdreht und reglos.

Ihr Körper wirkte seltsam zerbrechlich.

Aus ihrem zerfetzten Hinterkopf floß Blut.

49

Ich erinnere mich an die fürchterliche Wut in den Gesichtern der Sicherheitskräfte, an diese Mauer aus Männern und Frauen, die wie Gefängniswärter mit Pistolen und Knüppeln auf uns zukommen. Einer von ihnen steht, die Hände vor den Unterleib gepreßt, wie ein Fußballer beim Freistoß da, der versucht, seine Eier zu schützen.

»Lassen Sie die Waffen fallen«, ruft ein Mann, der sich als Major Sowieso entpuppt. »Das ist ein Befehl«, schnarrt er. Eine Frau hält sich die Nase zu, als wollte sie sagen: »Ihr stinkt!«

Allerdings stinken wir. Gaynor und ich sind klatschnaß, unsere Kleidung völlig mit Dreck und Schlamm verschmiert. Meine Haare und mein Gesicht sind voller Blut, McKeagues Blut, und ich trage eine Waffe.

Ich bin ihr Feind.

»Legen Sie Ihre Waffen ganz langsam auf den Boden«, näselt der nervöse Major. »Ganz langsam.«

Jemand anders sagt: »Sie sind verhaftet.«

Himmel, Arsch und Zwirn, denke ich. Das ist die Höhe. Die Spione werden noch behaupten, wir seien die Terroristen. Das hier sei unser Werk. Wir hätten die Bombe gelegt und steckten mit der Toten unter einer Decke.

Ich lege die Pistole auf den schmutzigen Boden.

»Guut«, näselt der Major. »Alles, was Sie von jetzt an sagen ...«, setzt er an, aber weiter kommt er nicht, weil bei mir eine Sicherung durchknallt und ich ihm einen saftigen Kinnhaken verpasse.

Für einen Augenblick herrscht das blanke Chaos. Die Burschen wollen sich rächen. Ein Knüppel trifft mich im Nacken und an der Schulter. Die Schmerzen sind unbeschreiblich. Weitere Hiebe. Blackout.

Der Rest ist total verschwommen. Als erwachte ich nach einer schweren Operation. Ich sehe Hardings übermüdetes, besorgtes Gesicht über mir. Vielleicht in dem Moment, als sie mich auf der Trage in den Krankenwagen heben. Oder später. Schaulustige mit wütenden, verängstigten Gesichtern drängen sich um uns.

»Es ist vorüber«, sagt Harding. »Sagen Sie nichts. Überlassen Sie alles mir.« Kein Wort über McKeague. Dann dankt er Gaynor. Ich höre Gaynor sagen: »Dank nicht mir, sondern Alan. Er allein hat es geschafft. Es war unglaublich.«

50

Zum dritten oder vierten Mal kehre ich ins King-Edward-VII.-Polizeikrankenhaus zurück. Verschwommen nehme ich Beamte in Zivil mit Waffen, Dienstausweisen und Funksprechgeräten wahr. Eine australische Krankenschwester pfeift »Waltzing Matilda«.

Mein Schlüsselbein ist kurz und klein geschlagen, und an meiner rechten Gesichtshälfte ist eine Schwellung, die mir so groß wie eine Melone vorkommt. Ich schmecke Blut.

Ein Schwarzer rasiert mich. »Sie können bestimmt bald nach Hause«, sagt er freundlich.

Irgendwo in weiter Ferne hört man die Nachrichten. Die Bombe am Millbank, vor dem Thames House. Jemand – eine Frau? – sagt: »Wenn nicht vorher bereits umfassende Ermittlungen erfolgt wären und die Polizei nicht so schnell reagiert hätte, wäre es zu katastrophalen Verlusten gekommen.« Später hält der Premierminister die übliche Ansprache, Marke »Wir werden niemals aufgeben«. Er versucht, wie Churchill zu klingen – Blitzkrieg und so weiter –, aber es gelingt ihm nicht. Kein Wort über die Sitzung, über McKeague. »Wir können Gott danken, daß es keine Todesopfer gegeben hat«, sagt ein Bischof – ob im Radio oder Fernsehen, weiß ich nicht. Ich habe Probleme mit den Augen. Wie damals als Kind, als ich eine Bindehautentzündung hatte, morgens mit verklebten Lidern aufwachte und in Panik geriet.

Es dauert nur drei, vier Tage, bis der Bombenanschlag Schnee von gestern ist.

Eine Woche später, als sie mir den Verband von den Augen abnehmen, ist der Vorfall am Millbank schon vergessen. Durch die Explosion ist nicht eine einzige Fensterscheibe am Thames House zersplittert. Damit ist bewiesen, daß die Verkleidung wirklich bombensicher ist.

Dann kommt der Tag, an dem Harding mich an sein Bett bringen läßt. Er braucht mir nicht zu sagen, daß sein Zustand sich verschlechtert hat. Seine Augen liegen tief in den Höhlen, die Wangen sind eingefallen.

»Ich kämpfe dagegen an«, sagt er. Ich sehe, daß er verliert. »Sie haben den Fall abgeschlossen.«

»Es muß doch Ermittlungen geben.«

»Theoretisch ja«, sagt er. »Aber es gibt keine.«

Ich sage ihm, daß ich ihm für alles, was er für mich getan hat, dankbar bin, wieviel mir sein Vertrauen bedeutet hat und wie schade es ist, daß die Wahrheit niemals ans Licht kommen wird.

Er sagt irgend etwas darüber, zur rechten Zeit am rechten Ort zu sein. Nicht so wie Bryan Wesley, der vorzeitig in den Ru-

hestand versetzt wurde. »Das letzte, was ich gehört habe«, sagt Harding, »ist, daß sie für sein Ticket nach Manila gesammelt haben – nur für den Hinflug. Da kann er seinen Appetit auf braune Schönheiten befriedigen.«

Er sieht so erschöpft aus. Er tut mir unbeschreiblich leid.

Er sagt: »Sie wissen ja: Der beste Weg, Geheimnisse für sich zu behalten, ist, sie zu vergessen.«

»Trotzdem«, sage ich. »Die könnten sich wenigstens entschuldigen.«

»Das ist nicht ihre Art«, sagt Harding. »Ihr Geschäft ist die Lüge. Sie bekämpfen Lügen mit Lügen. Ihre Türen sind verschlossen. Von denen legt niemand wirklich Rechenschaft ab. Rechenschaft sind sie nur sich selbst schuldig. Wie könnten sich Lügner vor sich selbst verantworten? Wie? Womit? Sicher nicht mit der Wahrheit. Und warum? Weil die Entscheidung bei ihnen selbst liegt. Sie haben keine Mission, sondern nur diese Vorstellung von Rechenschaft.«

»Aber die Terroristen, die haben eine Mission. Die wissen genau, was sie wollen. Da bin ich mir verdammt sicher. Glauben Sie denn etwa, Rechenschaft – Offenheit – könnte den Terrorismus besiegen?«

Er hält inne. »Denken Sie mal darüber nach. Ich habe mich lange damit auseinandergesetzt, und ich tue es noch. Und ich sage Ihnen, die Terroristen werden gewinnen, wenn sie es mit der Bande zu tun haben, die gegenwärtig da sitzt. Der Gedanke ist mir aus tiefster Seele zuwider, aber sie werden gewinnen. Auf eine Art bin ich froh, daß ich das dann nicht mehr erleben werde.«

Herbsteinbruch

Just when we are safest, there's a sunset-touch
A fancy from a flower-bell, some one's death.

Robert Browning,
Bishop Blougram's Apology

51

Da Marys Tagebuch noch immer nicht aufgetaucht war, hatte Rosslyn selbst eins angefangen. Es begann mit der Beschreibung der letzten Minuten unter dem Thames House. Er hatte Marys Tagebuch in Cavalleros Büroräumen in Vauxhall Cross liegengelassen, doch sie schwor Stein und Bein, daß dort keine Spur davon zu finden sei. Die Waffe, mit der er die glücklosen Drogenhändler in Manchester angeschossen hatte, war an New Scotland Yard zurückgeschickt worden. Cokers Kassette hatte man zerstört, ebenso die vervielfältigten Berichte, die auf dem Tisch im Konferenzraum des Thames House liegengeblieben waren. Cavallero hatte sie wieder eingesammelt und in den Reißwolf gesteckt. Sie hatte Marys Kimono und das Foto von ihr an Rosslyns Adresse in Pimlico geschickt. Mindestens dreimal im Verlauf der folgenden Wochen hatte er Cavallero angerufen und darum gebeten, daß sie ihm das Tagebuch zurücksandte. Sie gab vor, nichts darüber zu wissen.

52

Auf Gaynors Rat suchte er einen Therapeuten in der Harley Street auf.

Wie geht es Ihnen?

Wie letztes Mal.

Haben Sie etwas geträumt?

Nein.

Die Frau, die Sie erschossen haben – was fühlen Sie, wenn Sie an sie denken?

Nichts.

Nichts?

Es war nicht schön.

Ich kann gut verstehen, daß Sie sich innerlich abgestorben fühlen.

Was?

Haben Sie ein Gefühl des Abgestorbenseins?

Nein.

Und – äh, Davina, haben Sie sie geliebt?

Nein.

Und Ihre Freundin, Mary, was ist mit ihr?

Was soll mit ihr sein?

Denken Sie an sie?

Ja.

Was denken Sie?

Sie ist tot.

Das führte zu nichts. Nach zwei Sitzungen gab er auf.

53

Gaynor ermunterte ihn, wieder zu arbeiten.

Sie unterhielten sich in Gaynors Büro über Harding, dessen Gesundheitszustand nun offenbar stabil war. Es hatte wohl eine Versöhnung zwischen Harding und seiner Frau gegeben. Jetzt, da es mit ihm zu Ende ging, kam sie zu ihm zurück.

»Seine Pension lockt«, sagte Gaynor zynisch. »Er will niemanden außer seiner Frau sehen. Nicht einmal seine Kinder.«

Rosslyn wünschte, er hätte Harding öfter auf seine Kinder angesprochen. Jetzt war es dafür wohl zu spät. Versuchsweise fragte er auch Gaynor nach Marys Tagebuch. Gaynor schien darauf vorbereitet zu sein.

»Sie haben es in Vauxhall Cross liegengelassen«, sagte er. »Sie standen unter Zeitdruck. Wie wir alle, nicht wahr? Harding nahm mich beiseite und sagte mir: ›Lassen Sie das von Cavallero vernichten. Es ist gefährlich. Es kompromittiert Alans Freundin.‹«

Rosslyn schaute sich in Gaynors Büro um. Überallhin, bloß nicht Gaynor ins Gesicht. »Es war doch nur ihr Tagebuch«, sagte Rosslyn. »Ihr Leben mit mir.«

»Ich weiß. Es tut mir leid.«

»Es tut Ihnen leid. Was glauben Sie, was ich empfinde?«

»Alan, beruhigen Sie sich. Harding hat recht gehabt. Es stand ja alles da, auf der letzten Seite. Das Gas. Alles.«

»Sie hatte nichts damit zu tun.«

»Das behauptet ja auch niemand. Und warum? Weil niemand das Tagebuch gelesen hat.«

»Harding schon. Muß er ja.«

»Dafür war keine Zeit. Er hat nur darin geblättert. Da hat er schon genug gesehen.«

»Und Cavallero, hat sie es gelesen?«

»Nein.«

»Aber sie hat es doch vernichtet. Da muß sie es sich doch auch angesehen haben.«

»Das hat sie nicht, Alan. Ich habe es in den Reißwolf gesteckt, hier in meinem Büro. Machen Sie mir Vorwürfe, nicht Harding, nicht Cavallero. Es tut mir wirklich leid, aber es mußte sein.«

»Das hätten Sie niemals tun dürfen«, sagte Rosslyn mit einem Kopfschütteln. »Nicht, ohne mich vorher zu fragen.«

»Sie hätten mich doch davon abgehalten, oder? Ich mache Ihnen keinen Vorwurf, daß Sie sich verarscht fühlen. Aber Sie müssen das verstehen, es hätte miserabel ausgesehen, wenn der MI5 das Tagebuch in die Finger gekriegt hätte. Nehmen Sie einmal an, wir hätten McKeague nicht gefaßt. Nehmen Sie an... es wären tausendfünfhundert oder zweitausend MI5-Mitarbeiter getötet worden – das hätte man doch nicht vertuschen können. Außerdem noch der Premierminister und der Innenminister und der Nordirlandminister. Und wir beide, Alan.«

»Es ist ja nicht dazu gekommen.«

»Das weiß ich. Aber stellen Sie sich vor, der MI5 hätte McKeague vor uns geschnappt.«

»Haben sie aber nicht.«

Gaynor sagte: »Stellen Sie sich vor, McKeague hätte es geschafft, nach Dublin, Kuba oder sonstwohin zu entwischen, und dann wäre Marys Tagebuch aufgetaucht. Harding hat Sie nur schützen wollen. Das hat er immer getan. Sie sind es ihm schuldig, nicht sauer zu sein. Stimmt's?«

»Vielleicht.«

Vielleicht auch nicht.

»Es stimmt, Alan. Wir haben das Richtige getan. Für Sie. Vergessen Sie das nicht.«

Vergessen?

»Nun, vielleicht haben Sie das Richtige getan. Aber dann waren Sie auch die einzigen. Jemand weiß, wer Dee McKeague getötet hat und wer die Kassette manipuliert und untergeschoben hat.«

Gaynor kratzte sich die Handfläche. »Alan, ich möchte Ihnen einen Rat geben. Lassen Sie sich nicht auf einen Kreuzzug ein. Spielen Sie nicht den Selbstgerechten. Rütteln Sie nicht an dem Boot, in dem wir alle sitzen. Sie werden die Wahrheit nie erfahren. Wir wissen beide, daß der MI5 dahintersteckt. Das müssen Sie so akzeptieren und auf sich beruhen lassen. Man soll keine schlafenden Hunde wecken. Und die werden ihrerseits auch keine Biographie über Davina Wesley schreiben. Sie war ein trauriger Fall, ein ganz trauriger Fall. Sie war verrückt, was meinen Sie? Sie haben sie doch besser gekannt.«

Er schießt sich auf sein Thema ein. Stochert in der alten Wunde.

»Menschen töten aus unterschiedlichen Gründen«, fuhr Gaynor fort. »Sie hat nach außen hin ein völlig normales Leben geführt. Intelligent, zuverlässig, anerkannt. Ganz solide. Eine Frau wie sie hüpft nicht herum und zeigt offen, daß sie im Grunde völlig unzurechnungsfähig ist. Und man braucht nicht einmal verrückt zu sein, um zu töten. Das ist leider eine Tatsache, Alan. Der Fall ist abgeschlossen. Ich habe es Ihnen gesagt. Wir haben das Richtige getan. Hören Sie auf, sich damit herumzuquälen.«

»Ich würde das gern von Harding hören. Ich wünschte, er hätte es mir selbst gesagt. Marys Tagebuch hielt mich in Bewegung. Wie ein Talisman. Ihre Stimme aus dem Totenreich.«

»Ich weiß, daß Sie sie geliebt haben. Sie müssen das jetzt wegschieben. Lassen Sie Harding in Ruhe, er liegt im Sterben. Kehren Sie in den Alltag zurück, Alan. Versuchen Sie, das alles zu vergessen.«

Alles vergessen? Wie stellt er sich das vor?

54

Heute ist Freitag. Ein wundervoller Herbsttag. Der Himmel über London ist knallblau, die Blätter an den Bäumen leuchten in Kupfer, Bronze und Karminrot. Die Luft ist schon etwas frisch, die Abende werden kürzer.

Mein Terminkalander füllt sich, und auch mein Tagebuch. Man schreibt etwas auf, man vergißt es. Man schließt das Buch.

Morgen habe ich Geburtstag. Gaynor hat ein paar Leute in den Angel in Rotherhithe eingeladen. Es sollte eine Überraschung werden. Ausgerechnet Verity Cavallero hat alles verraten. Sie ruft mich an, um mir zu sagen, daß sie erst später von der Arbeit in Vauxhall Cross wegkommt. »Hier in der Ecke gibt es keine Geschäfte«, sagt sie. »Mein Geschenk für dich ist ein Abendessen im White Tower. Nur wir beide. Nach der Party. Ich muß dir etwas sagen, dich etwas fragen.«

Ich nehme an. In einer anderen Welt könnte Verity mir gefallen.

Ich ging mit Gaynor zusammen zum Angel. Die Treppe rauf. »Besser als letztes Mal«, sagte er.

Ich stimmte zu. »Das ist allerdings wahr.«

Die Türen öffneten sich. Der Raum war dunkel. Dann gingen die Lichter an. Alle waren da. Der Alptraum jedes Schmugglers: ein ganzes Zimmer voller Zollbeamter. Und ein Transparent: HAPPY BIRTHDAY, ALAN!

»Da ist er! Alan lebe hoch! Herzlichen Glückwunsch!«

Und das übliche: Champagner, Luftschlangen, Lieder: »Why Was He Born So Beautiful?« Es war eine tolle Party.

Cavallero erschien, todschick zurechtgemacht. »Verdammt«, sagte ein Bursche, »Madonna«. Und: »Wir machen irgendwas verkehrt. Alan ist ein stilles Wasser. Wo kriegt der die bloß immer her?«

Sie küßte mich auf den Mund. Ich konnte Lippenbalsam schmecken. »Heute abend gebe ich einen aus, mein Schatz«, sagte sie. »Mein Piepser ist ausgeschaltet, was ist mit deinem?«

»Ich habe gar keinen.«

»Ich habe was anderes gehört«, sagte sie und segelte durch den Saal, um die anderen zu begrüßen.

Das Essen im Angel war hervorragend. Es gab noch mehr Champagner, den besten.

Gaynor stieg auf einen Stuhl. Die anderen riefen: »Hosen runter, Zöllner. Leibesvisitation. Ausziehen!«

Er hob die Hand, und es wurde still. »Ich will keine Rede halten.«

»Schön wär's!« rief seine Sekretärin. »Alles Lüge!«

Alle lachten.

»Dies ist eine ganz besondere Party. Wir feiern Alans Geburtstag und außerdem seine Genesung nach dem Überfall in Westminster. Seine Rückkehr in den Dienst. Das ist alles, was ich sagen will. Laßt uns auf Alan anstoßen!«

»Alan! Alan! Eine Rede!« Sie trampelten, schlugen auf die Tischplatten. Ein Glas zerbrach.

Ich stand auf einem Stuhl. »Vielen Dank. Ich danke euch für diese tolle Party. Ich freue mich wirklich, wieder bei euch zu sein. Ein Hoch auf Dickie und euch alle!«

Sie johlten und schrien durcheinander. Ich hatte das Gefühl, viele von ihnen wußten genau, daß es nicht bloß ein Überfall gewesen war. Doch niemand verlor ein Wort darüber. Es war ein Geheimnis, das man so schnell wie möglich vergessen mußte.

55

Im White Tower läßt Verity Cavallero vom Feinsten auffahren.

Sie erzählt ihm: »Ich werde in den Fernen Osten versetzt. Bangkok.« Sie rückt näher an ihn heran. »Was hältst du davon?«

»Bangkok. Nie dagewesen.«

»Ich auch nicht«, sagt sie. Sie sieht ihn durchdringend an. »Alan, heute nacht bleibst du bei mir. Das ist die gute Nachricht.«

Er lächelt.

»Tust du das, bei mir schlafen? In meinem Bett? Bitte!«

»Und was ist die schlechte Nachricht? Hast du einen Hund, der am Fußende liegt?«

»Nein.« Sie spricht leise. »Alan. Es tut mir leid. Tom Harding ist heute morgen gestorben. Dickie bat mich, es dir erst heute abend nach der Party zu sagen.«

Er erstarrt.

»Seine Frau und seine Kinder waren bei ihm, als er starb. Ganz friedlich, er hatte keine Schmerzen. Er starb so würdevoll, wie wir es ihm gewünscht haben.«

Tränen schießen ihm in die Augen.

»Er hat sich ganz zum Schluß mit seiner Frau versöhnt«, sagt Cavallero. »Sie ist eine tapfere Frau. Sie hat mehr ertragen als die meisten Ehefrauen.«

»Ich habe sie nie kennengelernt.«

»Hier.« Sie reicht ihm ein Taschentuch. »Nicht weinen, Alan.«

Er kann die Tränen nicht zurückhalten.

Sie füllt sein Glas nach.

Er steht auf und will gehen.

Sie greift nach seiner Hand. »Alan.«

Sie öffnet ihre Handtasche.

»Seine Frau war vor ein paar Tagen bei mir. Harding hatte sie darum gebeten. Hier.«

Sie gibt ihm einen Gegenstand, der in ein schwarzes Baumwolltaschentuch gewickelt ist.

»Mach es auf«, sagt sie. »Es ist für dich. Das, was da drin ist.«

Er faltet das Taschentuch auseinander.

»Dieses Taschentuch«, fragt er, »gehörte das Harding?«

»Ja.«

Es liegt eine Armbanduhr darin.

»Tom Hardings Uhr«, sagt er.

»Ja«, sagt sie. »Seine Frau, also seine Witwe, bat mich, dir zu erklären, was die Gravur auf der Rückseite bedeutet. Sein Familienname war eigentlich Uglow. Harding war sein zweiter Vorname. Thomas oder Tom der erste. Er bittet dich um Verzeihung. Seine Frau wußte von Mary. Sie hatte ihm vergeben. Aber vor allen Dingen wünschte er sich, daß du ihm verzeihst. Ich kann verstehen, daß er seinen Namen geändert hat, bevor er zur Polizei ging, du auch?«

Er dreht die Uhr um und legt sie mit dem Zifferblatt nach unten vor sich auf den Tisch.

Es ist eine wertvolle Schweizer Uhr.

Auf der Rückseite sind die Worte eingraviert:

MEINEM GELIEBTEN THUG

AUF EWIG DEIN

MARY

Eric Zencey
Die Panama-Affäre

Ein historischer Roman
Titel der Originalausgabe: *Panama*
Aus dem Amerikanischen von Matthias Müller
Gebunden

Die spannende und atmosphärisch dichte Kriminalgeschichte führt in das Paris der Jahrhundertwende und erzählt von einem detektivischen Abenteuer aus Leidenschaft.